슈퍼맨인 척 말고
함께 비 맞는
아빠가 돼라

슈퍼맨인 척 말고 함께 비 맞는 아빠가 돼라

초판인쇄	2017년 12월 20일
초판발행	2017년 12월 25일
지은이	조병옥
발행인	조현수
펴낸곳	도서출판 더로드
마케팅	최관호 최문순 신성웅
편집	정민규
디자인	호기심고양이
주소	경기도 고양시 일산동구 백석2동 1301-2
	넥스빌오피스텔 704호
전화	031-925-5366~7
팩스	031-925-5368
이메일	provence70@naver.com
등록번호	제2015-000135호
등록	2015년 06월 18일

정가 17,500원

슈퍼맨인 척 말고 함께 비 맞는 아빠가 돼라

글 · 그림 **조병옥**

도서출판 **더 로드**
The Road Books

발단은 올해 초 저와 아내의 주말 아침 식탁에서였습니다. 저는 여느 때처럼 거름종이 위 예가체프 커피가루들에 주둥이 긴 주전자로 뜨거운 물을 붓고 있었습니다. 블루투스로 연결한 스피커에서는 유키 구라모토 아저씨의 로맨틱한 피아노 음표들이 퐁퐁거리며 살아 나오고 있었구요, 창을 통해 들어오는 햇빛은 따스하게 반짝거렸습니다. 몇 년째 주말부부로 지내는 저희 부부에게는 이때가 가장 여유롭고 즐거운 시간입니다. 잔잔한 음악을 틀어 놓고 커피를 마시며 한 주간 밀린 이런저런 이야기들을 나눕니다. 그런데 그날따라 아내는 뭔가 생각에 잠긴 듯 말이 없다가 걱정스런 얼굴로 얘기를 꺼냈습니다.

(아내) 내 친구 A 알지? 어저께 만났는데, 요즘 많이 속상한가 봐. 애들하고 아빠 사이가 너무 안 좋대. 말도 너무 안 통하고. 애들은 아빠가 집에 안 들어왔으면 한대. A가 중간에서 애써 봐도 잘 안 되나 봐.

(나) 그렇구나. 우리 회사에서 작년에 퇴직하신 선배 부장님 생각이 나네. 내가 전에 얘기한 적 있었지? 그분이 정말 능력도 출중하고 회사밖에 모르는 분이었거든. 그 선배가 퇴근해서 집에 들어오는 기적이 나면 아이들이 바로 자기들 방에 들어가서 문을 닫아 버린다잖아. 이젠 회사

에서도 나왔고, 집에서는 외톨이고…. 뭘 위해 사는 건지 그 선배를 생각하면 좀 착잡해.

(아내) 대부분, 아빠들이 문제인 것 같아. 하긴, 엄마들도 문제가 없는 건 아니지. 요즘 중고생 애들 중에는 친구들끼리 모여서 자기 엄마 욕하는 경우도 많대.

(나) 왜 그럴까? 물질은 더 풍요해지고 살기도 훨씬 편해졌는데 사람들 사이는 더 각박해지고 있어. 더구나 이 세상에서 가장 좋아야 할 부모 자식 사이가 왜 이렇게 됐지?

(아내) 그러고 보면, 우리 집만큼 사이 좋게 지내는 집도 그리 흔한 건 아닌가 봐?

(아내) 지금 떠오른 생각인데, 오빠,* 이걸 책으로 써 보면 어떨까? 난 오빠가 아들한테 평소 하는 얘기들을 엮어서 책을 내면 사람들에게 도움이 많이 될 것 같아. 혹시 알아? 사람들이 그걸 읽고 부모 자식 사이가 조금이라도 좋아질지?

> ** 연애 때부터 썼던 호칭인데 결혼 후에도 계속 쓰고 있습니다. 딴 이유 는 없고 그냥 당사자인 저희 부부가 좋아서죠. '오빠'를 쓰는 부부들이 많 은 줄 알았는데, 결코 그렇지 않다는 아들의 말을 듣고 오해를 막기 위해 설명을 덧붙입니다.*

(나) 에이, 그게 뭐 특별한 건가?

(아내) 아냐, 오빠. 아빠하고 애들 간에 문제를 겪고 있는 집들이 의외로

많아. 특히 중고생 아이들 있는 집들이 더 그래. 아이들도 힘들어 하고, 엄마들도 힘들어 하고, 아빠들 본인들도 힘들어 해.

그렇게 된 겁니다. 아내의 얘기가 어느새 저에게 일종의 미션 (mission)과 도전이 되어, 결국 이 책을 쓰게 되었습니다.

저에게는 지금 공익으로 병역을 하고 있는 대학생 아들이 하나 있는데, 평소 친하게 지내며 얕든 깊든, 장난기가 있든 심각하든 간에, 자주 대화와 소통을 하고 있습니다. 저도, 아내도, 아들도 서로의 관계를 소중히 여기며 감사하고 즐거워하고 있습니다. 그런 감정은 아들이 어렸을 때는 물론이고 시간이 흘러 저희들이 성숙해질수록 더 깊어지고 있는 것 같습니다.

그렇지만, 주위를 둘러보면 아이가 어렸을 때는 대개 부모와 자녀 사이가 좋았다가도, 아이가 커서 중고생 정도가 되면 관계가 어려워지고 서로 상처를 주고받으며 힘들어하는 경우가 많은 것 같습니다. 세상에는 많은 사람들이 붙잡으려고 애쓰는 경제적 안정, 사회적 성

공 같은 중요한 것들이 있습니다. 아마도 그것들을 좇아가느라고 너무 조급해져서 그것들과는 비교할 수 없이 중요한 것들을 오히려 놓치고 있는 것은 아닐까요? 바로 생명을 나누고, 사랑으로 묶인 부모와 자녀 간의 친한 관계 말이지요. 그래서 이미 2300년 전 맹자님도 다른 것 말고 제발 부자유친(父子有親)부터 좀 챙기라고 그리 강조하셨을 것입니다. "부모와 자녀 간에는 마땅히 친함이 있다." 그런데 어떻게 하면 친해지는 건가요?

제가 보기에 모든 부모와 자녀는 분명 서로에 대한 사랑을 품고 있습니다. 그런데, 그 커다란 사랑을 껴안고선 어찌할 바를 모르는 경우가 많습니다. 사랑한다는 감정을 무작정 들이대다간 폭력적이 되기 쉽습니다. 아버지의 너무 뜨거운 사랑에 아들, 딸은 데여서 화상을 입기도 합니다. 아들, 딸도 아버지를 사랑하긴 하지만 더 이상 상처받고 싶지 않아 아버지로부터 도망가기도 하고, 도저히 피할 수 없는 상황에서는 차가운 얼음창으로 아버지를 찔러 반격하는 경우도 있습니다. 아버지가 처음부터 그 뜨거운 사랑에다 적당히 단열재와 담요 같은 걸로 좀 덮어서 따스한 온도로 맞춘 후 다가갔으면 더 좋았을 텐데요.

우리는 국어, 영어, 수학, 과학 같은 '중요' 과목들은 학교에서 배웠지만, 어떻게 사랑을 표현하고, 관계를 유지하고, 소통을 하는지 같은, 정작 더 중요한 것들은 배우지 못했습니다. 원래 이런 것들은 가정에서 배우는 것이 가장 좋은데, 오늘날 가정들은 교육을 다 학교나 학원으로만 미루고 있습니다. 다들 너무 바쁘다고 하는 통에 급하지 않아 보이는, 하지만 실은 가장 중요한 부자유친은 저 멀리 뒷전으로 내팽개쳐졌습니다. 그래서, 우선순위가 뒤바뀐 사회에서 살아가는 우리는 얼마나 더 행복해졌나요?

그런 관점에서 책을 써 보기로 했습니다. 어떻게 친해질까? 어떻게 친함을 유지할까? 제 아내가 얘기한 것처럼 저와 제 아들의 부자유친 이야기를 하기로 했습니다. 그리고 또 저와 제 아버지의 어려웠던 부자유벽(父子有壁)* 이야기도 하게 되었습니다. 제가 직접 괴롭게 또는 즐겁게 겪으며 고민하고 생각하고 깨닫고 배운 얘기들이야말로 진실한 이야기로서 독자들께 다가갈 수 있다고 생각했기 때문입니다. 제가 뭔가를 가르칠 수 있다는 생각은 감히 하지 않았습니다. 다만, 저의 이야기와 제가 습득한 부자유친

> * 부자 사이에 벽이 있다는 뜻으로서, 부자유친의 반대개념으로 제가 만든 말입니다.

8

의 노하우(Knowhow)와 기술들이 작은 힌트로서의 역할을 할 수 있다고 믿습니다.

이 책을 읽어나가실 때 독자 분들이 저의 이야기를 거울 삼아 마음속에 각자 자신의 소중한 부모님 또는 자녀들을 떠올리시고, 그들과의 관계를 새삼 들여다보게 되시기를 바랍니다. 그 관계를 회복하거나 더 좋게 하기 위하여 생각에 잠기는 어느 순간, 그 힌트들이 "칙~" 소리 내며 성냥불 켜듯 독자 분들의 상황에 가장 잘 맞는 아이디어를 밝히며, 이전에는 생각 못했던 자신만의 고유한 맞춤형 방법들을 찾아내실 수 있을 거라고 굳게 믿습니다. 간절히 바라는 마음은 작은 힌트만으로도 안 보이는 길을 찾아내니까요.

한 가지 당부드릴 것은, 이 책의 중심주제인 부자유친의 부자는 글자 그대로 아버지와 아들에만 국한되는 것이 아니라, 부모자녀의 줄임말로 받아들여 주시기 바랍니다. 모든 문장이나 사례에 '아버지 또는 어머니'나 '아들 혹은 딸' 같은 식으로 표기하는 것이 번거롭고 산만하여 아버지와 아들을 대표적인 예로 든 경우가 많았지만, 이 책 내용들은 대부분 어머니와 딸들에게도 그대로 적용될 수 있습니다. 그럼에도 이 책에 아버지와 아들이 등장하는 경우가 많은 것은 첫째, 제 개인의 사례를 들 때 저 자신이 현역 아버지인 데다 하나뿐인 자식도 아들이라서 그런 것과, 둘째, 아무래도 아버지와 어머니 중에 소통 문제가 생기는 경우는 사실상 아버지 쪽이 훨씬 더 많기 때문이기도 합니다.

마찬가지로, 이 책의 아버지와 어머니, 아들과 딸은 성별적 구분이 중요한 건 아닙니다. 그보다는 각각의 역할(role)에 중점을 두고 읽어 주시기를 바랍니다. 예를 들어, 제가 책 본문에서 뭔가를 얘기하느라고 '아버지는 나가서 돈 벌어 오느라고 힘들다.'라고 썼다면, 그걸 꼭 성차별적 시각에서 볼 필요는 없습니다. 즉, 그것이 반드시 남자는 경제 활동을 하고 여자는 가정을 돌본다는 고정적 시각을 강요하는 것은 아니라는 말씀입니다. 다만, 저의 현재 가정이 그러하고, 제가 자라 온 가정을 포함, 전통적인 가정상이 그랬으며, 제 또래 이상의 가정들에서도 그런 경우들이 다수라서, 현재의 시점에서 보다 일반적인 모습에 초점을 맞추고 썼을 것입니다.

　그러나, 그런 구분이 무색하게, 삶의 모습은 훨씬 더 다양해지고 있습니다. 부부가 함께 경제 활동을 하고 집안일도 나눠 하는 경우가 더 보편적으로 자리 잡고 있고, 어머니가 아버지 역할을 하거나, 반대로 아버지가 어머니 역할을 하는 경우도 많이 있습니다. 그러므로 위의 예는 아버지라는 남자가 힘들다는 게 아니라, 남자든 여자든 나가서 돈 벌어오는 '아버지로서의 역할'이 힘들다, 라고 유연하게 봐 주시면 보다 폭과 깊이를 더하여 읽을 수 있겠습니다.

★ 이 책의 그림들은 독자 분들께서 글을 읽는 중간중간 쉬시면서 또 다른 감성으로 리프레시(refresh)하시라고 실었습니다. 디로드 출판사의 조현수 대표님께서 우연히 저의 블로그에서 제가 낙서처럼 끄적거린 그림을 보시고 적극적으로 권유를 해 주셔서 그리게 된 것입니다. 무식하면 용감하다고, 왕초보 아마추어로서 무딘 손에 열심만 가지고 그린 그림들입니다. 서툴고 엉성하지만, 그런 만큼 오히려 편안한 마음으로 가볍게 음미해 주시면 기쁘고 감사하겠습니다.

차례

제1장

멸종위기종 2급,
부자유친(父子有親)

쇠똥구리, 물장군, 가시고기, 열목어, 맹꽁이, 구렁이, 올빼미, 독수리, 담비, 삵. 어디선가 한 번쯤은 들어봤을 이것들의 공통점은 뭘까? 한국의 멸종위기종 2급으로 지정되어 보호, 관리받는 야생동물이라는 점이다. 지금 당장 멸종위기에 처한 종들은 1급이고, '현재의 위협요인이 제거되거나 완화되지 아니할 경우 가까운 장래에 멸종 위기에 처할 우려가 있는'* 종들이 2급이다. 1급은 무조건적으로 절체절명의 상황이다. 어떻게 될지 모른다. 그러나 2급은 조건이 있다. '현재의 위협요인을 제거하고 완화해주면' 희망이 있다.

* 국립생물자원관 홈페이지 (https://species.nibr.go.kr/index.do)에서 인용 및 발췌.

예전에는 번성했다는데, 점점 더 보기 힘들어지는 우리나라의 '부자유친(父子有親)'도 이대로 가다간 곧 멸종위기 2급에 지정되어 보호, 관리해야 할 처지에 놓이지 않을까? 이 생각이 뇌리에서 떠나질 않았다.

아빠와 아들 단둘이 해외여행, 진짜?

*필자는 경기도 화성시에 있는 삼성전자 메모리사업부에서 일하고 있다. 회사에서는 작년까지만 해도 이렇게 직급으로 불렸지만 올해 초부터는 수평적 소통을 위해 모두 직급을 빼고 '이름+님'으로 통일해서 부르기 시작했다. 그리고, 이 책에서 실례를 들 때 프라이버시 보호를 위해 필요하다고 판단될 경우에는 가성(假性)이나 가명(假名)을 썼음을 밝혀 둔다.

(김 대리) 조 부장님,* 아들한테 혹시 무슨 문제가 있나요?

(나) 아니? 멀쩡한데?

(이대리) 에이, 왕따 아니에요?

(나) 아냐, 걔 친구들 엄청 많고 인기 좋아.

(차사원) 그럼, 되게 착하고 순종적인가 보다.

(나) 아냐, 걔 성깔 있어. 지 싫으면 꿈쩍도 안 해.

(김과장) 하하, 부장님이 억지로 끌고 가시는 거 아녜요?

(나) 아니, 지금 해외여행 간다고 신났는데?

(나) 아니, 아버지가 대학생 아들하고 해외 여행 가는 게 그렇게 이상해?

(모두) 당연하죠. 대학생이나 돼서 누가 아버지랑 여행을 가요?

(나) 그럼 왜 가기 싫은데?

(차 사원) 어색하고 불편하잖아요.

(김 대리) 집에서도 말도 안 섞고 피하는데.

(이 대리) 해외여행은 애인이나 친구랑 가는 거죠.

(나) 그런가? 우리가 좀 이상한 부자였구나, 크.

작년 2월, 회사 사무실에서 젊은 동료들과 나눈 대화다. 여기서 나와 내 아들은 좀 정상적이지 않은 부자로 판명이 났다. 오십을 바라보

는 중년의 부장님이 팔팔한 대학생 아들과 단둘이서 5박 6일 동안 해
외여행을 다녀온다는 말도 안 되는 얘기를 했기 때문이다. 난 단지 겨
울휴가를 내면서 업무 인수인계를 하려고 했을 뿐이다.

> (나) 김 과장, 나 다음 주에 겨울휴가 다녀오니까 1주일 동안 잘 좀 부탁해.
> (김 과장) 네, 잘 다녀오세요. 그런데 어디로 가세요?
> (나) 응, 요번엔 타이완에 좀 가보려구.
> (김 과장) 아, 타이완이요. 저번에 <꽃보다 할배> 봤더니 좋던데요. 사모님
>   이랑 좋은 시간 되겠네요. 부럽습니다. 크크.
> (나) 요번엔 와이프랑 안 가. 아들이랑 둘이서만 가.
> (모두) 엥?

집에 와서 내 아들 태훈이에게 회사에서 있었
던 얘기를 했더니 태훈이도 친구들이 비슷한 반
응을 보였다고 했다.*

*필자의 아들 조태훈은 연세대학교
에서 영문학과 심리학을 복수전공
하고 있다. 2학년 마치고 휴학 중으
로 현재 서울 강동구에서 공익근무
하고 있다.

> (태훈) 나 다음 주에 타이완 간다.
> (태훈 친구들) 누구랑?
> (태훈) 아빠랑 둘이.
> (태훈 친구들) 진짜? 헐, 신기해.

아내의 지인들은 다 엄마들이라서 그런지 훨씬 더 긍정적이며 경축적인 반응을 보였다고 한다.

(아내) 다음 주에 나 혼자야. 태훈이랑 아빠랑 둘이서 타이완 여행 가.
(아내 친구들) 왜 자기만 빠져?
(아내) 아빠랑 둘이서 좋은 추억 만들라고 내가 빠진다고 했어.
(아내 친구들) 와, 정말? 멋지다. 우리 집도 그랬으면 좋겠는데. 부럽다.

그랬다. 부자(父子) 여행의 아이디어는 아내에게서 나왔다. 작년에, 5월 말이면 태훈이가 병역을 시작하러 논산훈련소에 들어가니 그 전에 가족이 해외여행 한번 가자고 벼르고 있던 터였다. 아내도 해외여행이라면 자다가도 벌떡 일어날 만큼 좋아하는 사람이지만, 이번만큼은 자기가 빠지겠다고 했다. 아내가 생각해 보니, 병역 전에 사나이들끼리 나눌 얘기도 많을 텐데 자기가 끼면 그러지 못할 거란 것이었다. 실제로, 셋이 여행을 가면 나와 아내가 찰싹 붙어 다니고 태훈이는 인공위성처럼 겉도는 것이 보통이었다. 사이가 나빠서가 아니라, 태훈이로서는 이 닭살 부부를 배려하며 쿨하게 약간 떨어져 있어 주는 것이었다. 더구나, 아내는 작년 초부터 교회에서 1년 임기로 받은 선교, 봉사 직분이 너무 바빠서 어차피 여행 갈 시간도 안 난다며 부자(父子)의 마음을 가볍게 해주었다.

나로서는 모처럼의 해외여행에 아내가 빠지는 것이 못내 서운하긴 했지만, 태훈이와 단둘이 해외여행을 간다는 것은 매우 신선한 아이디어란 생각이 들었다. '오, 그거 재미있겠는데.' 돌이켜보니, 진짜 내가 태훈이와 둘이서만 여행을 간 적이 없었다. 아내는 있었다. 태훈이가 중학교 2학년 때 봄에 4박 5일 동안 둘이서 일본의 오사카, 교토, 고베 여행을 다녀왔다. 그때는 내가 회사 일로 바빠 함께 갈 수가 없어 빠졌는데 모자 간에 아주 좋은 추억들을 만들고 왔다고 했다.

(아내) 오빠, 이번에 아빠와 아들 둘이서 좋은 추억 많이 쌓고 와. 어쩌면 마지막 기회일지도 몰라. 태훈이가 병역 마치고 복학하고 나면 정말 바빠져서 그땐 걔보고 가자고 해도 못 가.

사실, 나도 전부터 태훈이랑 둘이서 어딘가 여행을 하고 싶다고 생각해 왔다. 꼭 해외여행이 아니어도 좋고, 자고 오지 않아도 좋았다. 주로 생각했던 건 도보여행 같은 거였다. 시골길이나 숲속 오솔길을 걸으며 도란도란 얘기 나누는 모습을 그려보곤 했는데, 생각만 할 뿐 과감히 실행에 옮기질 못하고 있었다. 그래, 기회는 왔을 때 잡아야지. 그런데, 태훈이도 동의를 해야 가는 거지?

(나) 태훈아, 아빠랑 해외여행 갈래? 엄마는 안 가고 아빠랑 둘이서만 가는 거야.

(태훈) 와, 좋다. 어디로 갈 거야?

당연히 예상한 반응이었다. 앞서 사람들이 보인 반응과는 달리 내가 걱정한 건 태훈이가 중년의 아버지랑은 가기 싫다고 하면 어쩌지가 아니라 혹시 다른 약속들로 시간이 안 맞으면 어쩌지, 였다. 워낙 친구들이 많아 공사가 다망한 관계로 말이다. 오히려 내가 당황한 것은 주변 사람들의 반응이었다.

(나) 아니, 이게 그렇게 이상한 일이야?
(아내) 그렇더라고. 내 친구들도 다 너무 부럽대. 다들 남편하고 애들하고
　　　 사이가 안 좋아서 걱정이야. 그렇게 여행 간다고만 하면 자기네는 얼
　　　 마든지 빠져 주겠대.

새삼 깨닫게 되었다. 우리 집처럼 부자간에 친하게 지내는 경우가 그리 많지 않다는 것을, 그리고 부자간에 둘이서 신난다고 여행을 떠나는 경우는 더 드물다는 것을.

(나) 우리 집에선 당연한 건데, 왜 세상에선 당연한 게 아닐까?

이 물음을 가슴 한편에 밀어넣고, 5박 6일간의 부자유친 타이완 여행을 다녀왔다. 원래도 친한 나와 태훈이 사이였지만 이 여행을 통해 더 가까와지고 더 신뢰하는 사이가 된 것 같다. 우리는 다니는 동안 계속해서 농담과 장난을 즐겼다. 가령 묵던 호텔에서 조식 뷔페 먹으

러 가면서 하는 대화가 이런 식이다.

(나) 태훈아, 아빠가 너무 젊어 보여서 사람들이 보면 부자간이 아니라 형
제간이라고 하겠다. 자, 형이라고 불러 봐.

(태훈) 아니야, 내가 노인네 모시고 봉사활동 온 줄 알 거야.

하지만, 또 쑨원(孫文) 선생을 모신 국부기념관에 가서는 역사와 정
치, 국가와 지도자, 사회와 사람들에 대하여 한 시간 넘게 열띤 토론
을 하기도 했고, 고궁박물원과 타이베이 시립미술관에서는 예술과 문
화, 과학과 인문학에 대하여, 평소에는 해 보지 못했던 깊은 대화도
할 수 있었다. 그것은 살짝 신기하면서도 기쁜 경험이었다. '어라? 그
런 생각을? 내 아들 녀석이 벌써 대학생이구나. 아들과 이런 지적인
대화를 나누며 즐거워 하다니.'

특히, 서로를 함께 묶어주는 다양한 에피소드 속에서 부자유친의
결속은 더 강해졌다. 지우펀(九份)에서 〈센과 치히로의 행방불명〉의
배경이라는 홍등 찻집을 함께 함빡 비 맞으며 구경한 것이라든지, 신
베이터우(新北投) 지열곡(地熱谷)에서 좁지만 따뜻한 유황 온천탕에 홀
딱 벗고 들어가 함께 몸을 녹인 것, 마라훠궈(馬辣火鍋)의 늦은 만찬부
터 시작해 밤이 새도록 도란도란 이야기꽃을 피
운 것 등 함께 겪은 추억은 앞으로도 오랫동안
우리 두 사람을 더욱 단단하게 묶어줄 것이다.*

* 이 부자유친 여행기는 필자의 블
로그에 사진 및 그림들과 함께 올리
고 있으니, 관심 있으신 분들은 들
러 보시기 바랍니다. (http://blog.
naver.com/rozzytheromantic)

24

가로막는 콘크리트 벽들, 부자유벽(父子有壁)

재미있고 행복했던 부자유친 타이완 여행을 마치고 일상에 복귀했다. 회사에 가서 펑리수와 망고젤리 등 타이완에서 사온 선물들을 풀며 여행 이야기 보따리도 함께 풀었다. 타이완에 가 본 사람들은 어디어디 가봤냐, 거기 정말 좋지 않더냐는 얘기를 했고, 안 가본 사람들은 자기들도 다음엔 꼭 가봐야겠다고 다짐을 했다. 하지만 내가 대학생 아들과 단둘이 다녀온 걸 아는 사람들은 모두 내가 아들과 어떻게 지냈는지 궁금해했다. 나는 시먼딩(西門町) 거리에서 함께 길거리 음식을 사먹은 얘기며, 지열곡의 작은 온천 욕조에 둘이 들어간 얘기를 해줬다. 또, 호텔 트윈 침대에 나란히 누워 대화를 나누다가 거의 밤이 샜다는 얘기도 해줬다. 직장동료들은 조금 신기하다는 듯이, 얘기를 들으면서도 시종 흐뭇하고 따뜻한 미소들을 보내줬다. 나는 동료들에게 조금 특별한 아빠로 인정받게 되었다.

그러고는 각자 자리로 돌아가 앉는데 내 옆자리의 친구가 넌지시 말을 걸어왔다.

(박 부장) 조 부장 얘기 들으니까, 얼마 전에 나간 오○○ 부장님 생각이 나네.

(나) 응, 오○○ 부장님? 그 선배가 왜?

(박 부장) 전에 술자리에서 들은 얘기야. 그 선배 아이들이 고등학생들인데, 선배가 퇴근해서 집에 들어오는 기척이 나면 애들이 거실에 있다가

도 바로 자기들 방에 들어가서 문을 닫아 버린대. 부인하고도 사이가

안 좋은가 봐.

(나) 그래? 휴, 완전 외톨이네. 대체 뭘 위해서 사는 건지.

(박부장) 그러게~.

그 선배 부장님은 워낙에 능력도 출중하고 카리스마도 있었지만 무엇보다도, 정말 회사에서 살다시피하며 회사에 충성하는 분이었다. 그래서 2, 3년 전까지만 해도 대부분의 사람들이 그 선배는 반드시 임원 승진해서 팀장이 될 거라고 믿었었다. 그러나, 그분은 끝내 승진하지 못했다. 어느 조직이든 인사에는 타이밍과 함께 수많은 변수들이 작용한다. 모든 걸 바쳐 열심히만 한다고 되는 것이 아니다. 결국, 그분은 딴 길을 찾아 회사를 나가는 것을 선택했다.

집에 돌아오는 내내 그 선배 생각이 머릿속에서 떠나지를 않았다. 누구보다도 열심히 살았는데, 허튼 재미에도 눈 돌리지 않고 그 흔한 취미 생활도 마다한 채, 자신을 위해 그리고 가족을 위해 인내하며 앞만 보고 달렸는데, 젊음을 다 바친 직장에서 자기의 염원을 못 이루고 나가는데, 가족들마저 싸늘하게 등을 돌린다니…. 얼마나 허탈하고 외로울까?

나는 그 주말 아침 아내와 커피를 마시면서 그 선배 이야기를 했다. 아내는 귀 기울여 듣더니, 안타까운 일이라면서 자기도 지인들로부터 비슷한 얘기들을 많이 듣는다고 했다. 대개 가정에서 아빠들이

문제라는 거였다.

(아내) A네는 아빠가 애들한테 그렇게 소리 지르고 무섭게 한대. 아빠가 들어오면 애들이 완전히 긴장상태가 돼서 애들이 아빠가 집에 안 들어오는 걸 더 좋아한대. 그 집 엄마가 아빠한테 그러지 좀 말라고 해도 안 듣는대.

(나) 요즘도 그런 아빠들이 있나?

(아내) 그럼! 많아. 그런데 반대 경우도 있어. B네는 아빠가 애들한테는 뭐라고 못하고 엄마한테만 불평을 늘어놓는대. "애들이 맨날 게임만 하니까 성적이 떨어지지 않냐, 넌 나가서 돈도 안 벌고 집에만 있으면서 애들 단속도 안 하고 뭐 하는 거냐?" 한다는 거야. 그 소리가 너무 듣기 싫어서 자기도 돈 벌러 나가고 싶대. 아빠가 됐으면 아이들을 잘 이끌어 줄 책임이 있는 건데, 불편하고 힘든 건 자기한테만 미룬다면서 많이 힘들어하더라고.

(나) 그렇네! 아빠들이 문제가 많네!

(아내) 엄마들도 문제가 없는 건 아니야. 얼마 전에 인터넷에서 기사를 봤는데, 요즘 중고생들 중에 어떤 애들은 폰에다 전화번호 저장할 때 자기 엄마를 '미친X' 이나 'XX년' 같은 쌍욕으로 등록한다는 거야.

(나) 그래, 나도 그런 비슷한 얘기 들은 거 같아. 중고생 애들 중에 학원 끝나고 모여서 자기 친부모들을 쌍욕으로 부르면서 스트레스 푸는 애들도 있다고….

우리 주변뿐만이 아니다. 우리 사회 도처에서 이런 갈등 상황은 이제는 너무 흔해져서 그렇지 않은 집이 오히려 이상하게 느껴질 정도다. 언뜻 보기에는 정상적인 가정이지만 부모와 자녀 간에 보이지 않는 벽이 높이 솟아 있다. 몸은 한 집에 살고 있어도 마음은 그 단단한 벽에 막혀 서로에게 닿을 수가 없다. 담벼락이 막고 있으면 그 너머를 알 수가 없다. 서로가 서로를 모르기에 마음에는 오해가 싹트다가, 증오나 분노가 뿌리를 내리거나 아니면 아예 포기하듯 일체의 관심과 감정이 말라 죽어간다. 부모 자식 사이를 가르는 이 벽! 이 벽을 나는 부자유벽(父子有壁)이라 부른다.

부모도 자녀도 이 벽을 무너뜨리려는 노력을 안 하는 것은 아니다. 그러나 이 벽은 아무리 애써 봐도 무너지기는커녕 비웃기라도 하는 듯 양쪽에 피 흘리는 부상만 안기며 더 높아지고 더 단단해질 뿐이다.

올해 초 SBS 신년특집 다큐 〈아빠의 전쟁〉에 나왔던 내 또래 아빠와 고3 딸이 생각난다. 아빠는 사랑하는 딸에게 다가가려 한다. 그러나 왠일인지 딸은 아빠를 완강히 밀쳐낸다. 엄마와는 다정하게 대화를 나누지만 아빠가 끼면 얼음처럼 차가와지며 입을 닫고 고개를 돌린다. 뭐가 잘못된 건지도 모르는 아빠는 마치 죄인이 된 것처럼 눈치를 보며 딸의 마음을 열려 하지만, 딸은 아빠를 부인하며 눈물을 흘린다. 인터뷰에서 딸은 중학교 때 아빠에게 받은 마음의 상처가 너무나 컸었다는 것을 고백했다. 국제중에 들어가 왕따로 힘들어할 때, 믿었던 아빠가 오히려 자기가 나대서 그런 거라고 야단을 쳤다는 것이다.

물론 그뿐은 아니었다. 아빠는 생업에 너무 바빴고 딸과 함께할 시간은 거의 없었다. 잘 몰랐지만, 아빠와 딸 사이에는 차가운 벽이 서서히 그러나 높고 단단하게 자라나 둘 사이를 가로막았다. 이제 와서 아빠는 온몸을 부딪혀 그 벽을 무너뜨리려 하지만 다시 튕겨 나가고, 기어올라가려 해도 미끄러져 떨어진다. 온몸에 멍과 생채기투성이다. 이 세상에서 제일 친해서 서로 보기만 해도 얼굴에 미소가 번지는 것이 마땅하지 않은가? 아빠와 딸 사이가 왜 이렇게 되었을까?

가정(家庭)의 정 자는 정원(庭園)의 정 자다. 가정은 가족 모두가 공유하는 아름답고 편안한 정원이다. 세상 어느 정원이라도 가꾸고 관리하지 않으면 황폐해진다. 망가진 정원에 대해서는 가족 모두에게 다 책임이 있지만 가장 직접적이고 큰 책임은 부모에게 있다. 자식은 하얀 도화지와 같아서 부모가 어떻게 그리고 색칠하느냐에 따라 그림이 아름다워지기도 하고 추해지기도 한다. 자식은 기본적으로 자기 부모를 좋아하고 따르도록 되어 있다. 부모에게 실망하고 상처받기 전까지는 말이다. 자식이 엇나가는 경우, 예전에는 말 잘 듣고 붙임성 있던 아이가 언제부턴가 냉소적이거나 반항적이거나 심지어 난폭한 경우에도 그 속사정을 자세히 들여다보면 십중팔구는 어떤 식으로든 부모에게 문제가 있다.

처음에는 아이가 부모에게 때로는 화내며, 때로는 울며 자기가 얼마나 상처받았는지를 보여주려고 하는 경우도 있지만, 대개 부모들은 "어린애가 뭘 알아?"라는 식으로 자기 생각에서 조금도 움직이려 하지 않는다. 혹시 자기의 잘못을 인정하면 아이가 자기를 쉽게 보고 이후로 더 버릇없이 굴까봐서일까? 어쩌면 부모는, 힘도 약하고 아는 것도 없고 생각도 미숙한 자기 아이를 '아직은 사람이 덜 된 존재'로 간주하고 무시하는지도 모른다. 아이가 예쁘고 사랑스럽긴 하지만, 자기와 같은 높이에서 존중하고 대화해야 할 동등한 인격체라는 생각까지는 안 든다. 언젠가 성숙해지겠지만 그 어느 미래의 시점까지는 그런 걸 다 유보한 채로 그저 말 잘 들으면 예뻐하고 안 들으면 혼내면서 훈육하며 길러야 하는 존재로 대하는 것이다.

하지만, 아이는 언제나 그 자체로 '이미 완전한 사람'이다. 아무리 어린아이라도 존중받아야 마땅하다. 모두 나름대로 느끼고 생각한다. 특히 아이가 자의식(自意識)이 발달하는 중고등학생일 때는 물론이고 자의식이 본격적으로 생기기 시작하는 초등학교 때부터도 부모는 아이를 '그저 아이일 뿐'이라며 무시해서는 결코 안 된다.

아무리 해 봐도 아빠가 또는 엄마가 자기 말에 귀 기울이지 않는다는 것을 확인하게 되면 아이는 좌절한다. 그 상처를 가슴 깊이 감추고 아빠, 엄마에게 말하기를 포기해 버린다. 상처는 감추어진 것뿐이지, 없어진 것이 아니다. 가슴 깊은 곳에서 계속 피를 흘리며 통증을 일으키고 있다. 유일한 방법은 느낌을 전달하는 신경을 끄고 모른 체하며 외면하는 것이다. 그리고 겉으로는 아무 일도 없었다는 듯이 살아간다. 그래서 부모는 진짜 아무 문제도 없는 줄 안다. 그러나 아이는 이제 아빠, 엄마랑은 진심으로 깊은 이야기를 안 한다.

아빠, 엄마는 위선자인 것 같다는 생각도 든다. 그래서 자기처럼 상처받은 영혼을 가진 친구들이 부모보다 더 가까워진다. 동병상련이라고, 같은 상처를 받았기에 서로 더 잘 이해할 수 있다. 부모가 보기에는 불량한 친구들일지 몰라도 아이에게는 서로를 알아주는 동지이며 질식당하지 않도록 숨을 쉴 수 있는 통로다. 아이는 이제 부모의 마음을 필요로 하지 않는다. 아이가 필요로 하는 물질들만 공급해 주면 된다. 부모와 아이 사이의 벽, 부자유벽은 난공불락이 되어간다.

제 2 장

나의 이야기, 높고 차가웠던
부자유벽을 기어오르기까지

그럼 정작 이 책을 쓰고 있는 나는 어떠한가? 앞서 타이완 여행담에서 살짝 내비친 나와 아들의 편안하고 친밀한 관계, 그것이 평소에도 그대로 우리 부자의 모습이다. 태훈이가 갓난아기 적부터 대학생인 지금까지도 거의 변함없이 그래왔다. 어쩌면 사람들 눈에는 내가 타고난 좋은 아빠(born to be a good father)처럼 보일지도 모르겠다. 그리고 나 또한 나의 아버지와 좋은 관계 속에 살아오면서 훌륭한 부자유친의 유산을 물려받았을 거라고 생각할지도 모르겠다.

그렇지가 않았다. 나 또한 부자유친은 손에 닿지 않는 먼 곳에 있었다. 내가 어렸을 때부터 나 역시 거칠고 차갑고 높게만 느껴졌던 부자유벽이 나와 아버지 사이를 가로막고 있었고 나는 그 그늘에서 나름대로 힘든 시간들을 견뎌야 했다. 나는 어떻게 그 부자유벽을 기어올라서 지금의 부자유친을 얻게 되었는가? 아직 부자유벽에 막혀 힘들어하고 있는 많은 부모와 자녀들에게 지극히 개인적인 나의 과거사를 털어놓는 것은, 이 이야기를 거울 삼아 독자들이 가족 간의 관계를 비춰보며 희망의 실마리를 찾기를 바라는 마음에서다.

나의 아버지, 그리고 어머니

나의 아버지는 나이 여섯 살에 당신의 아버지를 여의었다고 한다. 육이오 전란 통에 인민군에 돌아가셨다고 들었다. 아버지는 어릴 때 매우 총명하단 소리를 들었다고 한다. 할아버지가 살아계실 때는 시골의 서당에서 배웠는데 한문을 일찍 깨쳐서 때때로 훈장님 대신 마을 어른들을 가르칠 정도였다고 한다. 그러나 할아버지를 여윈 후로는 배움의 길이 끊어져 초등학교도 못 들어가셨다. 그런 경우더라도 좋은 인연을 만나서 교육 잘 받고 사회적 성공까지 거두는 성공 스토리들도 꽤 많던데, 나의 아버지에게는 그런 행운이 따라주질 않았다. 할머니조차 어린 자식의 교육에는 관심이 없었다. 어린 아버지는 아는 사람 집에 보내졌고 거기서 머슴처럼 일만 하며 자랐다. 나이가 어느 정도 찼을 때 그 마을에 사는 한 살 연상의 고운 처녀를 만나 사랑에 빠졌는데 그분이 나의 어머니였다.

나의 어머니 또한 시골이긴 했지만 초등학교에서 전교 1등을 도맡아 하셨다고 한다. 당시 나의 외갓집은 형편이 그리 나쁘지 않았고 외할아버지도 공부를 많이 하신 분이었다. 그러나 안타깝게도 외할아버지는 당신이 공부한 한학(漢學) 이외의 신문물, 신사상을 배격하셨다.

봉건적인 사고방식으로, "여자는 편지를 읽을 줄만 알면 돼, 쓸 필요
도 없어. 쓸데없이 많이 배우면 건방지기만 해서 못 써."라면서 어머
니의 중학교 진학을 막으셨다. 어머니의 초등학교 교장선생님이 외할
아버지에게 찾아와, 집에서 교복만 지어 입히면 학비와 다른 비용들
은 다 그 중학교에서 대 주기로 했다고 하는데도, 외할아버지는 완강
하게 거절하셨다고 한다. 어머니도 울며 불며 매달렸지만 소용이 없
었다. 자기보다 훨씬 공부 못하던 애들도 아침에 교복 입고 학교에 가
는데 그 모습이 너무 부러워서 먼 발치로 따라가서는 한참을 교실 창
밖에서 서성이다 돌아오는 일도 많았다. 그래서 어머니는 교복 입고
학교에 가서 공부하는 꿈을 많이 꾸셨다고 한다. 어머니에게는 평생
에 공부가 한이 되었다. 그러다 같은 마을에 사는 나의 아버지를 만나
게 되었는데, 타지에서 고된 삯일을 하던 아버지에 대한 연민의 정이
사랑으로 깊어졌다.

　두 분은 사랑을 이루기 위해 서울로 도망쳤다. 양가(兩家)에서, 특
히 외갓집에서 반대할 것이 자명했기 때문이다. 촌구석에서 초등학교
만 나온 여자와 초등학교도 못 나온 남자가 어린 나이에 가진 것 하
나 없이 사랑의 도피를 했다. 그것도 눈 감으면 코 베어 간다는 서울
로. 이 어린 부부에게 세상은 어떻게 느껴졌을까?

　아버지와 어머니는 닥치는 대로 일하셨다. 가진 것도, 배운 것도
없이 촌에서 올라온 어린 부부가 이 험하고 차가운 세상을 살아가려
면 그럴 수밖에 없었다. 첫 아이를 얻었을 때 아버지 나이 스무 살이

었다. 아버지는 매우 총명했던 이 첫아들을 몹시 사랑하셨지만 여섯 살 때 이름 모를 병으로 떠나보내야 했다. 이때 아버지는 식음을 전폐하고 방에 틀어박혀 나오질 않으셨다고 한다. 하지만 극복해야만 했다. 아둔하긴 하지만 둘째 아들인 나도 있었고 내 밑으로 남동생 둘이 더 생겼다. 아버지에게는 먹이고 입혀야 할 아내와 세 놈의 아들들이 있었다. 사랑과 행복을 꿈꾸며 서울로 올라왔지만 그보다는 생존이 먼저였다. 살아내다 보면 부딪히고 쓸리면서 멍과 생채기가 생기기 일쑤였고 그러다 보면 사랑도 낭만도 서서히 깎이고 퇴색하며 초라해지게 마련이었다.

아버지가 서울 올라와 처음 시작한 일은 양조장에서 술을 만들어 파는 일이었다고 한다. 그래서인지 아버지는 그 후로도 여러 업종의 가게들을 열었다 닫았다 하셨지만 주된 일은 술과 음식 장사였다. 가게에 들어와 술과 음식을 주문하는 손님에게 그냥 팔기만 해서는 장사가 안 돼서 그런 것인지 아버지는 손님들과 술을 자주, 그리고 많이 드셨다. 밤새 술 드시고 다음 날 술병이 나서 누워 계시면 초등학생이었던 나는 동네 약국에 심부름 가서 노루모 같은 약을 사다 드리곤 했다. 그 술은 결국 아버지가 오십을 못 넘긴 젊은 나이에 병을 얻어 돌아가시는 직접적인 원인이 되었다.

술뿐이 아니었다. 술장사를 해서인지 아버지 주변에는 여자들도 많았고 이 때문에 어머니는 마음 고생이 더 심했다. 술 때문에 그리고 여자 때문에 아버지와 어머니는 자주 싸우셨다. 초등학교 2학년인가

3학년 때의 일은 아직도 기억에 생생하다. 그날은 내 생일이었는데 어머니가 아주 심각한 표정으로 밖에서 들어오셨다. 나는 어머니에게 생일이니 용돈으로 야쿠르트 사먹어도 되냐고 물어봤고, 어머니는 듣는 둥 마는 둥 그러라고 하고는 아버지가 낮잠을 주무시고 계신 안방으로 들어가셨다. 조금 있다 우당탕 부딪히는 소리가 나더니 아버지가 다급한 목소리로 나를 불렀다. 문을 열어 보니 아버지가 한 손으로는 어머니를 붙잡은 채 다른 손으로는 어머니에게서 빼앗은 작은 약병을 한 손에 쥐고 있었고 어머니는 제정신이 아닌 듯 울부짖으며 그약병을 다시 뺏으려 하고 있었다. 아버지는 그 약병을 나한테 주면서 밖에 나가 버리라고 하셨다. 나는 울면서 그 약병을 갖고 나가 멀리 어딘가에 버렸다. 어머니가 그걸 다시 찾을 수 없도록. 어린 나이에도 나는 그것이 독약이고, 어머니가 그걸 먹고 죽으려 했고, 그것은 아버지가 나쁜 짓을 했기 때문이란 것을 짐작할 수 있었다. 일을 이렇게 만든 아버지에 대한 분노도 컸지만, 내 생일날 죽으려 했던 어머니에 대해서도 내 어린 마음은 큰 상처를 받았다.*

　　물론 그뿐이 아니었다. 나는 어렸을 때부터 아버지가 술에 만취해 들어와 집안 세간들을 부수는 것도 자주 봤다. 밤중에 자다가 뭔가 와장창 부서지는 소리에 놀라 깨고 나면 아버지의 술 취한 고함 소리, 어머니의 비명과 울음 소리에 어린 나는 공포에 사로잡혀 소리 죽여 울곤 했다. '나는 왜 그때 아버지에게 달려들

* 사랑을 해 보니, 지금은 나도 그때의 어머니를 이해할 수 있을 것 같다. 어머니는 아직 젊었고 아직도 아버지에 대한 사랑이 깊었다. 그 사랑 하나만 보고 살아왔는데 그것이 깨진다면 다른 것들이 의미가 없어질 것이었다. 그러나 그 이후로 어머니 반응의 격렬함은 갈수록 약해졌다. 현실적으로 포기해 가셨던 것 같다.

어 말리지 못했을까? 왜 곤경에 처한 어머니를 돕지 못했을까? 비겁하게….' 나이가 들고서 가끔 후회스럽게 생각한다. 그때 나는 아버지를 많이 무서워했다. '나는 아버지가 사랑하는 아들이니까 내가 매달리면 멈추실 거야.'라는 자신감이 전혀 없었다. 대신 죽도록 맞을지도 모른다고 생각했다.

그도 그럴 것이 나는 어릴 때부터 아버지와 어떤 친근함을 느낄 만한 소통을 한 기억이 거의 없다. 부자간의 재미있는 장난은 물론이고 대화다운 대화도 없었다. 아버지는 과묵하셨고 화가 나면 아주 무서운 분이었다. 아버지가 혼내시는데 내 나름대로 그게 아니라고 따지면 말대꾸한다고, 버릇 없다고 크게 화를 내셨다.

억울한 일도 있었다. 초등학교 3학년쯤이었을 거다. 아버지가 우리 삼형제를 창경원에 데려가셨다. 거기 커다란 연못이 있었는데 물고기들이 우글거렸고 사람들은 돈 내고 대나무 낚시대를 빌려 낚시를 할 수 있었다. 호기심이 많았던 나는 우리도 낚시를 하자고 아버지를 졸랐다. 그런데 낚시를 하는 동안 바로 밑의 동생이 장난치다 연못에 빠져 버렸다. 다행히 연못가는 그리 깊지 않았다. 아버지가 바로 들어가서 둘째를 건져 나오셨지만 허리 아래로 완전히 젖어버렸다. 아버지는 화가 단단히 나셨고 나를 탓하셨다. 내가 쓸데없이 낚시를 하자고 해서 벌어진 일이라는 것이었다.

어린 마음에도 나는 억울하다고 생각했다. 나는 낚시를 하자는 것뿐이었는데, 잘못이 있다면 장난치다 빠진 동생 녀석 아닌가? 그런데 집으로 돌아가는 택시 안에서 아버지는 나에게, "너 집에 가서 한번 제대로 맞아 봐."라고 거듭해서 말씀하셨다. 이때 나는 정말 무서워서 어디로든 도망치고 싶었다. 그리고 집에 도착하더니 아버지는 정말 나를 안방으로 데려가서는 허리에서 혁대를 풀러 그걸로 나를 마구 때리셨다. 이 일은 내 뇌리에 각인되어 아직도 잊히지 않는다. 그렇다고 아버지가 그렇게 수시로 아들들에게 손대셨던 건 아니다. 나도 아버지에게 맞은 적은 위에 일 포함해서 손에 꼽을 정도다. 그러나 이 일 이후로 나는 아버지를 더 두려워하게 된 것 같다. 아버지의 마음이 안 보이니까, 이해가 안 되니까, 예측도 안 되니까 그랬을 것이다.

내 어릴 적 아버지는 그렇게 멀고도 두려운 존재였다. 그러나, 내가 중고생이 되어 머리가 커지고 어머니를 불쌍히 여기는 마음이 커질수록 아버지에 대해서는 증오와 함께 반발심도 커져 갔다. 내가 고3이었을 때는 아버지가 집에 아예 안 들어오셨다. 다른 여자에게 가 계셨다. 그때 우리 집은 아버지의 수입이 끊겨 경제적으로도 많이 어려웠다. 아버지가 제조업으로 사업을 해보려고 하시다가 망하면서 빚쟁이들에게 쫓기고 있었던 것이다. 그때 어머니가 어떤 식으로는 돈을 변통하면서 고3, 중3, 중1 이렇게 아들 셋을 건사하셨는데, 몸도 성치 않았던 어머니가 어떻게 그 힘든 상황을 헤쳐 나가셨는지 지금 생각해 봐도 잘 모르겠다.

이미 어머니는 결핵을 앓으며 약을 드시고 있었지만 아들들에게는 알리지도 않으셨고, 또한 결코 아픈 티도 내지 않으셨다. 철없던 아들들은 먹이 달라고 입 벌리며 아우성치는 제비 새끼들처럼 자기 필요 밖엔 몰랐다. 다만 어머니가 힘들고 불쌍하니까 절대 어머니 속 썩일 짓은 하지 말아야겠다는 것과 공부 열심히 해서 좋은 대학에 들어가야겠다는 마음은 갖고 있었다. 그리고 그런 만큼 아버지에 대해서는 원망과 증오의 마음이 목에까지 차 올라 있었다.

그런데 고3 말, 대학입시가 얼마 안 남았을 때 학교에서 돌아와보니 아버지가 안방 아랫목에 앉아 계시는 것이었다. 정말 오랜만에 보는 아버지였지만 나는 마치 동네 아저씨한테 하듯이 형식적으로 안녕하세요 한마디 하고 내 방으로 들어가 버렸다. 흘낏 본 아버지 안색은 좋아 보이지 않았다. 아마 이때 이미 아버지도 몸이 안 좋은 상황이었던 것 같다. 곧 다시 가실 줄 알았더니 계속 머무시는 걸 보고, 나는 "흥, 염치도 좋으시군. 근데 엄마는 저 사람을 왜 받아주는 거야? 속도 없나?"라고 중얼거렸다.

나의 어머니는 내가 대학교 4학년 때 그 결핵이 원인이 되어 결국 돌아가셨다. 그리고 나의 아버지는 그로부터 1년 반 후 어머니를 따라가셨다. 아버지는 당뇨와 간암이 직접적인 원인이었다. 그놈의 술이 가져다준 병이었다. 아버지가 간암 판정을 받았을 때 어머니는 아직 살아 계셨었다. 그러나 이때는 어머니도 한 번 쓰러지신 후 다시 일어서지 못하고 계속 자리에 누워 지내시던 처참한 상황이었다. 폐의 3분지 2를 잠식한 결핵균이 척추에까지 침범하여 척추뼈 일부가 소실되었던 것이다. 그런데 아버지의 간암 소식을 전해 듣자 어머니가 미친 듯이 몸부림치며 우시는 것이 아닌가. "니 아버지 불쌍해서 어떻게 하냐."면서 말이다. 대체 부부의 정이란 게 무엇인지….

'결국 어머니가 이런 비참한 상황에 처한 것도 따지고 보면 아버지 때문인데, 본인 몸은 생각하지 않고 그런 남편을 위해서 저렇게 통곡을 하다니….' 그 당시 나로서는 도저히 알 수가 없었다.

병색이 완연한 모습으로 아버지는 조강지처 아내를 앞세워 보냈다. 그 전에는 아버지도 어떻게든 살아보려고 애쓰셨다. 항암 치료도 받고 운동도 하고 안 다니던 교회도 다니면서 재활을 하려고 하셨었다. 그런데 어머니가 돌아가시고는 그만 마음을 놓으신 것 같았다. 그 많던 술친구들, 여자들도 다 떠나고 홀로 외로이 남으셨다. 어느 날은 나에게 한마디 하셨다. "니 엄마는 천사였어." 그때까지도 아버지에게 마음을 열 수 없었던 나는 속으로 "흥, 이제 아셨나? 이제야 후회가 되시나? 살아생전에 잘 좀 하시지."라고 외쳤다. 아버지는 그러고서 얼마 안 있다 어머니를 따라가셨다.

이런 우리 집의 역사는 어릴 적부터 내 마음에 크고 짙은 그림자를 드리웠다. 겉으로는 밝게 웃더라도 속은 새까맣게 타 들어갈 때가 많았다. 고등학교 때는 점심 도시락을 꺼내다가 그만 울어 버린 적도 있었다. 당시엔 비싼 반찬이던 비엔나 소시지를 볶아서 거기에 토마토 케첩과 고추장으로 매콤새콤하게 소스를 해서 넣어주셨는데, 그날 아침 나는 어머니의 많이 아픈 모습을 보았기 때문이다. '에이, 엄마는 무슨 돈이 있다고 이런 걸 넣는 거야.'라고 툴툴대는데 자꾸 눈물이

났다. 학급 반장이었던 나는 그날 친구들에게 보이지 않으려고 혼자 눈물을 훔치며 밥을 먹었다.

어려운 상황에도 나와 내 동생들이 비뚜로 나가지 않았던 것은 역시 어머니의 사랑 덕분이었다. 어머니는 집이 어렵다고 해서 침울해하거나 짜증 내는 분이 아니었다. 원래 품성이 유쾌하신 분이어서 평소에 우스갯소리도 자주 하시고 장난도 곧잘 걸어오셨다. 아무리 힘들어도 좀처럼 내색을 안 하셔서 둔하기만 했던 아들놈들은 어머니의 고난을 잘 눈치 채지도 못했다. (나이 들어 보니 그때 어머니에게 딸이 하나라도 있었으면 훨씬 낫지 않았을까 싶다.) 그래도 우리 형제들은 최소한 어머니를 힘들게 해서는 안 된다고 생각하고 있었다. 나도 그런 어머니를 생각하며 나름 공부를 열심히 했고 성적도 제법 잘 나와서 어머니를 조금이나마 기쁘게 해 드릴 수 있었다.

나의 방황

고등학교 때까지만 해도 나는, 조금만 시간이 지나면 형편이 나아지리라 믿고 있었다. 그런데 내가 대학에 입학하고 나서도 상황은 더 나빠지기만 했다. 나는 학비와 용돈을 벌기 위해 고등학교 졸업 전부터 과외교사 아르바이트를 시작해서 이후로도 거의 비는 기간 없이 계속 일을 했는데 이는 내가 박사과정 중반 때까지 이어졌다. 내 동

생들도 상황은 비슷했다. 그러나, 사실 우리에게 가난은 그리 큰 문제
가 아니었다. 도저히 받아들일 수 없던 문제는, 가정이 깨어지고 아버
지와 어머니가 병들고 두 분이 그 젊은 나이에 돌아가시게까지 된 그
현실이었다.

나는 남들이 그렇게 들어가고 싶어하는 대학에 들어갔지만 기쁨
은 느낄 수가 없었다. 더구나 사회는 군부독재에 항거하는 민주화 투
쟁이 절정에 달하던 때였다. 학교 캠퍼스에는 하루가 멀다 하고 최루
탄 가스가 날렸고 학생들은 전공 공부보다는 금서로 지정된 사회과
학, 철학책들을 읽고 토론하는 학회 활동에 몰려 다녔다. 나도 담배연
기 속에 술을 마셔대며, 암울하기는 이 사회 또한 마찬가지라고 생각
했다.

나의 젊음은 찬란한 빛과 향기로운 봄꽃 대신 차가운 어둠과 앙상
한 가시나무들이 뒤덮고 있었다. 그렇다고 내가 친구들에게 내 집안
사정이 이러저러해서 힘들어 죽겠다고 떠벌리고 다니는 스타일도 아
니었다. 그러니, 대부분 정상적인 가정환경 속에 자라온 친구들에게
나는 어딘가 모르게 좀 다르게 느껴졌을 것 같다. 친구들은 대학교에
입학했으니 마음껏 하고 싶던 것을 하며 자기 인생을 꽃피우고자 했
다. 혹은 영어도 배우고 다른 학교 여학생들과도 사귄다며 영어회화
연합서클에 들어가기도 하고, 혹은 악기를 배우겠다며 클래식 기타
동아리에 들어가거나, 혹은 취미를 살려 여행 동아리나 컴퓨터 동아
리 같은 데 들어가기도 했다.

나는 네비게이터(Navigators)라는 기독교 선교 동아리에 들어갔다. 같은 대학에 들어온 내 고등학교 동창들은 매우 황당해 했다. 세상 물정 모르는 순진한 친구 한 놈이 얼떨결에 종교단체의 꼬임에 넘어갔다고 생각했는지 우정 어린 충고들을 해 주었다. "야, 너 거기는 왜 들어가냐? 거기 완전 수도승들이야. 미팅, 소개팅도 못하게 해. 거기 들어가면 대학생활 완전 X 되는 거야." 하지만 나는 마음 깊은 곳에서부터 길을 잃고 헤매고 있었다. 내 마음의 허무를 채워 주고 내가 가야 할 길을 알려줄 누군가가 절실히 필요했다.

네비게이터에서 성경공부를 하는 것만으로는 성에 차지 않았다. 헤르만 헤세(Hermann Hesse)나 에리히 프롬(Erich Fromm) 같은 문학가, 철학자들은 물론이고 당시 유행하던 크리슈나무르티(Krishnamurti)나 라즈니시(Rajneesh) 같은 신비주의 영성지도자들까지도, 나는 서점에 가면 이런 책들을 쓸어 와서 읽어대곤 했다. 한번은 신촌의 자주 가는 큰 서점에서 책을 사려고 계산대에 섰는데 여직원이 나를 보며 "왜 맨날 이런 책만 사세요?" 하고 물어본 적도 있다. 오죽하면 그리 물어볼까. 분명 애늙은이로 비쳤을 게다.

하지만 읽으면 읽을수록 머리만 잔뜩 커지고 정작 가슴은 메말라 가는 것 같았다. 소화도 못할 것들, 더구나 서로 다른 방향을 가리키는 사상들을 무조건 머리에 쑤셔 넣고 있으니 헷갈리기만 하고 방황만 더해 갔다. 제일 친한 친구들도 술자리에서 나보고, "야, 새꺄! 너 왜 그렇게 사냐, 임마? 그냥, 단순하게 좀 살아. 왜 그렇게 생각이 많어?"라고 했다. 이런 적도 있었다. 술에 취해 신촌 거리를 걸어가다가 고등학교 동창과 마주쳤다. 고등학교 다닐 때 보고 처음이니 꽤 오랜만이었다. 그는 나에게 반갑게 알은체를 했는데 나는 별로 그러지를 못했던 것 같다. 대충 짧게 인사하고 지나쳤다. 내가 알기로 걔는 꽤 유력한 집 아이로, 세상에 걱정할 것이 별로 없는 아이였다. 항상 웃고 다녔고 매사에 자신만만했다. 난 그때도 집안 문제로 마음이 괴롭던 중이었던 것 같다. 나중에 다른 친구한테 들으니 그 동창이 그랬다는 것이다. "야 그 새끼, 왜 그러냐? 얼굴 X나 무섭더라."

나는 점점 더 비사교적이면서 혼자 책 보고 사색하기 좋아하는 사람이 되어 갔다. 그렇다고 내가 외톨이나 왕따였던 것은 아니다. 나는 내 겉모습을 어느 정도 컨트롤할 수 있었다. 속에서는 폭풍우가 몰아쳐도 필요하다면 온화하고 유쾌한 표정을 유지할 수 있었다. 그래서 내 나름대로 중요한 사회라고 생각한 곳에서는 그럭저럭 잘 어울리고 인기도 있던 편이었다. 미팅이나 소개팅도 요청이 오면 나가기도 하고 그렇게 만난 여학생들과 몇 달씩 교제하기도 했었다. 그러나 내가 깨달은 것은, 그런 겉모습만으로는 한계가 있다는 것이었다. 나는 속으로부터 나오는 진짜 자존감이 메말라 있었다.

나 같은 남자는 여학생들에게 그리 인기 있는 타입이 아니었다. 경제적 여유가 있는 부잣집 자제도 아니었고 얼굴이 잘생긴 것도 아니었고 호쾌한 성격에 유머러스해서 웃음을 주는 것도 아니었다. 그렇다고 성숙한 리더십으로 여자를 이끌 만큼 지식과 경험이 있는 것도 아니었고 또 자신만만하게 미래의 비전을 보여줄 수 있는 것도 아니었다. 더구나 어둡게 드리워진 그늘에서 나 스스로 나오지를 않고 있었다.

사실 나는 여자에게 관심이 많았다. 내가 남자 삼형제의 맏이인 데다가 초등학교 4학년 2학기 때 부임한 노처녀 교장선생님이 아예 남자반, 여자반을 갈라 버린 후에는 남중, 남고를 나와 대학도 공대를 다녔기에 주변에 여자가 없었다. 그러니 여대생들은 마치 천사의 사촌들쯤 되는 것 같이 느껴졌고 막연히 그중에 있을 내 짝을 찾아 달콤한 연애에 빠지기를 꿈꾸기도 했다.

대학 입시에 합격하고 얼마 안 있어 고등학교 친구들과 미팅이란 것을 난생 처음 떨리는 마음으로 나갔는데, 이때 만나게 된 여학생이 이대 영문과 신입생이었다. 들뜬 마음으로 그녀와 첫 데이트를 하고 그 후로도 학보와 편지도 주고받으며 사귀기 시작했을 때 내 마음은 즐거웠고 그녀와 계속해서 만나고 싶었다. 그러나 만나는 횟수가 늘어갈수록 내 마음 더 깊은 곳에서는 또 다른 감정이 커져 가고 있었다. 그 감정은 힘들다는 것, 피곤하다는 것이었다. 나는 그녀 앞에서 많은 '척'을 하고 있었다. 유쾌한 척, 자신 있는 척, 여유 있는 척, 많이 아는 척, 능력 있는 척. 내 속을 들키면 그녀는 실망해서 떠날 것 같았다. 그녀와 카페에 앉아 재미난 농담을 하며 즐겁게 웃으면서도 마음 한편에서는 병약한 몸에 고생하는 어머니 얼굴이 떠올랐다. '내가 지금 카페에서 이런 비싼 커피를 마셔 가며 여학생이랑 데이트를 즐겨

도 되는 걸까?'

그녀는 가정 환경도 좋았고 또 주변 친지들도 다 그런 사람들이었
다. 가난이나 궁상은 그녀와 맞지 않았고 그녀 스스로도 이 세상을 더
멋지게 성공적으로 살고자 하는 꿈이 커 보였다. 내가 그녀의 기준에
부합하지 않는다는 것은 자명했다. 아니나 다를까, 나는 몇 달 못 가
보기 좋게 차였다. 그럼에도 그 이후로도 꾸준히 여러 다른 여학생들
과 만나고 헤어지고를 반복했다. 그럴수록 내 마음속에 회의도 더 깊
어졌다. '다 부질없다. 뭘 위해서 만나나, 서로 괴롭기만 하지.'

아내라는 빛

그러던 중 내 운명의 여자를 만났다. 지금의 내 아내다. 결국 이 만
남이 내 인생의 갈림길이 되었다고 나는 믿는다. 처음 만날 당시 나는
대학 3학년 휴학생이었다. 어머니가 결핵 치료를 위해 동대문의 이대
부속병원에 입원했을 때 몇 달 동안 옆에서 먹고 자며 간병할 사람이
필요했는데 그걸 하겠다고 휴학한 것이었다. 어머니가 많이 좋아져서
퇴원하신 후에 시간 여유가 좀 생긴 나는 전부터 생각만 하던 클래식
기타를 배우겠다고 신촌 집 근처의 학원에 다니기 시작했다. 거기서
함께 배우던 여학생이 나에게 자기 친구를 소개시켜 주겠다고 해서
아내를 만나게 된 것이다. 그때만 해도 이미 여자를 만나는 것에 대해

회의가 깊어져 있을 때였지만 왠지 그러마고 승락했다. 아마도 학원에 있던 그 여학생이 맑고 단정한 분위기를 갖고 있었기 때문이었던 것 같다. 그때 만약 거절했다면 내 인생은 어떻게 됐을까? 아찔하다. 운명은 그래서 운명인가 보다.

전혀 예상치 못했었는데, 아내를 만나고부터 내 인생에 빛줄기가 들어오기 시작했다. 처음엔 그것이 그저 작지만 따뜻한 성냥불인 줄 알았는데 시간이 갈수록 점점 횃불처럼 밝고 뜨겁게 타올랐다. 사랑의 빛이었다. 아내는 나보다 세 살 어려서 나를 오빠라고 불렀다. 아내는 심성이 올바르고 착한 여자였다. 그럼에도 몹시 예쁘고(내 눈에는) 또 쾌활했다. 나는 속으로, '아니, 이런 보석 같은 여자가 어떻게 나에게 왔지?'라고 생각했다. 정말 의외였다. 처음에는 '또 이러다 나를 떠나가겠지.'라고 생각했다. 그러나 만남을 거듭할수록 이 여자만은 놓칠 수 없다고 생각하게 되었다.

나는 그녀 앞에서 진실해질 수 있었다. 다른 사람인 척할 필요 없이 내 자신 그대로일 수 있었다. 아내는 나보다 어렸지만 내 아픈 마음을 어루만져 주고 나를 이해해 주며 격려해 주었다. 지치고 상처투성이인 '황야의 이리'*같던 나를 부드럽게 안아주고 차갑게 식은 마음을 따뜻하게 덥혀 주었다. 나에게 용기를 주고 꺼져가던 긍지를 살려 주었다. 남자는 무의식중에 자기 어머니와 닮은 여자를 찾는다고 들었는데, 내 아내는 여러 면에서 나의 어머니를 닮은 것 같았다. 아내는, "나도 중학교 때 아빠 하시던 사업이 망

*헤르만 헤세의 동명(同名) 소설이다.

50

해서 흑석동 달동네에서 살았었어. 집에 외풍이 심해서 겨울에 잘 때는 코가 시려웠는 걸." 하며 웃었다. 그녀는 부한 데 처할 줄도 알고 가난에 처할 줄도 알았다.

무엇보다 그녀는 내면의 가치를 소중히 여겼다. 나는 아내의 집이 망했던 것이 정말 고마웠다. (이런!) 나에게 기회를 주었기 때문이다. 삶의 기쁨을 맛보니까 삶에 대한 의욕이 솟았다. 그 전까지 경고 학점 바로 위로 저공 비행을 하던 나는 학과 공부를 다시 붙들었다. 복학하자마자 성적우수 장학금도 받게 되었고 더 큰 꿈을 꾸며 대학원 진학도 하게 되었다.

만난 지 3년 8개월 만에 우리는 결혼했다. 돌이켜 보면 결혼도 어떻게 하게 되었나 싶다. 아버지가 간암으로 돌아가시고 나서 1년 만에 결혼했는데 처가에서 보면 참 한심한 상황이었을 것 같다. 귀한 막내딸이 결혼하겠다는 남자는 부모가 두 분 다 오십도 안 된 젊은 나이에 병으로 돌아가셨고 밑으로는 공부시켜야 할 동생들이 둘이나 딸려 있는 데다가 남겨진 재산이라고는 아무것도 없었다. 당사자인 남자도 아직 갈 길이 한참 먼 대학원생일 뿐이었다. 시쳇말로 그때 나는 불알 두 쪽밖에 없는 상황이었다. 아내의 부모님께서 반대를 하셔도 당연하다고 생각되었다. 그런데도 우리는 결혼을 했다. 장인, 장모님은 나를 그냥 당신들의 친아들처럼 받아들여 주셨다. 아내는 5남매 중 막내딸이었는데 처형들과 처남도 나를 자기네 친남매처럼 대해 주었다. 돌이켜 생각해 보면 이것도 참 기적 같은 일이었다. 그 모든 것들이 더하여 내 안에 빛을 비추고, 그림자에 덮여 불신과 회의와 증오가 자라던 곳에서는 대신 인간에 대한 신뢰와 감사와 사랑이 자라기 시작했다.

아빠가 되다

결혼한 지 2년 만에 아들 태훈이가 태어났다. 아내가 아직까지도 가끔씩 나를 비꼬며 놀려대는 이야기가 있다. 당시는 우리 부부가 아기를 갖기로 결심하고 피임을 푼 지 얼마 안 되었을 때였다. 휴일 아침에 잠에서 깨자마자 아내가 기다렸다는 듯이 나에게 뭔가를 들이밀면서 "오빠, 이것 좀 봐 봐."라는 것이었다. 그것은 임신테스트기였다.

자세히 보니 희미하게 두 줄이 보일 듯 말 듯했다. 당시만 해도 집에서 임신테스트 키트로 자가진단하는 자체가 그리 흔한 일이 아니었고 나 스스로 그런 것에 대해 잘 모르기도 했다. 난 나보다 어린 아내가 너무 앞서 나간다고 생각하고는, "에이, 아닌 것 같아. 애기가 그렇게 쉽게 생기나. 봐, 줄이 너무 희미하잖아."라고 했다. 아내는 "그런가?" 하고 김샌 듯이 키트를 받아 갖고 나갔다. 그런데 그것은 임신이었다. 아내는 그것이 서운했나 보다. 드라마나 영화 같은 데 보면 그런 상황에서는 아빠들이 너무 좋아서 환호하고 아내한테 막 고맙다고 하면서 여왕 대접하는 장면이 나오는데, 그러기는커녕 이건 뭐

면박을 줬으니 말이다. 지금도 많이 미안하다.

그런데 그런 부정이 반드시 테스트기의 두 줄이 흐려서라기보다는 오히려 내 마음속 깊이, 나 자신이 아빠가 된다는 것에 대한 두려움이 자리 잡고 있었기 때문이 아닐까 한다. '나는 과연 좋은 아빠가 될 수 있을 것인가? 내가 나의 아버지를 그렇게 미워했지만, 그런 아버지를 보며 자란 나는 과연 좋은 아빠가 될 수 있을까?' 자신이 없었다. 사실 아이를 갖기로 한 것도 내가 먼저 결심한 것이 아니었다. 장모님이 너무 미루지 말고 이제 빨리 애를 가지라고 닦달하신 데 따른 것이 더 컸다. 내 속마음은, '지금은 마음의 준비가 안 됐는데 나중에 자신이 생기면, 그때 가지면 되지 않겠나?'였다. 그러나 그때가 언제쯤일지는 기약이 없었다.

아무래도 내가 아빠가 된다는 것에 자신이 없었다. 책이나 방송에서 보고 들었던 말들이 나를 더 불안하게 만들었다. 폭력을 휘두르는 부모 밑에서 자란 아이가 나중에 자라서 똑같이 폭력을 휘두르더라는 유의 말들이었다. 나의 아버지는 술 드시고 세간을 부수긴 하셨지만 사람에게 폭력을 휘두른 분은 아니었다. 그래도 왠지 나도 모르게 내가 싫어하던 아버지의 행동들을 따라 하는 것이 아닐까 하는 불안감이 들었다. 부모를 미워하며 '난 크면 절대 저렇게 살지 말아야지.'라고 생각하며 자라지만 어느덧 자기도 모르게 자기 부모를 그대로 따라 하고 있더라라는 저주 같은 예정설에서 나는 과연 벗어날 수 있을 것인가?

이런 예정설은 근거 없이 나온 것이 아니라 수많은 사례들과 그 통계에서 나왔을 것이고, 따라서 '너도 예외일 수는 없지!'라고 사람들에게 자기최면적인 족쇄를 강요할지도 모른다. 그러나, 이제 나는 감히 얘기할 수 있다. 사랑의 빛으로 내면의 어두움을 몰아낸 사람에게 그 족쇄는 더 이상 아무 짓도 할 수 없다고. 내가 경험했기에 말할 수 있다.

나는 이제 이렇게 말한다. "나의 아버지는 내가 좋은 아버지가 될 수 있도록 이끄신 훌륭한 선생님이셨다." 나는 아버지가 잘하셨던 것들은 그대로 이어받고, 못하셨던 것들은 좋은 반면교사의 가르침으로 삼았다. 내가 아버지에게 말대꾸하다 혼난 것을 떠올리면서 나는 내 아들이 마음껏 나에게 말대꾸할 수 있도록 격려하게 되었다. 내가 잘못한 것도 없이 억울하게 맞은 경험으로, 나는 내 아들에게 뭔가 훈계를 할 때에도 가능하면 부드럽게 하고 그리고 혹시 억울한 것은 없는지 물어볼 수 있었다. 내가 아버지에 대한 두려움으로 잘 다가가지 못했던 걸 기억하며 나는 내 아들이 언제나 쉽고 편하게 다가올 수 있도록 평소에 함께 농담하고 장난치고 웃는 분위기를 만들었다.

아버지로 살아보니

결혼해서 아이를 낳아 기르며 아버지로 살아 보니, 왜 어른들이 말

끝마다 "너도 너랑 똑같은 자식 낳아 길러 봐라."라고 하는지 알 수 있었다. 세상 모든 일이 다 그렇겠지만 옆에서 보는 것과 직접 하는 것은 전혀 다른 얘기다. 내가 아버지가 되어 보니, 내가 아들이었을 때는 보이지 않던 삶의 험난하고 고달픈 진면목들이 드러나 보였다. 나는 내 아버지를 보며 '그렇게밖에 안 되나? 좀 잘할 수 없나?'라고 답답해하기도 많이 했었다. 그러나 그건 어쨌거나 내가 아버지가 만든 굴 안에서 밖의 추위나 맹수들로부터 보호받으며 아버지가 밖에 나가 힘들게 구해 온 먹이를 먹기만 하면 됐기에 할 수 있었던 생각이었다. 이제 내가 처자식을 먹이러 굴 밖으로 나가 보니 밖은 안에서 생각하던 것보다 훨씬 춥고 위험했으며 먹잇감은 보통 구하기 어려운 게 아니었다.

'삶이란 것이 정말 녹록지 않구나'라는 생각과 함께 그동안 잊고 지내던 아버지 생각을 자주 하게 된 것은 직장 생활을 시작하면서부터다. 끝없이 쏟아지는 업무에 쫓기듯 바쁘기도 했지만 일들에는 무거운 책임이 따랐고, 또 한편 조직에서 사람들과의 관계를 위해 술자리에도 불려 다니다 보니, 나날이 심신은 지치고 스트레스는 커져만 갔다. "아, 나도 이렇게 힘든데, 아버지는 도대체 얼마나 힘드셨을까?" 가끔 술 먹고 집에 가다 이런 넋두리를 하기도 했다. 나는 대한민국 최고라는 대학을 나와 박사학위까지 받고 또 최고라는 직장을 다닌다면서도 이렇게 힘든데, 아버지는 초등학교도 못 나오고 아무런 가진 것도 없이 정말 맨몸으로 이 땅에서 살아가기가 얼마나 힘드셨을까? 나는 달랑 아들 하나 키우면서도 이러는데 아버지는 아들 삼형제를 키우고 홀어머니 봉양까지 하면서 얼마나 힘드셨을까?

아직까지도 우리나라는 학력사회임을 부인할 수 없다. 세계 최고의 대학진학율이 말해 주듯, 우리나라에서 무시당하지 않으려면 대학 졸업장은 기본으로 갖춰야 한다고들 생각한다. 물론 아버지 때는 요즘만큼 교육의 혜택이 두루 돌아가진 않았지만, 그래도 서울에서 경제활동 좀 한다는 사람들은 웬만하면 중졸 이상 학력은 갖고 있었다. 아버지도 사회활동을 하면서 사람들과 교류를 해야 하는데 우리나라 문화에서 솔직히 초등학교 문턱에도 못 가봤다고 하면 대번에 무시부터 당하기 일쑤였을 것이다. 그래서 가끔 필요할 때는 아버지가 당신의 학력을 고등학교 중퇴라 하며 넘어가신 것을 나는 알고 있다. 아버지는 언변이 좋아서 사람들이 의심 없이 그런가 보다 하고 넘어갔을 것이다. 어린 마음에 나는 그런 거짓된 아버지의 모습도 싫었다. 그러나 이제 와서는, 그런 것까지 거짓말을 하며 살아야 했던 아버지의 마음은 또 어땠을까 헤아리게 된다.

물론 아무런 학교 교육을 받지 않고도 맨손으로, 남들이 칭송할 만한 성공적인 인생을 사신 분들도 있다. 그러나 그것을 일반화할 수는 없다. 그런 분들을 칭송하는 이유는 그 성공이 그만큼 실현되기 어렵기 때문이다. 불행히도 나의 아버지는 나이 여섯 살에 당신의 아버지를 잃고 교육에는 전혀 관심이 없는 어머니로부터 남의 집 살이로 내보내졌다. 학교가 아니면 다른 데서라도 뭔가를 배우고 감화되어야

하는데, 그런 처지에서 무슨 교훈이 되는 좋은 소리를 듣고 자랐겠는
가. 더구나 서울에 올라와 처음 시작한 일도 양조장에서 술 만드는 일
이었다니…. 무슨 인생이 건전하게 풀릴 수 있었을까? 나는 가끔 어
릴 때부터 생각했었다. 아버지의 첫 직장이 양조장이 아니라 서점이
기만 했어도 많이 다른 인생을 살 수 있지 않았을까?

내가 만약 아버지와 같은 조건으로 살았다면, 나는 아내와 아들 삼
형제를 세상 풍파로부터 보호하고 먹여 살리며 가정을 이끌 수 있었
을까? 나는 술과 외도로 빠지지 않고 곧은 길을 갈 수 있었을까? 그런
질문을 나에게 던져 보면 나는 감히 자신 있게 그렇다고 대답할 수가
없다. 아마 나는 아버지보다도 훨씬 못했을 것 같다. 사람은 환경의
지배를 강하게 받는다. 오늘날 내가 내 아들과 해외여행도 다녀오고
이렇게 부자유친에 대해 책을 쓸 수 있는 것도 내가 원래 잘나서가
아니라, 어쨌거나 내 아버지가 나를 먹이고 입히고 좋은 교육을 받을
수 있도록 갖은 뒷받침을 하며 키워 주셨기 때문이다. 물론 아버지가
여러 가지 잘못을 하신 건 있지만, 인간이기에 그럴 수 있다고 생각한
다. 모든 사람들이 다 크고 작은 잘못을 하며 살아가지 않는가. 아버
지는 당신의 불우한 조건에도 좌절하지 않고 있는 힘껏 열심히 살다
가신 것이다.

부자유벽을 넘어서

아버지는 살아 계셨을 때는 높고 두꺼운 부자유벽 너머로 멀고 어려운 존재이기만 했다. 돌아가시고 세월이 흐르니 그 부자유벽도 많이 허물어지고, 나 또한 더 성장하여 그 벽을 기어올라갈 수 있게 되었다. 이제는 아예 그 벽을 넘어가 아버지 계시던 자리에 가 서보니 내가 어릴 때 벽에 가려 보지 못했던 흔적들이 보이기 시작했다.

나의 아버지는 속정이 깊은 분이었다. 세상 풍파에 많이 시달리셨지만, 그러면서 외도도 하셨지만, 그리고 인간적인 흠결도 있었지만, 그럼에도 당신의 처자식들을 사랑하는 마음과 책임감만큼은 버리신 적이 없었다. 술에 만취해 들어오셔서는 혀 꼬부라진 목소리로 "내가 내 아들들은 하늘이 두 쪽 나도 다 대학까지 졸업시킬 거야."라고 말씀하시곤 했다. 한 번도 입 밖에 내신 적은 없었지만 당신이 못 배우신 것이 얼마나 한이 되셨겠는가? 그래서인지 우리 집 경제 사정이 아주 나빴을 때조차, 나나 내 동생들이 참고서, 학용품 등을 사야 하는데 돈이 없어 못 산 적은 한 번도 없었다. 공부하는 데 필요한 거라고 하면 빚을 내서라도 무조건 돈을 주셨다.

공부에 직접 관련이 없는 책도 많이 사주셨다. 특히 내가 책을 좋아해서 책 사달라고 조르면 없는 살림에도 결국은 사주셨다. 덕분에 가난한 집인데도 100권짜리 문고판 책이 두 세트에 10여 권짜리 학습백과사전이 두 세트, 30권짜리 동아세계대백과사전이 한 세트, 또 수십 권짜리 탐정소설 세트까지 책들이 넘쳐났다. 나는 어릴 때부터 만화책을 무척 좋아해서 만화가게를 많이 들락거렸는데, 초등학교 고학년 때에는 만화가게에서 볼 수 없는 서점용 만화책들이 인기를 끌

었다. 그중에 새소년*에서 나온 클로버문고라는 만화책 문고가 가장 인기가 높았다. 나는 이게 너무 갖고 싶었지만 아버지께 감히 만화책 사달라는 얘긴 못하고 어머니를 졸랐다. 어머니는 없는 살림에 이 비싼 만화책을 100권이나 사주셨는데 아버지는 이걸 보시고도 아무 말씀 안 하셨다. 당시 내가 다니던 초등학교에서 어떤 부잣집 애도 고급 만화책을 이렇게 많이 갖고 있지는 못했을 것이다.

꼭 공부나 책뿐이 아니었다. 아버지는 아들들이 사 달라고 조르는 것들은 웬만하면 사주셨다. 한번은 또 내가 초등학교 때 자전거에 꽂혀서 자전거를 사달라고 조른 적이 있었다. 이 역시 아버지께 직접 말은 못하고 어머니를 통해서 졸랐는데, 한참을 지나도 답이 없자 나는 편지를 써서 아버지 바지 주머니에 넣고 조마조마 기다렸다. 지금 생각해 보면, 아버지도 사주고 싶었지만 형편상 선뜻 사줄 수가 없어 고민하고 계시지 않았을까 싶다. 그런데 어느 날 나보고 따라오라고 하시며 시내로 데려가셨다. 가시는 내내 아무 말씀도 없으셨다. 원래 아버지 스타일이 그러니 그냥 잠자코 따라갔는데 도착해 보니 자전거 가게였다. 나는 뛸 듯이 기뻐서 "아빠, 감사합니다."라고 몇 번이고 말했던 기억이 난다. 그러고 보니 자전거 타는 법을 가르쳐준 사람도 아

버지였다. 그 자전거를 사기 훨씬 전에 우리 삼형제를 데리고 여의도 광장에 데려가신 적이 있는데 거기에 자전거를 대여해주는 데가 있었다. 거기서 자전거들을 빌려서 우리가 타도록 하고 뒤에서 잡아주며 가르쳐주셨던 것이다.

아버지는 우리 삼형제를 데리고 여러 군데 많이 다녀 주셨고 사진도 많이 찍어 주셨다. 기억 나는 날 중에 하루는 어린이날이었는데 한낮인데도 아버지는 안방에 누워 계셨다. 어린이날에는 어디 특별한데 안 가면 큰일나는 것으로 생각했던 내가 아버지를 졸라 기어코 시내 극장에 가서 만화영화를 보고 외식도 했었다. 지금 생각해 보면 술장사 하시던 아버지는 전날 늦게까지 과음하신 걸로 피곤하여 쉬고 계셨을 것이고 어린이날에는 어딜 가나 사람들로 넘쳐나니 나가고 싶지 않으셨을 것 같다. 그럼에도 아버지는 싫은 소리 한마디 안 하시고 우리를 데리고 나가 주셨다. (물론 표정은 안 좋았던 것으로 기억된다.)

나는 초등학교 4학년 때 어머니를 기쁘게 해주고 싶다는 생각에 정신 차리고 공부하기 시작했는데 이때부터 학교 성적이 가파르게 올라 시험 때마다 상장을 받아오기 시작했다. 그런데 아버지는 그 상장들을 죄다 액자에 넣어 내 방에다 걸어 놓으셨다. 그러고는 집에 누군가 손님이 오면 내 방문을 열고 그 상장들을 보여주셨다. 자식이 공부 잘하는 걸 자랑하는 것이 아버지의 큰 낙이었던 것이다. 중고등학교 때는 내가 시험공부 한다고 밤 늦게까지 책상에 앉아 있노라면 아버지께서 가게 정리하고 들어오시면서 내 방문을 열어 들여다보고 가시곤 했다.

평소에 서로 말은 오가지 않아도 이런 것들을 통해서 아버지는 당신의 깊은 속정을 전해 주셨다. 특히나 공부에 대해서는 당신이 해 보지 않았으니 아들에게 뭐라고 얘기를 해줄 수는 없었어도, 당신이 가까이 갈 수조차 없던 그 공부를 이제 당신의 아들에게 시킬 수 있고 그 아들이 또 열심히 하고 있으니 사뭇 흐뭇하지 않으셨을까 한다. 더구나 그 아들이 공부 잘해서 좋은 대학 가고 출세한다면 거기서 더 이상 뭘 바라겠냐고 생각하셨던 것 같다.

부자유벽을 넘어가 뵌 아버지는 이렇게 따뜻하게 나를 감싸주고 계셨다. 사람인 이상 100% 잘할 수만도 없고 100% 못할 수만도 없다. 아버지도 그랬듯이 나도 계속해서 잘하다 잘못하다를 반복하면서 살아가고 있다. 아마도 이 땅을 살아가는 모든 부모와 자녀들이 그럴 것이다. 마찬가지로, 부모와 자녀 간에 부자유친만 있는 경우도 없고 부자유벽만 있는 경우도 없다. 부자유벽으로 갈라진 부모와 자녀가 각자의 편에서 끊임없이 망치와 드릴로 벽을 허물어 나갈 때 서로 부자유친으로 통하고 이어질 수 있는 것이다. 다만, 어느 편이 더 노력을 많이 해야 하냐 하면 그건 당연히 부모 쪽이다. 어느 부모나 아이 시절을 살아 봤으니 잘 돌이켜 보면 자녀를 이해할 수 있지만, 아직 부모 된 경험이 없는 자녀가 부모의 마음을 헤아린다는 것은 기대하기 어려운 일이다. 한참 후 그 자녀가 부모가 되고 나서라면 모를까.

제 3 장

아름다운 정원의
공유자들

앞서 부자유친과 부자유벽을 얘기했지만 부모도 자녀도 모두 가정 안에서 산다. 가정은 가정(家庭)이지만 또한 가정(佳庭)*이다. 말 그대로 세상에서 가장 아름다운 정원이다. 맑은 샘물이 솟아나는 주위로 예쁜 꽃과 풀과 나무들이 아름답게 어우러져 있고 초록 나뭇잎들 아래 편안히 쉴 수 있는 곳이다. 이곳에 사는 주민들은 함께 즐거워하고 행복해하며 밖의 세상에 나가 싸울 힘을 얻는다. 원래의 정상적인 모습은 그렇다는 얘기다.

그러나 이 모습이 저절로 유지되는 것은 아니다. 소중히 여겨 매일 가꿔 주고 관리해 주지 않으면 어느새 황폐해지고 흉해지고 만다. 그 관리는 이 아름다운 정원을 공유하는 가족들 모두의 몫이다. 아버지도, 어머니도, 아들도, 딸도 빠짐없이 자기에게 주어진 몫을 다해야 한다. 각자에게는 모두 대체 불가능한 고유의 가치와 역할이 있기 때문이다. 가령 아버지만이 정원의 물을 공급할 수 있는데, 이것을 등한시한다면 정원은 어떻게 되겠는가? 또, 둘째 딸만이 꽃밭에서 잡초를 뽑아줄 수 있는데, 여기에는 관심조차 없다면 정원에는 꽃밭 대신 잡

* 여기서 가(佳)는
아름다울 가이다.

65

초밭만 무성할 것이다.

그래서 이 장에서는 정원 주민들 각자의 입장과 역할에 대해 얘기하고자 했다. 그런데 쓰다 보니 대부분 아버지에 대한 것들이다. 글쓰는 내 자신이 아버지인 연유도 있지만, 가정에 관한 한 아버지들이 제일 말도 많고 탈도 많은 탓이다.

아버지는 아파트 외벽이다

아버지는 처자식을 품에 안고 세상의 험한 바람들을 막아내는 사람이다. 자기는 차가운 칼바람을 맞더라도 사랑하는 아내와 아들, 딸들이 자기의 따뜻한 품 안에서 방긋 웃는 것을 보고 행복해 하는 사람이다. 나는 이런 아버지의 모습이 마치 아파트의 외벽과 같다고 느꼈다. 아내에게 그렇게 이야기했더니 아내도 웃으며 동의해줬다.

외벽은 바깥벽이지 외로운 벽이 아니다

길을 가다 보면 흔하게 보이는 것이 아파트다. 속은 보이지 않고 겉에 드러나 보이는 것은 외벽뿐이다. 외벽이라고 해봤자 유명한 성이나 고급 주택의 외벽도 아니고 아파트의 외벽이니 별 볼품은 없다. 그나마 관리가 잘되는 아파트는 페인트라도 깨끗이 칠해져 있지만 어떤 아파트들은 칠한 지 오래 되어 페인트가 벗겨지고 색도 누렇게

바랬다. 어떤 아파트 벽들은 금이 가 있는 경우도 있다. 그러나 외벽
은 외벽일 뿐이다. 튼튼히 버티면 됐지, 겉의 모습이야 더 이상 바라
지도, 신경 쓰지도 않는다. 외벽은 자기 본분대로 비바람과 눈보라를
직접 맞고 추위와 더위를 온몸으로 흡수하며 그 외에 어떤 해로운 것
도 다 막아낸다. 외벽이 언제나 그 자리에 묵묵히 버티고 서 있는 것
은 오로지 아파트 안이 편안하도록 하기 위해서다. 그리고, 그 모습은
꼭 아버지를 닮았다.

나는 진심으로 이 땅의 아버지들이 훌륭하다고 생각한다. 대한민
국의 아버지들만큼 자기 자신을 돌보지 않고 처자식을 위해 불철주
야 성실하게 노력하는 사람들은 지구상에 흔치 않다. 처자식을 둔 가
장으로서의 삶에 들어가는 순간 모든 중요한 결정의 기준은 처자식
이 된다. 이전에 본인이 가졌던 꿈이든 계획이든 다 그다음으로 밀려
난다.

내가 대학 다닐 때 합기도를 배우겠다고 이대 근처의 도장에 다닌
적이 있다. 그 도장의 관장님은 어릴 때부터 세계 최고의 무도가(武道
家)가 되겠다는 목표를 갖고 정진하던 분이었는데 합기도는 물론이
고 유도, 태권도, 실전무술 등 각종 격투기를 고도로 연마해서 단수를
합하면 수십 단이었다. 도장의 사진들을 보면 그가 얼마나 극한의 정
진을 해왔는지 잘 알 수 있었다. 도장 사범들과 얘기해 보니 사범들
도 관장님에게 엄청나게 혹독한 훈련을 받았다고 했다. 그런데 어느
순간, 관장님도, 도장도 변했다는 것이다. 엄격한 기준을 갖고 봐주는

것 없이 훈련을 시키던 관장님이, 얼굴 가득 아빠 미소를 띠고 "괜찮아"를 연발하며 쉽게, 부드럽게 가르치기 시작했다. 혹시나 사범들이 무섭게 하거나 힘들게 하면 불러다 혼을 냈다. 도장 프로그램에는 예전에 없던 에어로빅까지 들어왔다. 그것은 관장님의 부인이 뇌종양 판정을 받고 나서부터였다고 한다. 세계 최고의 무도가고 나발이고 이제는 중요하지 않았다. 중요한 것은 아내를 살려내는 것이었고 그러자면 돈을 벌어야 했다.

가장의 임무 중 첫 번째는 가족의 생존을 보장하는 것이다. 뭐니뭐니 해도 먹고 마시고 자는 것이 해결되어야 한다. 그게 되고 나면 그다음은 삶의 질을 높이는 것이다. 내 처자식이 좀더 즐겁고 행복하게 살 수 있도록 해 주는 것이다. 그러자면 좋은 옷도 필요하고 문화 생활도 해야 한다. 특히 자식들은 좋은 교육을 받도록 해 줘야 한다. 현대 사회에서 이 모두는 결국 돈이다. 따라서 돈을 못 버는 가장은 가장의 역할을 할 수가 없다. 문제는 돈 벌기가 너무 어려워졌다는 것이다. 더 큰 문제는 우리 사회가 서로 심하게 비교하며 사는 사회라는 것이다. 그냥 일정액만 달성하면 되는 것이 아니라 끝도 없이 비교하며 살기 때문에 돈도 많이, 더 많이 요구하면서 만족을 모른다.

아버지들은 당연히 이런 비교와 평가의 대상이다. 내가 다니는 삼성전자 근처 동네의 초등학생들이 모여서 그런다고 한다. "너네 아파트 몇 평이야?", "너네 차 뭐야?", "우리 아빠는 부장인데 너네 아빠는 뭐야?" 초등학생 대화가 왜 이렇게 되었을까? 이번엔 중고생들에게 물어보자. 다음 중 어떤 아버지가 더 좋냐? 가난해서 용돈은 잘 못 주지만 친절하고 자상한 아버지와 차갑고 퉁명스럽지만 부자라서 용돈 많이 주는 아버지. 요즘은 후자를 선택하는 경우가 더 많다고 한다. 이 땅의 아버지들도 그걸 잘 안다. 그래서, 최대한 능력 닿는 데까지 돈을 잘 버는 아빠가 되기로 한다. 어차피 둘 다를 쫓으면서 이것도, 저것도 제대로 하는 것이 없을 바에야 확실하게 한 가지에 집중하는 것이 낫다는 것이다.

그래서 아버지들은 그렇게 산다. 직장에서 상사에게 인격적인 모독을 당해도, 그래서 아무리 억울하고 울분이 치밀어 올라도, 밖으로는 내색도 안 한다. 공손하게 응대한다. "아, 네, 죄송합니다. 제가 밤을 새워서라도 다시 제대로 해 보겠습니다." 인사권을 가진 상사에게 밉보이기 시작하면 어쩔 수 없이 조직에서 한직으로 밀려나고 결국은 직장에서 나갈 확률이 높아진다. 그것은 곧 내가 지켜야만 하는 처자식을 위험에 빠뜨리는 것이다. 마찬가지로, 상사가 말도 안 되는 부당한 결정을 내려도 거기에 감히 옳은 말을 하지 못한다. 그 상사에게 찍히면 안 되기 때문이다. 결코 이 아빠가 멍청하거나 판단이 흐려서가 아니다. 오히려 영리한 사람일수록 상사를 기분 좋게 하는 데에 온 힘을 쏟는다.

누군가 양심에 따라 직언을 하면, 언뜻 용기 있고 정의롭게 보일지는 모르지만, 그 사람은 불이익을 받을 확률이 높아진다. 직언을 하는 사람에게 동료들이 다가가서, "정말 속이 다 후련하다, 당신 같은 사람이 있어야 이 회사가 산다."라고 말은 하지만 정작 그 동료들은 절대 그런 행동을 하지 않는다. 다만, 고양이 목에 방울을 달아 주는 용감무쌍한 쥐가 있어서 다행이라고, 방울 달기가 성공하면 좋을 텐데 실패해도 예전과 달라지는 건 없으니 손해 볼 건 없다고 생각한다. 이 동료들이 비겁하고 나쁜 사람들일까? 아니다. 이들은 각자 가정을 지키기 위해서 자기 양심과 싸우고 있는 것이다.

그러나 그렇게 절실한 직장에 언제까지고 붙어 있을 수 없는 것도 현실이다. 어느 회사든 경영이 어려워지면 효율화를 위해 인원감축의 압박을 받게 되고, 우선은 연차 높은 인력부터 그 대상이 된다. 그것이 희망퇴직이든, 권고사직이든, 아니면 더 유리한 조건을 찾아 자발적으로 나가는 것이든, 현 경제상황에서는 정년 전에 퇴사하는 사람들이 계속 생길 수밖에 없다. 내 지인들 중에 이렇게 자기 회사를 나가는 이들을 만나 술잔 기울이며 얘기를 하다 보면 열이면 열, 회사를 나가면서 가장 크게 걱정하는 것은 자식들 교육이다. 아버지라면 기본적으로 자식들 모두 대학 졸업까지는 시켜야 한다는 거의 절대적 책임감을 갖고 있는 것이다. 그런데 오십을 넘겨 회사를 나가는 분들 중에는 막내가 아직 초등학생이라는 분들도 꽤 있다. 그분들은 환갑 넘겨서까지 계속 돈을 벌어야 하는데 요즘 같은 때에 자기처럼 나이든 사람이 언제까지 벌 수 있을지 막막하고 불안하다며 쓴웃음을 짓는다.

그러므로 아버지들은 직장에서 어떤 어려움이 있더라도 다 참고

견뎌낸다. 아니, 스트레스가 있는 것 자체가 당연하다고 받아들인다. 나도 회사에서 업무를 하다 보면, 윗사람들이 납기는 반으로 줄여 버리고, 서로 양립하기 어려운 여러 조건들은 모두 충족시켜야 한다고 성화를 대는 일이 다반사다. 요약하면 빨리, 싸게, 잘 만들라는 것이다. 물론 다 회사를 위해서 그런 거란 건 알지만, 직접 결과를 만들어 내야 하는 담당자로서는 스트레스가 확 올라간다. 열 받아서 씩씩대고 있으면 옆에서 동료가 그런다. "월급 그냥 주는 거 아니다. 니가 그렇게 스트레스 받는 것까지 다 쳐서 주는 거다." 그러면 듣는 나도, "내도 안다." 하고 또 일에 매달린다.

또 이런 말도 한다. "일이 재미있고 즐거우면 왜 회사가 너에게 돈을 주냐? 니가 회사에 돈을 내야지." 그러므로, 아버지들은 체념하고 이 모든 걸 받아들인다. 이 땅에 태어나 가장이 되었으니 당연히 져야 하는 운명의 멍에다. 힘들긴 하지만 이걸 누가 벗겨내기라도 하면 어떡하나, 오히려 걱정이다. 이 멍에 덕분에 그래도 가장 노릇 하면서 처자식을 먹여 살릴 수 있는 거다. 다른 길은 없다. 정면으로 뚫고 나갈 수밖에 없다.

나는 가끔 동료들에게 얘기한다. 세계 10위권의 경제대국 대한민국의 이 산업과 경제는 모두 처자식을 볼모 잡힌 아버지들의 온전한 희생과 인내 위에 세워졌다고. 아무리 회사에서 모욕당하고 채찍질당해도 꿈쩍 않고 제자리를 지키며 우직하게 할 일을 해내는 아버지들 덕분이라고. 만약, 아버지들이 자존심도 강하고 한 번뿐인 자기 인생은 누가 책임지냐며, 자기도 좀 즐기면서 살고 싶다고 다 튀어 나갔다면 그나마 우리의 산업도, 경제도 이렇게 이루어내진 못했을 것이라고.

그러니, 아버지들은 대부분의 시간을 직장에서 보낸다. 아침, 점심, 저녁까지 모두 회사에서 먹는다. 그러는 게 좋아서는 물론 아니다. 구조가 그렇게 되어 있다. 그러지 않으면 밀려난다. 우선 직장에서 해야 할 일들이 그만큼 많고, 일이 없더라도 우리 문화가 아직은 땡퇴 문화를 잘 수용하지 못한다. 밖에 개인적인 일이 있어서 일찍 퇴근해야 하는 사람들은 몹시 눈치를 본다. 요즘은 사회 전체적으로 이런 분위기를 바꾸려고 하는 시기이긴 하지만, 어쨌든 지금까지는 그래 왔다. 이전에 선배 한 분은 저녁 5시 땡퇴를 하면서, "날이 이렇게 밝은데 퇴근하는 게 너무 낯서네. 마치 죄짓는 느낌이야."라고 말하기도 했다. 그래서 아예 회사에서 늦게 퇴근하는 쪽이 마음 편하다. 거기다 늦게 퇴근하면서 회사에서 주는 저녁을 먹고 가면 집에서도 식비 절감이 되니 일석이조라고 위안을 삼는다.

내가 다니는 회사에서는, 과거 워크 하드(Work Hard; 열심히 일하자)의 전통적 노동문화로부터 탈피해, 이제는 워크 스마트(Work Smart; 스마트하게 일하자)로 바꾸자는 것이 중요한 경영방침이 되었다. 그래서, 불필요한 잔특근을 더 줄이라고 상한선을 정해 관리를 하고 있다. 근무시간에 집중적으로 일해서 잔특근의 여지를 줄이고 대신 자기계발도 하고 가족들과의 여가 시간도 늘리라는 정말 좋은 취지다. 그런데 이런 회사의 공지 메일을 읽고 내 옆의 젊은 책임연구원이 툴툴댄

다. 왜 그러냐니까, 그렇게 되면 잔특근 수당이 줄어들어서 자기 어린 아들 한우 못 먹이고 미국산 소고기 먹여야 된다는 것이었다. 농담 반 진담 반으로 한 얘기였지만, 아마 선진 외국이었다면 좋아라고 자기 인생을 즐기려고 했을 텐데, 역시 한국의 아버지는 어쩔 수가 없구나 라는 생각이 들었다.

외벽에다 스피커를 달자

나도 아파트 안에서만 지내도 되던 때는 그런 걸 몰랐다. 정작 내가 아파트 외벽이 되어 보니 그게 어떤 것이구나라는 걸 비로소 알수 있었다. '백문이 불여일견'이라고 했는데 나는 '백견이 불여일겪'이라고 하겠다. 아무리 봐도 겪어보지 않으면 결국 잘 모른다. 나도 내가 겪어보니까 제대로 알게 된 것이다.

하물며, 들어 보지도 못하면 대체 무슨 감이라도 있겠는가? 묵묵히 모든 풍파를 막아내며 가족을 보호해 주는 아버지는, 이해하고 나면 존경스럽지만, 정작 그 아버지가 얘기를 안 해주면 가족들이 어떻게 이해를 할 수 있느냐는 말이다. 이제는 그 외벽도 스피커를 달아 말을 하고 가족들에게 자기를 알려야 한다. 전통적으로 남자는 희노애락의 표현을 최대한 절제하고 바위처럼 무겁게 언행하는 것이 멋있다고 생각해 왔지만, 이제는 바뀌어야 한다.

내가 고등학교 때 국어선생님으로부터 들은 얘기가 있다. "남자는 사랑한다는 말 남발하면 안 돼. 가벼워서 못 써. 여자를 아무리 사랑해도 사랑한다는 말은 평생 단 한 번 하는 거다. 그 한 번이 죽을 때야. 여자에게, 난 평생 너를 진심으로 사랑했었노라고 처음이자 마지막으로 한 마디를 하는 것이 진짜 사나이다." 아내에게 이 얘기를 해줬더니, 아내는 말도 안 되는 얘기라고 일축하며 이렇게 얘기했다. "그 여자는 너무 억울할 거야. 말을 안 하는데 사랑하는지 어떻게 알아? 남자가 자기를 사랑하는지 안 하는지도 모르면서, 사랑한다는 말을 들을 때 느끼는 행복도 없이 한평생을 살게 해놓고는, 죽을 때 그런 얘길 하면 뭐하냐? 이제 더 이상 같이 살 수도 없는데." 아무래도 남자들은 남자들만의 일방적인 도그마(dogma)에 너무 길들여져 있는 것 같다.

한국 아버지들의 또 다른 도그마는 '남자는 밖의 일을 안에까지 가져오지 않는다.'는 것이다. 그래서 내 아버지 세대들은 밖에서 무슨 일이 있어도 집 안에서는 내색을 안 했다. 사랑하는 아내와 자식들에게 쓸데없는 걱정을 끼치기 싫어서 그런 거지만, 말을 안 하니까 가족들은 아버지가 얼마나 힘든지 알 수가 없다. 그러다가 나중에 그 아버지가 무너지는 일이 생길 때, 아버지가 분통을 터뜨리며, "내가 밖에서 얼마나 힘든 줄 알기나 해?"라고 외쳐도 가족들은 알 수가 없다. 외벽이 언제나처럼 말 없이 든든하게 서 있으니까 가족들도 평소에 신경을 안 쓰는 것이다. 그러나 요즘처럼 사는 환경이 험악할 때는 그 튼튼해 보이던 외벽들도 금이 가다가 쪼개지고 결국 무너지는 일까지 빈번하게 생긴다. 그 외벽들도 그렇게 되기 전에 안에 있는 가족들에게 얘기를 해 줘야 벽을 보강하든, 외력에 함께 맞서든, 정 안 되면 다른 데로 이사를 가든 할 것 아닌가.

뒤에 더 자세히 얘기하겠지만, 나는 소통이 제일 중요하다고 생각한다. 그래서 나는 밖에 있는 시시콜콜한 작은 일들까지도 아내에게 얘기해 왔다. 덕분에 아내는 내 주변 상황들을 잘 안다. 그러니 어떤 얘기도 쉽게 시작할 수 있다. 배경 설명이나 일의 이력들을 일일이 얘기할 필요가 없기 때문이다. 아들에게도 마찬가지다. 아들이 고등학생이 된 다음에는 틈 나는 대로 아들이 알고 있어야 할 것들, 또 내가 아들과 공유하고 싶은 상황들에 대해 얘기해 준다. 그래서 아내와 아들은 나를 통해서, 안 그러면 알기 어려운 세상사 돌아가는 얘기들을 듣는다. 내가 어떤 점에서 어려움을 겪는지를 공감하기에, 내가 어떤 일을 하고자 하면 그런 맥락에서 나를 이해해 주려고 한다.

예를 들어, 태훈이는 내가 삼성전자에 다니는 게 자랑스럽기도 하지만, 언젠가는 또 거기에서 나와야 한다는 것도 이해한다. 태훈이는 농담 반 진담 반으로, "아빠, 내 친구들이 아빠 회사에 얼마나 들어가고 싶어하는 줄 알아? 아빠는 딴 생각 말고 삼성에 뼈를 묻어." 하고 킥킥댄다. 지금 아버지가 회사에 다니며 돈을 벌고 있어 가정이 경제적으로 안정되고 자기도 편하게 살 수 있으니 당연히 그렇게 바랄 것이다. 그러나 또 한편으로는 아버지와 수시로 대화하면서, 회사의 조직이라는 게 어떤 건지도 대략 안다. 거기 있는 사람들이 모두 원하는 대로 승진하거나 언제까지나 일할 수 있는 게 아니라는 것도 이해하고 있다. 그렇기에 또 아버지를 격려하고 응원해 준다. "아빠가 혹시 지금 회사에서 나오더라도 아빠는 뭐든지 잘할 수 있을 거야. 그리고 좀 쉬어도 돼. 지금까지 열심히 했잖아. 만약에 우리 집 경제 사정이 안 좋아지더라도 나는 나대로 돈 벌어가면서 공부할 거야." 이렇게 얘기하기도 한다. 나는 또 아들의 그 마음에 감동을 받으며 더욱 힘을 내게 된다.

아버지는 쏘아 올리는 활이다

앞에서는, 아버지가 아파트 외벽처럼 우직하게 가정을 지켜준다는 얘기를 했다. 이것은 아버지의 가장 기본이 되는 역할이다. 이번에는 그걸 넘어서는 이야기를 하려고 한다. 요즘 같은 세상에 기본만 잘하는 것도 물론 매우 어렵고 훌륭한 일이지만, 거기에 머물 수는 없다. 피아노 배울 때 기초를 탄탄하게 익히려고 애쓰는 것은 기초 그 자체를 위해서가 아니라, 그 위에서 아름답고 화려한 연주를 펼치기 위함인 것과 같다.

따라서 앞의 얘기가 현실 속에서 지키는 것이라면, 이번 얘기는 나아가서 꿈꾸는 것을 얻는 것이다. 앞이 수비라면, 여기는 공격이다. 앞이 튼튼한 뿌리라면, 여기는 그 위에 피우는 화려한 꽃이다. 앞이 생존(Survival)이라면 여기는 부활(Revival)이다.

아버지가 활?!

사람들에게는 자기도 모르는 사이 전혀 예상치 못했던 뭔가가 감각을 타고 훅 들어와 마음에 각인되는 순간이 있는 것 같다. 나의 경우에는 그런 일이 종종 있었다. 그중에는 책을 읽다가 어떤 글귀가 마음을 확 사로잡는 경우도 포함된다. 내가 중학교 1학년 때였던가 여름방학에 시골 외갓집에 갔었는데, 화장실에서 용변을 보고 있었다. 화장실이라고 해봐야 전통적인 농촌 푸세식이었다. 바로 옆에 돼지우리가 있었는데 황토에 짚을 섞은 벽으로 얼기설기 막아 놔서 용변 보느라고 쭈그리고 앉아 있으면 바로 벽 구멍 사이로 돼지가 코를 쳐박고 꿀꿀거렸다. 아마도 신선한 X냄새를 맡았기 때문일까? 내가 "으이그!" 하고 손가락으로 돼지코를 밀어내면 돼지가 "꿀!" 하고 물러났다 다시 왔다. 밑을 닦을 때도 지금처럼 '비싼' 두루마리 휴지를 감히 쓰지 못하고 오래된 책에서 종이를 뜯은 다음 그걸 두 손으로 비벼서 최대한 부드럽게 만들어 썼다. 그때도 나는 쭈그리고 앉아, 밑 닦는 종이로 쓰라고 놓여진 오래된 잡지책을 넘겨보고 있었다.

그런데 거기 박힌 어떤 문장이 내 눈을 확 사로잡았다. 마치 그 문장만 초점이 맞아 보이고 주변의 다른 모든 것들은 흐리게 보이는 것 같은 착각이 들었다. 그것은 바로, '아버지는 자식을 쏘아 올리는 활이다.'라는 문장이었다. 그것이 어떤 내용의 글 속에 있었는지는 기억이 안 난다. 그 문장만 남아 있을 뿐이다. 도대체 왜 그랬을까? 왜 이 문장이 까까머리 중학생의 마음에 각인된 것일까? 아직도 나는 그 이유를 잘 모른다. 다만 그때 나는 뭔가 비밀을 발견한 것처럼 그 문장을 몇 번씩 되뇌며 뜻을 음미했던 것 같다. "맞아! 그래, 아버지는 활이구나. 자식을 쏘아 올리는구나. 자식이 높이 솟구쳐 올라가려면 아버지가 높이 쏴 줘야 하는구나." 이 문장은 아버지와 아들의 관계가 활과 화살의 관계임을 단호하고 명확하게 선언하고 있었다.

아마 나는 그때 스스로 인식만 못하고 있었을 뿐 이미 내 아버지에 대한 불만과 갈증이 마음 한 켠에 크게 자리 잡고 있었던 것 같다. 아버지는 멀고 두렵기도 했지만, 나를 쏘아 올려주지 않으셨다. 정확히 하자면 '내가 원하는 만큼'을 붙여야겠다. 돌이켜 보면 나는 은근히 욕심이 많은 아이였다. 이것저것 하고 싶은 것도 많고 배우고 싶은 것도 많았다. 다른 애들처럼 피아노나 바이올린도 배우고 싶었고, 미술 학원에도 다니고 싶었고, 보이 스카우트도 하고 싶었다. 그러나 우리 집은 그럴 형편이 되지 않았다.

장남인 나는 우리 집 사정이 좋지 않다는 것도 알고 있었고, 나 말고 동생들도 있다는 것도 알고 있었다. 초등학교 때 나는 멋진 보이스카우트 제복을 입고 다니는 아이들이 너무나 부러웠었다. 보이 스카우트 모집한다고 해서 나도 손 들고 지원했다가 정작 방과 후에 모이라고 했을 때는 가지 않았다. 제복 사는 것부터 시작해서 줄줄이 돈이 많이 들어갈 텐데 어머니의 힘든 모습이 떠올랐기 때문이다. 가끔 학교에서 음악 시간에 피아노나 바이올린을 멋지게 연주하는 아이들을 보면 개네들은 마치 나와는 전혀 다른 세상에 사는 애들 같았다. 그러나 우리 집은 학교에 다니는 것만으로도 감사해야 했다. 나는 높이높이 날고 싶었는데 나 혼자서는 날 수가 없었다.

중학교 올라와서는 그래도 뭔가 악기를 배우고 싶어서 어머니를 졸라 플루트(Flute)를 배운 적이 있었다. 음악학원은 내가 신문광고에서 보고 찾은 곳인데 종로2가에 있어서 방과 후에 신촌에서 버스 타고 왕복하려면 시간이 꽤 걸렸다. 그렇지만, 생전 처음 제대로 된 악기로 음악을 연주한다는 것에 신이 나서 꼬박꼬박 다녔다. 시간이 가면서 강사님이 잘한다고 칭찬도 해주셨는데, 이제 자기 악기를 사서 집에서도 연습을 해야 한다고 하셨다. 나는 학원에 비치된 연습용 악기로 학원에서만 연습했는데 그래 봤자 연습 시간은 제한적일 수밖에 없었다. 악기 값은 당시 돈으로 못해도 이삼십만 원이었다. 도저히 그 비싼 악기를 사 달라는 얘기는 할 수가 없었다. 나는 며칠 더 다니며 고민하다가 어머니에게 얘기했다. "엄마, 나 음악학원 그만둘래. 재미없어." 학원 다닌 지 한 달 만이었다.

아마 그래서 그 문장이 훅 들어왔던 것 같다. 채워지지 못한 채 내 가슴속에 묻혀 있던 욕망들과 공명(共鳴)을 일으켰을 것이다. 그렇게 새겨진 문장은 그 후로도 가끔씩 의식 위로 떠올랐다. 그럴 때마다 막연히 '나는 아버지가 되면 내 자식을 높이 쏘아 올리는 활이 될 거야.'라고 마음먹곤 했다. 아직 결혼도 안 한 놈이 무슨 이런 생각을 다 하나? 지금 돌아보면 참 우습기도 하다.

피아노

그런데, 세월이 흘러 진짜 내가 아버지가 되었다. 이제 나는 활시위를 당길 수 있었다. 나는 어떤 분야가 되었든 내 아들 태훈이가 마음껏 날 수 있도록 해주고 싶었다. 태훈이가 어렸을 때는 우선 악기를 가르치고 싶었다. 악기는 어릴 때 배우는 게 좋다고 듣기도 했지만, 나 자신 악기에 대한 원(願)이 있어서 더 그랬던 것 같다. 음악은 사람을 행복하게 해주고, 나는 내 아들이 행복하게 살기를 원했다. 그래서 태훈이는 피아노, 단소, 기타, 바이올린 등 여러 가지 악기를 배웠다. 그중에 피아노는 1년 정도 배우다 힘들어 해서 그만두었고 바이올린은 잠시 흥미를 보여서 시작했다가 한두 달 하고는 역시 그만두었다. 태훈이가 원한다면 끝까지 지원해주겠지만, 원하지 않는데 억지로 시킬 생각은 없었다. 나의 역할은 태훈이에게 가능한 많은 기회를 제공해주고 거기서 태훈이가 좋아하고 잘할 만한 것을 선택하면 그 길로 잘 갈 수 있도록 힘을 실어주는 것이었다.

피아노는 태훈이가 미국에 있을 때 배웠다. 미국에 간 것은 내가 서울대에서 박사학위를 받은 후에 좀더 연구 경력을 쌓으려고 미국 UCLA*로 포닥**을 하러 간 것이었다. 태훈이가 미국에 처음 갔을 때 나이가 만 다섯 살이어서 이제 악기를 시작할 수 있지 않을까 생각했다. 피아노를 선택한 것도 나였다. 내가 알기로 피아노야말로 모든 악기의 기본이

* 캘리포니아 주립대(University of California)의 10개 분교 중 LA(Los Angeles) 캠퍼스.
** Postdoctoral Researcher(박사후 연구원)으로 줄여서 포스트닥, 또는 포닥이라고 한다. 박사학위를 받고 나서 교수나 국가, 산업체 연구원으로서 본격적인 커리어를 시작하기 전 좀더 깊이 연구 실전경험을 받으며 실적을 쌓는 과정으로 보면 되겠다.

기 때문이었다. 태훈이에게는 "피아노 배워 보지 않을래? 되게 재미있을 거야."라고 물어봤고 아빠를 좋아하는 태훈이는 "응, 할게."라고 흔쾌히 대답해 주었다.

그다음엔, 우리가 다니던 LA 한인 교회에서 피아노 선생님을 수소문해서 찾고, 개인교습 부탁을 드려 승락을 받았다. 피아노 선생님이 계시던 곳은 LA에서 차로 30분 정도 떨어진 토렌스(Torrance)라는 곳이었는데 이때부터 우리 부부는 매주 토요일 차로 태훈이를 실어 날랐다. 태훈이를 들여 보내고 나면 우리는 커피와 도넛을 사가지고 근처 해변의 벤치에 앉아 태평양 바다를 보며 이런저런 얘기를 나눴는데 이 또한 좋은 추억이 되었다. 시간이 되어 태훈이를 데리러 가면, 태훈이를 귀여워 하시던 선생님은 미소를 지으며 "애가 곧잘 따라오네요."라고 하셨다. 돌아오는 차에서 나는 마치 내가 피아노를 배우는 것처럼 들떠서는, "태훈아, 피아노 재미있어?"라고 물어보고 태훈이는 "응, 재미있어."라고 대답하곤 했다. 나는 그렇게 세월이 지나면 태훈이가 피아노를 자유자재로 연주하는 날이 올 거라고 생각하며 태훈이를 데리고 다니는 그 시간 또한 즐겼다.

그러나, 덜컥 피아노를 사지는 않았다. 얄팍한 포닥 월급에 너무 비싸기도 했지만, 혹시나 태훈이가 그만두면 공간만 많이 차지하는 애물단지가 될 수도 있어서다. 실제로 거기서 친하게 지내던 이웃들 중에 태훈이 또래 애가 있는 집들 중 몇몇은 피아노를 들여놓았다. 악기가 있어야 애들이 제대로 배울 게 아니냐는 생각과 미국에서 좋은

피아노를 싸게 살 수 있다는 생각에서다. 그런데 아내는 좀더 신중하자고 했다. 아내는, 자기도 어릴 때 피아노를 배웠지만 나중에는 정말 치기 싫었다고 했다. 많은 아이들이 체르니 30번이나 40번 정도까지 치다가 중도에 포기하는 경우가 많다는 것이었다. 그래서 우리는

피아노 대신에 베스트바이(Bestbuy)*에서 150불 정도 되는 카시오(CASIO) 키보드를 샀다. 물론 전문 연주자용이 아닌 취미용이다. 태훈이는 그걸로 선생님이 내주신 숙제를 연습했다. 바흐(Bach)의 '미뉴에트(Minuet)'을 나는 기타로, 태훈이는 그 키보드로 합주하며 재미나게 놀았던 것도 기억난다.

그렇게 1년쯤 지났을 때 아내가 나에게 말했다. 아무래도 태훈이가 피아노 치는 것을 어려워하는 것 같다고. 어려우니까 재미를 못 느끼는데 아빠가 실망할까봐 얘기를 못하는 것 같다는 것이었다. 아내는, 아마 태훈이가 너무 어려서 선생님의 설명을 잘 이해도 못하고 따라가려니 힘들어서 그런 것 같다고 얘기했다. 나는 그 얘기를 듣고, 많이 아쉬웠지만 태훈이에게 부드럽게 얘기해 줬다. "태훈아, 피아노 치고 싶지 않으면 안 쳐도 돼. 지금 힘들면 쉬었다가, 나중에 다시 하고 싶은 생각이 들면 그때 해도 돼." 그렇게 태훈이는 피아노 배우기를 중단했다. 선생님께도 그동안 감사했다고 말씀드렸다. 선생님은 아쉬운 미소를 지으며, "잘 따라왔는데…, 피아노가 참 어려워요."라고 말씀하셨다. 그 선생님의 따님도 전문 피아니스트로 커리어를 쌓고 있었는데 그 어려움을 옆에서 지켜볼 때마다 안타깝다고도 하셨다.

그러나 이 일은 단지 중도포기와 그에 따른 여러 가지 손실이라는 속쓰린 경험이 아니었다. 오히려 우리 가족 모두에게 아주 중요한 교훈을 주었다. 우선 나는 내가 어린 태훈이에게 너무 부담을 주고 있었다는 것을 깨달았다. 악기를 배우겠다는 것도, 그 악기가 피아노라는 것도 태훈이가 선택한 것이 아니었다. 그것은 원래 나의 욕망이었는데 그걸 어린 아들에게 투사하고 대리만족을 얻으려 했던 것이다. 그래서 이후 다시는 내 선택을 종용하지 말고 태훈이가 오직 자신의 바람을 따라서만 선택할 수 있도록 해주자고 마음먹었다.

좀더 시간이 지나서 일이지만 아내 역시 자기 잘못을 깨달았다. 태훈이가 피아노에 흥미를 잃은 데에는 사실 자기 잘못이 제일 컸다는 것이다. "나도 참! 어설프게 아는 게 더 안 좋은 것 같아. 내가 좀 쳐봤다고 태훈이가 칠 때 틀리는 게 자꾸 들리는 거야. 그때마다 지적하고 고쳐 줬지. 누군가 옆에서 자꾸 지적질 하는데 어떤 애가 재미있어 하겠어? 부담스럽기만 하지." 그랬다. 그것은 그대로 우리나라 예체능 교육의 문제였다. 어릴 때는 음악이든 운동이든 그 자체를 좋아하고 재미있어 하면서 자꾸 하고 싶어 하도록 가이드해 주는 게 중요하다. 자세든 테크닉이든 조금씩 틀려도 아무 문제 없다. 그런 건 자라면서 다 제대로 틀을 잡는다. 오히려 마음껏 재미나게 하는 중에 아이 속에 잠재된 창의성이 발휘된다. 그런데 우리나라는 기본자세와 테크닉을 잘못 익히면 큰일 날 것처럼 이미 다 정해진 교습법을 기계처럼 반복시킨다. 그러니, 아이는 자기가 뭘 하고 있는지도 모른 채 아무런 의미도, 재미도 없는 걸 억지로 하다가 그만 질려서 도망가버리고 마는 것이다.

태훈이는 태훈이대로 값진 걸 얻었다. 더 나중 일이긴 하지만, 태훈이는 그 피아노 배우기를 그만둔 것이 많이 후회된다고 종종 얘기했다. 그때는 자기도 나중에 시간 날 때 다시 하면 되겠지라고 생각했지만, 실제로 유년시절이 끝나고 한국에 돌아와서 학교를 다니다 보니 그럴 만한 시간이 생기지를 않았던 것이다. 다른 사람들이 멋지게 피아노 연주하는 것을 볼 때마다 그때 포기하지 말 걸이라고 후회한다고 했다. 덕분에, 이후로 뭔가를 하다가 아무리 힘들어도 그 생각을 떠올리며 중간에 포기하지 않고 끝까지 가는 습관이 붙었다.

이처럼 피아노는 초보 아빠가 마음먹고 아들을 쏘아 올리는 첫 시도였지만 삐끗하면서 실패했다. 그러나 감사하게도 이것은 우리 가족이 더 성숙해질 수 있도록 해준 귀한 수업이었다.

단소

우리 가족은 미국에서의 3년간 생활을 마치고 한국에 돌아왔다. 나는 삼성전자 반도체연구소에 입사해서 정식 직장생활을 시작했고 태훈이는 서울 강동구 고덕동의 초등학교 2학년에 다니게 되었다. 나는 나대로 회사에, 태훈이는 태훈이대로 학교에 적응하느라 정신없다가, 이젠 한숨 좀 돌릴 만하다고 하던 어느 날이었다.

뜬금없이 태훈이가 단소를 배우겠다고 얘기했다. 나는 내 귀를 의

심할 정도로 기뻤다. 아들 녀석이 태어나서 처음으로, 자발적으로 뭔가를 배워보겠다고 한 것이었기 때문이다. 배우고 싶다고 하는 건 뭐든 가르쳐주고 싶었지만, 하필이면 왜 단소인지는 궁금했다. 사실 내게 단소는 중학교쯤에서 국악 맛배기용으로 어물쩍 가르쳐주고 넘어가는, 좀 얕고 쉬운 악기라는 편견이 있었다. 초등학교에서 누구나 일명 피리라는 플라스틱 리코더를 불어보는 것처럼 말이다. 그런 것보다는 바이올린을 배우거나, 정 부는 악기가 배우고 싶다면 플루트나 클라리넷 같은 좀더 고급스럽고 인기 있는 악기들도 있지 않나 싶었다.

(나) 태훈아, 왜 단소야?

(태훈) 난 동양적인 느낌이 좋아. 그리고 악기는 어디로든 갖고 다니면서
    연주할 수 있는 게 좋아.

'얘가 미국에서 3년 살고 온 애 맞나? 왠 동양적? 속에 무슨 할배가 들어 앉았나?'라면서 나는 의아했다. 그러나 미국에서의 피아노 실패에서 얻은 교훈을 떠올리며 나는 내 생각을 강요하지 않기로 했다. 아마 갖고 다닐 수 있는 악기라는 것도 어쩌면 그 무거운 피아노에 대한 반작용일 수도 있지 않을까 생각되었다. 어쨌거나 중요한 건 아들이 스스로 생각해서 하겠다고 결심했다는 것이었다.

결정하고 나서 배울 곳을 찾아보니 집 근처 천호동의 백화점 문화센터에 단소 강좌가 있었다. 이번에는 엄마가 토요일마다 데리고 다

녔다. 태훈이가 단소를 배우는 데 있어서의 장점은, 아빠도 엄마도 단소에 대해서 모른다는 것이었다. 악보부터 생긴 게 아주 달랐다. 서양의 오선보가 아니라 원고지 같은 데 네모칸들이 있고 그 안에 한자들이 적혀 있는 정간보(井間譜)였다. 더구나 주법은커녕 소리 내는 방법도 잘 몰랐다. 그래서 태훈이는 아빠, 엄마의 간섭을 전혀 받지 않고 마음껏 불어 젖혔다.

태훈이가 단소를 배우기 시작하고 몇 달이 지나자 〈대장금(大長今)〉이란 드라마가 큰 인기를 끌었다. 우리 가족도 이 드라마의 팬이었는데 여기 주제가로 나오는 "오나라 오나라 아주 오나, 가다라 가다라 아주 가나"라는 국악 노래가 특히 인기였다. 태훈이도 이 노래를 좋아해서 단소로 멋지게 불었는데, 나는 태훈이가 그 조그만 입술과 작은 손가락으로 그런 근사한 음악을 만들어내는 것이 너무나 신기했다. 나는 그 모습이 귀여워서 자꾸만 불어달라고 졸랐고 태훈이는 귀찮아 하면서도 신이 나서는, 마치 아빠니까 특별히 부탁을 들어준다는 식으로 연주를 해주었다.

꾸준히 하는 만큼 실력도 계속 늘어서, 문화센터 강사님의 권유로 국악 콩쿠르에도 나가게 되었다. 이제 천호동 백화점이 아니라, 특별훈련을 위해 강사님이 계신 사당동까지 가야 했다. 이때 우리는 차도 없어서 아내가 태훈이를 데리고 지하철과 버스를 갈아타며 왔다 갔다 했는데 먼 거리에, 또 늘어난 연습량에 많이 힘들었을 텐데도 태훈이는 싫단 소리 한마디 없이 특훈을 받아나갔다. 결국, 서울 교대에

서 열린 국악콩쿠르 전국대회의 초등학교 저학년 부문에서 태훈이는
1등을 차지했다. 나도, 아내도 놀랐다. 이 정도일 줄은 몰랐는데 말이
다. 다음 해, 초등학교 4학년 때는 예술의 전당의 국악 오케스트라에
서 단소 파트 단원으로 공연 무대에 올라가기도 했다.

얼마 후 강사님은 태훈이가 음악적 재능이 있고 단소는 더 배울 게
없으니 이제 피리나 대금 같이 좀더 정식적인 국악기를 배우는 게 어
떻겠냐고 권했다. 여기에 대해 우리 가족은 함께 얘기를 나눴다. 꾸준
히 길을 따라오다 보니 여기까지 왔는데, 이후로는 이제 취미가 아니
라 전공으로 들어가는 것이었다. 우리는 그만 하면 충분히 얻었다는
데 의견을 모았다. 태훈이가 꼭 국악을 전공하지 않더라도 단소를 통
해 국악을 즐길 줄 알면 그만큼 태훈이의 삶이 풍요로워질 것이었다.
나중에 태훈이가 외국 친구들과 사귈 때에도 그들 앞에서 피아노나
바이올린을 연주하는 것보다 단소를 연주하는 것이 훨씬 더 매력적
일 것이다. 피아노나 바이올린은 원래 서양 악기니까 아무리 잘해도
"아쭈?" 하고 말 테지만, 단소는 한국 악기니까 신비롭게 느끼며 그
독특한 아름다움에 매료될 것이다. 게임으로 치
자면, 태훈이는 이미 강력한 무기를 득템*한 셈
이었다.

*얻을 득(得)자와 아이템(item)을 합
친 말로 게임 속에서 필요한 물건이
나 능력치, 보너스 같은 걸 얻는다는
뜻인데 일반적인 언어로도 많이 확
산되었다.

기타

그다음은 기타(Guitar)였다. 이번에는 내가 마음먹고 꼬셨다. 사실

나도 클래식 기타를 배운 적이 있다. 어릴 적에 배우고 싶던 악기들을 못 배운 보상 심리가 작용했는지 대학교 휴학했을 때부터 신촌 집 근처 학원에 다니며 배웠었다. (그렇다. 내 아내를 만난 계기가 된 그곳이다.) 그런데 사실 여기서는 기타 배우는 시간보다 그곳 할아버지 선생님과 술 마시는 시간이 훨씬 더 많았다. 일제 때 독립운동을 하셨던 선생님은 인생의 굴곡을 따라 사연도 많으셨고 한도 많으셨다. 마음먹고 앉아 기타 연습 좀 할라치면 선생님은 연습실에 술판을 벌이시고 "예술이란 건 테크닉보다 먼저 인생을 알아야 돼."라고 역설하시곤 했다. 거기다 나 스스로도 잘 치고 싶은 마음만 앞섰지 별 재능이 없어서 연습해도 실력이 잘 늘지 않았다. 그러다가 나도 아내를 만나 연애하고, 전공공부 같은 더 급하고 중요한 일들에 주력하며 시간을 쓰다 보니 기타는 갈증만 남긴 채 뒷전으로 밀려나고 말았다.

시간이 흘러 내 아들이 단소에서 제 아비에겐 없던 예술적 재능을 드러내면서, 어쩌면 태훈이가 기타에 대한 내 원(願)을 대신 풀어줄 수도 있겠다는 생각이 들었다. 그래서 아직 초등학생인 태훈이를 꼬셔보기로 마음먹은 것이다. 다만 태훈이가 싫다고 하면 깨끗이 단념할 생각이었다. 피아노의 교훈이 있었기 때문이다. 무조건 기타 쳐보라고 들이미는 것은 좋은 방법이 아닐 것 같았다. 사실 태훈이는 어려서부터 아빠가 집에서 클래식 기타 연습하는 걸 봐 왔는데도 거기에 그리 끌리는 것 같지 않았다. 내가 잘 못 친 탓이 제일 컸겠지만 클래식 음악이란 것이 아이에게 그리 익사이팅(Exciting)하지도 않았을 것 같다. 어쨌든 기타는 별로 재미없는 것으로 비친 것 같다.

그래서 나는 태훈이에게 먼저 기타에 대한 흥미를 일으켜야 한다고 생각했다. 그리고 나면 뭔가 태훈이 속의 잠자는 욕망에 불이 붙지 않을까 한 것이다. 궁리 끝에 나는 태훈이에게 내가 재미있게 읽은 만화책을 보여 주기로 했다. 그것은 천계영 작가의 〈오디션(Audition)〉이라는 만화로, 당시 엄청난 인기를 모은 작품이었다. 음악을 제대로 배워본 적도 없고 자기들이 천재적 재능을 가졌는지도 모른 채 잡초처럼 살고 있던 네 명의 청소년이 각각 보컬, 기타리스트, 베이시스트, 드러머로서 밴드를 결성해 오디션에 도전하고, 이들이 오디션을 거듭해 나갈수록 음악적으로 성장해 나간다는 내용이었다.

나는 태훈이에게 기타를 배워보라는 등의 소리는 일절 하지 않고, 그냥 이 열 권짜리 만화책을 빌려다 주면서 이렇게 말했다. "태훈아, 이거 한번 읽어 볼래? 아빠가 읽어 봤는데 이거 너무너무 재미있어." 과연 태훈이는 이 만화에 완전히 푹 빠져 버렸다. 진짜 재미있었던 것이다. 읽고 읽고 또 읽었다. 때마침 태훈이도 메탈 음악에 빠져 있었기 때문에 더할 나위가 없었다. 더구나 천계영은 원래 순정만화 작가라서 거기 나오는 등장 인물들은 모두 잘생기고 멋있었다. 이 중, 사춘기로 접어들던 태훈이가 제일 끌렸던 캐릭터는 반항기가 뚝뚝 떨어지는 국철이란 남자애였다. 원래 국철은 '빠른 손'이란 별명으로 이름을 떨치던 소매치기였는데, '재활용 밴드'로 들어간 다음에는 별명대로 엄청 빠른 손의 현란한 테크니션 기타리스트로 변모하게 된다.

* 초(超; 엄청) + 간지(感じ; 일본어
로 '느낌'이지만 한국에서는 멋있다
는 뜻으로 사용 중) + 가이(Guy; 사
나이). 중국, 일본, 미국 합성어.
** 노(No) + 잼(재미). 재미가 없다는
뜻.
*** 클래식 음악 자체가 노잼이란 얘
기는 아닙니다. 저는 클래식 음악 팬
이에요.

초간지 가이* 국철이 태훈이의 마음을 소매치기
해 간 뒤 그 빈 공간에는, 밴드란 것에 대한 매
혹, 그리고 기타리스트란 것에 대한 동경이 자리
잡기 시작했다.

　이때 태훈이에게 보여준 영화 한 편은 욕망
의 불에다 기름을 붓는 격이었다. 바로 잭 블랙(Jack Black)이 주연한
영화, 〈스쿨 오브 락(School of Rock)〉이었다. 너무 열정이 넘쳐 자기
밴드에서도 쫓겨난 록커(Rocker)가 명문 사립초등학교의 임시교사로
들어가서, 아무런 감동도 없이 노잼**클래식 음악을 하던 아이들을
일깨워 록밴드를 만들고 경연대회에 나간다는 이야기다.*** 일단 이
영화는 진짜 재미있었다. 미국 박스오피스 1위에 제작비 4배에 달하
는 흥행기록을 냈다. 임시 선생님 록커를 연기한 잭 블랙은 웃음과 감
동을 마구 터뜨려 줬다. 태훈이는 이 영화를 수십 번 본 것 같다. 영어
대사들을 다 외울 정도였다. 영화는 만화보다 훨씬 더 구체적이고 현
실적인 느낌으로 다가왔다. 실제로도 밴드 활동은 정말 재미있을 것
이 분명해지고 영화 속에 태훈이 또래의 초딩이 치는 저 일렉기타도
충분히 해볼 만한 것으로 느껴졌다. 어느 날 태훈이는 자기도 일렉기
타를 꼭 배워보고 싶다고 했다. 나는, '드디어 걸려들었군.'이라고 속
으로 쾌재를 부르며 짐짓 물어 봤다. "그래? 태훈이, 기타가 배우고
싶니? 그럼 선생님을 찾아볼까?"

　기타는 사람들이 대충 코드 잡고 혼자 독학으로 치는 경우가 많은

데 그래서는 일정 실력 이상 올라가기가 어렵다. 무엇이든 높이 올라
가려면 기초부터 좋은 선생님에게 배우는 게 가장 중요하다. 그렇다
고는 해도 처음부터 전공을 할 것도 아닌데 대가(大家)를 찾아갈 필요
까진 없다. 태훈이는 세 분의 기타 선생님들을 거쳤다. 처음 선생님은
실용음악 학원에서 강사도 하시고 가수들의 기타 세션도 하시는 분
이었다. 우리 집에 일주일에 두 번씩 와서 태훈이에게 화성학 같은 음
악의 기초와 기타 주법의 기초부터 가르쳐 주셨다. 수업 마치고 가실
때 가끔 현관에서 인사드리면 태훈이가 상당히 재능이 있다고 하고
가시곤 했다. 그렇게 1년 정도를 가르치시다 다른 곳으로 떠나게 되
어 그만두셨는데, 태훈이의 기타도 거기서 주춤하게 되었다. 나중에
얘기를 들어보니, 첫번째 선생님은 정석대로 잘 가르쳐 주시긴 했지
만 재미있게 가르치신 분은 아니었다고 한다. 그러다 보니 재미에 대
한 기대와 흥분으로 시작한 기타가 점차 그냥 '공부'가 되었다. 거기
다 아직 초등학생이니 주변에 함께 밴드를 할 친구들도 없었다. 〈오
디션〉은 그냥 만화고 〈스쿨 오브 락〉은 그냥 영화일 뿐이었다.

나는 태훈이에게 있다는 기타의 재능과 1년간에 걸친 배움의 시간
이 아깝다고 생각하고 있었다. 그런데, 태훈이가 중학교에 들어가고
나서 얼마 있다가 이 교착 상황을 돌파할 계기가 생겼다. 바로 캐나다
의 펑크 록(Punk Rock) 그룹 썸포티원(Sum41)이 내한공연을 온 것이
었다. 태훈이는 기타를 그만둔 후로도 음악은 계속 듣고 있었는데, 썸
포티원은 당시 태훈이가 가장 좋아하던 그룹들 중 하나였다. 여느 때

처럼 인터넷에서 그들에 대해 검색하던 중, 그들이 드디어 한국에 온다는 기사를 보게 되어 흥분 속에 나에게 얘기한 것이었다.

(태훈) 아빠! 내가 진짜 좋아하는 밴드가 한국에 온대!

(나) 어, 무슨 밴드?

(태훈) 썸포티원이라고, 내가 예전부터 좋아하던 펑크록 밴드야.

(나) 그래? (잠시 생각) 그럼, 아빠랑 같이 가 볼래?

(태훈) 어, 진짜?

내 생애 처음으로 록밴드 공연이란 데를 가 봤다. 태훈이 중1 중간고사 끝나고 서울 광장동의 멜론 악스홀에서였다. 주위의 모든 걸 진동시키는 엄청난 사운드 속에서, 춤추며 환호하는 밀집한 팬들에 파묻혀 태훈이와 함께 펄쩍펄쩍 뛰었다. '열광의 도가니란 건 바로 이런 거구나.'란 걸 실감했다. 태훈이는 꿈꾸는 듯 상기된 표정을 하고는 목청껏 소리를 지르고 있었다.

돌아오는 길에 우리 둘은 쉰 목소리로 얘기했다.

(태훈) 아빠, 진짜 멋있지 않아?

(나) 응, 진짜. (엄지 척) …태훈아, 기타 다시 배워 볼 생각 없니?

(태훈) …, 나 이번에는 정말 열심히 배우고 싶어.

사실, 태훈이는 이전부터 다시 배우고 싶은 마음이 들긴 했지만, 왠지 면목이 없어 말을 못하고 있었다고 했다. 첫 선생님이 먼저 떠나시긴 했지만 자기가 다른 선생님에게 더 배워 보겠다고 하지도 않고 그 참에 그만둬 버린 것이 걸렸던 것 같다. 그리고, 다시 배우려는 결심에 불을 확 당겨줄 확실한 계기가 없던 것도 한몫 했으리라.

이번에는 집 가까운 곳에서 실용음악 기타를 전공하는 대학생을 선생님으로 구했다. 태훈이는 그 선생님 집에 다니면서 빠르게 배워 갔다. 이 분은 태훈이에게 '좋은 형'처럼 편안하고 친근하게 대해 주면서, 기타 테크닉에 집중하기보다는 '음악' 그 자체를 즐기도록 이끌어 주었다. 태훈이는 잘해야 한다는 부담 없이 다양한 음악에 대한 지평을 넓히며 음악 자체를 즐거워하게 되었다. 아쉽게도 배운 지 몇 달밖에 되지 않았을 때 이 '좋은 형'에게 개인적인 사정이 생겨 다시 그만두게 되었다.

그러나 이번에는 태훈이가 포기하지 않았다. 아쉬워하며 좋은 선생님을 찾는 태훈이에게, 이 형이 또 세 번째 선생님을 소개해 주었으니, 이 선생님이 태훈이가 아직까지도 '참스승'이라고 부르는 분이다. 이 분은 태훈이가 마음껏 기타를 가지고 놀 수 있도록 해 주셨다. 언젠가부터 태훈이는 이 선생님과 잼(jam)을 하기 시작했다. 잼이란 것은 악보대로 연주하는 것이 아니라 음악의 흐름에 따라 즉흥적으로 서로 맞춰가며 연주하는 것이다. 클래식 기타를 치면서 악보대로 외워 치는 것밖에 모르던 나에게는 중학생 아들이 음악을 즐기며 자유로이 즉흥연주를 하는 것이 경이로워 보이기까지 했다. 태훈이에게 "잼 하는 거 재미있니?"라고 물어봤을 때 태훈이는 "응, 너무 재미있어."라고 했다. 때때로 그 선생님은 태훈이를 스튜디오에 데려가서 태훈이의 연주를 녹음도 해 주시고 또 동영상을 녹화해 주셔서 나중에 그것을 유튜브에 올리기도 했다. 선생님은 태훈이가 재능이 많다고 칭찬하면서 전공해도 되겠다고도 했다.

그러나 태훈이는 스스로 기타를 전공하지 않기로 결정했다. 자기가 좋아하는 걸로 직업을 삼으면 그것이 더 이상 즐겁지 않게 될 것 같아서라고 했다. 약 2년여를 그렇게 선생님에게 배운 다음 더 깊이 배우지는 않았다. 웬만한 곡들은 자기가 듣고 귀로 따서 연주할 수 있었다. 그래도 아마 혼자 치는 기타였으면 그렇게까지 즐거워하진 않았을 것이다. 중학교 때는 드디어 학교 밴드에 들어가 친구, 선후배들과 함께 밴드 음악을 할 수 있었다. 키보드를 빼고는 베이스나 드럼, 보컬 등 파트들 중에 태훈이처럼 정식으로 배운 애들이 없었고 다들 어설펐지만, 함께 음악을 만들어 나간다는 그 자체로 태훈이는 너무나 즐거웠다. 태훈이는 곧 밴드 리더가 되어 방과 후에도 함께 연습하고 학교 행사 때에는 친구들 앞에서 신나는 음악을 선보였다. 이런 밴드 활동은 고등학교 때에도 변함없이 이어져 대입 공부를 하는 중에도 삶의 활력소가 되었다. 대학교에 와서는 대학 축제 같은 행사에 나가서 공연을 하기도 하는데, 여러 가지 밴드에 참여하면서 더 많은 다양한 사람들과 만나고 친해질 수 있게 되었다.

언젠가 태훈이가 나에게 이렇게 얘기한 적이 있다. "내가 지금까지 살면서 가장 배우기를 잘했다고 생각한 건 기타야. 기타를 배웠기 때문에 내 삶이 너무나 풍요로워졌어. 아빠에게 정말 고마워." 나는 아버지로서 말할 수 없이 행복해졌다. 그것은 내가 사랑하는 아들이 행복해하는 것을 바라보는 행복이었다. 그것은 마치 내가 하늘로 쏘아 올린 화살을 바라보다가 그 화살이 높은 곳에서 햇빛을 반사하며 눈부시게 밝게 빛나는 걸 보는 것 같은 느낌이었다.

검도

음악뿐이 아니었다. 나는 태훈이가 운동도 배우면 좋겠다고 생각했다. 사내아이이니까 그냥 공부만 하는 얌전한 아이보다는 활달한 아이로 자라기를 바랐다. 특히 무술을 가르치면, 몸도 마음도 강하게 단련시키고 예의범절도 몸에 밸 것 같았다. 가장 먼저 떠오른 것은 역시 우리나라의 국기(國技) 태권도였다. 태권도에 대해서도 나는 개인적인 아쉬움이 있었다. 초등학교 때 나 역시 태권도장을 다녔었고 관장님에게도 잘하고 소질 있다고 많은 칭찬을 듣고 있던 터였는데, 몇 달 배우다가 나 스스로의 게으름과 변덕으로 그만둔 것이었다. 나도 참, 태훈이에게 할 말이 없다.

태훈이가 단소를 배우기 시작한 지 몇 달 안 되었을 때였는데, 저녁 식사하면서 태훈이를 꼬셨다.

(나) 태훈아, 태권도 알아? 주먹하고 발로 싸우는 무술인데, 되게 멋있어.

몸도 강해지고 나쁜 사람하고 싸워도 이길 수 있어. 태권도 배워 보지

않을래?

(태훈) 나, 태권도 알아. 그런데 나는 검도가 더 배우고

싶어. 사무라이 잭(Samurai Jack)*처럼 칼로 싸우는 게

더 멋있어. 그게 더 셀 거 같아.

단소 때처럼 이번에도 태훈이는 뚜렷한 자기 생각이 있었다. 다행
이었다. 자기가 좋은 것이라면 적어도 싫증 낼 확률은 낮을 테니까 말
이다. 태권도면 어떻고, 유도면 어떻고, 또 검도면 어떤가? 운동해서
몸이 건강해지고 씩씩한 남자애로 자라면 되지. 자기 하고 싶다는 걸
하는 게 중요하다. 그리고 사실, 검도 좋다. 나도 배우고 싶던 것이다.
호구를 착용하고 기합을 넣으며 힘껏 죽도로 내리치는 모습은 절도
와 박력이 공존하는 매력이 있다. 검도라, 빙고!

태훈이는 원래도 몸 쓰며 뛰어 노는 것을 좋아하는 데다 이제 사
무라이 잭처럼 멋진 무사가 된다는 생각에 어쨌든 무술을 배워 보라
는 아빠의 제안을 흔쾌히 받아들였다. 동네 근처에서 다닐 만한 도장
을 찾아보는 것은 엄마와 태훈이에게 맡겼다. 얼마 후에 도장을 정
했다고 해서 함께 얘기해 보니 태훈이가 다니기로 마음을 정한 곳은
'해동검도'였다. 내가 생각했던 검도는 대한검도회 소속의, 일반적으

로 잘 알려진 스포츠화된 일본식 검도였는데, 해동검도는 이와는 달리 우리나라 전통 검법을 가르치며 나중에는 진검도 사용한다고 했다. 그러나, 아내에게 그런 것보다 더 중요한 것은 뭐가 집 가까운 데 있느냐는 거였다. 초딩 아들이 방과 후에 매일 가서 땀 흘리고 올 건데 걸어서 금방 올 수 있어야 바로 씻고 쉴 수 있다는 것이었다. 내가 생각했던 검도 도장은 버스 타고 30분 이상 가야 했던 데 비해, 해동검도 도장은 집에서 걸어서 10분 이내 거리였다. 엄마와 함께 도장들을 둘러본 태훈이도 왠지는 모르지만 해동검도가 더 멋있고 끌린다고 했다.

나는 역시 또, 좀 아쉬웠지만, 계속 아내와 태훈이의 결정을 존중하기로 했다. 내 뜻을 따라 태훈이가 꾸준히 운동을 해 준다는 것만으로도 그게 어딘가? 사실 일본식 검도든 해동검도든 나도 잘 모르기도 했지만, 둘 다 심신을 수련하는 좋은 체계를 갖췄을 것이었다. 무엇이 되었든 태훈이가 꾸준히 해 나가려면 자기가 좋아하는 것을 자기의 의지로 선택해야 했다.

과연 태훈이는 해동검도를 꾸준히 해 나갔다. 가끔 태훈이가 도장에서 수련 마치고 집에 돌아오는 걸 볼 때가 있었는데 그 작은 몸에 검은 도복을 입고 땀방울이 흐르는 발간 얼굴로 씩씩하게 현관문을 들어서는 모습은 정말 귀여웠다. 나는 태훈이가 대견해서, "오늘은 도장에서 뭐했어? 대련도 했어? 힘들지 않았니? 재미있었니?"라고 연달아 물어보곤 했다. 태훈이도 "재미있어."라면서 신나서 대답해 주었다. 그렇게 배우기만 하는 게 아니라 시간이 흘러 유단자가 되더니 도장에 들어온 초급자들을 도와 기본도 가르쳐 주고 훈련하는 역할도 했다. 그런 것들이 또한 통솔력과 리더십을 키우는 좋은 교육이 되었던 것 같다. 해동검도를 배워나가는 과정에서 힘들거나 지겨울 때도 있었겠지만, 미국에서의 피아노 포기 사건 이후로는 어떤 것이든 정당한 이유 없이 스스로 포기하는 적은 없었다.

그러다 보니 어느덧 초등학교 4학년 때는 해동검도에서도 3단의 단증을 받게 되었다. 이 시점에서 우리 세 가족은 또 모여서 이야기를 나누었다. "고냐? 스톱이냐?" 3단이면 할 만큼 한 것이고 더 이상 하는 의미는 없다는 데 의견이 모였다. 계속 정진해서 진검을 휘두르고 다니는 진짜 검객이 될 것도 아니었다. 그러나, 사실 태훈이에게 중요했던 것은, 검도란 결국 혼자 수련하고 정진하는 것이기 때문에 별로 재미가 없었던 것이다.

농구

태훈이가 검도를 그만둔 다음에는 한동안 푹 쉬도록 내버려 뒀다. 1년쯤 지났을 때에야 나는 태훈이가 이제 아주 다른 종류의 운동을 시작해 보면 어떨까라는 생각을 했다. 이번에는 검도처럼 혼자 하지 않고 친구들과 함께 즐길 수 있는 운동으로. 내가 생각한 운동은 농구였다. 그런데 태훈이도 이제 초등학교 5학년이 되어서 예전처럼 아빠가 권한다고 선뜻 받아들이지는 않을 것 같았다. 그래서 기타를 배우게 할 때 썼던 방법을 이번에도 써먹었다.

태훈이에게 농구 만화의 최고봉, 이노우에 다케히코(井上雄彦)의 〈슬램덩크(Slam Dunk)〉를 보여 준 것이다. 한 세대 전에 제 아빠를 정신 못 차리게 만들었던 〈슬램덩크〉는 신세대 태훈이 역시 농구의 매력에 풍덩 빠뜨려 버렸다. 태훈이는 그 24권짜리 만화를 읽고 또 읽었다. 태훈이가 가장 좋아한 캐릭터는 최고 인기였던 주인공 강백호나 그의 경쟁자인 천재 서태웅이 아니라, 의리의 불꽃 사나이 정대만이었다. 정대만은 중학교 농구 MVP까지 한 스타였지만 경기 중 무릎 부상으로 농구를 못하게 된 이후로는 좌절해서 불량한 친구들과 몰려다니며 폭력이나 일삼고 있었다. 그러나 그 나락에서 재활하여 농구에서 투혼을 불사르는데, 그가 뛰는 경기마다 예전 불량했을 때 친구들이 따라와서 '불꽃 사나이 정대만'이라고 쓴 피켓을 들고 목청 높여 응원을 한다. 아마도 친구들 간에 변함없이 의리를 지키는 그런 모습들이 태훈이에게는 더 감동이었던 것 같다.

그렇게 농구에 대한 욕망을 엔진으로 가슴에 장착하고, 태훈이는 농구를 배우러 다니기 시작했다. 다행히도 집 근처 강동구립 체육관에 청소년 농구 프로그램이 있었다. 사실 나 어릴 때만 해도 농구를 정식으로 배워서 하는 애가 어디 있었나? 그냥 TV에서 농구 경기 좀 본 풍월을 갖고 애들끼리 게임하는 것이었고, 그나마 관심있는 애들이 혼자 독학으로 연습해서는 애들 중에서 농구 잘하는 애로 대접받곤 하는 것이었다. 그러나 나는 뭐든지 어느 정도 체계가 있는 분야에 들어가서 잘하려면 좋은 선생님에게 기초부터 배우는 게 가장 좋은 길이라고 생각한다.

태훈이는 일주일에 세 번씩 학교 방과 후에 체육관에 다니며 프로 농구 선수 출신이었던 선생님으로부터 농구를 배웠다. 태훈이는 농구를 너무나 좋아했다. 미리 〈슬램덩크〉에서 간접 경험했던 농구의 멋진 세계에 이제 자기가 직접 들어와 있다는 흥분도 있었을 것이다. 그러나 무엇보다도 친구들과 한 팀이 되어 매번 결과가 어떻게 될지 모르는 게임을 한다는 것, 이기기 위해 친구들과 작전을 짜고 도움을 주고받으며 이기든 지든 진한 동료애를 느낀다는 것이 너무나 재미있었던 것이다. 더구나 온몸으로 힘껏 뛰어다니다 보니 몸도 튼튼해지고 성격도 남자다워지는 것 같았다.

강동구청장배 3대3 농구대회를 할 때는 아내와 함께 직접 구경을 가기도 했다. 아들은 이미 팀의 중심이 되어 있었고 자기 팀뿐 아니라 구경 나와 있는 다른 아이들에게도 꽤 인기가 많았다. 겨우 초등학생밖에 안 되는 어린애인 줄로만 알았는데 대회장에 가 보니 나름대로 자기 후배들에 대하여 어떤 위엄과 리더십을 보여주며 자기가 원하는 자리매김을 하고 있었다. 나는 아내에게 "쟤 좀 봐. 큭큭. 굉장히 멋있는 척하는데." 그렇게 농구는 또한 태훈이가 많은 사람들과 만나고 사회성을 익히게 하는 데에도 큰 도움을 줬다. 그 대회에서는 아쉽게도 준우승에 그쳤지만 관중석에서 아들의 경기를 지켜보는 것은 프로농구 경기를 보는 것보다 더 박진감 넘치는 경험이었다.

태훈이는 자기가 농구를 좋아하는 만큼 열심히 연습하며 따라갔고 또 그런 만큼 잘하게 되니 더 재미있어지는 그런 선순환을 탔다. 초등학교 6학년 말에는 농구지도 선생님이 진지하게 태훈이를 농구선수로 키우면 어떻겠냐고 물어오셨다. 태훈이가 농구에 재능이 있으니 중학교는 농구부가 있는 단대부중 같은 곳으로 진학을 시키면 정말 좋은 선수로 클 수 있을 것 같다는 것이었다.

이번에도 역시 우리 세 가족은 며칠간 생각하며 함께 얘기를 나누었다. 의외의 제안이었지만 그냥 웃어 넘기기만 할 건 아니었다. 그러나, 태훈이가 정말 농구선수로 성공할 수 있을지, 농구선수로 사는 것에 계속 만족하고 행복해할 수 있을지, 혹시 부상을 당하여 더 이상 농구를 할 수 없는 상황이 되면 어떻게 될지, 선수 은퇴한 다음에는 뭘 하고 살지, 너무나 불확실한 것들이 많았다. 겨우 초등학생인 태훈이가 벌써 자기 진로를 한정할 필요는 없다고 생각했다. 결국, 기타의 경우와 마찬가지로 농구 역시 그냥 즐겁고 신나는 삶의 활력소로 남겨 두기로 했다. 중학교 초까지 농구를 배우고 그만두었지만 실제로 농구는 중고등학교 생활 내내 활력소 역할을 톡톡히 해 주었다.

영어

내 나름대로 태훈이를 쏘아 올리려는 노력이 지금까지 얘기한 예체능에만 그친 것은 물론 아니다. 그렇다고 내가 사사건건 태훈이의 학교 성적을 관리하며 공부에 간섭한 것도 아니다. 오히려 그런 부분은 태훈이가 알아서 잘하리라 믿고 맡겼다. 다만 언제, 어느 때라도 태훈이의 도와 달라는 소리를 들을 준비가 되어 있었다. 태훈이가 스스로 해 나가다가 어려움에 부딪혔을 때 태훈이는 스스럼 없이 나에게 도와달라고 한다. 나는 들어 보고, 태훈이가 혼자 할 수 있다거나 또는 혼자 해야 한다고 판단되는 경우를 제외하고는 있는 힘껏 도와주려고 애썼다. 그런 도움 중에는 태훈이가 종종 물어보는 수학이나 과학 문제들을 이해시켜 주는 것도 있고, 학교 회장 선거에 나가겠다는 태훈이가 선거에 이기기 위해 세운 전략을 들어보고 조언을 해주는 것 등등이 포함된다.

교과목 학원도 태훈이가 스스로 가야겠다고 하지 않으면 나도, 내 아내도 종용하지 않았다. 그래서 태훈이는 초등학교 때는 물론이고 중학교 때도 학교 성적을 올리기 위한 어떤 학원도 다니질 않았다. 고등학교 때에도 고1 여름방학이 되어서야 자기가 수학이 딸린다고 판단해서 동네에 있는 수학 학원에 다닌 것과, 고3 들어가면서 국어 논술 학원에 다닌 것이 전부였다. 학교 밖에서의 교육은 오히려 초등학교 2학년부터 중학교 1학년 때까지 집중되었는데, 여기에는 앞서 얘기한 음악 2가지(단소와 일렉기타), 운동 2가지(해동검도와 농구)가 있었고 또 한 가지, 이제부터 얘기하려고 하는 영어가 있었다.

사실 이 영어 교육의 목적도 학교 성적을 올리기 위한 것이 아니었다. 내가 미국 LA에서 포닥을 한 3년간 태훈이는 거기서 유치원과 초등학교 1, 2학년을 다니며 영어를 익혔는데, 한국에 돌아온 후 그 영어능력을 잃어버리지 않도록 하는 것이 주된 목적이었다.

물론 어려운 영어단어나 영문법 같은 것은 내가 더 많이 알았겠지만, 영어로 듣고 말하는 능력 자체는 이미 태훈이가 나보다 훨씬 더 나았다. 정말 어린이가 말을 익힌다는 것은 그야말로 마른 모래가 물을 빨아들이는 것과 같다. 어른들이 외국어를 배울 때는 외국어를 머릿속에서 분석하고 모국어로 번역하는 작업을 거치지만 아이들은 그런 중간처리 과정 없이 직통으로 들어오고 나간다. 뇌에서 사용되는 부위 자체가 다르다. 예전에 TV에서 이것을 실증하여 보여준 적이 있었다. 두 사람의 동시통역사를 각각 기능성 핵자기공명장치(fMRI)에 넣고 각자 영어를 말할 때 뇌에서 활성화되는 부위를 보여준 것이었다. 한 사람은 중고등학교 때부터 열심히 영어를 공부해서 동시통역사가 된 분이었는데 이 분이 영어로 듣고 말할 때에는 뇌의 단기기억에 관련된 부위가 활성화되었다. 반면 이미 어릴 때 영어를 배운 분의 뇌에서는 장기기억에 관련된 부위가 활성화되었다. 이와 같이 영어를 할 때 뇌에서 주로 사용하는 신경회로 자체가 다르다.

더구나 아이들은 미국 땅에서 영어를 못하면 스스로 생존할 수 없다는 것을 본능적으로 안다. 거기서 자기 또래의 미국 아이들 속에 던져지는데 영어를 못하면 친구를 사귈 수 없어 혼자가 되고, 그것은 엄청나게 고통스런 상황이 되는 것이다. 그래서 아이들은 영어를 쫙쫙 빨아들인다. 집에서는 한국말을 하라고 해도 소용없다. 미국에서는 영어가 더 우선이란 것을 자기들이 먼저 아는 것이다.

그렇게 지내다가 한국에 돌아오면 상황이 완전히 반대가 된다. 아무도 영어를 쓰지 않는다. 친구들은 모두 한국말만 한다. 미국에서 살다 와서 한국말 발음에 '빠다(butter)' 냄새가 난다고 놀림을 받거나 심하면 재수 없다고 왕따가 된다. 아이에게 이것은 최고 우선순위의 생존 문제다. 아이들의 뇌에서 이제 백해무익해진 영어 회로는 사그라들고 대신 긴급하게 한국말 회로망이 자라난다. 물론 그 영어회로가 완전히 사라지진 않고 나중에라도 다시 영어를 잘하는 데 분명 도움이 되겠지만, 그 회로를 안 쓴 기간이 길어질수록 원래의 기능을 복구하는 것은 그만큼 어려워진다.

태훈이 역시 힘들게 얻은 영어능력을 한국에 오는 순간부터 금방 잃게 될 텐데, 나는 그것이 너무 아까웠다. 아무리 아이들이 언어를 쉽게 배울 수 있다고 해도 미국에 가기만 하면 영어가 휘리릭 하고 저절로 귀와 혀에 감기는 것은 아니다. 아이들도 나름대로 커다란 스트레스를 받으며 얻는 것이다. 태훈이도 자기가 미국에 처음 갔을 때의 상황을 기억하며 그때 자기도 많이 힘들었다고 한다. 누군들 안 그러겠는가? 의사소통을 제대로 못한다는 것은 나이를 떠나 누구에게나 괴로운 일이다.

물론 나 자신도 그랬다. 서울대에서 박사학위까지 받고 미국에 갔던 나도 영어 때문에 꽤나 힘들었다. 처음엔 이 사람 저 사람 말하는 것을 잘 알아듣지도 못하고 내가 말하고 싶은 것을 속시원히 말하지도 못했다. 특히 내가 일하던 UCLA는 전 세계에서 온 다양한 국적의 사람들이 공부하고 일하는 곳이었다. 이들은 각자 국적에 따라 달라지는 특색적인 발음들이 있어서 같은 영어를 말하더라도 다 다른 말처럼 들리곤 했다. 내 주변에도 본토 미국인뿐 아니라 중국인, 일본인, 그리스인, 인도인, 브라질인, 세르비아인, 이란인, 이집트인 등 정말 많은 국적의 동료들, 교수들이 있어서 이들과 제대로 소통하는 것 자체가 커다란 스트레스였다.

처음에는 내가 근무하는 실험실에서 부품이나 재료를 구매하려고 할 때 혹시라도 실수할까봐 주로 이메일로 문의하고 주문하는 등 문자에 의존했다. 그런데 지도교수가, 그렇게 하면 영어가 늘지 않으니 반드시 전화로 직접 문의하고 주문하라고 말했다. 보이지 않는 상대와 전화로 이야기한다는 것은 생각보다 쉽지 않은 일이었다. 손짓, 발짓, 얼굴 표정도 볼 수 없고 오직 상대 음성으로부터 정보와 의미를 정확히 캐치해내고 또 내 음성으로 메시지를 왜곡 없이 전달해야 하기 때문이다. 전화할 때마다 긴장하고 신경을 집중해야 했는데, 이것도 역시 계속 하다 보니 곧 익숙해졌다. 나중에는 실험실의 시끄러운 기계 소음 소리 속에서도 실험 장비 회사의 엔지니어로부터 전화로 상세한 지시를 받으며 고장난 장치를 고칠 수 있을 정도가 되었다.

그래도 처음에는 내가 태훈이보다 영어를 잘했던 것 같다. 아무래도 나는 중학교부터 시작하여 대학원 석박사 과정까지 줄곧 영어를 배우고 써 왔기 때문이다. 그에 비해 태훈이는 머릿속에 아무것도 없는 하얀 도화지와 같았다. 태훈이가 LA에서 처음 유치원에 갔을 때

일주일에 한 권씩 아주 얇은 책을 받아 왔던 것이 기억 난다. 많이 써서 나달나달해진 그 책은 1주에 1권씩 총 52권으로 된 영어학습 책이었다. 태훈이가 그 책을 가져오면 우린 둘이서 방에 들어가 문 닫고 나란히 앉아 공부를 시작했다. 첫 책은 아직도 생각이 난다. 거기에는 "I am Sam. Sam am I(나는 샘이고 샘은 나다)."라고 쓰여 있었다. 내가 "아이 엠 쌤, 쌤 엠 아이"라고 소리 내어 읽으면 태훈이가 그걸 따라 읽고, 이어서 나는 "데이빗, 이게 무슨 뜻인지 알아?"라고 물어봤다.*

* 태훈이의 영어 이름이 데이빗(David)이었다.

그렇게 소박하게, 느린 듯 시작했는데, 어느새 태훈이의 영어실력은 나를 앞서가고 있었다. 어느 날, 내가 아내와 태훈이를 차에 태우고 근처 백화점에 들어갔는데 거기 있던 안내원이 뛰쳐나와 나에게 뭐라고 소리를 지르는 것이었다. 나는 지나가면서 아내에게 "저 사람이 뭐라고 한 거야?"라고 물어봤다. 아내는 "오빠도 못 알아들은 걸 내가 어떻게 알아?"라고 대답했다. 그때 뒷좌석 어린이용 카시트에 앉은 태훈이가, "아빠 저 사람이 웰컴 써(Welcome, Sir!; 어서 옵쇼!)라고 그랬잖아."라고 했다. 나와 아내는 그제야, "아, 그게 그 소리였어?"라고 했다. 또, 레스토랑에 갔을 때는 직원이 와서 "수퍼 샐러드?"라고 물어보길래, 나는 자신 있게 "예스(Yes)"라고 했다. 그랬더니 그 직원이 안 가고 서서 의아한 표정을 짓는 것이었다. 그랬더니 태훈이가, "아빠, 수프 오어 샐러드(Soup or salad)래."라고 일러 줬다. 즉 코스 요리에 수프를 먹을 건지 샐러드를 먹을 건지 선택하라는 거였는데 나는 커다란 사이즈의(Super; 수퍼) 샐러드를 먹을 거냐고 물어본 줄로 알았던 것이다.

내가 3년간의 포닥 생활을 마치고 한국에 돌아오기 직전에 우리 가족은 LA 남쪽 샌디에고(San Diego)에서 포닥을 하고 있던 처남에게 놀러갔다. 우린 거기서 상영하고 있던 영화 〈반지의 제왕(Lord of the Ring)〉을 함께 보았다. 미국 극장에서 봤으니 자막은 당연히 없는 데다, 상당 부분의 영화 대사들이 그나마 익숙한 미국식 영어가 아니라 영국식 영어로 나왔다. 이 긴 영화를 보고 나왔을 때, 멋진 영상들은 잘 감상했는데 스토리를 정확히 파악할 수가 없었다. 말을 잘 못 알아들어서다. 온 신경을 집중하고 들으면 조각조각으로는 들렸지만 그것만으로는 충분치가 않았다. 그것은 처남 쪽도 마찬가지였다. 미국에서 10년 가까이 살고 있던 처남이 물론 나보다야 훨씬 낫겠지만, 처남도 놓치는 영어가 많아서 스토리 연결이 잘 안 된다고 했다. 우린 태훈이에게 물어 봤다. "태훈이는 다 알아들었니?" 그랬더니 "올모스트(Almost; 거의)"라는 것이었다. 그래서 우리가 스토리 전개상 이해 안 되던 몇몇 장면에 대해 물어봤더니, 초등 2학년짜리 태훈이가 두 박사학위자들에게 자기 나름의 답안으로 설명해 주었다. 듣고서 우린 "아, 그런 거였나? 태훈이가 우리보다 낫네."라며 겸연쩍게 웃었다.

물론 꼬마 태훈이가 영화의 그 복잡한 스토리 전개 속에서, 모든 대사의 깊고 정확한 의미를 완전히 파악했을 리는 없다. 그래도, 몇몇 어려운 어른 단어들의 뜻은 모를지언정, 말 자체는 부담 없이 그리고 빠짐없이 계속 흘러와 바로바로 들리다 보니, 아는 단어들만으로도 전체적인 스토리를 따라가는 데는 별 무리가 없어 영화를 재미있게 볼 수 있었을 것이다. 우리는 그게 잘 안 되었다. 머릿속에서 습관적으로 문장을 분석해서 한국말로 번역하려다 보니 다른 말들을 놓치기 일쑤였다. 나도, 처남도 속으론 안습*이었다.

'지금까지 영어에 쏟아부은 시간이 얼만데….'

태훈이가 3년 만에 그런 영어 실력을 갖춘 걸 보면서, "역시 언어 능력은 아이들을 당할 수 없어."라면서 넘어갈 수도 있었을 것이다. 그러나, 이를 "애들은 원래 다 그래."라고 일반화하는 건 좀 무리가 있다. 애들이라고 해서 들어 보지도 못한 단어나 문장, 맥락을 선천적으로 이해할 수는 없기 때문이다. 〈반지의 제왕〉에 나오는 대사들과 그것들을 구성하는 단어, 문장, 수사법들은 영어권의 어른 관객들을 위한 것이다. 태훈이는 앞서 말한 어린이의 뇌과학적 언어 흡수 능력이 밑바탕이 된 위에 스스로 자기 시간의 거의 대부분을 영어로 듣고 말하고 읽고 쓰는 데 보내면서 나름의 영어회로를 만든 것이다.

미국에서 우리 집 TV는 거의 카툰 네트워크(Cartoon Netwrok)라든가 니클로디온(Nickeledeon) 같은 만화 채널에 고정되어 있었다. 태훈이가 만화를 워낙 좋아해서다. 휴일에 나와 아내가 늦잠을 자는 동안에도, 태훈이는 아침 6시면 혼자 일어나서 TV를 틀어 놓고 한참 만화를 보다가, 8시가 넘어 배고프다고 들어와 우릴 깨우곤 했다. 그런데 사실 만화에서 나오는 영어는 듣기가 무진장 어렵다. 뉴스 같은 데서 나오는 영어는 앵커가 표준 영어로 또박또박 말하니까 알아듣기가 쉽지만, 만화에서는 성우들의 연기가 들어가는 데다, 대부분 웃기려고 대사에다 말도 안 되는 개그를 넣기 때문이다. 거기다 목소리를 이상하게 꼬거나, 속사포처럼 엄청 빠르게 말을 내뱉는 것이 다반사다. 그런데 그걸 틀어 놓고 공기처럼 숨 쉬고 물처럼 마셔대니, 필요할 때만 영어를 쓰는, 그것도 성문종합영어의 틀에서 벗어나지 못하는 어른들과는 비교할 수가 없다.

나만 해도 월요일에는 학교에 나가서 많이 힘들었다. 말이 잘 안되어서다. 그것은 내가 주말 내내 영어보다는 한국어를 훨씬 더 많이 사용했기 때문이다. 한인 교회에 가서 예배를 드린 다음, 봉사와 친교를 하고, 한국 식당 가서 먹고, 한국 마켓 가서 쇼핑하고, 한국 비디오 왕창 빌려와서 늦게까지 보고, 또 동네 한국사람들끼리 모여서 맥주 마시며 놀고…. 이러다 보면 영어가 가물가물해진다. 그러다 월요일에 출근해서 영어를 하려고 하면 마구 버벅댄다. 영어로 말하는 중간에 무의식적으로 "그러니까"나 "그래서"를 말하는 나를 발견하고 나도 깜짝 놀란다. 물론 상대방도 "왓?(What; 뭐라고)"하며 "얘가 뭐라는 거야?"라는 표정을 짓는다. 그렇게 좌충우돌 매일 영어를 쓰다가 어느덧 금요일 오후쯤 되면, 그땐 또 내가 생각해도 '오, 내가 이렇게 영어를 잘했던가?' 싶다. 잠깐 그러다가 주말이 되면 도로 리셋(Reset)이 되어 버린다.

그에 비해 태훈이는 나나 아내랑 얘기할 때는 한국말을 썼지만, 그 외에는 모두 영어였다. 한국 이웃들끼리 만나서 아빠, 엄마들끼리 한국말로 웃고 떠드는 동안에도 아이들끼리는 다 영어로 소통한다. 그게 훨씬 편하기 때문이다.

그런데 이랬던 아이들이 한국에 돌아오면 상황이 완전히 바뀐다. 갑자기 바보, 외톨이가 된 느낌이다. 사람들이 하는 말을 잘 못 알아듣고 뭔가 말만 하면 사람들이 웃어댄다. 어른들은 돌아오면 이제 영어 안 써도 된다면서 안도하지만 아이들은 이제 또 다시 험난한 언어의 장벽을 넘어야 한다. 태훈이는 한국에 와서 초등학교 2학년부터 다녔는데 처음엔 받아쓰기 점수가 40점, 50점이었다. 다행히 이때 태훈이는 별 스트레스를 안 받았다. 그 답안지를 엄마에게 주면서 스스로 "잘했네!"했으니까. 어차피 태훈이의 학교 친구들도 아직 어려서 한국말 실력이라봤자 거기서 거기였고 또 아직 어린아이들에게는 그런 게 별 문제가 되지 않았다. 그러나, 이 과정을 극복하지 못해서 결국은 한국에 정착하지 못한 집도 꽤 많이 있다. UCLA에서 친하게 지내던 어떤 분은 내가 들어오고 나서 1년쯤 후 한국의 명문 대학교에 정치학 교수 임용을 받아서 들어왔는데, 태훈이와 동갑내기 친구였던 그 집 아들이 한국 초등학교에 적응을 못해서 결국 다시 온 가족이 미국으로 돌아갔다. 물론 그 아이는 아예 미국에서 태어나고 자랐기 때문에, 한국에서 적응하는 것이 태훈이보다 훨씬 더 힘들었을 것이다.

나 역시 태훈이가 다시 돌아온 한국에서 빨리 적응하기를 바라면서도, 그렇게 힘들게 얻은 영어를 금세 잃어버릴 것이 안타까워서 어떻게든 오랫동안 그걸 유지시켜 주고 싶었다. 그래서 나는 한국에 돌아오고 나서 얼마 안 있어 아내와 함께 태훈이를 데리고 집 근처의 영어학원들을 찾아 다녔다. 학원들마다 태훈이를 테스트했는데 하나같이 자기네는 받을 수 없다고 했다. 태훈이와 레벨이 맞는 아이가 없어서 태훈이 혼자로 반을 구성해야 하는데 그럴 수는 없다는 것이었다. 그래서 나는 그중 한 학원에서 느낌이 좋았던 외국인 선생님에게 고마웠다고 인사하면서 전화번호를 요청해 받았다. 집에 돌아온 다음 전화를 걸어서, 혹시 남는 시간에 우리 집에 와서 태훈이를 개인교습해 줄 수 있는지 물어봤다.

　그렇게 해서 태훈이의 영어 개인교습이라는 장정이 시작되었다. 그 장정의 첫 테이프를 끊으신 분은 뉴질랜드에서 오셨다는 변호사 출신의 줄리(Julie)였다. 일주일에 두 번 와서 한 시간에서 두 시간 정도 수업을 했다. 수업은, 교재의 진도를 나가기도 했지만 영어로 웃고 떠드는 것이 대부분이었던 것 같다. 줄리와 정이 들 대로 들었을 때 줄리는 고국으로 떠나야 했다. 대부분의 원어민 영어강사들이 공부든 일이든 여행이든 한국에 단기체류로 들어오고 나서, 임시로 영어강사 일을 하며 수입을 보충하다가 본인의 체류기간이 차면 떠났다. 그러나, 줄리가 자기 친구였던 영국인 써니(Sonny)를 소개시켜 줬고, 같은 방식으로 미국인 첼시(Chelsea), 하이디(Heidi), 끝으로 제시카(Jessica)까지 모두 다섯 분의 선생님들이 우리 집에 와서 태훈이에게 영어를 가르쳤다. 이 장정이 약 6년간 계속되었으니 태훈이는 한 선생님당 평균 1년 넘게씩 배운 셈이다.

이 장정을 꾸준히 걸어간 덕에, 태훈이는 영어능력을 잃지 않았을 뿐 아니라 지속적으로 더 발전시킬 수 있었다. 그뿐만 아니라 자기보다 어른인 외국인들과 친구처럼 지내고 많은 대화 시간을 가지면서 그만큼 사교력(社交力)도, 사고력(思考力)도 늘었다고 생각된다. 이 분들은 결코 태훈이에게 뭘 외우라고 시키거나 시험을 봐서 벌을 주는 식의 교육을 하지 않았다. 자기 생각을 말하게 하고 그것을 존중하며 들어 주었다. 태훈이가 제일 좋아했던 영국남자 선생님 써니는 태훈이에게 시와 에세이 쓰는 법도 가르쳐 주었는데 이것은 이후로도 태훈이가 작문, 논술을 하는 데에 큰 도움을 주었다. 지금도 나는 그때 태훈이가 썼던 시들 중에 한 구절을 기억한다. 'Autumn is a barber with a million scissors(가을은 백만 개의 가위를 가진 이발사다).' 가을에 낙엽이 떨어지는 걸 은유한 것이다. 내가 젊었을 때 본 영화 〈가위손〉의 끝장면에서 에드워드가 겨울에 얼음을 깎아 눈을 내리는 장면이 연상되면서, 태훈이의 시가 작은 놀람과 기쁨으로 내게 다가왔다. 영어 수업 시간에는 태훈이 방에서 큰 웃음소리가 쉴 새 없이 들렸다. 태훈이가 사람을 좋아하고 신뢰하는 마음은 여기에서도 많은 영향을 받은 것 같다.

수업료는 2003년부터 끝날 때까지 변함없이 한 달에 50만 원이었다. 이 돈은 물론 크다면 큰 돈이었지만, 대한민국의 모든 부모들과 마찬가지로 나도 아들을 더 높이 쏘아 올리기 위해 아낌없이 써야 할 돈이라고 생각했다. 대신 우리 집은 차를 사지 않기로 했다. 미국에서야 차가 없으면 근처 슈퍼마켓도 가기 어려우니 차 없이 살 수가 없었지만 한국에 돌아와서는 굳이 차를 쓸 이유가 없었다. 서울 강동구에 사는 나는 회사가 경기도 용인시에 있어서 매일 운전해서 출퇴근하려면 오히려 너무 피곤한 일이었다. 그냥 통근버스를 타고 자면서 출퇴근하는 것이 백번 나았다. 장보러 갈 때도 아파트 상가, 이마트, 재래시장까지 다 걸어다닐 수 있는 거리 안에 있었다. 사실 걸으면 건강에 좋기까지 하다. 어디 갈 일이 있으면 우리나라는 대중교통이 워낙 잘되어 있어서 지하철, 버스가 편했고 더 급한 일이 있을 땐 택시를 타면 되었다. 다 더해 봐도 차 유지비보다는 훨씬 적게 들었다. 그래서 나와 아내는 그 차 유지비로 쓸 돈을 태훈이 영어 과외비로 쓰기로 했던 것이다. 결국 그건 지금 와서 생각해 봐도 잘한 결정이었다.

중학생이 되고부터 태훈이가 여러모로 바빠지기도 했지만, 이제는 영어실력을 스스로 유지하고 발전시킬 수 있다고 생각되어 영어 개인교습의 장정은 마치기로 했다. 그 후로도 태훈이는 쌓아 놓은 영어 실력 덕을 톡톡히 보았다. 태훈이는 수시로 미국 영화나 드라마들을 자막 없이 즐겼고, 팝송들도 가사를 음미하며 들었다. 중고등학교에서는 영어를 공부해야 할 시간에 다른 과목들을 공부할 수 있는 여유도 생겼다. 영어는 태훈이가 가장 자신 있고 잘하는 것들 중의 하나가 되었고, 결국 태훈이는 대학입시에서도 자연스럽게 영어영문과를 선택하여 합격하게 되었다.

아버지가 아파트 외벽으로서의 고된 삶을 감내할 수 있는 것은 또 한편 신나는 활의 역할이 있기 때문일 것이다. 사랑하는 아들, 딸을 있는 힘껏 쏘아 올렸을 때 공기를 뚫고 하늘 높이 솟아오르는 걸 보면서 모든 시름이 함께 날아가 버리고 대신 보람과 희망이 차오르는 것을 느낄 수 있다. 나 또한 그랬다. 태훈이가 날아가는 모습을 보면 나 또한 날고 있는 것 같았다. 그러나, 살아 오면서 둘러보니 모든 자식들이 아버지가 쏘려고 한다고 해서 쏴지는 것도 아니고, 힘껏 쏜다고 해서 언제나 잘 날아가는 것도 아니라는 것을 깨달았다. 매번 나를 믿고 활시위에 올라가 주고 또 쏘아지는 대로 공기의 저항과 중력의 끌어당김을 이겨내며 높이높이 올라가 준 태훈이에게 감사하다.

그러나 아버지도, 어머니도 궁수는 아니다

요즘 들어, '아버지는 자식을 쏘아 올리는 활이다'라는 은유에 대하여 더 깊이 생각하게 된다. 나를 포함해 아버지들이, 그리고 어머니들이 활이라는 본분을 넘어서, 궁수를 자처하고 나선 게 아닌가 해서다. 활은 화살을 날려 보내는 힘만 실어 주면 되는데, 마치 자기가 궁수가 된 것처럼 화살이 오직 자기가 원하는 표적으로 정확히 날아가

116

꽂히길 바라는 것이다. 쏜 화살이 표적에 못 미치거나 아예 다른 방향으로 흘러갔을 때는 말할 것도 없고, 표적에서 살짝 벗어나는 것조차 용납하지 못하는 경우도 자주 본다. 그러나, 그게 맞는가 말이다. 부모가 쏴 줬다고 해서, 자식이 부모가 원하는 데로만 가야 하는 것이.

고등학교 진학

그게 아니란 것을 깊이 깨달은 것은 태훈이가 고등학교 들어갈 때였다. 태훈이가 중3이 되자 서서히 진로를 생각해서 정해야 했다. 이때는 사실 모든 것이 막연할 때다. 그 나이에 확실히 뭐가 되겠다고 정할 수 있는 아이들은 그리 많지 않다. 그게 정상이다. 사회에 대해서, 자신에 대해서 뭘 알겠는가? 판단의 근거가 될 경험이나 지식을 쌓을 시간 자체가 절대적으로 부족하다. 태훈이도 그랬다. 그래도 뭔가 나아갈 방향에 대한 범위는 줄여 나가야 했다. 인문계냐, 실업계냐? 인문계라면 일반고냐, 자사고냐, 특목고냐? 특목고라면 외고냐? 과학고냐? 국제고냐? 선택에 대한 도움을 주기 위해 태훈이가 다니는 중학교에서도 여러 가지 인성이나 적성검사를 해서 결과를 보내주곤 했다.

이맘때 우리 세 가족의 관심사는 당연히 태훈이의 진로였다. 모두가 막연해하는 가운데 내 나름대로는, 태훈이가 사람 사귀는 것도 좋아하고 언어 감각도 있으니 앞으로 외교관이나 국제무대에서 활동하는 사업가가 되는 것이 어떨까 하고 생각했다. 음, 제법 근사해 보였다. 일단 대략적인 목표를 정하고 나니, 선택지는 곧 외고나 국제고로 좁혀졌다. 태훈이 중학교 성적이 전교 1등이었기에 그런 특목고도 가능할 것이었다. 아내나 태훈이도 뭔가 뚜렷한 다른 대안을 가진 게 없었기에 나의 의견대로 가기로 했다. 그렇게 고른 진로가 서울국제고였다. 우린 입시설명회를 포함해 여러 차례 서울국제고에 찾아가 학교 구경도 하고 설명도 들었다. 과연, 시설이나 교육시스템이나 졸업생 현황 등을 볼 때 가히 꿈의 학교라고 할 만큼 멋있단 느낌이 들었다. 나도 모르게 '아, 태훈이를 꼭 여기 집어넣어야 해.'라고 다짐하며 어쩌면 태훈이 본인보다 내가 더 입학에 필(feel)이 꽂혔던 것 같다.

아들 바보였던 것 같다, 나는. '태훈이가 아니면 누가 들어가?'란 근자감*으로 태훈이를 독려했으니 말이다. 그러나, 결과적으로는 떨어졌다. 그것도 가장 자신 있어 하던 영어 때문에 말이다. 중학교 내신점수 중에 다른 건 다 만점이었는데 오히려 영어점수가 만점에서 1점 모자랐다.

*근거 없는 자신감.

뒤늦게 깨달았지만, 영어를 잘하는 것과 영어 내신 성적을 항상 만점으로 유지하는 것은 다른 문제였다. 한국말을 아주 잘하는 한국인 고등학생이 학교 국어시험에서 100점 맞기가 쉽지 않은 것과도 같다. 더구나 태훈이가 미국에서 배우고 익힌 영어에 문법적인 내용은 거의 없었다. 그러나 영어시험을 잘 보려면 문법을 비롯해 '시험이 원하는 공부'를 해야 했다. 그런데, 영어는 자신이 있었기에 오히려 시험문제를 맞추기 위한 공부에는 소홀해진 셈이었다.

사실, 아내는 영어 내신에 대한 우려 때문에 불안하다고도 했지만, 서울국제고에 완전히 꽂혀 있던 내가 밀어붙인 면이 크다. 서울국제고 입시전형의 점수배분을 보면 꼭 내신만으로 판가름 나는 것이 아니라 자기소개서나 면접에도 상당한 점수 배분이 있어, 태훈이가 내신의 1점을 만회하고도 더 어필할 수 있는 부분들이 있다고 믿었던 것이다. 그 모든 것에 정성을 들이고, 신경을 썼지만, 결과적으로 가장 우선순위는 그래도 내신성적이었다. 나중에 합격자들을 보니 모두 내신성적 만점자들이었다.

불합격을 확인하고 나서 우리 가족은 잠시 멘붕*에 빠졌 다. 모집 인원수가 더 적은 서울국제고를 고집하지 않고 외고 등 다른 특목고에 시도했다면 아마 합격했을 수도 있었겠지만 특목고 지원 기회는 한 번뿐이었다. 명백한 실패였다. 나도, 태훈이도 크게 실망했지만, 어쩔 도리가 없었다. 그렇게 태훈이는 집 근처의 일반고인 강동고등학교에 진학했다.

*멘탈 붕괴.

그런데 이후 태훈이가 고등학교 생활하는 것을 지켜보니, 서울국제고에 떨어지기를 차라리 잘했다는 생각이 점차 커졌다. 태훈이는 지기 싫어하는 강한 승부욕도 있었고 학교성적도 잘 나오는 편이었지만, 그렇다고 공부에 천부적인 재능이 있는 것도 아니었고, 공부를 좋아하거나 뜨거운 열정을 가진 것은 더구나 아니었다. 책상에 앉아 진리를 탐구하는 것보다는 친구들과 어울려 노는 데 더 큰 열정을 갖고 있었다. 성격도 치밀하고 부지런하기보다는 덜렁대고 편하게 가려는 쪽이었다. 그러나, 서울국제고는 전원 기숙사에 들어가 공부하도록 되어 있었고 전교생이 모두 난다 긴다 하는 우등생, 모범생들로서 선배들 중에는 고2 때 이미 조기졸업하여 미국 아이비리그의 대학들에 진학하는 경우도 흔했다. 그러니, 태훈이가 그런 특급 경주마들이 내달리는 레이스에 껴들었다가는 도저히 버텨낼 수가 없었을 것이다. 나와 아내가 지금도 가끔 얘기하는 것이, 만약 태훈이가 서울국제고에 들어갔으면 중간에 뛰쳐나왔을 것이 거의 확실하다는 것이다.

고입 실패의 쓴 맛은 금방 잊고, 태훈이는 강동고에서의 생활을 진심으로 즐거워하고 행복해했다. 가장 중요한 것은 친구들이었다. 태훈이 말을 빌리면, 이른바 '해맑은 친구들'이었다. 특목고에 비하면 확실히 강동고에는 공부 못하는 아이들도 많고, 좀 논다는 애들도 많고, 또 집안 환경이 어려운 애들도 많았지만, 다들 심성이 따뜻하고 의리가 있고 웃을 줄 아는 아이들이었다. 태훈이는 친구들을 좋아하는 만큼 또 주변에 많은 친구들이 있었고, 그 친구들과 어울려 떠들며 웃고 장난치는 나날이 즐거웠다. 가끔 TV나 신문에서 왕따 문제 관련 뉴스를 보다가 내가 "태훈아, 넌 이런 문제 없니?"라고 물어보면 자기는 물론이고 주변에서도 그런 걸 본 적이 없다는 것이었다. 그러면 나는 아내와 함께 "여기가 강남이 아니고 변두리 촌동네라서 그래. 아이들이 다 순박하잖아."라며 웃었다.

이런 일도 있었다. 고1 때 학교 수업시간에 선생님이 뒤돌아 판서하던 사이 태훈이와 친구들이 장난치다가 웃고 떠들었던 모양이다.

소란에 선생님이 화가 나셔서 어떤 놈인지 나오라고 하셨고, 태훈이도 나가려고 일어서는데 옆에 있던 친구 한 녀석이 "너는 가만히 있어."라고 태훈이를 앉히고는 씩 웃어 보이며 자기가 대신 나가서 매를 맞았다는 것이다. 얼떨결에 일어난 이 일에 태훈이는 깊이 감동을 받았던 것 같다. 그것은 태훈이 스스로도 할 생각조차 못해본 행동이었다. 어릴 때 미국에서 교육받은 이래 태훈이 머릿속에 굳게 박혀 있던 합리성으로서는 도저히 흉내조차 낼 수 없던, 강력한 힘과 멋을 가진 울림이었다. 그 친구가 공부를 잘하거나 집안이 좋은 친구는 아니었다. 오히려 그 반대편에 더 가까웠다. 그러나, 태훈이에게 그 친구는 어떠한 똑똑하고 부자인 친구보다도 더 커다란 매력을 가진 사나이였다.

그런 속에서, 태훈이도 친구들 일이라면 발 벗고 나섰다. 친구 아버님이 돌아가셨을 때는 장례식장에서 친구 곁을 지키다가 꼬박 밤을 새우고 바로 등교하기도 했다. 친구가 고민이 있다고 하면 들어주고 나름 상담도 해주다가 가끔은 새벽 서너 시에 집에 들어오는 일도 있었다. 입시지옥으로 모두가 스트레스를 받는다는 고3 때에도 태훈이는, "아빠, 나 할 수만 있다면 고등학교 더 다니고 싶어."라고 할 정도로 태훈이는 자기의 삶을 즐거워했다.

그렇다고 태훈이가 마냥 놀기만 한 건 물론 아니다. 좋은 대학을 가야 한다고 생각해서 나름대로 내신성적을 관리했다. 특히 시험 기간에는 밤을 새다시피 집중해서 공부하고는 했기 때문에 성적은 높게 유지하고 있었다. 공부도, 노는 것도 포기할 수가 없었기에 매우 바쁘게 살았다. 그러느라 밤잠 자는 시간이 줄어들어, 나와 아내는 제발 잠 좀 많이 자라고 성화를 댔다. 그러나 태훈이는 스스로 학교 생활을 좋아했기에 공부도 지치지 않고 해나갈 수 있었고 결국 자기가 원하는 대학에도 단번에 들어갈 수 있었다.

세상 일이 운칠기삼(運七技三)이라고, 운도 도와줘서 결과가 잘 나왔기에 할 수 있는 얘기일 수 있겠지만, 서울국제고에 떨어지고 강동고에 들어간 것이 실은 훨씬 더 좋은 길로 접어든 것이었다. 만약 태훈이가 서울국제고에 합격했다면, 그래서 치열한 경쟁 속에서 달리는 말에 채찍질하는 식으로 공부하며 살아야 했다면, 자기와 맞지 않는 삶으로 인해 태훈이는 무척이나 힘들어 했을 것이다. 어쩌면 그러다 큰 상처를 안고 실패자가 되었을지도 모른다. 아빠, 엄마와의 관계는 말할 것도 없다.

서울국제고가 최고의 학교였을 수는 있어도 분명 태훈이에게 맞는 학교는 아니었다. 아버지로서 아들에게 '최고(最高)'를 주려고 하는 것이 '최선(最善)'은 아니란 것을 배우게 되었다. 최고는커녕 최악이 될 수도 있었다. 그 최고란 것도 아들을 위한 것이라고는 했지만, 더 깊은 곳에는 내 허영과 욕심도 적잖이 깔려 있었다. 이 가벼운 실패를 통해, 아버지인 내가 도구로서의 활의 역할에 만족하지 않고 월권해서 궁수 노릇까지 하려고 했음을 깨닫게 되었다. 아들의 인생이 향할 표적들을 내가 정해 놓고, 아들을 좌지우지하는 것은 교만한 짓이었다. 그건 내가 할 수 있는 한도를 벗어난 일이었다. 내가 세상에 대해서, 삶에 대해서 뭘 얼마나 안다고…. 인생은 새옹지마처럼 내 예상을 벗어나는 일이 부지기수다. 궁수는 내가 아니다. 그럼 궁수는 누구일까? 세상 섭리를 주관하시는 신(神)이실 것이다.

부모가 아이의 인생에 지나치게 개입하여 모든 걸 조정하려 들어서는 안 된다. 부모는 자식이 하늘 높이 날 수 있도록 동력만 제공하면 된다. 그리고 자식이 나쁜 곳으로 가지만 않는다면 자기가 원하는 쪽을 향해 활시위를 놓아 주어야 한다. 그러면 보이지 않는 궁수가 아이의 인생경로를 생각도 못했던 더 좋은 곳으로 인도해 줄 것이다. 부모는 겸손하게 활의 본분에 충실해야 한다.

자녀의 일과 진로

그래도 헷갈린다. 구체적으로 뭘 어떻게 하란 말인가? 화살을 아무데나 막 쏠 수는 없는 것 아닌가? 그 궁수는 보이지도 않지만 말도 안해준다. 그렇다. 그게 인생이니까.

'어디로' 쏠지는 찾아 나가야 한다. 다만, 그 '어디로'를 부모 독단으로 정하고 그걸 고집하면 안 된다는 것이다. 부모들은 자식이 잘되기를 원해서라고 한다. 그런데 뭐가 잘되는 것인가? 부모 자신들의 뜻대로 되면 잘되는 것인가? 부모 자신들이 세상 일들의 정답을 알고 있는 신인가? 그럼 부모 자신들은 얼마나 성공적이고 행복한 삶을 살고 있는가? 어떤 부모들은 내가 그러지 못했으니 자식들만은 성공하기를 바라서 그런다고 한다. 자기는 공부하기 싫어서 놀다가 일류대에 못 갔으면서 자식들은 열심히 공부해서 일류대에 가야만 한다고한다. 자식들도 공부하기 싫고 놀고 싶다. 내가 못한 것을 자식들에게강요하지 말아야 한다. 혹시나 내가 못한 것을 자식이 알아서 잘한다면 감사하고 기뻐할 일이지만 설사 자식이 못한다고 해도 스스로부터 돌아보고 나서 자식을 이해해야 한다.

그럼 그냥 내버려두란 얘기냐? 그렇진 않다. 그 자식과 마음을 터놓고 이야기해야 한다. "솔직히 아빠도 너만할 때는 공부하기 싫었어.그래서 아빠도 너 공부하기 싫은 거 다 이해가 돼. 근데 아빠가 살아보니까 그때 공부 안 한 게 무지 후회되더라. 그래갖고 손해본 게 이만저만이 아니거든." 이렇게 솔직히 아버지의 마음을 전달하는 거다.그 아들 입장에서는, 그래도 아버지가 자기를 위해서 그렇게 본인의잘못을 인정하고 고백까지 하는데, 아버지의 진실 어린 말을 무시하지는 못한다. 이 세상 모든 아들, 딸들은 근본적으로 착하고 자기 아버지, 어머니를 사랑한다. 관계를 망치는 건 언제나 어른들이다. 마음이 통하게 되면 아들도 조금은 진지하게 받아들인다. 그러면서 공부를좀더 열심히 하려고 할 수도 있다. 그런데 그 아들이 다른 얘기를 할수도 있다. "아빠, 사실 나도 공부를 잘하고 싶어서 나름대로 노력을해 봤는데, 난 공부 쪽이 아닌 것 같아. 난 다른 쪽에 더 관심이 있어."

그 다른 쪽이란 게 아버지로서는 생각도 못해본 것일 수도 있다.예를 들어, 아들이 연예인 또는 가수가 되고 싶다는 청천벽력 같은 애

길 할 수도 있다. 이 아버지가 보기에는 외모로 보나, 노래 실력으로
보나 영 아닌 것 같은데 그런 말도 안 되는 얘기를 하는 아들이 한심
하기 짝이 없고 세상 물정 모르는 천둥벌거숭이로밖에는 안 보인다.
그래서 비웃는 표정으로 아들에게 "야, 야, 가수 그거 아무나 하냐?"
라면서 자기도 주워 들은 말을 한다. "너, TV에 가수들 나와서 하는
거 보니까 쉬워 보이나 본데, 대한민국에 저기 얼굴 한 번이라도 비쳐
보기만을 소원하는 가수 지망생들이 얼마나 많은 줄 아냐? 아마 수백
만 명일 거다." 그 순간 아들은 바로 마음의 문을 닫는다. '그럼 그렇
지 내가 미쳤나 봐. 내가 지금 누구한테 이 얘기를 한 거야?'

　그러나 누가 아는가? 아버지는 신이 아니다. 아버지가 사느라고 바
빠서 잘 들여다보지 못해 그렇지, 이 아들에게는 비범한 재능과 앞으
로의 행운이 숨겨져 있을지도 모른다. 대한민국의 가요계 판도를 뒤
엎은 서태지와 아이들조차도 처음 데뷔할 때 그들의 숨겨진 폭발력
을 알아본 사람들은 거의 없었다. 그들이 〈TV 특종연예〉에서 1집 타
이틀곡 '난 알아요'로 데뷔무대를 선보였을 때 전문가로 구성된 심사
위원들의 평가는 박했고 그들이 매긴 점수도 80점이 채 안 되었다.

　더구나 아버지는 자신이 연예 관련 전문가도 아니고 그쪽 세계에
대해 아는 것도 별로 없다. 물론 아버지 말은 상식적이고 타당하게 들
린다. 한 세대를 더 살아온 아버지 말이 맞을 확률이 더 높을 수도 있
다. 그러나 인생은 반드시 상식적이고 합리적인 방식으로 매끄럽게
흘러가는 것이 아니다. 오히려 예외와 실수와 시행착오를 통해 좌충

우돌하고 '빽도'도 하며 나아가는 것이다.

아들이 아버지의 말을 진지하게 들어줬다면, 아버지도 아들의 말을 귀담아 들어줘야 한다. 그리고는 궁금증을 가져야 한다. '얘가 무슨 사연으로 이 말을 하는 거지?', '어떤 마음, 무슨 생각을 갖고 있지?' 그걸 진지하게 물어봐야 한다. 이때 굳이 자기 감정을 숨길 필요는 없다. 아니 오히려 솔직한 것이 좋다. 지금은 서로 마음을 열고 진실하게 대화하는 시간이니까. "아들아, 아빠는 아들의 말을 듣고 솔직히 좀 놀랐어. 그쪽으로는 한 번도 생각해본 적이 없거든. 그런데, 아들 노래 잘해?"라고 자연스럽게 얘기하고 물어본다. 그럼 아들은 아버지가 자기 말을 진지하게 받아들이고 관심을 보여주니까, 마찬가지로 진지하게 답을 하려고 한다. 아버지의 마음에 닿기 위해서.

가령 아들은, "응, 몇몇 친구들한테 들려줬는데 충분히 가능성 있는 것 같대. 그리고 나도 유튜브 들으면서 연구도 하고 연습도 하고 있어." 뭐, 이렇게 답할 수도 있을 것이다. 이런 식이라면, 부자간의 대화는 몇 시간에 걸쳐 이어질 수도 있다.

(아버지) 그래, 그렇구나. (웃으면서) 우리 아들 대단한데? 그런데…, 문제는 대한민국에 끼도 많고 노래도 잘하는 사람들이 너무너무 많다는 거거든. 그건 어떻게 생각해?

(아들) 그 부분을 모르는 건 아닌데…, 그래도 난 나만의 경쟁력이 있다고 생각하거든. 그걸 오디션 같은 데 도전해서 확인은 해보고 싶어.

(아버지) …. (생각)

(아버지) 그런데, 제일 중요하게 생각해야 되는 건 시간과 타이밍이야. 공부하고 진학을 준비할 수 있는 건 다 때가 있는 거거든. 가수에 대한 열망만 좇다가 그 시간 다 흘려보내고, 군대 갔다 오고, 친구들은 다 사회에서 자리 잡고 있는데 그때도 계속 노래 연습만 하고 있을 수는 없잖아? 그래서, 이러면 어떨까? 오디션을 딱 두 번만 도전해 보고 거기서 실패하면 일단 접고 공부해서 좋은 대학부터 가는 걸로 하자.

(아들) 세 번….

(아버지) 그래, 세 번으로 하자.

마음을 터놓고 얘기하다 보면 어떤 합의점에 도달할 수 있다. 아들도 아버지가 자기 의견을 최대한 받아들였고, 또 자기 입장에서도 무작정 될 데까지 해보겠다는 것은 너무 대책 없어 보인다는 생각이 든다. 세 번의 기회에도 실패하면 스스로도 이 길은 아니라는 데에 수긍할 수 있을 것이고 그러면 그에 대한 미련을 버렸으니 남은 길인 공부에만 전념할 수 있을 것이다. 오디션 하느라고 아까운 시간을 버렸다고만 생각할 것이 아니라, 중요한 시행착오를 통해서 아들이 훨씬 성숙해졌고 오히려 공부에 대한 집중력을 얻었으니 훨씬 잘되었다고 봐야 한다.

하고 싶은 마음도 없이 머릿속에는 딴 생각으로 가득 차서 책상에 열 시간을 앉아 있는다고 무슨 공부가 될까? 집중해서 한 시간 공부하는 것이 훨씬 낫다. 시행착오 때문에 시간 까먹고 그래서 대입에 실패했다면? 1, 2년 재수하면 된다. 그것도 아니라면? 분명히 다른 좋은 길이 열릴 것이다. 우리의 시야가 너무 좁아서 못 보고 있을 뿐이다. 인생도, 세상도 크고 넓다.

나 또한 아버지로서 당연히 아들의 진로에 관심이 많고 그에 관해 태훈이와 자주 얘기를 나눈다. 나는 태훈이에게 꼭 일류대를 가고 일류회사를 갈 필요는 없지만 무엇을 하든 태훈이가 좋아하는 걸 찾아서 그걸 잘하도록 하라고 했다. 그러나, 사실 나는 어떻게든 태훈이가 성공하길 바라는 쪽이었다. 그것이 꼭 공부일 필요는 없지만 뭘 하든, 하는 분야에서는 그저 평범하게 남기보다는 정말 열심히 해서 두각을 나타냈으면 하고 바랐었다. 지금은 마음을 거의 비웠지만, 그때는 솔직히 아버지로서의 욕심을 완전히 버리지 못했던 것 같다.

그런데, 나의 아내는 처음부터 그런 욕심이 없었다. 그냥 아들이 평범한 행복을 누리길 바랐다. 한 가지 욕심이 있다면 몸 건강하게 사는 것뿐이었다. 태훈이 고등학교 때, 담임선생님과 진학 상담을 하면서도 내 아내는 태훈이가 입시에 스트레스 받으며 성적 때문에 너무 힘들어하지 않았으면 한다고 말했다. 꼭 서울대, 연고대 안 가도 되니 항상 행복하기만 하면 좋겠다고 했다. 담임선생님 입장에서는 처음에 뭐 이런 엄마가 다 있나 했을 것이다. 태훈이는 학교에서 성적이 최상위인 학생으로, 계속 관리만 잘하면 SKY*를 갈 수 있는 아이였다. 엄

마가 먼저 나서서, "우리 애, 지금 이대로는 SKY

에 좀 불안하지 않나요? 남은 기간 더 바짝 해야

* 스카이. 서울대, 고려대, 연세대의
영문 이니셜을 따서 만든 말.

할 것 같은데, 뭘 더 해야 하나요? 선생님, 얘가 꼭 좀 SKY에 갈 수 있

도록 선생님께서 많이 도와주세요."라고 매달리거나 이보다 더 극성

스럽게 졸라도 이상할 게 없는 상황 아닌가?

아이가 행복한 게 먼저니까 스트레스 주지 말라니…. 그 선생님은

오히려 내 아내에게 깊이 감동을 받았다고 한다. 그리고, 나중에 태훈

이에게 이렇게 얘기했다고 한다. "나도 나중에 결혼해서 애 낳아 기

르면 너네 엄마 같은 엄마가 되고 싶다."

태훈이가 문과라서인 것도 있겠지만 수학은 열심히 해도 생각만큼

점수가 안 나와서 고1 중반부터 처음으로 수학 학원이란 데를 다니기

시작했다. 내 아내는 한 달에 한 번씩 그 학원에 들렀는데, 다름 아니

라 수업료를 내기 위해서였다. 그런데 내 아내는 거기서도 이상한 엄

마였다. 가서 "우리 애가 공부를 어떻게 하나요?", "성적이 오르고 있

나요?", "뭐가 어떻게 모자라고 뭘 더 해야 하나요?"같이 엄마라면 당

연히 해야 할 질문들은 아무것도 하지 않고 그냥 돈만 내고 나오는

것이었다. 내 아내도 킥킥대고 웃으면서 "아마 그 학원에서는 내가

계모 아닌가 할 거야."라고 말하기도 했다.

그렇다고 아내가 아들에게 관심이 없는 것은 물론 아니었다. 함께

얘기를 하다 보면 태훈이에 대해서는 성적이며, 학교 생활이며, 친구

들까지 줄줄 다 꿰고 있었다. 모든 걸 관찰하고 있다가 혹시나 이상한

징후가 보일 때, 예컨대 성적이 갑자기 뚝 떨어진다든지, 나쁜 짓을 하고 있는 것 같다든지, 그래서 이건 아들에게 무슨 문제가 생긴 거다라고 판단이 되면 그때야 개입을 하는 것이었다.

물론 태훈이도 만만치는 않다. 간섭받는 것을 극도로 싫어한다. 한번은 아내가 나에게 "어? 이런 게 왔네?"라며 휴대폰 문자메시지를 보여줬다. 그것은 태훈이가 다니던 독서실에서 보내 준 것으로, 태훈이가 독서실에 언제 들어오고 언제 나갔는지 출입기록을 실시간으로 부모에게 보내주는 문자서비스였다. 부모로서는 아들이 밖에서 딴짓 안 하고 독서실에서 공부하는지, 안 하는지를 감시할 수 있는 편리한 서비스인 셈이었다. 그런데, 아내는 이걸 또 아들에게 보여줬다. 얘기 안 하고 잠자코 있으면 아들이 공부하러 갔다고 하고는 무슨 딴짓을 하나 알 수 있었을 텐데 말이다. 아내는 당사자에게 숨기고 몰래 뭔가를 하는 것은 옳지 않다며 아들에게 알려준 것이다. 태훈이는 "아니, 이거 뭐야?"라고 아주 황당해하며 불쾌함을 드러냈다. 물론 엄마에게가 아니고 독서실에 말이다. 그리고는 지 엄마한테 말했다.

(태훈) 엄마, 엄마가 독서실에 전화해서 문자메시지 보내지 말라고 해 줘.
(아내) (웃으며) 야, 너가 떳떳하면 그걸 왜 중지시키냐?
(태훈) 감시당하는 것 같아서 싫어. 내 공부는 내가 책임지고 해.

태훈이는 주야장천 책상 앞에 앉아서 공부하는 스타일은 아니다.

시험 전날 같은 때 빼고는 공부하다가 밖에서 친구들과 어울려 좀 놀다 들어오기도 한다. 다만 독서실에서도 스스로 해야 할 양은 정하고 그걸 마쳐야 집에 돌아오는 식이다. 태훈이가 대학생이 되고 나서 세 가족이 스키장에 놀러갔다가 거기서 처음으로 함께 당구를 치게 되었을 때였다.

(나) 어? 태훈이 당구 잘 치네! 언제 쳐 봤냐?

(태훈) (웃으며) 아빠, 나 사실은 고등학교 때 친구들이랑 당구장 많이 다녔어.

어쨌든 자기 일은 자기가 알아서 하고 나쁜 짓은 절대 안 할 것이니 아빠, 엄마는 감시나 간섭 같은 것 하지 말라는 것이었다.

아마 전 세계에서도 우리나라만큼 부모들이 자식의 인생을 마이크로매니지(micromanage)* 하는 나라는 또 없을 것이다. 물가에 내놓은 아

> * 마이크로미터(micrometer)는 밀리미터(millimeter)의 1000분의 1이다. 그만큼 아주 세세하게 통제하고 관리한다는 뜻이다.

이 보듯이 물에 빠져 죽으면 어떡하냐면서 바들바들 떨면서 조바심을 내고 바로 옆에서 딱 붙잡고 자기 걸음만 따라오라고 한다. 그러나 그렇게 되면 그 아이는 결코 그 부모를 뛰어넘을 수가 없다. 태훈이는 이것을 배에다 비유하여 말한 적이 있다. 배는 항해하다 폭풍우를 만나 뒤집히고 파선될 수도 있다. 그게 무서워서 항구에 배를 정박시켜

놓고 움직이지 않으면 배는 안전하다. 그러나, 그것은 이미 배가 아니다. 배는 물을 가르며 항해해야만 배다. 배가 항해를 해야 멋진 신세계에도 가볼 것 아닌가.

미국에서 포닥하던 때 본 것이 생각난다. 우리가 살던 UCLA의 기혼자 기숙사에서 산타모니카 해변(Santa Monica beach)까지는 차로 15분 정도 거리로 우리는 심심하면 가서 놀다 오곤 했다. 바다 안쪽으로 길게 목조 다리가 놓였는데 그 위로 많은 사람들이 오가며 경치 구경을 하고, 양옆으로는 음료와 스낵 파는 가게들도 있었다. 놀이기구들을 갖춘 오락실도 있었는데 그 앞에 사람들이 몰려서 뭔가를 구경하고 있었다. "뭐야? 뭔데 그래?" 하며 우리 셋도 잰 걸음으로 가서 봤더니 열일곱여덟 살 정도 되어 보이는 백인 남자애 하나가

<table>
<tr><td>* 일본 코나미사가 만들어 인기몰이를 했던 리듬 액션 게임기. 전후좌우 등 방향표시 화살표가 그려진 발판 위에서 화면의 표시에 따라 타이밍에 맞게 스텝을 정확히 밟으면 점수가 올라간다.</td><td>DDR(Dance Dance Revolution)*위에서 신나는 음악에 맞춰 현란한 춤솜씨를 뽐내고 있었다. 화면 위로는 'Great(대단해요)', 'Perfect(완벽해요)' 표시가 마구 쏟아지고 있었고, 구경하는 사람들 사</td></tr>
</table>

이에서는 "Wow(와우)!" 감탄이 터져 나왔다. 그런데 그중에 가장 인상 깊었던 건 군중들 속에 있던 그 애 부모의 태도였다. 그 부모는 너무나 자랑스런 표정으로 흐뭇한 미소를 지으며, 옆의 사람들에게 연신 "That's my boy(내 아들이야)."라고 으스대고 있었다. 돌아오는 길에 나와 아내는 웃으며 얘기했다.

(나) 야~, 정말 미국 부모는 다르다.

(아내) 그러게 말야. 애가 고등학생 정도 되어 보이던데.

(나) 우리나라 같았으면 하라는 공부는 안 하고 쓸데없는 데 돈과 시간을
처들였다고 애를 잡으려고 달려들 텐데 말야.

(아내) 댁의 아들이냐고 물으면, 아니라고 하지 않을까? 창피하다고.

부모로서 자식을 있는 그대로 인정하고, 뒤에서 지켜보며 응원해
주는 모습이 보기 좋았다. 삶을 바라보는 시각이 '이거 아니면 안 돼'
식으로 좁고 갑갑한 게 아니라 여유 있고 유연해 보였다.

물론 그만큼 사회적 구조와 시스템이 받쳐 주기 때문일 것이다. 젊
은이들이 여러 번 실패를 해도 그로부터 더 배우고 더 성숙해지면서
자기가 원하던 목표에 도달할 수 있는 그런 사회적 토대가 잘되어 있
는 것은 사실이다. 예를 들어, 처음에 공부를 잘 못하던 아이도 동네의
커뮤니티 칼리지(Community College)에 들어가 인정받으면 유씨 버클
리(UC Berkeley) 같은 명문 주립대학에 편입이나 진학을 할 수 있고 또
거기서 잘하면 하버드(Harvard)나 예일(Yale) 대학원에도 갈 수 있다.
그런 단계적 이동이 우리나라에 비해 훨씬 쉽고 기회도 많다. 그러나
제도 탓만 하며 그 제도가 바뀔 때까지 마냥 기
다리고 앉아 있을 수는 없지 않은가?*

우리나라의 제도도 바뀌어 갈 것이다. 특히
현재처럼 부가 세습될 수밖에 없는 입시 구조,

> * 사회와 제도에 대한 비판과 대안
> 을 이 책에서 논하지는 않을 것이다.
> 그건 너무 덩어리가 크기도 하고, 부
> 모와 자식 간의 관계에 초점을 맞추
> 는 이 책의 중점 범위를 벗어나는 주
> 제이므로.

개천에서 용이 나올 수 없도록 계층 간 통로를 막아 놓은 구조에 대해서는 많은 국민적 개혁 공감대가 커지고 있다. 그 개혁은 당연히 진행해야만 하지만, 기득권과의 싸움이 불가피하므로 시간이 오래 걸릴 수밖에 없다. 더 중요한 것은, 개혁이 완료되더라도 어차피 완전한 것이 될 수는 없다는 사실이다. 〈동물의 왕국〉을 보라. 모든 동물이 사자일 수는 없다. 적은 사자들에 많은 얼룩말들이 있다. 그 얼룩말들을 모두 사자로 바꿔놓는 개혁은 불가능하다. 충분히 사자가 될 수 있는 얼룩말은 사자가 되도록 하되, 어설프게 사자가 됐다가 발각되면 바로 죽음이다. 사자가 못 될 바에는 얼룩말로서의 생존전략을 개발해야 한다. 지금까지와 똑같이 살아가면 결국 계속 사자의 먹이가 될 뿐이다. 진짜 얼룩말은 그런 생각을 못하겠지만, 사람 얼룩말은 새로운 생각을 해야 한다. 얼룩말들을 조직하여 사자를 감시하는 불침번 얼룩말을 두고, 유사시 경보를 울려 사자보다 빨리 뛰어 도망가도록 하고, 힘센 얼룩말들은 진형을 갖추고 있다가 덤벼드는 사자의 턱을 부술 수 있도록 평소에도 뒷다리 차기 훈련을 해야 한다. 그래서, 사자가 감히 덤비기는커녕 슬금슬금 눈치 보다 피해버리는 얼룩말들이 되어야 한다.

제도가 경직되어 있으면 사람이 유연해야 한다. SKY를 나와 일류 회사에 취직한다거나, 의사나 변호사 같은 전문직이 되는 것은 어차피 한정된 소수의 자리밖에 없다. 그 얼마 안 되는 자리에 욱여넣으려고 공부에 맞지도 않는 아이들을 어릴 때부터 억지로 공부하고 시험

보는 기계로 만든 결과가 무엇인가? 불쌍한 아이들이 학원에서 살다 시피 하다가, 정신병원에 가다가, 심해지면 자살까지 하지 않는가? 그 난리를 치지만 공부에 경쟁력이 없는 아이들은 부모의 바람을 제대 로 채워주지도 못한다. 거기에 경쟁력이 없다면 시야를 넓혀 둘러보 고 새로운 생존법을 생각해내는 것이 스마트한 것이다. 꼭 사자처럼 강해야만 살아남는다는 구태의연한 생각을 버려야 한다. 실제로 사자 자신도 사냥에 성공하는 확률이 그리 높지 않고, 굶어 죽는 일도 그리 드문 일이 아니다. 강자생존이 아니라 적자생존이다. 역시 〈동물의 왕 국〉을 보면, 약해 보여도 입이 쩍 벌어지는 놀라운 방법으로 당당히 살아나가는 동물들이 많다. 지금까지 보고 들은 것에만 매이지 말고 새로운 것들을 찾아내고 생각하고 시도하자. 꼭 대한민국이 아니더라 도 세계로 시야를 넓히자.

자녀의 연애와 결혼

인생을 크게 두 개의 범주로 나누면 일과 사랑이다. 앞서 얘기한 자녀의 일을 정하는 문제 말고도 우리나라 부모는 자녀의 사랑에까 지 깊숙이 관여하고 간섭한다. 자녀가 좋다고 하는 짝을 반대해 쫓아 내고는 굳이 부모가 직접 짝을 찾아와서 결혼하라고 한다. 아니 대체 이건 무슨 행패인가? 자녀가 한 이불 덮고 살 부비며 평생을 함께할 사람을 왜, 어떻게, 부모가 고른다는 말인가?

자녀를 못 믿는 것이다. 자녀가 어리석고 세상 물정 몰라서 제 짝을 못 찾으니까, 세상 오래 살아봐서 지혜로운 부모가 골라주지 않으면 순진하고 착해 빠진 자기 자녀가 사기꾼 같은 배우자를 만나 평생 불행할지도 모른다는 것이다. 또는 자녀의 행복보다는 부모 자신의 허영과 욕심이 우선하는 경우도 있다. 유력한 집의 능력 있는 사위 또는 며느리를 얻어 자랑하고 싶은 욕심 같은 것 말이다.

여기서는 특히 어머니들의 활약이 큰 것 같다. 아내가 아는 어떤 권사님은 자기 아들이 사랑하는 여자를 떼어 놓고 자기가 고른, 학벌, 재산 등에서 좋은 조건을 갖춘 여자와 결혼하도록 밀어붙였다고 한다. 그리고, 그 이후로 그 아들은 웃음을 잃어버렸다고 한다. 때 되면 인사차 어머니에게 찾아오긴 하지만 다른 가족들과도 어울리지 않고 아무 말도 하지 않은 채 방 한구석에 멍하니 앉아 있다가 가곤 한단다. 나는 그 이야기를 듣고 너무 화가 났다. 그 권사님은 자기 욕심에 아들의 인생을 망쳐 버린 것이었다.

그 어머니는 아들 인생에 가장 중요한 두 가지 범주인 일과 사랑 중에 사랑을 망쳐 버렸지만 실은 일도 함께 망친 것이다. 일과 사랑이 개별적으로 분리되어 존재하는 것이 아니라 서로 영향을 주고받기 때문이다. 사랑을 얻지 못해 불행해진 남자는 일에도 의욕이 없다. 일에서 성공하는 것도 사랑하는 여자에게 보여주고 함께 기뻐해야 의미가 있는 것이다. 아들은 이제 일에서도 무기력하기만 하다. 그런데 비단 그 아들만 불행해진 것이 아니다. 그 어머니가 데려온 여자 또한 사랑받지 못해 불행하다. 자기를 사랑해주는 다른 남자와 결혼했으면 행복했을 텐데, 마음속에 다른 여자를 그리워하는 남자의 껍데기랑 살게 된 그 여자 또한 불행 속에 빠진 것이다. 그리고 마찬가지로, 사랑하는 아들의, 웃음을 잃어버린 불행한 모습을 지켜봐야 하는 그 어머니 본인 또한 불행하다. 그 어머니가 한숨 지으며 근심하는 모습을 지켜보는 아버지는 또 어떤가?

그 어머니는 이렇게 항변할 수도 있다. "남자, 여자가 뭐 꼭 사랑해야만 결혼해서 사는 줄 아니? 그냥 결혼해서 살면 살아지는 것이지. 도대체 왜 그렇게 유별나게 구는지 정말 이해를 못하겠다." 그렇다. 그 말도 틀린 말은 아니다. 그 어머니 세대에서는 말이다. 그 어머니도 부모님이 정해주신 배필과 결혼했고 애 낳고 살다 보니 정도 생기고 그럭저럭 이만큼 살아온 것이다. '특별나게 행복하진 않았다고 해도 큰 아쉬움도 없다. 뭐 인생이란 게 다 그런 것 아닌가? 살면서 둘러보니 역시 부잣집에 시집 간 친구들이 떵떵거리며 편안하게 살더라. 내 자식도 부잣집과 결혼시켜야겠다.' 그러나 그것은 그 어머니의 생각이고 자식은 다르다. 살아온 시대가 다른 만큼 생각도 다를 수밖에 없다. 어머니가 고추장에 밥 비벼 먹는 게 제일 맛있다고 해서 아들도 그런 것은 아니다. 아들은 어머니가 못 먹어 본 까르보나라 파스타를 제일 좋아한다. 그 아들에게 고추장 비빔밥을 강요하면 아들은 차라리 굶고 만다.

이와 관련하여, 결혼한 두 아들을 둔 어떤 분이 생각난다. 사업에 크게 성공한 그분 부부 역시 아들들이 유력한 집안의 조건 좋은 규수들과 결혼하기를 바랐던 것 같다. 그런데 큰며느리는 평범한 집안에서 성장했고 조건은 그리 좋은 편이 아니었다. 부모가 반대했지만 연애를 하던 큰아들은 자기 뜻을 굽히지 않고 자기가 사랑하던 여자와 결혼한 것이었다. 반면 작은며느리는 그분 부부가 잘 아는, 역시 유력한 집에서 귀하게 자란 딸로 여러 조건들이 매우 좋아 중매를 통해 흡족한 마음으로 들여 왔다. 그런데 살아 보니, 처음에 달갑지 않았던 큰며느리는 부부 금슬이 좋은 건 물론이고 총명하고 싹싹하며 사업에도 수완이 좋아 점차 인정을 받으면서 시부모의 귀여움을 받게 되었다. 그에 비해 작은며느리는 부부 사이도 별로 좋지 않고 유순하긴 하지만 매사에 느릿하고 사업 감각도 떨어져 시부모가 답답해하고 있었다.

나는 여기서 연애는 좋고 중매는 안 좋다는 얘기를 하는 것이 아니다. 무엇을 통하든 자기 짝을 찾는 주체는 당사자가 되어야 한다는 얘기를 하는 것이다. 부모의 역할은 좋은 배필을 구해 주는 것이 아니라, 자녀가 좋은 배필을 구할 수 있는 안목과 판단력을 갖출 수 있도록 잘 교육하는 것이다. 그리고는 자녀가 온전히 스스로의 책임으로 자기 운명의 배필을 선택하는 것이다. 부모는 그 과정에서 여러 가지로 조언해 주고 도움을 줄 수는 있겠지만 최종 결정은 결국 자녀 본인이 해야 한다. 그래야만 어려움이 와도 남 탓하지 않고 자기 스스로 그 어려움을 해결하면서 자기 선택이 가치 있는 것이 되도록 지켜 나갈 수 있다. '미우나 고우나 내가 선택한 사람이다. 누구 탓을 하겠는가? 내가 더 잘할 수밖에 없다.' 그러나 자녀가 그토록 싫다고 했건만 어머니가 억지로 밀어붙여서 짝지어준 사람이라면? 어려움이 생길 때마다 저 밑으로부터 흔들리면서 버텨낼 힘이 없다. 자꾸 어머니 원망만 하게 된다. 그런 것이다.

위에 얘기한 그 권사님 아들의 경우는 정말 안타깝다. 그 아들이 정말 그 여자를 사랑했다면 자기 어머니가 반대한다고 해서 그렇게 사랑을 포기해야만 했을까? 이 드넓은 세상에 그녀와 도망가서라도 살 수 있는 데가 그렇게 없었을까? 자식 이기는 부모는 없다. 처음에는 자기 말에 순종하지 않는 아들과 며느리가 밉겠지만, 시간이 지나 서로 사랑하며 아이 낳고 행복하게 사는 모습을 보게 되면 그 미움은 흩어지고 아들 부부를 흐뭇하게 바라보며 상황을 받아들이게 된다. 그 권사님이 끝까지 못 받아들이고 노여워한다면? 그래도 어쩔 수 없다. 아들의 인생은 아들이 행복하기 위해 있는 것이지, 어머니를 만족시켜 주기 위해 있는 것이 아니다. 쓸데없는 노여움으로 스스로를 괴롭히는 어머니가 안타까울 따름이다.

나는 내 아내와 3년 8개월간 연애 끝에 결혼했다. 어느 누구도 나의 결정에 반대한 사람은 없었지만 설사 누군가 반대한다고 했어도 나는 무슨 수를 써서든 지금의 내 아내와 결혼했을 것이다. 서로 깊이 사랑하고 그래서 반드시 결혼해서 살아야겠다고 결심한 이상, 뭔가 방해나 장애물이 생기면 나는 내 아내와 어디 도망을 가서라도 살았을 것이다.* 내가 좋다는데, 결혼해서 혹시 망해도 그건 내가 달게 받아들일 내 운명이다. 어느

> *이 시점에서 나의 부모님이 생각난다. 자식은 어떤 식으로는 부모를 닮는다더니….

139

누구도 간섭하거나 방해할 것이 아니란 말이다.

그래서 나는 일찍이 태훈이에게 결혼하기 전에 가능하면 연애를 많이 해보라고 권했다. 사랑은 책으로, 공부로 배울 수 있는 것이 아니다. 처음 손을 잡으면서 그 부드럽고 따뜻한 느낌에 저절로 미소가 지어지고, 키스할 때는 머릿속이 온통 화려한 불꽃놀이에 환해지기도 한다. 이렇게 달콤한 사랑에 눈이 멀어 대신 죽어 주기라도 할 것처럼 지내다가 서로의 뜻밖의 모습에 당황하고 화내기도 하고 그러다 대판 싸우기도 한다. 자존심 따위 버리고 싹싹 빌고 서로 화해해서 사랑이 더 깊어지기도 하지만, 자기와 맞지 않는다는 걸 깨닫고 눈물을 흘리며 헤어지기도 한다. 그렇게 온몸으로 시행착오를 겪으며 자기 짝을 찾아가는 것이다.

그래서 연애는 내 짝을 찾아가는 과정인 동시에 또한 배움의 과정이다. '아, 이 사람은 아닌가 보다!'라고 깨어지면서 가슴이 아프고 그동안 정신적, 물질적으로 쏟아부은 것들이 아깝지만, 그런 수업료를 지불했기에 이성에 대해서도, 그리고 나 자신에 대해서도 그만큼 더 많이 배우게 된 것이고 이제 또 새로운 사람을 만날 때는 더 잘할 수 있는 것이다. 내가 대학 신입생 때 '미팅은 1학점, 소개팅은 2학점, 선은 3학점'이라고들 농담처럼 얘기했는데, 이제 와 생각해 보니 그건 정말 맞는 말이었다. 교양필수 과목이 아니라 인생필수 과목이 아닌가 싶다.

단 한 번뿐인 내 인생의 긴긴 여정을 함께해줄 단 한 사람의 동반자를 찾는 일 아닌가? 좋은 동반자와 함께라면 나는 행복하고 성공적인 인생을 살 수 있을 것이고, 그렇지 못하면 소중한 내 인생을 망칠수도 있을 것이다. 이러한 진지한 과정이기에 나는 태훈이에게 한 번에 한 여자에게만 충실하라고 했다. 플레이보이처럼 양다리, 세 다리를 걸치는 것은 안 된다. 한 사람과 깨끗이 정리가 되고 나서 새 인연을 시작해야 한다. 그런 과정을 거쳐 태훈이가 스스로 "바로 이 여자입니다."라고 데려오면 나는 그 여자가 외국인이라도 상관하지 않을것이다. 외적인 조건보다는 심신이 두루 건강한지, 내적으로 얼마나깨끗하고 아름다운 마음씨를 지녔는지, 서로 진심으로 사랑하는지, 태훈이가 확신 있게 얘기해줄 수 있다면 그것으로 족하다. 왜냐하면, 나도 태훈이가 자기의 인생을 소중하게 생각하는 줄 알기 때문이다.

결혼 전에 여러 사람을 만나는 것은 지극히 당연한 일이다. 단번에 자기와 맞는 짝을 찾을 확률은 당연히 낮기 때문이다. 내 발에 맞는 구두를 사려고 해도 여러 매장을 돌아다니며 많은 구두들을 구경하지 않는가. 그중에 마음에 꼭 드는 것도 직접 신어보면 사이즈가 안맞거나, 나와 잘 안 어울려서 다시 벗어놓는 경우가 허다하다. 하물며 사람이야 오죽하겠는가. 나와는 다른 천성을 갖고 태어났고 또 오랜 시간 다른 환경에서 살아온 사람이니 단번에 척 맞는다면 그게 오히려 더 신기한 일이다. 어른들은, "그냥 맞춰서 살면 되지. 뭐 그렇게까다롭냐?"라고 할지 모른다. 그것도 맞는 말이다. 서로 다른 것이 당연하니, 사랑으로 서로 맞춰가며 살아야 한다. 나와 아내도 성격과 취미가 거의 반대라고 할 정도로 다른 점들이 많지만 다 맞춰가며 행복하게 살고 있다. 서로 반대인 점들이 오히려 서로의 모자란 부분들을 채워 줘서 전체적으로는 더 온전하게 해주는 묘미가 있다.

그러나, 이렇게 살아가려면 두 가지 전제 조건이 있다. 첫째로, 서로 사랑해야 한다. 사랑하는 사람들에게 서로의 다른 점은 각자에게는 없는 커다란 매력으로 보인다. 따라서 거기에 맞추는 것은 신나고 즐거운 일이다. 사랑하는 사람을 기쁘게 해 주고 느끼는 행복이 더 크기에, 기꺼이 내 것을 내려놓고 상대의 것을 받아들일 수 있다. 처음에 얼마 간은 조정기간이 필요하지만, 금세 서로 맞추며 조화롭게 살아간다. 그러나, 사랑하지 않는 사람들에게 서로의 다른 점들은 극복하려 애써야만 하는 낯설고 힘든 짐들로 느껴지게 마련이다. '내가 왜?'라는 생각이 서로에게 다가가지 못하도록 자꾸만 잡아끈다. 그러다 서로의 마음에 상처를 내고 싸우거나 거기에 지치면 그냥 포기하고 살아간다. 포기한다는 것은 무감각해지기로 결심하는 것이다. 분노와 슬픔에 대해 방어하려고 무감각해지다 보면 즐거움과 행복에도 무감각해지게 된다. 살다가 사랑이 생기면 다행이지만, 그렇지 않으면 결국 남은 인생을 무덤덤하게 살아가야 한다.

둘째로, 기본적인 인생관은 같아야 한다. 인생관은 삶의 중요한 부분들을 바라보는 시각과 그에 따른 생각의 체계로서 삶의 나아갈 방향을 결정한다. 같은 배를 타고 인생의 긴 항해를 하는데 매번 남편은 동쪽으로 가야 한다고 하고, 아내는 서쪽으로 가야 한다고 하면 어찌 되겠는가? 부부가 같은 방향을 바라보지 않으면 함께 갈 수가 없다. 예를 들어, 남편은 아내가 돈을 안 벌어와도 좋으니 집에서 살림 잘하고 아이들 잘 키우기에 주력해 주기를 바라는데, 아내는 집에 틀어박힐 생각이 전혀 없다며 밖에서 부지런히 활동하여 사회적으로도 최대한 출세하고자 하는 생각이 확고하다면 어떨까? 이번에는, 만약에 아내는 미래의 불확실성에 대비하여 보험도 들고 생활비를 최대한 아껴 쓰며 저축도 해서 안정적인 삶을 꾸려 나가려 하고 있는데, 남편은 한 번뿐인 인생을 왜 그리 꾹꾹 참으며 살아야 하냐, 마음껏 원하는 것들을 즐기며 살자고 버는 족족 돈 쓰기 바쁘다면 어떻게 될 것인가? 또 남편이든 아내든 한쪽은 반드시 아이가 있어야 한다며 아이 갖기를 간절히 바라는데, 다른 쪽은 왜 힘들게 아이를 키우려고 하냐, 시대가 변했다며 아이 없이 둘이서 더 행복하게 살아가자고 한다면 어떻게 해야 하는가?

이러한 인생관의 차이가 도저히 좁혀질 수 없다면 서로 헤어지는 게 나을 수도 있다. 이렇게 해서 헤어질 때는 슬프고 괴롭겠지만, 남자는 남자대로, 여자는 여자대로 인생관이 맞는 짝을 만나서 더 행복하게 사는 것이 낫다.

그러므로 제발 자녀의 짝은 자녀가 찾게 하자. 그게 안 된다면 최소한 결정만큼은 자녀가 하게 하자. 어차피 부모가 해주고 싶어도 못하는 것이다. 사랑도 해야 하고, 인생관도 같아야 한다는데, 그걸 부모가 어떻게 대신해줄 수 있겠는가? 그리고, 사랑이 싹터서 자라는 것도, 인생관이 잘 맞는다는 걸 확인하는 것도, 오랜 시간이 필요하다. 부모는 뒤에서 지켜보며 기다려 줘야 한다.

어머니는 넘사벽* 1등이다

* '넘을 수 없는 4차원의 벽'의 줄임말. 주로 둘을 비교할 때 더 잘난 쪽의 잘남을 극도로 과장하기 위해 쓰는 표현이다(네이버 오픈사전).

"엄마가 좋아? 아빠가 좋아?" 내가 어릴 때 많이 듣던 말이다. 아마 내 또래 분들은 대개 비슷한 기억이 있을 것이다. 어른들이 주로 취학 전의 어린아이를 귀여워하며 장난 삼아 던져 놓고는 아이의 반응을 구경하는 단골 질문들 중의 하나다. 기억을 더듬어 보면 난 많이 당황하면서, '내가 정말 누굴 좋아하지?' 생각하느라 선뜻 대답을 못했던 것 같다. 씩씩한 아이는 생각나는 대로, "엄마요." 또는 "아빠요."라고 빽 소리 지르기도 하지만 좀더 눈치 빠른 아이는 그 자리에 누가 있는지 둘러보고서 상황에 유리하게 답을 결정하기도 한다. 아이가 엄마든 아빠든 선택하고 나면 거기서 끝나는 게 아니라 어른들은 짓궂게 또 "왜 엄마가 좋으냐? 왜 아빠가 좋으냐?"고 묻는다. 그러면 아이들은 솔직하게, "맛있는 걸 줘요.", "잘 놀아줘요." 등 자기가 원하는 것을 주기 때문이라고 답한다.

그런데 같은 질문을 성인들에게 던지면 어떻게 될까? "이것저것 따지지 말고, 아버지와 어머니 중에 마음으로 더 좋아하고 끌리는 분은 누구인가?" 아마 질문받는 사람들은 거의 예외 없이 어머니라고 할 것 같다. 솔직히, 현역 아버지인 나도 그렇다. 현역 어머니인 내 아내에게도 솔직히 인정했다. "유 윈!(You Win!)."

몇 년 전, 지금은 작고하셨는데 '신바람 건강법'으로 유명했던 황수관 박사님이 TV에 나와 소개해 주신 것이 있다. 바로, 가장 아름다운 영어단어의 순위였다. 영국문화협회에서 비영어권 102개 국가의 성인 4만 명을 대상으로 설문조사한 결과라고 한다. 그 1위는 바로 mother(어머니)였다. 고개가 저절로 끄덕여진다. 수많은 사람들이 어머니라는 말만 들어도 감동한다는 것이다. 그러면 당연히 2위는 father(아버지)여야 하는 것 아니겠는가? '그래야 짝이 맞으니까.'라고 생각할 수도 있겠지만 2위는 passion(열정)이란 단어였다. '그렇지, 인생에 열정이 없으면 뭐가 되겠나. 열정, 아름답지, 그럼.' 그런데 3, 4, 5위는 각각 smile(미소), love(사랑), eternity(영원)였다. 정말 모두 아름다운 단어들인 건 맞다. 그런데 우리의 '아버지'는 대체 몇 등이란 말인가? 유난히 등수에 민감한 한국 아버지들은 이제 초조해진다. 협회에서 순위를 발표한 것은 70등까지였는데 그 안에 '아버지'는 없었다. (충격!) 심지어 hiccup(딸꾹질)이란 단어가 63등이었다. '뭐, 딸꾹질하는 모습도 꽤 귀엽긴 하지. 근데….'

그럼 아버지는 대체 사람들에게 뭐란 말인가? 딸꾹질보다도 아름답지 못한 존재란 말인가? 물론, 이 설문조사 결과에 절대적인 의미를 부여할 필요는 없다. 또, 그걸 갖고 아버지의 가치를 평가절하하려는 것도 너무 오버하는 것이다. 그렇다고는 해도 이 데이터가 나름의 진실을 가감 없이 반영하고 있다는 것 또한 부인할 수 없으니 우리는 여기에 담긴 의미를 되새겨볼 필요가 있다.

학교에서 중간고사나 기말고사를 보고 나면, 발표하기 전이라도 쟤는 성적이 어떨지, 나는 어떨지, 대충 알지 않는가? 마찬가지로, '아버지'는 '어머니'가 1등을 차지한 것에 대해서, '쟤는 1등 할 줄 알았어'란 생각이 든다. 단지 그래도 쟤보단 못하지만 꽤 할 줄 알았던 '아버지'의 성적이 70등 밖이란 것이 좀 쇼킹한 것뿐이다. '내가 이 정도로 공부를 못했나?' 그런 생각이다.

이와 관련해서 떠오르는 또 한 가지 이야기가 있다. 내가 대학원 다닐 때 지도교수님이 해주신 이야기다. 경상북도 산골 오지에 악명 높은 청송교도소가 있는데 여기에는 주로 살인, 강간, 조직폭력 등 강력범죄를 저지른 흉악범들이 갇혀 있다고 한다. 언제나 삼엄한 경비 속에 긴장이 감도는 곳인데, 한밤중이 되면 놀랍게도 적막을 뚫고 울부짖는 소리들이 들린다고 한다. 바로 회한과 그리움에 사무쳐, "어머니!"를 외쳐 부르는 소리다. 건장한 몸에 무시무시한 흉터와 문신을 뒤덮고 있는 조폭 아저씨가 마치 어린아이가 된 것처럼 그렇게 어머니를 찾는다는 것이다. 인생의 막다른 곳에 다다라 가장 눈물 나게 그리운 것은 자기를 아무 조건 없이 사랑해 주는 어머니의 따뜻한 품인 것이다. 이야기를 들으며 숙연해진 우리에게 교수님께서는 한마디를 덧붙여 주셨다. "그런데…, 아버지를 부르는 사람은 한 사람도 없대."

146

말씀하신 교수님이나 듣는 사람들 대부분이었던 남학생들이나 겸연
쩍게 웃으며 주위를 둘러봤다. '그렇지! 우리가 그쪽으론 감히 여자들
한테 안 되지.'

　보다 원초적이고 또 무조건적인 사랑. 여기서 아버지는 어머니에
게 상대가 안 된다. 우선 생물학적인 기본부터가 그럴 수밖에 없다.
남자에게는 강렬한 사랑의 순간, 그것으로 끝이다. 그 이후에는 신체
적으로 느껴지는 것이 아무것도 없다. 그러나 여자에게는 그때부터
시작이다. 그 작고 작은 수정란 세포 하나에서부터 시작하여 완전한
기능을 다 갖춘 사람이 되기까지 엄마는 자기 몸 안에서 자기 몸을
영양분으로 내어 주며 고이고이 아기를 길러 낸다. 그동안 혹시나 아
기에게 나쁜 것이 가지나 않을까 극도로 조심하며 좋아하던 것들도
다 밀쳐낸다. 내 아내도 태훈이를 가졌을 때는 커피, 탄산음료 같은
걸 끊은 건 물론이고, 극심한 치통이 생겼을 때조차도 혹시나 해서 진
통제도 안 먹고 통증을 생으로 견뎌냈다. 그렇게 겁도 많고 연약해 보
이던 아내가, 실은 나보다도 강했다. 어머니는 강하다.
　임신한 열 달 동안 어머니의 모든 감각은 온통 뱃속의 아기에게로
향해 있어서 어머니는 아기의 미세한 움직임 하나까지도 놓치지 않
는다. 아기의 손짓 발짓에 엄마는 배를 쓰다듬으며 다정한 목소리로
답하는 것으로 벌써 대화를 나눈다. 그러는 동안 날씬하고 매끄러웠
던 배는 터질 듯이 부풀고 배의 피부는 다 튿어진다. 아기 낳을 때의

고통은 남자들이 절대 알 수 없는 영역이라고 한다. 아기가 쉽게 나올 수 있도록 골반뼈가 벌어지는 등, 온몸의 뼈가 다 다시 맞춰진다고 한다. 그렇게 아기를 낳고 나서도 오랫동안 어머니는 아기를 가슴에 안고 젖을 아기 입에 물려 먹여 키운다. 어머니는 이 모든 느낌을 자기 몸에 새겨 넣는다. 이건 남자에게는 허락된 영역이 아니다.

그럼 생물학적으로 불가능하지 않은, 아이를 기르는 영역은 어떤가? 양주동 선생이 작시하신 노래 '어머니 마음'을 보자. "낳실제 괴로움 다 잊으시고 / 기르실제 밤낮으로 애쓰는 마음 / 진자리 마른자리 갈아 뉘시며 / 손발이 다 닳도록 고생하시네 (중략) / 어려선 안고 업고 얼러주시고 / 자라선 문 기대어 기다리는 맘 / 앓을 사 그릇될 사 자식 생각에 / 고우시던 이마 위엔 주름이 가득." 이 노래를 부르면 나는 가슴이 먹먹해지고 눈물이 핑 돈다. 가사 그대로였던, 돌아가신 내 어머니가 생각나며 그리움이 밀려오기 때문이다. 이런 어머니의 모습은 아버지가 따라하려고 애써 볼 수는 있겠지만 어머니처럼 자연스럽게 우러나는 마음으로 할 수 있는 것이 아니다. 이 역시 여성의 모성 본능과, 그에 연관된 옥시토신(oxytocin) 같은 호르몬 분비 등의 생물학적 바탕 위에, 임신과 출산을 통해 몸에 새겨진 기억이 더해지기에 비로소 가능해지는 것이다.

이제까지 아버지는 어머니에게 상대가 안 된다는 것을 역설했다. 그럼 대체 아버지는 뭔가? 그냥 부모 중에 뒤떨어지는 존재일 뿐인가?

그렇지 않다. 아버지는, '자기 자녀에게 이 세상 모든 것 중에 1등인 어머니'가 계속 1등을 할 수 있도록 지켜 주는 사람이다.

전교 1등 하는 우등생이 있다고 하자. 그런데 주변에 일진들이 있어서 공부 잘하는 그 친구가 공부를 할 수 없도록 여기저기 끌고 다니고, 참고서 살 돈, 독서실 갈 돈도 빼앗고, 폭행을 일삼는 등 계속 방해한다면 어떻게 되겠는가? 제아무리 우등생이라도 공부에 집중할 수가 없고 성적이 계속 떨어지다가 끝내는 자포자기하고 불량학생으로 전락하고 말 것이다.

그런데 이 우등생에게는 절친이 있다. 원래 머리도 썩 좋지 않고 공부도 좋아하지 않아서 학교성적은 별로지만 의리가 강한 데다 싸움도 엄청 잘한다. 이 절친이 자기 친구를 방해하는 일진들을 찾아가서 혼쭐을 내주고, 또 한번 자기 친구를 귀찮게 하면 다 분질러 버리겠다고 으름장을 놓는다. 이제 계속 그 절친과 붙어다니기 때문에 더이상 일진들이 접근을 할 수도 없다. 그뿐 아니라 우등생 친구 공부할 때 힘내라고 음료수도 사주고 밥도 사준다. 덕분에 우등생은 아무 걱정 없이 공부해서 전교 1등을 도맡아 할 수 있게 되었다. 흐뭇한 것은, 그 공부 못하던 절친도 우등생이 자꾸 가르쳐 주는 덕에 성적이 조금씩 오른다는 것이다.

우등생 어머니가 1등을 하도록 지켜주고 도와주는 절친이 바로 아버지다. 아버지가 세상의 험한 것들을 막아내는 외벽이 되어주고 필요한 것들을 공급해 주기에 어머니는 자녀를 낳아 기르는 일을 온전히 해낼 수 있다. 하지만 자녀에게는 그런 아버지는 잘 안 보인다. 자녀의 눈에는, 모든 일에 자기와 함께하며 가까이 있는 어머니만 크게 보이고, 자기와 떨어져 어머니 등 뒤에서 자기가 알 수 없는 일들을 하는 아버지는 멀고 작아 보이게 된다.

사실 아버지는 자녀가 자기를 그렇게 알아주기를 크게 바라지도 않는다. 원래 공부 못하는 애들은 성적이 좀 떨어져도 별로 신경 안 쓰는 것처럼 말이다. 그러나 아버지도 사랑한다. 자기 아내를, 그리고 자기 자녀를. 어머니와는 사랑하는 방식이 다를 뿐이다.

어떤 면에서는 아버지의 사랑이 더 대단한 측면도 있다. 위에서 구구절절 얘기했지만, 어머니는 자녀를 사랑하지 않을래야 않을 수 없도록 지어졌다. 타고난 천재 우등생인 것이다. 그러나 아버지는 정말 사랑의 그 순간 이후로는 몸에 느껴지는 것이 아무것도 없다. 그냥 자기 아내가 낳아서 건네준 그때부터 '아, 애가 내 자식이구나' 하고 '받아들이는' 것뿐이다. 그다음부터는 순전히 그 작은 생명체와의 '사귐'을 통해서 조금씩 사랑을 키워간다. 공부 못하던 애가 우등생 옆에서 꾸준히 배워서 성적이 조금씩 오르는 것이다. 이런 후천적 노력형에게는 더 많은 격려와 응원이 필요하다.

그리고 또 한 가지 중요한 아버지의 역할이 있다. 어머니의 사랑은 무조건적이며 헌신적이지만, 그런 만큼 합리성을 잃고 맹목적으로 흐르기도 쉽다. 자녀를 지나치게 보호해서 나약하게 만들기도 하고 잘못한 것을 혼내지 않고 감싸고 돌아 올바른 길로 나아가지 못하도록

역시
엄마는
1등!

아빠는
70등 밖이야.
제발
공부 좀 해라.

아들아, 엄마가 아들에게
항상 1등일 수 있는 데는
사실 아빠 도움이 아주 크단다.

키힝...
안 그럴게.

조용히 안 할래?
여기서 시끄럽게
굴지 말라니까.
아이 엄마
열공하는거 안보여?

하기도 한다. 자녀의 일이라면 어머니는 주위 상황들이 보이지 않는 근시안이 되어 버린다. 그러나 어차피 1등도 아닌 아버지는, 자기 자녀일지라도 사회에 포함시켜 보다 넓은 시야 속에, 좀더 냉정하게 지켜볼 수 있다. 대부분 아버지들은 사회생활을 하는 가운데 많은 사람들과 부대끼고 지내면서 공정하고 합리적으로 처신하는 태도가 몸에 배어 있다. 인간의 자녀인 이상 어머니 품 안에서만 살아갈 수는 없고 사회 속으로 길을 찾아 나가야 하는데, 이때 아버지의 사회적 경험과 냉정하고 이성적인 판단이 오히려 더 필요하게 된다. 그런 면에서 아버지의 사랑은 어머니의 사랑과 경쟁적인 것이 아니라 보완적인 것이다. 어머니는 학교 공부는 1등이지만 바깥세상 돌아가는 것은 잘 모를 수도 있다. 아버지는 공부는 못하지만 바깥세상 돌아가는 것을 알기에 어머니의 공부 결과를 세상의 어디에 어떻게 쓸지 알 수 있다.

아버지는 아름다운 영어단어들 중에서는 70등 밖이지만, 어떤 아들이든 딸이든 간에 그에게 주는 사랑의 순위로만 따지면 어머니에 이어 부동의 2등이다.

자녀는 사랑받기 위해 태어난 동료 선원이다

'당신은 사랑받기 위해 태어난 사람~.' 이렇게 시작하는 노래를 어디선가 들어봤을 것이다. 우리 모두가 그렇지만, 특히 가정 안에서 자녀야말로 '사랑받기 위해 태어난 사람'이다. 이 책이 '부자유친(父子有親)'을 내걸고 있지만 그 '친(親)'의 근원은 사랑이다. 사랑이 없으면, 이 책의 모든 말들은 다 헛소리고 구라일 뿐이다. 성경에 "내가 사람의 방언과 천사의 말을 할지라도 사랑이 없으면 소리 나는 구리와 울리는 꽹과리가 되고, 내가 예언하는 능력이 있어 모든 비밀과 모든 지식을 알고 또 산을 옮길 만한 모든 믿음이 있을지라도 사랑이 없으면 내가 아무것도 아니요(고린도전서 13:1-2)."라고 했다. 그러므로 부모가 자녀를 대하는 모든 말과 행동은 사랑에 뿌리를 둬야 한다.

사랑이 자녀에게 왜 그렇게 중요하냐면, 자녀의 영혼이 바로 사랑을 먹고 자라기 때문이다. 나무가 잘 자라려면 물을 필요로 하듯이 아이는 사랑이 필요하다. 가난해도 사랑받고 자란 아이의 영혼은 건강하고 힘이 넘친다. 이런 아이는 자존감이 높고 단단해서 웬만해선 상처도 받지 않는다. 밖에서 무슨 억울한 일을 당하거나 따돌림을 당해도 참아내고 이겨낼 수 있다. 자기 자신에 대한, 흔들리지 않는 믿음이 있기 때문이다. 그 믿음은 사랑에서 온 것이다. 반대로, 부잣집에서 잘 먹고 잘 입으며 자랐어도 사랑받지 못한 아이의 영혼은 빈약하고 병들게 된다. 병든 영혼은 결코 자기도 행복할 수 없고 남도 행복하게 해줄 수 없는 정신적 불구가 된다. 이런 아이는 자존감이 아주 낮다. 자기를 지탱해낼 힘이 없기에 외압에 쉽게 굴복하고 나쁜 짓의 유혹도 잘 거절하지 못한다.

사랑은 부자유친을 위한 수단이나 방법론이 아니라 그냥 그 자체로 본질적 핵심이다. 사랑은 존재를 위한 핵심이기에, 키우는 강아지조차도 사랑을 갈구하며, 자기 주인이 자기를 사랑해 주는지 아닌지를 정확히 느낄 수 있다. 하물며 사람의 아이야 어떻겠는가? 아이라고 무시하면 안 된다. 아무리 어린아이라도 자기 부모가 자기를 사랑하는지 안 하는지 눈빛으로, 말투로, 손짓으로, 그리고 말할 수 없는 느낌으로 바로 안다.

사랑을 받아본 아이가 자라서 사랑도 하게 된다. 순서가 그렇다. 미카엘 엔데(Michael Ende)의 〈끝없는 이야기(Neverending Story)〉라는 소설은 이것을 명확히 얘기해 준다. 주인공 바스티안(Bastian)은 책 속 환상계(Fantastica)에 들어가서 '네 소원이 너를 인도하리라'라고 쓰인 목걸이를 걸고 모험의 여정을 시작한다. 정말로 바스티안이 원하는 대로 모든 걸 이루어 가는데, 나중에 마녀를 만나 세상도, 자기 자신도 파멸당하는 지경에까지 이른다. 그가 모든 걸 잃었을 때 마지막 남은 두 개의 소원을 이룰 수 있었는데, 먼저 소원이 '사랑받고 싶다.'였고, 그걸 이루고 나서 마지막 소원이 '사랑하고 싶다.'였다. 사람도 정확히 그렇다. 먼저 자녀로서 사랑을 받고 나서, 부모가 되어 사랑을 주는 것이다.

앞서 얘기했듯이, 나는 나름 힘든 성장기를 보내면서 특히 아버지와의 애증으로 괴로움도 겪었지만, 그럼에도 어머니는 물론, 아버지도 나를 깊이 사랑하셨다는 것을 잘 알고 있었다. 그 사랑의 씨앗이 내 마음속 깊숙이 심겨 있었기에 나도 내 아내를 만났을 때 사랑을

154

활짝 꽃피울 수 있었고, 그 사랑이 더욱 자라 내 아들에게도 아낌 없이 사랑을 주는 아버지로 살게 된 것이다. 또한 그런 사랑의 마음은 가족들뿐 아니라 직장이나 이웃 등 내가 살아가며 만나는 주위의 모든 사람들과도 밝고 부드러운 관계로 살아가게 해 준다.

만약 불운하게도 부모에게 사랑받지 못한 사람이라면, 다른 사람으로부터라도 사랑을 받아야 한다. 어릴 때 못 받았다면, 커서라도 받아야 한다. 사람은 자기가 못 받은 사랑을 끝없이 갈구하며 채우고자 한다. 끝까지 아무에게서도 사랑을 받지 못하게 된다면 절망하며 '나 같은 게 어떻게 되든 누가 신경이나 쓰겠어?'라고 자포자기하거나, 다른 한편으로는 이런 가혹한 세상에 복수라도 하고 싶은 생각이 커진다. 안타깝게도 이 상태에서는 범죄의 유혹을 뿌리칠 힘이 거의 남아 있지 않다. 강력범죄자들 중 많은 분들이 어릴 때 제대로 사랑을 받아보지 못했다고 고백한다.

사랑해줄 사람이 반드시 부모가 아니더라도 된다. 다행히 보육원이나 고아원에서 좋은 선생님을 만나 사랑을 경험하거나, 나중에 범죄자가 된 후 교도소에서라도 종교에 귀의하여 신의 사랑을 느끼게 된다면, 그때부터 사랑은 마음속에 심겨 자랄 수 있다. 우리도 내 가족만이 아니라 주위의 사람들에게 사랑을 나눠줘야 한다. 사랑은 나눈다고 줄어드는 것이 아니라 더 늘어나는 특별한 성질이 있으므로.

사랑을 받는 자녀만 행복한 것이 아니다. 부모도 자녀에게 사랑을 주면서 깊은 행복을 느낀다. 아는 사람만 알겠지만, 사실 주는 사랑이 더 깊고 크다. 유치환 시인도 자신의 시 '행복'에서, "사랑하는 것은 사랑을 받느니보다 행복하나니라"라고 노래했다. 내가 사랑하는 사람이 행복해하는 것을 볼 때 나는 더 행복해지는 그런 감정이다. 사랑하는 아내가 좋아하는 모습을 보려고 꽃 한 송이를 선물하고, 사랑하는 아들이 신나서 팔짝팔짝 뛰는 모습을 보려고 최신 휴대폰도 바꿔주지 않는가?

그런데 부모가 자녀에게 주는 사랑은 신의 사랑, 절대적이고 무조건적인 아가페(Agape)의 사랑과 닮았다. 어릴 때 받기만 해서 잘 몰랐던 그 사랑을 이제 자기가 부모가 됨으로써 처음으로 느끼게 된 것이다. 그러면서 비로소 가끔씩이나마 자기 부모의 심정도 헤아려 보고, 어떤 때는 신의 의도까지도 짐작해보게 된다. 부모가 되기 전에 사랑을 안 해보는 건 아니다. 연애하며 서로 사랑하여 결혼하니 말이다. 그러나, 그것은 성적인 에로스(Eros)의 사랑에 뿌리를 두고 있다. 에로스의 사랑은 내가 주는 만큼 받기를 바라지만 아가페의 사랑은 그냥 일방적으로 주는 사랑이다. 부모만 알 수 있고 자식은 절대 알 수 없는 내리사랑이다. 그래도 부모는 자식을 짝사랑하며 마냥 좋단다. 특히 아이가 어려서 귀여울 때가 절정이다. 어릴 때 아이가 부모에게 주는 기쁨이 너무 커서 부모는 그 기쁨으로, 이후에 아이가 자라 속썩이는 모든 것들을 탕감할 수 있다고 한다.

자녀는 '사랑받기 위해 태어났다'는 얘기를 했으니, 이어서 자녀가

'동료선원'이라는 얘기를 해야겠다. 사실 자식 사랑하기로 말하자면 대한민국 부모들은 전 세계에서 둘째 가라면 서러워할 정도다. 오히려 사랑이 너무 지나쳐 문제가 되는 경우들도 많다. 그런데 그런 '사랑'에 쉽게 묻혀버리는 것이 '존중'이다. 자기 자식을 사랑하는 건 당연하다고 생각하지만 자기 자식을 존중한다는 것은 왠지 어색한 것 같다. 부모에게 자식은 귀엽고 예쁘고 사랑스럽지만, 동시에 언제나 어려서 뭘 모르고 어딘가 모자라서 계속 챙겨줘야만 할 것 같은 존재가 아니던가. 무슨 존중을 한단 말인가.

아이는 그 자체로 존중받을 만한 자격이 있는 독립된 인격체이기 때문이다. 부모가 낳았다고 하여 부모의 부속물이나 소유물처럼 생각해서는 절대 안 된다. 미개한 곳일수록 이런 경향이 커진다. 지구상에는 아직도 자기 딸을 돈 받고 팔아 치우듯 시집보내는 곳이 있다. 부모를 통해 태어나긴 했지만, 자녀는 신이 부모에게 특별히 부탁하여 맡겨준, 완전히 별개의 인격을 갖춘 영혼이다. "아직 어린 니가 뭘 알아? 넌 그냥 아빠가(또는 엄마가) 시키는 대로만 하면 돼."라며 어리다고 자녀를 무시하는 부모들도 많다. 그러나, 어리다는 것이 무시할 수 있는 정당한 사유가 되지는 않는다. 어리면 어린 대로, 미숙하면 미숙한 대로 그에 맞춰 인격적인 존중을 해 줘야 한다. 옛날에 신하들이 왕자를 보고 어리다고 무시할 수 있었겠는가? 왕자의 '격(格)'에 맞춰 예를 갖춘 것처럼 어린아이라도 아이가 가진 인격에 맞춰 존중을 해야 하는 것이다.

그래서 이 책에서는 '동료선원'이라는 표현을 썼다. 아버지와 어머니가 한 배에 타고 인생의 항해를 하고 있는데, 중간부터 그 배에 동료로서 합류하게 된 것이다. 그냥 손님으로 탄 것도 아니고 무슨 노예나 애완동물로 들여온 것은 더더욱 아니다. 동등한 동료로 합류한 것이니 그에 맞게 인격적인 존중을 해야 한다.

여기서 동등하다는 것은 결코 자녀가 부모와 경쟁하며 맞먹을 수 있다고 하는 것이 아니다. 그것은 부모와 자녀의 역할이 '다름'에서 오는 동등함이다. 초록, 빨강, 노랑이 서로 다를 뿐이지 뭐가 우위에 있는 것은 아니다. 그들이 빛의 삼원색으로서 '동등'하게 조화를 이룰 때 백색광으로 밝게 빛나게 된다. 마찬가지로 부모와 자녀는 서로 다른 역할을 맡아 동등하게 조화를 이룰 때 행복한 가정을 이룰 수 있다.*

* 초록이 빨강보고 넌 왜 그렇게 빨갛냐고, 피 나냐고 조롱할 게 아니라, 나와 다른 정열적인 느낌이 너무 좋다고 존중하면 된다. 마찬가지로 아빠는 어린 자녀에게 넌 왜 그렇게 어리고 무식하냐고 무시할 게 아니라, 나와 달리 어린 천사처럼 너무 사랑스럽고 귀엽다고 존중하면 되는 것이다. 그에게 없는 것을 문제 삼는 것이 아니라 있는 그대로를 귀하게 여기는 것이다.

자녀는 마땅히 자기에게 생명을 주고 사랑을 주신 부모를 존경해야 하고, 경험 많은 선장인 아버지와 배의 살림을 총괄하는 어머니의 의견을 경청해야 한다. 그러나, 그것이 곧 수직적인 상하관계임을 의미하는 것은 아니다. 자녀가 미성숙하고 어리므로 부모에게 무조건적인 복종을 해야 하는 것은 아니라는 것이다. 자녀는 동료선원의 자격으로, 스스로의 의견을 낼 수 있고 자기 의지대로 행동할 자유가 있다. 다만, 한 배에 타서 공동생활을 하고 있으므로 협의하고 의견을 조정하는 과정이 필요한 것이다. 그 동료선원이 초짜라서 아무것도 모르고 말도 안 되는 얘길 한다고 비웃거나 묵살할 것이 아니라, 그 눈높이에 맞춰 함께 얘기하면서 서로 이해할 수 있도록 해야 한다. 그래야 그 선원도 더 성숙해지면서 자기에게 잠재된 능력을 발휘하고 어느새 그 배의 믿음직한 선원이 되는 것이다.

반대로, 자녀가 마냥 귀엽고 예쁘니까 오히려 손님처럼 받들어 모셔야 하는 것도 아니다. "너는 아무것도 할 필요 없어요. 그냥 맛난 거 먹고 예쁜 거 입고 공부나 열심히 하세요."라고 할 것도 아니다. 동등한 선원이므로 그 나이에 맞게 배 안에서 필요한 일들을 도와줄 수 있어야 한다. 배의 갑판도 닦고, 짐 정리도 하고 가끔 물고기 낚시도 하는 정도는 초짜 선원이라도 가능하다. 그러다가 좀더 크면 아버지 선장은 아이에게 배 엔진 수리하는 것도 돕게 하고, 조타실에 데려가 나침반과 지도로 항로 잡는 방법도 알려주고, 가끔은 배 키도 잡게 하면서 아이가 나중에 선장이 될 준비를 하게 도와준다.

그러면서 아이는 자기도 배의 당당한 멤버라는 자부심이 생긴다. 손에 물 한 방울 안 묻히고 고이 키우는 것이 아이에게 꼭 좋은 것은 아니다. 그런 아이는 집에 어렵고 힘든 일이 생겨도 '내 알 바 아니야.'란 식이 되고, 나중에 꼭 필요할 때도, '내가 왜?' 식이 된다. 옛말에 '막 키운 자식이 효도한다.'는 말이 있다. 자식에게 효도를 받고 싶어서 그러는 게 아니라, 어려서부터 집안일도 하고 고생도 좀 해봐야 정신적으로 성숙해진다는 뜻이다. 마치 손님 대접하듯 귀하게만 키운 아이들은 그걸 고마움으로 느끼질 않고 당연한 것으로 받아들이며 갈수록 이기적이고 '싸가지' 없는 아이로 변해 버린다.

사실 나도 태훈이가 어릴 때 태훈이를 마냥 귀여워하긴 했어도 '존중'한다는 개념은 별로 없었다. 아마 내 스스로 어릴 적부터 그런 '아이를 존중하는 문화'를 겪어보지 못했기 때문일 것이다. 아이에 대한 그런 존중은 결혼한 다음 내 아내에게 배웠다. 나는 장난끼가 많아서, 어린 태훈이를 놀리며 "태순아"라고 부르곤 했다. 태훈이는 그걸 싫어해서 때론 울기까지 했다. 그런 나에게 아내는 정색을 하고, "오빠, 그러지 마. 태훈이는 자기 이름 갖고 장난치는 거 굉장히 싫어해. 오빠도 누가 오빠 싫어하는 걸 자꾸 하면 좋겠어?"라고 말했다. 난 그냥 태훈이를 아무것도 모르는 귀여운 아이로 봐서 장난치고 웃어 넘기려던 것이었는데, 아내는 태훈이의 의사를 인격적으로 존중해 준 것이었다.

그리고, 아내는 태훈이와 작은 약속 하나를 해도 반드시 지키려고 애썼다. 가령 이번 주말에 놀이공원에 간다고 약속했으면 반드시 가는 것이다. 그러나 살다 보면, 특히 주말에는 예상치 못한 중요한 일들이 많이 생긴다. 개중에는 태훈이랑 놀이공원 가는 것보다 훨씬 이득 되는 일들도 있다. 그렇다 해도, 아내는 태훈이와의 선약을 지킨다. 만약, 가까운 사람이 상을 당했다든지 누가 다쳐서 가봐야 한다든지 하는 불가피한 일이 생긴다면 그 선약을 깰 수밖에 없다. 그때는 아내가 태훈이에게 왜 약속을 지킬 수 없는지, 태훈이의 눈높이에 맞춰 차근차근 설명해 주고 이해를 구한다. 태훈이에게 미안하다고 사과하는 것도 잊지 않는다. 태훈이는 이런 과정을 거치면서 자기 부모를 신뢰하게 되었고 자기도 약속을 하면 반드시 지켜야 한다는 것을 몸으로 익혔다. 그것은 지금도 마찬가지다. 존중의 힘은 가족 간에 서로에 대한 믿음을 굳건하게 쌓아 올리고 아이 자신 또한 신뢰받는 아이로 성숙시킨다.

그럼, 이 '사랑받기 위해 태어난 동료선원'에게 부모가 바라는 것은 무엇일까? 나의 경우, 몇 년 전까지만 해도 태훈이가 어느 분야가 되었든 두각을 나타내고 일류가 되고 소위 성공을 거두길 바랐었다. 사회의 인정을 받아야 한다는 것이다. 나도 남들에게 아들 자랑을 하고 싶었던 것일까? 그건 결국, 나도 태훈이도 타인의 눈에 기준을 두고 거기 맞춰 살아야 한다는 것 아닌가? 뭘 위해서? 지금은 그런 생각들을 다 내려놓았다. 부질없기 때문이다. 그런 것은 하나도 중요하지 않다.

지금 바라는 것 중 첫째는, 태훈이가 건강하게 살아가는 것이다. 그렇다고 해서 태훈이에게 지금 특별히 무슨 건강상의 문제가 있다는 것은 아니다. 나 스스로 이만큼 살아오면서 가까이 또는 멀리, 주위를 보고 겪으며 깨달은 것이다. 건강하기만 하면 얼마든지 행복해질 수 있다. 그러나, 건강을 잃으면 결코 행복해질 수 없다. 예전에 행복전도사로 많은 사람들에게 희망과 용기의 메시지를 전해줬던 최윤희 씨조차도 자가면역성 질환인 전신성 루푸스(Lupus)의 극심한 고통을 이기지 못하고 남편과 함께 동반자살로 생을 마감했다. 손톱 밑만

곪아 아파도 온 신경이 거기로만 쏠려 아무 일도 못하는 게 사람이다. 하물며 온몸을 시시각각 갉아먹고 있는 질병에 붙들리면 거기서 벗어나고 싶은 간절함밖에는 남는 게 없다. 큰 병이나 사고는 내가 막으려 한다고 막아지는 게 아니다. 그것은 평온하고 즐겁게 살고 있던 어느 날, 불쑥 나타나 지금까지 이룬 모든 것들을 무자비하게, 송두리째 허물어 버린다. 어느 누구도 예외일 수는 없다. 우리는 아픈 데 없이 건강하게 살아가는 것이 기본이고 당연히 누리는 거라고 생각한다. 생각을 바꿔야 한다. 아픈 데 없이 건강한 것은 당연한 것이 아니라, 특별히 축복받은 상태인 것이다. 우리는 하루하루 감사하게 그리고 겸손하게 살 수밖에 없다.

나는 가끔 아내에게 말한다. 어떤 사람의 인생에 점수를 매겨야 한다고 할 때, 그 사람이 건강하기만 하면 백점 만점에 이미 99점을 받은 거라고. 나머지 1점이 일류대, 일류 회사, 사회적인 성공, 기타 등등으로 따는 점수라고. 그러니까 건강한 사람들은 이미 다 99점을 넘은 초우등생들이다. 그러니, 성적 차이는 없는 거나 마찬가지다. "에이, 너무 오버하는 거 아냐?"라고 하는 사람들은 아직 심각하게 건강을 잃어본 적이 없는 아주 행복한 사람들이다. 말기암으로 일분일초가 고통스러운 재벌총수와, 고된 삶이지만 사지육신 멀쩡한 일용직 막노동꾼, 둘 중에 누구 처지가 더 나은가? 극단적인 예를 들었지만, 말기암이 아니라 해도 몸에 고문과 같은 고통이 끊이지 않게 되거나, 평범한 사람들에게는 아무렇지도 않은 일상이 너무 불편하고 어려워 아예 평생의 소원이 될 지경이라면, 그들이 대체 무엇을 원하겠는가? 건강을 잃으면 건강을 되찾는 것 이외의 일들, 돈, 명예, 성공, 이런 건 모두 다 진짜 아무런 의미도 없어진다.

그다음에도 바람이 있다면, 태훈이가 독립적으로 살아가는 것이다. 지금은 내가 선장으로 있는 내 인생의 배에 선원으로 타고 있지만, 언젠가는 자신의 멋진 배를 마련해서 당당한 선장으로서 마음껏 오대양 육대주를 누비고 다니길 바란다. 자식을 길러내 독립시키는 것, 그것이 부모에게 주어진 최고의 미션(Mission)이다. 대자연의 모든 생물들이 다 그 미션을 엄숙히 실천하고 있다. TV의 자연 다큐에서 이런 미션 수행을 어렵지 않게 볼 수 있다.

작년에 SBS의 〈TV 동물농장〉에서 보여준 15층 아파트 옥상의 수리부엉이 가족도 참 감동이었다. 어미새가 수십 일 꼼짝 않고 알을 부화하는 동안은 아비새가 끊임없이 쥐나 작은 새 등을 잡아 나른다. 새끼가 알을 깨고 나와 어느 정도 커지면 아비새가 잡아오는 것만으로는 감당이 안 돼서 어미새도 맞벌이를 한다. 그러다 더 커져서 근처 숲속으로 옮겨야 할 때가 왔는데 이때부터 어미새는 새끼에게 혹독하게 나는 연습을 시킨다. 그 소중한 새끼가 아무리 졸라도 먹이를 그냥은 주지 않고 나는 데 성과가 보여야만 주는 식이다. 새끼가 있는 곳이 15층 옥상이었기에 일반적인 자연의 경우보다 훨씬 열악한 상황이다. 이 높이에서 어설프게 날다 떨어지면 즉사할 수 있기에 어미는 더 필사적으로 비행 훈련을 시켰다. 숲속까지는 커다란 난관들이 많았지만 새끼는 끈질긴 어미새의 독려 속에 숲속까지 제 힘으로 갈 수 있었다. 그 숲속에서 좀더 날고 사냥하는 훈련을 받다가, 어느 순간 그걸 혼자 할 수 있게 되면 부모로부터 독립하여 살아가게 되는 것이다. 새끼를 독립시키는 부모, 그것이 대자연의 순리다.

끝으로는, 모쪼록 태훈이가 행복했으면 좋겠다. 무엇을 하든 스스로 원하는 일을 하며 즐거워하고, 또 자기 짝을 만나 서로 사랑하며 살기를 바란다. 그렇게 하루하루 감사하며 행복하게 사는 걸 본다면 부모로서 무엇을 더 바라겠는가. 나나 지 엄마에게 잘할 필요도 없고 그것을 바라지도 않는다. 나는 태훈이가 결혼하면 분가해서 따로 살고, 명절 때나 기념일 정도에 밖에서 만나 식사나 하면 된다. 내가 나중에 태훈이 부부와 함께 영화도 보고 놀러가면 얼마나 좋겠냐고 했더니, 아내는 그것도 며느리에게는 부담이 될 테니까 그런 말도 하지 말라고 한다.

그런데 자식이 진정 행복하기를 바란다면, 우선 부모부터 행복해져야 한다. 부모가 항상 웃으며 즐겁게 생활하는 집의 자녀는 정서가 밝고 안정되어 있다. 자녀도 나름대로 부모를 사랑한다. 사랑하는 사람들이 행복한 것을 보는 것은 행복하다. 난 어릴 때부터 그런 집이 몹시 부러웠다. 나는 내 부모님이 행복해하는 모습을 볼 수 있었다면, 두 분이 맨날 놀러 다니느라 나와 동생들 밥도 제대로 못 챙겨 주셨다 해도 진심으로 기뻐했을 것이다. 그깟 밥이야 우리가 대충 해먹어도 된다. 그런 대신, 나는 부모님의 불행으로 드리워진 어두운 그늘

속에 방황했다. 부모님이 아프거나, 근심 걱정에 싸여 있거나, 화가
나 있으면 그 자녀가 어떻게 밝게 웃을 수 있겠는가?

나와 아내는 서로 사랑하며 행복한 모습을 보여 주며 살아왔다. 태
훈이는, "아빠, 엄마 때문에 내 피부가 나빠지잖아. 이거 봐, 닭살 돋
는 거."라고 농담 섞인 불평을 던지면서도 좋아한다. 그러면서 자기도
결혼해서 당연히 그렇게 살 거라고 믿는다.

제 4 장

—

행복의 핵심, 관계와 소통

앞 장에서 아름다운 정원의 공유자들인 아버지, 어머니, 자녀 '각자'에 초점을 맞추고 얘기했으니 이제 여기서는 이들을 서로 이어 주는 '관계'에 중점을 두고 얘기하려 한다. 그 '관계'가 어떠냐에 따라 그 '각자'의 행복이 결정되기 때문이다.

사람의 행복은 어디에 있는가? 가끔씩 나와 태훈이는 이 문제에 대해 얘기를 나눈다. 나도, 태훈이도 행복하게 사는 데 관심이 많으므로. 태훈이가 "행복은 좋은 관계에서 나온다."는 말을 한 적이 있다. 태훈이는 대학에서 영문학과 함께 심리학을 복수전공하고 있는데, 심리학을 공부하면서 배운 것이라고 한다. 그 말을 들으며 나도 '정말 그렇다.'고 직관적으로 깨달았다.

아무리 성공한 사람이라 해도 다른 사람들과의 관계가 없거나, 있다고 해도 좋지 않으면 그 사람은 결코 행복해질 수 없다. 혼자서 아주 비싸고 맛있는 음식을 먹는 것보다 싼 음식이라도 사랑하는 사람과 재미난 얘기하고 웃어가며 먹는 것이 훨씬 맛있고 행복하다. 어려

169

운 일을 당하여 혼자 뚫고 나갈 수도 있겠지만 믿음직한 친구와 함께 라면 마음이 훨씬 든든하고 '그래도 세상은 살 만한 곳이야.'라고 느껴진다. 그런 의미에서, 서로 기대어 의지하는 모습을 형상화하여 사람 인(人)자를 만든 것은 사람에 대한 깊은 통찰력에서 나온 것이다. 사람을 지칭하는 인간(人間)의 간(間)자도 사이 간자다. 사람과 사람 사이라는 그 관계를 중요시하는 것이다. 즉, 사람이란 관계없이 살 수 없는 것이고 그 관계의 좋고 나쁨이 그 사람의 행복을 결정한다는 것이다.

소통, 관계의 만능열쇠

나는 개인적으로 세상에서 가장 파워풀(Powerful)한 것들 중 하나가 커뮤니케이션(Communication)이라고 생각한다. '뭉치면 살고 흩어지면 죽는다'에서 뭉치게 하는 힘은 커뮤니케이션에서 나온다. 커뮤니케이션이 안 되면 뿔뿔이 흩어질 수밖에 없다. 인간이 이만큼 사회를 이루며 살아가는 것도 개개인을 묶어주는 커뮤니케이션의 힘이다. 돌고래들도, 철새들도, 개미들도 커뮤니케이션하며 개체보다 더 큰 힘을 발휘하며 살고 있다. 더구나 요즘은 인간과 기계, 기계와 기계끼리도 커뮤니케이션을 하는 시대다.*

커뮤니케이션을 소통이라고 달리 부르기도 하지만, 내게는 좀 다른 어감으로 다가온다. 둘

* 이것이 더욱 확장, 산업화한 초연결성(hyperconnectivity)은 조만간 인류의 삶의 모습을 바꾼다고 하는 소위 4차산업혁명의 핵심 개념이기도 하다.

다 정보가 왔다갔다 하며 전달되는 것을 뜻하지만 커뮤니케이션이 보다 넓은 뜻으로 쓰이는 것 같다. 전자공학에서 기계 간의 정보 전달을 하는 통신기술도 커뮤니케이션이라고 하는 데 비하여, 기계 간에 소통한다는 말은 잘 쓰지 않는다. 그래서 이 책에서는, 사람들 사이에 서로 마음이 전달되고 이해 또는 감동까지 일으키는 더 깊은 의미로 커뮤니케이션이 사용될 때 따로 소통이란 용어를 쓸 것이다.

내가 커뮤니케이션에 대하여 깊이 생각하게 된 계기는 2009년 SBS의 〈TV 동물농장〉에서 '애니멀 커뮤니케이터(Animal Communicator)' 하이디(Heidi)가 나오는 일련의 방송들을 본 것이었다. 하이디는 미국 캘리포니아의 고속도로 순찰대에서 근무하면서 야생동물 구조활동을 하게 되었는데 이를 계기로 동물심리와 교감에 대해 깊이 공부하면서 동물의 마음을 읽어낼 수 있게 되었다고 한다. 하이디는 어려운 상황에 처한 동물과 사람 사이에 들어가 서로의 마음과 생각을 전달해주는 커뮤니케이터의 역할을 해서 다들 불가능하다고 여겼던 수많은 문제들을 기적처럼 해결하곤 했다.

하이디가 나온 에피소드들 하나하나가 다 인상적이었지만 나는 그 중에 특히 '마미'라는 말 얘기가 감동적이었다. 마미는 6년간의 정식 승마훈련 후에 자자한 칭찬을 받으며 활동하던 명마였다. 어느 날부턴가 얘가 갑자기 흉폭하게 돌변해서 사람들 태우기를 거부하며 주인의 애를 태우고 있었다. 여기에는 사연이 있었는데, 임신했던 마미가 조산하면서 새끼가 죽었던 것이다. 교미를 시킨 적이 없기에 그 임신 사실을 아무도 눈치 채지 못한 채 벌어진 일이었다. 마미가 돌변한 것이 그 이후라는 것까진 다들 알고 있었다. 그런 마미를 되돌리려고 모든 노력을 다 쏟았지만 아무 소용이 없던 터였다.

　그런 마미에게 하이디가 조심스럽게 다가갔다. 조심스럽다는 것은, 처음 다가가 손등으로 마미의 콧잔등을 터치하는 '악수'를 하고 나서, 물러나 있다가 다시 다가가기를 반복하면서 마미로 하여금 하이디가 자기를 해치지 않는 안전한 사람이라고 믿게 하는 일이었다. 나는 여기서부터 '역시 뭐가 달라도 다르구나.'라고 생각했다. 사람도, 누군가 생판 모르는 사람이 훅 다가오면 경계심부터 생기지 않겠는가? 말도 마찬가지인 것이다.

　하이디는 마미와 눈을 맞추고 마미를 부드럽게 쓰다듬으며 자기가 읽은 마미의 아픈 마음을 사람들에게 전해 주었다. 마미가 아무도 없는 밤중에 차가운 시멘트 바닥에 새끼를 낳았는데 움직이지 않았다는 것, 누군가의 도움이 절실했지만 혼자서 필사적으로 핥아주는 것밖에 할 수 없었다는 것, 결국 새끼는 죽었다는 것이다. 또, 하이디가 마미의 아랫배에 아직도 통증이 있는 것 같다며 임신 기간에 무슨 일이 있었냐고 주인에게 물었다. 주인은 마미가 임신했을 그 기간에 경마선수가 탔었다고 얘기했다. 보통의 승마가 아니라 훨씬 힘든 경마였기에 마미의 임신에 악영향을 줬을 것이다. 하이디가 이야기를 이어 나갔다. 마미는 새끼를 잃은 것이 자기가 임신하고 있는 동안 사람을 태웠기 때문으로 믿고 있다고 했다. 하지만, 사람들은 자기의 임신을 몰랐다는 것도 알기에 사람들을 원망하진 않지만 오히려 알면서 사람을 태운 자기를 더 자책하고 있다는 것이었다. 앞으로 또 새끼를 잃을 것이 두려워 더는 사람을 태울 수가 없는데, 그 때문에 사랑하는 주인을 실망시켜 자기도 미안하다는 것이었다.

주인은 눈물을 흘리며 어쩔 줄을 몰라 했다. 주인도 마미의 사산 사실을 알고 있었고, 그래서 마미를 이해하고 돌이키기 위해 갖은 노력을 쏟았지만, 마미의 마음과 생각이 이 정도일 줄은 몰랐다.* 주인의 마음 한구석에는 '말은 짐승일 뿐이지, 사람과 같나?'라는 생각을 하고 있었던 건 아닐까? 방송 끝에 주인은 고백했다. "어유, 많이 배웠어요. 그런 걸 다 기억하고 있다니. 앞으로 함부로 해서는 안 되겠어요."

머리로 아는 것과, 가슴으로 느끼며 마음이 교감하는 것은 다른 것이었다. 하이디는 내내 눈물을 흘리면서 마미를 쓰다듬으며 마미의 마음을 읽으려 애썼다. 커뮤니케이션이 반드시 문자 언어를 통해 일어나는 것은 아니다. 손짓, 몸짓, 표정, 목소리의 떨림을 통해서도 마음은 전해진다. 이제 주인 역시 마미의 마음이 되어 함께 가슴 아파하고 눈물 흘리며 마미를 안고 쓰다듬어 주었다. 놀랍게도, 이 일이 있고 나서 마미의 마음의 상처는 치유가 되었고 마미는 다시 사람을 태울 수

> * 하이디의 이러한 능력에 대해서는 많은 논란이 있는 것도 사실이다. 마미의 에피소드 같은 경우 굳이 이해하려 든다면, 주어진 상황과 정보를 토대로 하이디가 쌓은 그간의 경험과 지식, 그리고 주의 깊은 관찰력을 더하여 이 정도로 마미 마음의 스토리를 구성하는 것이 가능은 하다고 생각된다. 다만, 그 이야기 하나하나의 진위를 따지는 것은 별개의 문제다. 하이디가 이런 사전 정보들도 없이 동물들과의 교감으로만 동물들의 과거 사연을 얘기해 주는 내용들도 있는데, 이것이 어떻게 가능한지 솔직히 내가 가진 과학적 지식으로는 이해하기가 어렵다. 그러나 그런 디테일한 정보의 적중 여부나 그 메커니즘 규명 같은 것은 전문가들에게 맡기더라도, 그런 논란과 상관없이 나는 사람과 동물 간에 확실히 교감이 존재했고 그 커뮤니케이션을 통해 동물이 실제로 변화를 일으켰다는 데에 주목했다.

있게 되었다. 만약, 주인을 비롯해 주위 사람들이 사실을 사실로만 알고 마미와 진정한 커뮤니케이션으로 한 발짝 더 가까이 다가서지 못했다면 어떻게 되었을까? 서로 마음만 상한 채 마미는 몹쓸 말로 남고 말았을 것이다.

하이디는 나에게 깊은 감동을 안겨 주었고, 동시에 내가 전에는 제대로 인식조차 못했던 '커뮤니케이션'이란 것의 가치와 힘에 눈을 뜰 수 있게 해 줬다. 그 전에는 기껏 커뮤니케이션이라는 단어를 들어본 적 있고, 대학에도 그런 걸 공부하는 전공이 있는데 그게 신문방송학과하고 비슷하겠거니 하는 정도였다. 그런데, 커뮤니케이션이라는 안경을 쓰고 세상을 보게 되니 커뮤니케이션이 필요하지 않은 곳이 없었다. 커뮤니케이션은 관계를 건강하게 해 주어, 그 관계로 연결된 존재들이 가장 그 존재다울 수 있도록 만들어주는 강력한 힘이었다. 사회 속에서 사람이 행복해지려면 인간관계가 좋아야 하고 그러려면 사람들 사이에 커뮤니케이션이 잘되어야 한다.

커뮤니케이션은 인간관계에 그치지 않는다. 하이디가 보여준 것처럼 사람과 동물 사이에도 양쪽이 모두 행복해지려면 커뮤니케이션이 중요하다. 수많은 종교활동들에서 예배와 찬송, 기도를 통해 인간은 신과 커뮤니케이션하려고 한다. 사람 안에서도 뇌와 눈이, 코와 혀가, 세포와 세포가 다양한 신경과 체액과 호르몬을 통해 커뮤니케이션한다. 그뿐인가? 회사 내 부서들 간에, 회사들 간에, 국가들 간에, 동물들 간에, 식물들 간에, 기계들 간에, 별들 간에, 심지어 원자들과 전자들까지도 다 고유한 커뮤니케이션을 통해 관계를 유지하며 존재한다.

그렇다고 해서 내가 하던 걸 다 때려치우고 커뮤니케이션 전공으로 갈아탄 건 아니다. 그저, 어디에나 커뮤니케이션이 핵심이라는 생각을 머릿속에 새겨 넣고 이것을 좋은 관계가 필요한 곳마다 만능열쇠처럼 써 먹으려고 시도했다. 그럼 구체적으로 어떻게 한단 말인가? 그건 그 열쇠를, 누가, 어떤 상황에, 어떤 관계에 쓰려고 하느냐에 따라 다르다. 나의 경우는 커뮤니케이션이 제일 중요하다는 생각으로 그 상황과 관계를 바라보고 있으면 그에 적절한 '어떻게'의 아이디어가 떠올랐다.

예를 들어, 나는 특이하게도 삼성전자에 근무하면서 이전에 전혀 해본 적 없는 업무를 맡은 적이 여러 번 있었다. 이 경우 내 직급이 낮으면 별 문제가 없다. 물어봐 가면서, 배우면서 하면 되니까. 그런데 이때 나의 직급은 이미 수석 엔지니어(Principal Engineer)로 회사에서는 최고 전문가로 인식되는 직급이었다. 이미 내가 새로 맡은 조직의 협력부서 사람들은 당연히 나에게 그 최고 전문가에 걸맞은 질문을 하며 업무상 논쟁을 벌였다. 나는 최단시간 안에 내가 모르는 분야의 최고 전문가가 돼야만 했다. 그때 나는 우선적으로 내가 맡은 조직 사람들과 '소통'하기로 했다.

내가 사용한 '어떻게'는 그들에게 먼저 솔직히 고백하는 소통이었다. "저는 이 분야 업무에 대해 거의 아는 게 없습니다. 그러니, 저를 도와 주세요. 아주 기본적인 것이라도 모르는 건 다 질문할 테니, 가르쳐 주세요. 저는 최대한 빨리 배우겠습니다." 내가 마음을 열고 도와달라고 하자, 그들은 "솔직하게 모른다고 하시니 오히려 좋네요."라며 나를 받아들여 줬다. 사실, 그들로서도 이렇게 경험 없는 리더를 맞는 것 자체가 낯선 상황이었지만, 그 리더가 이렇게 대놓고 자기는 아무것도 모르니 가르쳐달라고 고개 숙이고 들어오는 것도 처음이었을 것이다. 대개 고참 수석 정도면, 설령 모르는 게 있어도 자신이 모른다는 걸 인정 안 하고 끝까지 아는 체를 하는 것이 보통이었다. 그러나, 나는 바로 밑에 책임급들은 물론이고 선임들이나 말단 사원들에게도, 모르는 것들, 불확실한 것들은 무엇이든지 물어봤다. 이렇게 되니, 처음에만 좀 어색하지, '우리 리더님은 원래 그런 분'으로 받아들이면서 그다음은 자연스러워졌다. 그들로서도 리더라는 사람이 아무것도 모르면서 괜히 아는 체해서 이상한 결정으로 조직을 곤경에 빠뜨리는 것보다는 솔직한 게 훨씬 좋다고 생각했다.

더구나, 나는 그렇게 배운 것은 철저히 필기하면서 같은 질문은 반복하지 않도록 했고, 스스로 많은 생각을 통해 내 것으로 소화해 나갔다. 그랬더니 몇 달 만에 어느 정도 업무를 장악했고 질문도 아주 복잡한 공정 문제를 어떤 식으로 풀 것인가 같은 수준 높은 것들만 하게 되었다. 회의를 통해 만나는 타 부서 사람들은 내가 원래부터 이 분야의 전문가인 줄로만 알았다. 나를 가르쳐 준 우리 부서 사람들도, 내가 빠르게 자리 잡아가는 것을 보고 내심 놀라는 눈치였다.

이것은 내가 소통이라는 열쇠를 사용하여 내 회사 경력상의 위기 상황을 기회로 바꾼 한 가지 사례에 불과하다. 당시 내가 '솔직히 고백하고 누구에게라도 배우자.'라는 '어떻게'를 사용한 것은, 골똘히 고민하던 중 예전에 대학원 지도교수님께 배운 것이 떠오른 덕이었다. 그것은 바로, '자신 있는 자만이 모른다고 솔직하게 말할 수 있다.'라는 경구였다. 어차피 신이 아닌 이상 인간이 모든 걸 알 수는 없는 것이고, 특정한 그것 좀 모른다는 것이 자기 안에 이미 구축한 지식과 능력에 비하면 아무것도 아니라고 생각하는 것이다. 이렇게 커뮤니케이션 또는 소통의 열쇠를 어떻게 사용할 것인가는 사용자가 아는 만큼 보인다.

그래서, 요즘 EBS TV에서 방송하고 있는 〈세상에 나쁜 개는 없다〉는 더욱 설득력이 있다. 여기서도 결국 사람과 개의 커뮤니케이션을 통해 개가 좋아지는 과정을 보여주지만, 앞서 신비해 보이기까지 했던 '애니멀 커뮤니케이터' 하이디 대신 여기서는 '반려견 행동전문가' 강형욱 씨가 나오기 때문이다. 강형욱 씨는 개의 습성과 행동 패턴들을 잘 알고 있으며 또한 개를 기르는 사람들이 어떤 실수들을 저지르는지도 잘 알고 있다. 여기에 문제가 되는 상황을 잘 관찰하고 논리적으로 분석하여 과학적으로 문제를 해결해 나간다. 잘 모르는 사람이 개입해 봤자 괜히 억울한 개만 때려 잡으면서 더 몹쓸 개로 만들 뿐이다. 여기서도 역시 아는 만큼 그 소통의 '어떻게'가 보이는 것이다.

가족 간의 커뮤니케이션, 특히 이 책의 주제인 부모와 자녀 간의 소통에 대해서도 마찬가지다. 제대로 더 많이 아는 만큼 더 잘할 수 있다. 이후의 글들은, 내 나름대로 살아오면서 시행착오를 통해 직접 겪어보고 효과를 확인하여 알게 된 '어떻게'들과 그에 대한 생각들을 정리한 것이다. 이것들을 참고하여 각자의 상황에 맞게 적절히 적용한다면 작으나마 도움이 될 것이라고 생각한다.

부부간의 소통

본격적으로 이 책의 주제인 부자유친, 즉 부모와 자녀 간의 소통으로 들어가기에 앞서, 아름다운 정원의 공유자들 중 아버지와 어머니의 관계, 즉 부부 사이의 소통부터 간단히 짚고 넘어가고자 한다. 부부간의 소통 없이 부자간의 소통이 잘될 수는 없기 때문이다. 아버지도, 어머니도 서로 소통이 안 되어 속이 부글부글 끓는 상황에서 자녀에게 좋은 소리가 나가기는 어려울 것이다. 이 아름다운 정원은 애초에 부부가 함께 만든 것이고 정원이 계속 아름답게 유지되는 것도 부부간에 소통이 잘되어야만 가능한 것이다. 그런 부부라야 기꺼이 부자유친을 할 수 있는 행복한 마음을 갖게 된다.

부부간에도 소통의 기술이 중요하다. 아내는 남편과 얘기하고 싶어한다. 그런데 남편은 평소에 아내에게 "당신은 알 거 없어."라며 입을 닫는다. 그러다 어떤 순간 말다툼 끝에 남편이 버럭 소리를 지른다. "당신은 내가 얼마나 힘든지 알기나 해?" 어떻게 아는가? 말을 안하는데! 아내는 점쟁이도 아니고, 범죄 프로파일러도 아니다. 얼굴 표정이나 행동 등으로 봐서 대충 미루어 짐작은 하겠지만, 말 한마디 제대로 하지 않는 남편의 상황을 자세히 알 수는 없다. 뭘 좀 알아야 상황에 맞게 따뜻한 말로 위로도 해 주고 어떻게든 도와주려고 할 것 아닌가?

가령 직장이든 사업이든 일이 뜻대로 잘 안 되어 낙심할 때, 남편들에게는 그런 걸 아내에게 얘기하는 것이 아내 앞에 자존심을 구기는 것처럼 느껴지기도 한다. 조금만 기다리면 괜찮아질 텐데 괜히 아내 걱정만 시킬 것 같아서, 또는 아내가 알게 되면 앞으로 사사건건 간섭할까 봐서 입을 다물 때도 있다. 가끔은 얘기를 하고 싶어도, 얽힌 상황들이 복잡하면 그 전후 사정을 다 얘기하기가 평소에는 어려울 때도 있다. 그래도 회사 동료들과는 퇴근하고 술 마시면서 그런 얘기들을 다 하지 않는가?

그런데, 어떤 회사 동료들보다도 그 이야기를 제일 열심히 경청해 주고 가장 큰 응원을 줄 수 있는 사람은 바로 아내다. 아내는 남편과 운명 공동체로 묶여 있기 때문이다. 아내는 남편이 잘되면 진심으로 제일 기뻐해 주는 사람이고 남편이 안 되면 진심으로 제일 슬퍼해 주는 사람이다. 남편이 잘되는 것이 아내가 잘되는 것이고 남편이 안 되는 것은 자기도 안 되는 것이다. 술자리에서 남편의 말을 들어주던 회사 동료는 아무리 친하다고 해도 한계가 있을 수밖에 없다. 그 동료 역시도 자기와 자기 가족이 제일 우선인 데다, 이 팍팍한 세상에서 자기 한 몸 간수하며 자기 가족 챙기는 것만 해도 그리 여유가 없기 때문이다. 심지어 그는 남편의 경쟁자일 수도 있고, 그 부서 또는 그 회사만 떠나도 다시 안 보게 될 사람일 수도 있다. 결국 어느 누구도 아내와 같을 수는 없다.

평소에 아내와 소통만 잘하고 있다면, 남편이 회사에서 자존심 상했던 문제도 아내는 남편의 마음으로 받아들인다. 남편에게 공감해 주고 남편이 미워하는 사람을 함께 미워해 주며 남편을 위로해 준다. 만약 남편이 회사에서 제품의 불량 문제를 빠른 시일 내에 해결해야 하는 것 같은 힘든 상황에 처했다면, 그래서 오늘도 지쳐서 집에 들어왔는데 아내가 어떻게 돼가고 있냐고 물어본다면 어찌해야 할까? 남편은 너무 피곤해서 아무 얘기도 하기 싫을 수 있다. 그럴 땐, 이렇게 얘기하면 된다. "응, 오늘도 똑같이 힘든 상황이고 아직 특별한 변화는 없어. 근데, 오늘은 내가 너무 피곤하니까, 이번 주말에 커피 한잔 하면서 얘기해 줄게." 거기 대고 "안 돼. 낱낱이 얘기하기 전엔 못 잘줄 알어."라고 할 아내는 없다. 가정을 위해 그렇게 힘들게 일하는 남편이, 또 그렇게 부드럽게 얘기해 주는 것이 고맙고, 측은하면서도 존경스럽다. 아내는 아주 싹싹하고 친절하게 말할 것이다. "그래, 피곤할 텐데 얼른 씻고 자."

그다음, 주말에 잘 자고 일어나서 여유로운 시간에 커피 한잔 하면서, 남편이 전은 이렇고 후는 저렇다며 얘기를 해 주면 아내는 세상에서 가장 중요한 이야기를 듣는 것처럼 경청해 준다.* 그러면서 남편과 아내 사이에는 고속도로 확장 공사가 진행된다. 나와 아내가 함께 아는 이야기들이 늘어나는 만큼 나와 아내 간의 소통의 도로는 왕복 2차선에서 4차선으로, 8차선으로 자꾸 늘어가고 소통의 속도도 그만큼 빨라진다. 다음에는 무슨 일이 생겨도 다시 일일이 전

* 남편이든 아내든, 각자의 직장 얘기를 할 때에 보안 문제에는 특별히 주의를 해야 한다. 요즘은 역사상 어느 때보다도 기술이나 노하우 같은 지적 자산이 회사 경쟁력과 존립에 직결되고 있어 그에 대한 보안 요구가 높다. 부부간에 이런 얘기는 해서도 안 되고, 또 할 필요도 없다. 부부가 서로 알고 싶은 것은 그런 지적 자산의 내용이 아니라 자기의 짝이 평안히, 즐거이 직장생활을 잘하는지의 여부일 뿐이고, 거기에 정서적으로 도움을 주고 싶을 뿐이다.

후 상황을 설명할 필요가 없다. 아내는 경청한 만큼 다 기억하고 있어서, 예전 상황에서 달라진 것들만 더 얘기해 주면 된다. 아내의 위로와 격려로 남편은 마음을 가볍게 하며 힘을 내고, 아내는 그렇게 다 얘기해 주는 남편을 신뢰하고 고마워한다.

남편도 마찬가지다. 아내는 남편에게 시시콜콜한 얘기까지 다 하고 싶어한다. 이럴 때 남편 또한 아내의 얘기를 경청해 줘야 한다. 때때로 "아, 정말?"이라거나, "오~."라거나, "저런!" 등의 추임새를 넣으며 리액션을 해 주면 최고다. 아내는 남편이 들어 주니 신나서 얘기한다. 아내는 남편이 자기에게 관심을 가져 주고 정서적인 지지자가 되어 주는 것에 마음이 든든하고 남편이 고맙다. 때로 남편이 지치고 피곤할 때도 있겠지만 그럴 때도 최대한 노력해야 한다. 결코 아내 앞에서 귀찮다거나 시끄럽다고 짜증 내면 안 된다. 남편이 별 생각 없이 보인 반응에 아내는 마음에 심각한 상처를 받고, 이후로 다시는 남편에게 마음을 열지 않게 될 수도 있다. 또한 리액션을 할 때에도 딴 데

정신 팔면서 영혼 없는 리액션을 하지 않도록 해야 한다. 여자의 육감은 남자보다 훨씬 예리하다. 그런 무성의하고 알맹이 없는 리액션은 말하는 사람의 기운만 빠지게 할 뿐이다. 차라리 지금 하는 일이 있어서 그러니 조금 있다가 듣겠다고 하는 것이 낫다. 남편은 만약 자기 앞에 직장 상사, 그것도 자기의 인사권자가 있다고 하면, 아무리 피곤하다고 해도 결코 그 앞에서 짜증을 내거나 무성의하게 얘기하지 못할 것이다. 아내는 직장 상사보다 백배, 천배 더 중요한 사람이다.

그러므로, 남편은 아내가 자기 주변의 일들을 얘기할 때에 귀 기울여 주자. 만약 그날 특별히 너무 피곤해서 듣기가 어렵다고 하면, 아내에게 말하면 된다. "자기야, 자기 말을 계속 듣고 싶은데, 오늘 내가 너무 피곤하고 머리가 아파서. 미안하지만 내일 마저 들을게." 그렇게 얘기하면 아내는 웃으며 얘기해 줄 것이다. "어, 그래? 응, 알았어. 자기 많이 피곤하구나. 푹 쉬어." 이런 배려와 예의는 소통이 더 풍성하게 꽃피우고 열매 맺게 해 주는 비옥한 토양과도 같다. 부부니까 막 해도 되는 게 아니라, 부부니까 더욱 배려와 예의가 필요하다.

이렇게 남편도, 아내도 서로 경청해 주는 것이 일상이 되고, 습관이 되고, 취미가 되다 보면, 어느 덧 함께 경청의 실력자가 된다. 미카엘 엔데(Michael Ende)의 또 하나의 명작 소설인 〈모모(Momo)〉에서 모모는 경청하는 능력이 뛰어난 여자아이다. 이웃 사람들은 남녀노소를 불문하고 모모에게 와서 얘기하고 싶어한다. 왜냐하면 모모는 진심으로 귀 기울여 듣기 때문이다. 사실 그 외에 모모가 특별히 하는 일은 없다. 모모가 듣고 있다가 문제점을 정확히 짚어내 준다거나 기가 막힌 해결책을 제시해 주는 일 같은 것은 없다. 그런데도 모모에게 찾아와서 얘기하던 사람들은 모두 자기 문제들을 해결하고 가는 것이다. 마음이 아프거나 슬픈 사람들은 울먹이면서 모모에게 자기 얘기를 하다가 어느새 마음이 후련해지고 편안해져서 가기도 하고, 정말 무슨 문제가 있어서 풀어야 하는 사람들도 모모에게 이야기하다가 불현듯 좋은 아이디어가 떠올라서 황급히 고맙다고 하고는 달려나가는 경우도 있다. 이것이 바로 경청의 힘이다.

언뜻 보면, 사람 말들 좀 들어주는 것이 뭐 그리 대수냐고 생각할 수도 있다. 그러나, 모모처럼 진심으로 온 힘을 다해 타인의 말에 귀를 기울인다는 것은 그리 쉬운 일이 아니다. 그리고 그때 듣는다는 것은 단지 수동적이고 소극적인 행위가 아니라, 말하는 사람의 마음에 가장 필요한 변화를 일으키는 아주 능동적이고 적극적인 행위가 되는 것이다.

아내는 남편의 모모가 되어 줄 수 있고, 남편은 아내의 모모가 되어 줄 수 있다. 서로 사랑하는 데다 운명공동체로 묶이기까지 했으니 더 이상 잘 들어줄 수 있는 사람은 없다. 서로가 서로의 모모가 되어 경청하는데 안 될 소통도 없다. 이런 부부는 신뢰가 두텁고 그 가운데 즐거움도, 창의적인 생각도, 긍정적인 에너지도 솟아나서 뭘 해도 잘되게 마련이다. 그리고 당연히 이것은 부자유친, 곧 부모 자식 간의 소통에도 똑같이 적용된다.

부자간의 소통, 친해지는 게 먼저다

부자유친. 자그마치 삼강오륜의 하나로서 유교문화권에서는 인간
이라면 마땅히 지켜야 할 금과옥조로 받들어진다. 내가 이 말을 처
음 접한 것은 아마 중학교 때 국어나 한문 시간이었을 텐데, 그때 나
는 이 문구가 마음에 잘 와 닿지 않았던 것 같다. 부자유친을 문자 그
대로 풀면, 아버지와 아들 사이에는 친함이 있다는 것인데, 정작 나는
내 아버지와 별로 친하지 않았기 때문이다. 어머니와는 친하게 지냈
지만, 아버지는 두렵고 멀게 느껴졌다. 오히려 모자유친이라고 했으
면 고개를 끄덕였을지도 모른다. 나뿐 아니라 내 친구들도 중학생이
된 다음에는 아버지와 그렇게 친하게 지내는 경우가 별로 없었던 것
같다.

자녀들이 커 갈수록 어머니까지 포함해 부모와 멀어지는 경향은
더 커진다. 현 시대에는 부자유친은커녕 오해와 반목이 쌓이면서 적
대 관계로 싸우다가 아예 원수처럼 지내는 경우도 흔하다. 요즘 들어
TV 뉴스에서는 부모가 자기 아이를 학대하여 죽였다든지, 또는 자식
이 보험금을 노리고 자기 부모를 죽였다든지 하는 극단적인 사건들
을 보도하는 일도 잦아졌다. 부자유친은 '부모와 자식 간에는 당연히
친함이 있다.'고 사실을 묘사하는 문구가 아니라, '부모와 자식 간에
는 원래 친함이 있어야 하지만 실제로는 친함을 찾아보기 어려우니,
제발 친함이 있도록 만들어야 한다.'는 이상(理想)에 대한 바람이라고

봐야 할 것이다. 부자유친은 〈맹자〉에 나오는데, 맹자도 그 열망을 담아 썼을 것 같다.

그렇다. 저절로 친해지는 것도 아니고, 친한 게 당연한 것도 아니다. 친해지려고 하는 의지를 갖고 끊임없이 노력해야만 한다. 부자간은 부부간보다 친해지기가 더 어려운 게 당연하다. 부부는 같은 세대에서 자라나 문화를 공유하지만, 부자는 살아온 시간이 달라서 문화와 사고방식도 다르다. 부부는 함께 가정을 운영하며 공통의 관심사를 갖고 계속 얘기를 나누지만, 부자는 서로의 관심사와 입장이 다르다. 무엇보다 부부는 서로를 자유의지로 선택하고 정신적, 육체적 사랑으로 한 몸이 된 관계지만, 부자는 어느 날부터 갑자기 '주어진' 관계다. 부자는 부부보다 더 많이 노력해야 친해질 수 있다.

그러나, 실망할 필요 없다. 뒤집어 생각해야 한다. 노력해서 친해질 수 있다니 얼마나 좋은가? 아무리 노력해도 친해질 수 없다고 하면 저주지만, 방법을 알고 노력만 하면 된다는 것은 큰 축복이다. 원래 귀한 것일수록 얻기 위해 더 큰 노력이 들어가는 것이 세상의 이치다. 노력하면 부자간의 원래 본성인 친밀함을 찾게 되고, 우리는 아름다운 정원에서 감사하게, 행복하게 살게 될 것이다. 이 장에서 나는 내가 내 아들과 친해지기 위해 나름대로 노력한 이야기들과 그 속에서 시행착오를 거치며 깨달은 중요한 것들을 소개하고자 한다.

편안해지자

친해지려면 먼저 편안해야 한다. 편안하지 않으면 어떤 관계도 오래갈 수 없다. 편안해지고 싶어하는 것은 인간의, 더 나아가 자연의 본성이다. 사람 하나 서 있기도 힘든 뾰족한 산봉우리 위에 집채만한 둥근 바위가 얹혀 있다고 생각해 보라. 보기에도 위태롭고 긴장된다. 그 바위가 굴러 떨어지지 않고 그 자리에 버티고 있으려면 고도의 정밀도로 무게중심을 맞추고 불어오는 바람에도 주의하여 균형을 유지해야 한다. 물리학적으로 말하자면 에너지가 높고 불안정한(unstable) 상태이고 문학적으로 말하면 힘이 잔뜩 들어가 긴장되고 불편한 상태다. 견디다 못한 바위는 결국 밑으로 굴러가서 골짜기의 움푹 파인 곳에 자리 잡는다. 여기서는 이제 애써 힘쓰지 않아도 된다. 누군가 일부러 밀고 당겨 봐도 꿈쩍도 안 할 만큼 안정적(stable)이다. 에너지는 낮고, 힘은 빠져서 아주 편안한 상태. 불편한 상태에서 편안한 상태로 가려는 것이 자연의 법칙이다.* 세상 만물도 불편한 걸 못 견뎌하는 것이다.

사람도 마찬가지다. 긴장해야 하는 자리에 있으면 얼른 그 자리를 피해서 편해지고 싶어한다. 아버지가 아무리 존경스럽고 훌륭한 분이라 하더라도, 아이가 아버지 앞에서는 항상 예의범절에 맞게 행동해야 하고 말조심을 해야 한다면 아이는 아버지를 피하게 될 것이다. 아버지와 힘

* 열역학 제2 법칙으로서, 엔트로피(entropy) 증가의 법칙이라고도 한다. 아주 간략히 말하면 닫힌 계(界) 안에서 모든 과정은 무질서도의 총량이 증가하는 방향으로 진행된다는 것이다. 예를 들어 뜨거운 쇠 막대기를 차가운 물에 담글 때, 뜨거운 쇠가 차가운 물에서 열을 더 빼앗아서 쇠는 더 뜨거워지고 물은 더 차가워지는 일은 결코 일어나지 않는다. 모두 아는 대로 열이 뜨거운 데서 차가운 데로 움직여 쇠 막대기가 식고 물은 뜨뜻해진다. 결국, 둘 사이의 온도 차이(질서)를 없애는 무질서의 방향으로 움직인 것이다. 편해지는 방향이다.

들게 친해지느니, 아이 혼자 자기 방에서 편안하게 있는 게 훨씬 더 낫다고 느낄 것이다. 그러나, 만약 아버지가 아이에게 뭔가 부담스러운 것들을 요구하지 않고 편안하게 해 준다면, 아이는 아버지가 온다고 굳이 피할 필요가 없다. 피하는 행동 자체가 더 불편하니까. 부부 사이도 똑같다. 아내가 아무리 빼어난 미인이고 현모양처라고 할지라도 함께 있을 때 불편하다면 진정으로 행복한 부부가 되기는 어렵다. 또한, 능력 있고 외모가 준수한 남편일지라도 지나치게 엄격하든지 까다로워서 항상 긴장 속에 대해야 한다면 그 아내는 어딘가 다른 데로 도망치고 싶을 것이다.

내가 박사과정을 하던 서울대 대학원에는 가족생활동이라고 해서 기혼자가 가족과 함께 들어가 살 수 있는 기숙사가 있었다. 거기에는 우리 부부와 비슷한 또래의 대학원생 부부들이 많이 살고 있었다. 아저씨들은 학교의 연구실로 출근해서 대부분의 시간을 보내니 남겨진 아줌마들과 아이들끼리 어울리며 친하게 지내서 서로 잘 알고 지냈다. 그때 아내에게 들은 얘기다. 그중에 어떤 아줌마는 결혼해서 몇 년이 지났는데 그때까지 남편에게 자기의 맨 얼굴을 보여준 적이 한 번도 없다고 했다. 아침에 남편이 일어나기 전에 먼저 일어나 씻고 화장을 다 한 후에야 남편을 맞고, 밤에는 남편이 누워 잠들고 나서야 화장을 지우고 자기도 잠자리에 들기 때문이란다. 그분은 자기 남편을 너무 사랑해서 자기의 가장 예쁜 모습만 보여주고 싶어서라고 했다. 그 말을 듣고 나는 너무 기가 막혔다. '어떻게 그러고 살지?' 그 아줌마도, 그 남편도 참 대단하다는 생각이 들었다. 나 같으면 당장 그만두라고 했을 것 같다. 그러다가 나중에 늙고 병들면 어떻게 살려고 그러는지 모르겠다.

우리 집에선, 화장은커녕 아침에 늦잠 자서 팅팅 불은 얼굴에 눈곱이 붙은 눈도 귀엽게 봐 주고, 옆에서 방귀를 뀌면 "시원하겠다. 요즘 화장실 못 가더니 이제 좀 있으면 갈 수 있겠네."라고 얘기한다. 내가 이렇게 하니 아내는 나와 있는 것을 편안해 한다. 내가 있는 그대로의 아내를 좋아하므로 자기도 뭘 숨기거나 긴장할 필요가 없는 것이다. 그런데, 나도 마찬가지다. 아내 앞에서 일부러 센 척하거나 멋있는 척 할 필요가 없다. 내 약한 것도, 못난 것도, 내 아내는 있는 그대로의 나를 사랑해 준다. 그래서 집에 오면 세상 편하다. 아내는 이 세상에서 가장 편안한 사람이고 내 집은 이 세상에서 가장 편안한 공간이다.

나만 그렇게 편안한 게 아니라 아내도, 아들도 똑같이 편안하기를 바란다. 안 그래도 세상에 나가면 긴장하며 힘들게 지내다가 피곤하고 지쳐서 돌아오는데 집에서마저 편안히 쉴 수 없다면 어떻게 되겠는가? 우리 부부의 편안함은 아들 태훈이에게도 그대로 전해진다. 우린 가능하면 태훈이를 편안하게 해 주려고 한다. 가령, 우린 태훈이가 굳이 격식을 차려서 우리에게 존댓말을 쓰고 깍듯이 예의를 갖추는 걸 원치 않는다. 그런 격식은 자연스럽지 않고 다분히 인공적인 것이어서 긴장해야만 유지되는 것이기 때문이다.

그러나, 세상 모든 것이 그렇듯, 편안함도 지나치면 독이 될 수 있다. 특히 두 가지 관점에서 주의해야 할 것이 있다. 첫째로, 부모가 자식을 마냥 편안하게 내버려둘 수만은 없다. 잘못된 곳으로 가고 있다면 바로잡아주는 것이 부모의 의무다. 당연히 우리 부부도 그런 의무를 발동할 필요를 자주 느꼈다. 다만, 나든 아내든 그걸 느꼈다고 해서 바로 태훈이에게 가서 "너, 이거 잘못했지? 왜 그랬어?"라는 식으로 응징을 하진 않았다. 그보다는 먼저 우리끼리 충분히 시간을 두고 얘기한다. 정말 태훈이가 잘못하고 있는 게 맞는지, 혹시 나나 아내가 잘못 알고서 그러는 건 아닌지, 지금 개입하는 게 맞는지, 그렇다면 태훈이에게는 어떤 식으로 얘기하는 게 좋을지 확인도 하고 의논해서 더 좋은 방법을 찾는 것이다. 이렇게 조심하는 것은, 서로의 편안함을 존중하기 때문이기도 하고, 자칫 부주의하면 우리 집 전체의 편안함이 깨질 수도 있기 때문이다.

예를 들어, 내가 대학생인 태훈이에게 불만이 생겨 태훈이의 편안함에 개입하려는 상황이다.

(나) 태훈이 쟤, 요즘 너무 늦게까지 안 자고 게임만 하는 거 아냐? 대학생이 책은 안 읽고?

(아내) 아유, 자기가 저만할 때 어땠는지 생각 좀 해봐, 밤새 술 먹고 어머님 속 썩였잖아. 쟤는 그래도 술은 안 먹어. 메뚜기도 한 철이야 그냥 놔둬.

(나) 음, 그렇긴 하지. 알았어, 좀더 지켜볼게.

이번엔 반대로 아내가 난리를 치는 상황이다. 태훈이 고3 때였다.

(아내) 태훈이 쟤, 오늘 새벽 3시에 들어왔어. 친구들 고민 들어주다 들어
왔대. 그것도 한강 고수부지에서. 이 밤에 너무 위험하잖아. 그리고 지
가 무슨 인생상담가야? 지도 입시 준비할 시간이 빠듯하면서.

(나) 괜찮아, 태훈이 그렇게 생각 없는 애 아냐. 자기 나름대로 시간 배분
하고 있어. 그리고 걔가 얼마나 안전주의자인지 자기도 잘 알잖아. 위
험한 짓은 절대 안 해. 남자들은 우정과 의리란 게 중요해. 특히 저 때
는 더 그렇고. 태훈이는 친구를 굉장히 중요하게 생각하잖아.

(아내) 남자들은 이해가 안 가. 어쨌든 자기가 그렇게 얘기하니까 마음이 조
금 나아지긴 해. 그래도 다음에 태훈이한테 자기가 좋게 얘기 좀 해봐.

(나) (웃으며) 알았어.

이런 식이다. 처음엔 나나 아내도 혼자 불만을 크게 부풀려 품고
있는 상태라서, 바로 태훈이와 맞닥뜨리면 서로 언성을 높이며 충돌
할 수도 있다. 그러나, 먼저 부부 사이에 그 불만을 꺼내 놓고 함께 이
리저리 돌려 보다 보면 어느새 뜨거운 김이 빠져 나가고 보다 이성적
으로 조정이 된다. 그러고선 결국 태훈이에게 얘기할 때는, "태훈아,
너무 늦게 자지 마라. 건강에 안 좋다."라거나, "너무 늦게 다니지 말
고 할 얘기가 있으면 좀 일찍 시작해서 열두시 전엔 집에 들어오도록
해라." 정도가 된다. 태훈이도 아버지, 어머니가 자기에게 애정을 갖

고 부드럽게 얘기하는데, 특별히 반항할 이유는 없다. "알았어."라고 대답해 준다. 그렇다고 태훈이의 행동이 바로 바뀌지는 않을 수도 있다. 그러나 아버지, 어머니가 뭘 걱정하고 있는지 마음은 전달된다.

물론, 모든 게 다 이런 식은 아니다. 태훈이가 뭔가 어려운 일에 막혀 힘들어하거나, 중요한 선택을 앞두고 고민을 하는 등의 심각한 상황이 보이면, 나든 아내든 태훈이에게 바로 찾아가 몇 시간이든 오랜 대화를 나누기도 한다. 이런 때는 굳이 찾아가지 않아도 태훈이가 먼저 손 내밀고 찾아오기도 한다. 그러나, 그런 특별한 상황들이 아니라면 우리 부부는 가능하면 태훈이에게 맡기고 개입은 최소화하려고 한다. 그것은, 태훈이에게 무관심하거나, 그냥 편하게만 지내고 싶어서 그런 게 아니라 태훈이 인생의 주인은 어디까지나 태훈이라는 것을 인정하는 것이다. 서로가 인생의 주권을 인정해 주면 편안함은 따라온다.

그리고 두 번째 주의할 것은, 편안함이란 것을 자기 멋대로 해도 된다는 것쯤으로 착각해서는 안 된다는 것이다. 가족은 서로 편안해야 하고 때론 장난치고 킥킥거릴 수도 있지만, 그렇다고 해서 가족 간에는 내 편한 대로 막 해도 되는 게 결코 아니란 것이다. 가족은 가장 편안한 만큼 또한 가장 소중하기 때문에 무심코 상처를 주지 않도록 조심해야 한다. 아까는 긴장하면 안 된다면서 이번에는 조심하라고 하는 것은 모순이 아니냐고 할 수도 있다. 가족을 푹신하고 부드러운, 편안한 이불이라고 하자. 여기에는 편안한 잠옷이나 속옷만 입고 들어와 모로 눕든 엎드리든 편안하게 몸을 눕히면 된다. 긴장하지 말라고 했던 것은 편히 쉬는 곳에 괜히 빳빳하게 다려진 정장을 입고 들어와 차렷 자세로 앉아 있을 필요가 없다는 것이다. 그러나 지금 조심하라고 하는 것은 이 이불 위에서 칼이나 가위 같은 날카로운 도구를 쓰지 말라는 것이고, 또 이 위에서 음식 같은 것을 먹지 말라는 것이다. 잘못하면 비싼 이불이 상처 나거나 더러워지게 되니까. 이런 것들만 주의하면 이불 위에서 얼마든지 편안하게 쉴 수 있다. 이 정도는 누구나 주의하지 않는가?

가족 간의 사랑도 신뢰도 소중한 만큼 가꿔 줘야 한다. 즉, 세상 모든 것이 그러하듯 관리에는 노력이 필요하다는 것이다. 위에 이불의 비유를 다시 들면, 이불을 계속 덮고 자기만 하고 빨래를 안 해주면 점점 더러워지다가 나중엔 오히려 병균이 득시글대서 건강을 해칠 수도 있다. 힘들지만 가끔씩 먼지도 털고 햇볕도 쪼이고 빨래해서 말리고 바느질 틀어진 곳은 다시 꿰매는 등 깨끗하고 예쁘게 관리해 주는 노력을 들여야만 한다. 단순한 이불도 이럴진대 이 세상에서 가장 복잡하다는 사람에게야 어떻겠는가? 나는 아무 노력도 안 하고 내 편한 대로만 했는데 가족들은 나한테 언제나 내 맘에 쏙 들도록 하길 바란다는 것은 너무 철이 없거나 지나친 욕심을 부리는 것이 아닐까?

존재 그 자체를 있는 그대로 인정하자

아버지와 아들이 한 공간에 있는 것만으로도 흐뭇하고 즐거운 분위기가 감돈다. 이 얼마나 좋은가? 그러나, 이것이 누구에게나 저절로 되는 것은 아니다. 함께하는 두 사람 모두 자기의 있는 그대로가 상대에게 긍정적으로 받아들여진다고 느껴야만 한다. 자기 존재를 부정당한다면 누군들 즐거이 있을 수 있겠는가?

아버지는 아들이 그냥 내 아들이니까 사랑하는 것이다. 내 아들이 공부를 잘해서, 좋은 대학 다녀서, 좋은 직장 다녀서, 잘생겨서, 키가 커서, 말을 잘 들어서 사랑하는 것이 아니다. 공부도 잘 못하고, 좋은 대학이나 직장에 다니는 것도 아니고, 잘생긴 것도 아닌 그저 평범한 아이더라도 내가 생명을 준, 나와 깊고 깊은 인연을 맺은 내 아들이니까 그 자체로서 사랑하는 것이다.

아들도 마찬가지다. 내 아버지가 다른 아버지들처럼 커다란 회사 사장이 아니어도, 부자라서 용돈을 듬뿍 주지 않아도, 고급 승용차를 태워 주지 않아도, 나한테 큰 재산을 물려주지 않아도, 그러기는커녕 가난한 편에 들고, 이제는 많이 늙었어도, 나를 낳아주고 길러주고 사랑해주는 아버지 그 자체로서 사랑하는 것이다.

서로의 본질적인 존재 그 자체가 제일 중요한 것이고 나머지 조건들은 부차적인 액세서리에 불과하다. 있으면 좋겠지만 없어도 별 상관없다. 그런데 우리는 종종 그 액세서리에 정신이 팔려서 본질적인 것을 부정하는 어리석음을 저지른다. 귀걸이가 중요한가? 귀가 중요한가? 목걸이가 중요한가? 목이 중요한가? 아버지는 아들을 있는 그대로 기뻐하는 것이 마땅하거늘, 아들 성적이 나쁘다고 아들 자체를 못마땅하게 여기고 볼 때마다 혀를 찬다. 그러다 성적에 너무 스트레스를 받은 아들이 견디다 못해 자살을 택하는 경우도 생긴다. 성적 때문에 아들을 잃는다. 성적이 중요한가? 아들이 중요한가?

공부가 중요하지 않다는 것이 아니다. 부모가 자녀의 성적에 관심을 두지 말라는 것도 아니다. 자녀의 미래를 위해 어쩔 수 없이 그런다는 것도 이해한다. 그러나, 어떤 경우에도 주와 객이 뒤집혀서는 안된다는 말이다. 하다하다 나중에 자녀는 안 보이고 성적만 보이는 지경이 되면, 부모는 잘못 가고 있다는 것을 깨달아야 한다. 그 자녀는 생각할 것이다. '나의 부모는 나보다 학교 성적이 더 중요해. 나같이 공부 못하는 아이는 자식 취급도 안 해.' 그 속마음을 들여다본다면 부모는 펄쩍 뛰며, "아니야. 이건 다 널 위해 그런 거야."라고 하겠지만 그 아이가 어떻게 알겠는가? 매일 보는 부모의 모습이 그런 걸. 어디까지나 자녀의 존재가 존중되어야 한다. 부모가 자녀의 존재를 소중히 여기며 믿어주고 격려해주면, 자녀는 자기 존재의 가치를 발휘하며 열심히 해나간다. 자녀가 열심히 하는데도 성적이 안 나오면, 공부라는 액세서리는 그 자녀에게 안 맞는 것이다. 어떤 옷이 나에게 안 어울리면 벗어던지고 다른 옷을 입으면 된다. 그 옷이 엄청 비싸고 좋은 옷이라서 꼭 입어야만 한다고, 그 옷에 맞춰 자녀의 키를 늘리거나 줄이는 부모가 있을까? 내 자녀에게 공부가 안 맞으면 이 세상 수많은 것들 중에 다른 걸 찾아보면 된다.

의외로 많은 사람들이 이 중요한 기본에 대해 제대로 생각해본 적이 없거나 또는 알더라도 자기 욕심에 눈이 멀어 무시하며 살아가는 것 같다. 사실 나도 같은 잘못을 저지른 적이 있다. 이번엔 아들에게 가 아니라 아내에게다. 미국에 포닥을 하러 가기로 하고 준비하던 중에 나는 아내에게 영어를 가르치겠다고 한 적이 있었다. 이유는 그럴 듯했다. 미국에 가서 장을 보든, 은행을 가든, 관공서를 가든, 영어를 못하면 얼마나 불편하고 힘들겠냐는 것이었다. 더구나 거기서 TV를 보든 신문을 보든 영어를 잘해야 더 풍요로운 문화생활을 할 거 아니냐고도 했다. 물론 아내도 대학까지 영어를 배웠으니, 기초적인 영어는 할 줄 알았다. 그러나, 그 후로는 따로 영어를 쓸 일도 없으니 담 쌓고 살아온 것이었다. 아내는 내 설득에 넘어가 주었다. 그다음에 매일 밤 한 시간 정도씩 〈리더스 다이제스트(Reader's Digest)〉 영한대역판을 교과서 삼아서 내가 가르쳐주고 숙제도 내주었다.

그런데, 처음 며칠은 아내가 좀 따라오는 듯싶더니, 슬슬 말을 안 듣기 시작했다. 숙제를 안 해서 물어보면 낮에 태훈이 병원 갔다 왔다, 저녁엔 처가에 일이 있었다 등등 핑계를 댔다. 그때까지만 해도 융통성이 없던 나는, 약속은 지켜야 하지 않냐고 따졌고 그러면 아내와 관계가 서먹해지곤 했다. 수업 시간에도 재미없다며 자꾸 딴청을 피우기 일쑤였다. 그렇다고 내가 학교 선생님처럼 아내를 야단칠 수는 없지 않은가? 쪼그만 거 하나 얻자고 커다란 걸 잃을 수는 없다. 그래서 결국 의욕적으로 시작했던 영어 수업은 흐지부지 끝나고 말았다.

(나) 관두자. 이제 너한테 뭐 가르치고 그런 거 없을 거야.

(아내) 이제 나 포기하는 거야?

(나) 어떻게 널 포기하냐? 그냥, 있는 대로 데꼬 산다고~.

(아내) 헤헤.

아내는 그런 사람이었다. 책을 보며 공부하는 것보다는 그냥 되는 대로 부딪히며 익혀 나가고, 미래를 준비하며 현재를 희생하기보다는 현재를 즐겁게 사는 사람이었다. 결과적으로 미국에 가서도 아내는 아무 불편함 없이 아주 즐겁고 행복하게 살다가 왔다. LA에는 엄청 큰 한인 사회가 있어서 사실 영어 한마디 못해도 살아가는 데 별 지장이 없는 데다가, 우리가 살던 UCLA의 기혼자 기숙사에도 많은 한국인 아줌마들이 있어서 어려운 일이 있으면 함께 다니며 해결했다. 물론 미국사람들을 상대할 일도 꽤 많았지만, 장 보거나 쇼핑하는 등 쉬운 영어는 다 가능했고 좀 복잡한 얘기를 해야 하면 이웃 아줌마들이 함께 출동하거나 또는 내가 잠깐 시간을 내면 되었다.

사실 나는 미국생활 준비를 내세워서 이번 기회에 아내를 좀더 지적으로 업그레이드하려는 꿍꿍이가 있었다. 내 보기에 아내는 센스가 있어서 뭘 하든 감탄 소리가 나올 정도로 곧잘 했다. 그래서 나는 아내가 집안 살림만 하는 것보다는, 자기계발을 해서 뭐라도 좋으니 자기 세계를 키워 가며 나이 들어서도 삶의 보람을 가질 만한 일을 했으면 했다. 그러나, 아내는 열심히 공부하고 노력하여 뭔가를 성취하려는 타입이 아니어서, 그런 나의 꼬임들을 다 피해 나갔던 것이다.

이 영어수업으로 아내의 코를 제대로 꿰어 보려고 했던 나의 시도
는 다시 한번 보기 좋게 실패했다. 그때 나는 깨달았다. 내가 그렇게
사랑해서 결혼했던 아내는 변함없이 그대로였다. 변한 것은 내 마음
이었고, 우리 사이를 불편하게 만들었던 것은 나의 쓸데없는 욕심이
었던 것이다. 그 이후로 나는 깨끗이 마음을 비우고, 더 이상 아내가
부담스러워하거나 싫어할 만한 것들을 바라지 않는다. 그러니, 아내
와 부딪칠 일도 없다. 가끔 아내가 날 보고 웃으며 얘기한다. "자기야,
날 있는 그대로 사랑해 줘서 고마워."

이 대목에서 태훈이가 나와 타이완 여행 갔을 때 해준 얘기가 생각
난다. 친구들끼리 모여서 얘기하다 보면 각자 자기의 치부를 드러내
는 얘기도 숨김 없이 다 털어놓는단다. 그중에 종종 너무 어이 없고
황당한 얘기들도 나오는데, 그걸 들은 친구들은 "뭐 이런 쓰레기 같
은 새끼가 다 있냐?"면서 면전에서 대놓고 욕을 해댄다고 한다. 그런
데, 그러면서도 그걸 털어놓은 친구를 감싸주고 좋아한다는 것이다.
친구를 비난하고 부정하려고 욕하는게 아니라, 그러지 말고 정신 차
리라고 따뜻한 마음으로 놀려대는 것이다. 태훈이는 그런 친구들이
정말 좋다고 했다.

태훈이 말을 듣고 신나게 웃던 나도 왠지 모를 감동이 왔다. 거짓
말과 뒷담화가 판치는 세상에서, 친구들을 믿고 미련할 정도로 솔직
하게 자기 부끄러운 걸 열어보이는 친구나, 바로 앞에서 쓰레기를 운

운하며 우정 어린 욕을 해대는 친구들의 순수함과 패기가 전해졌다. 그 무리 속에서 내 아들도 친구들의 존재를 있는 그대로 좋아하고 있었다. 친구가 돈이 많아서, 능력이 있어서 사귀는 게 아니라, 모자라고 바보 같고 때론 황당하더라도 그냥 그 자체로서 '내 친구'인 것이다. 만약에, 이런 태훈이에게 아버지인 내가 오히려 "그런 친구들 도움이 안 되니 그만 만나고, 너도 정신차리고 시간 아껴서 취업 준비에 올인해."라고 말한다면 어떻게 될까? 아마 태훈이는 나에게 깊이 실망하고, 나를 피하여 자기 친구들에게로 갈 것이다. 그런 면에서, 자녀들보다도 생각과 마음의 깊이가 얕은 부모들도 꽤 있지 않을까 생각된다.

말을 놓자

자녀들이 부모에게 깍듯이 존댓말을 쓰는 집이 있는가 하면, 친구에게 하듯 편하게 말을 놓는 집도 있다. 말을 높이든, 놓든, 뭐가 맞고 뭐가 틀리다고 말할 수는 없다. 그 집의 문화와 가치관에 따라 다를 뿐이다. 우리 집은 말을 놓는다. 그 편이 서로 더 친근하게 느끼고 소통도 더 잘된다고 느끼기 때문이다.

가끔 가다 아내가 나에게 이랬어요, 저랬어요 하면서 존댓말을 하는 경우가 있다. 그건, 아내가 교회에서 나에게 전화할 때다. 아마도 교회 안의 정숙하고 예의 바른 분위기 때문에 그럴 것이다. 그럴 때 우리 대화는 이런 식으로 원상복구되고 만다.

(아내) 네~, 그럼 집에 언제 오세요?

(나) 왜 갑자기 존댓말 하고 난리야? 주위에 교회 사람들 때문에 그러지?
이 가식 덩어리!

(아내) (큭큭대고 웃다가) 왜~? 다른 집에서는 와이프가 존댓말 해주면
좋아한다는데.

(나) 난 싫어. 자기가 멀게 느껴져.

(아내) 어유, 알았어. 집에 언제 와?

우리나라 민주화의 발목을 잡는 요소들 중의 하나가 바로 우리의
언어라는 지적이 있다. 나는 이것이 상당히 일리가 있다고 생각한다.
전 세계에서 우리나라만큼 존댓말, 하댓말 체계가 복잡한 곳도 없을
것이다. 일단 모르는 사람들이 처음 만나면 먼저 존댓말로 시작해서,
서로 나이나 직급 등을 확인하고 최대한 빨리 서열 정리에 들어간다.
그래야 어떤 언어를 쓸지가 비로소 정리되기 때문이다. 어떤 호칭을
써야 할지, 존댓말을 써야 할지, 말을 놓아야 할지 정해져야 마음이
편해진다. 그리고 나서 존댓말을 써야 하는 사람과 말을 놓아도 되는
사람이 함께 뭔가를 논의해야 하는 상황이 되면, 말을 놓는 사람의 말
에 힘이 실리게 마련이다. 물이 위에서 아래로 흐르듯이, 대화도 위에
서 아래로 향하는 강한 방향성을 갖는다. 반면에 서로 말을 놓아도 되
는 사람들끼리라면 대화는 쌍방향으로 자유롭게 오갈 수 있다.

나는 미국 UCLA에서 포닥을 하던 3년 동안 그런 것을 많이 느꼈

다. 내가 대학 실험실에서 나보다 훨씬 어린 학생들과 얘기할 때나,
나보다 연장자인 교수님들과 얘기할 때도 다른 말을 쓸 필요가 없었
기에 편했다. 상대방이 누구든 간에 그냥 똑같이 '너(You)'라고 하면
되었기 때문이다. 우리나라에서 교수님과 얘기할 때 "니가 전에 그렇
게 얘기했잖아~"라고 말하면 어떻게 될까? 듣는 교수님은 "얘가 미
쳤나? 이런 돼먹지 못한 놈."이라며 당장에 나를 쫓아내실 것이다. 교
수님께는 공손하게, "아, 교수님께서 전에 그렇게 말씀하셨습니다."
라고 해야 하는 것이다.

생각해 보니 미국에서의 3년간 수많은 사람들과 만났지만 한국 교
포나 유학생들 말고는 내 나이를 물어보는 사람이 거의 없었다. 그나
마 물어본 몇 안 되는 외국인들도 일본, 중국에서 온 유학생들로 우리
나라와 함께 유교 문화권에 속한 사람들이었다. 그들도 서열을 정리
하려고 한 건 아니고 호기심으로 물어본 것뿐이었다. 그러므로 나이
에 따른 상하관계는 전혀 중요하지 않았다. 모두 똑같이 '너(You)'니
까. 그래서, 굉장히 빨리 친해졌다. 그렇다. 수평 관계의 장점은 친해
지기 쉽다는 것이다.

사실 그런 깨달음은 포닥 생활에 앞서 병역훈련을 받을 때 먼저 왔
다. 나는 당시 박사과정 학생이었는데 국가의 전문연구요원 특례보충
역 시험에 합격하여 4주간 군사훈련을 받으러 부산 해운대에 위치한
육군 훈련소에 들어갔었다. 그런데 나를 포함한 전문연구요원들이 배
정받은 내무반에는 다른 경로로 들어온 특례보충역들도 있었으니, 실

업계 고등학교 졸업 후 산업요원으로 가는 친구들이었다. 그러니 이들과 우리 간에는 대략 일곱에서 열살 정도까지의 나이 차이가 있었다. 처음엔 당연히 어린 친구들이 우리 연장자들에게 존댓말을 했고 우린 말을 놓았다. 그런데 곧바로 담당 교관이 존댓말 사용을 금지시켰다. 사회에서는 어떨지 모르겠으나 이곳 군대에서는 모두 훈련소 동기이기 때문에 말을 놓으라는 것이었다. 처음엔 다 "에이~, 그래도 어떻게"라며 교관이 볼 때만 반말하는 척하려고 했지만, 존댓말 사용이 적발되면 바로 호된 얼차려로 혼쭐이 났기 때문에 이 '모두 반말 사용 규칙'은 아주 빠르게 자리를 잡았다.

그런데 일단 반말을 사용하니까 그렇게 편할 수가 없었다. 나이 어린 사람이든, 연장자든 걸리적 거리는 격식을 치워 버리고 그냥 인간 대 인간으로 대하니까 서로 금방 친해질 수 있었다. 그 격식이란 것이 나를 가리는 벽 같은 역할을 했던 것 같다. 그 벽들을 없애니까 바로 알맹이들끼리 만날 수 있었던 것이다. 윗사람, 아랫사람이라는 거리가 없어지고 그냥 친구가 되었고 마음을 열고 진짜 대화를 할 수 있었다. 처음 겪는 신기한 경험이었다.

그 이후로, 나는 사람들 간에 정말 친하게 지내려면 말을 '까야' 한다고 생각하게 되었다. 직장에서야 상하 간 보고와 명령의 체계가 잡힌 조직이 있어서, 그에 맞는 예의와 언어체계가 필요하겠지만, 집에서는 굳이 그럴 필요가 없다고 생각했다. 그보다는 편안함과 친함이 우리에게 더 중요했다.

적어도 가정 안에서라면, 나는 반드시 존댓말을 하고 격식에 맞게 행동해야만 예의가 있다고 생각하지 않는다. 서로 말을 놓으며 편하게, 친하게 지내더라도 예의는 지킬 수 있다고 생각한다. 상대를 배려하는 마음을 통해서다. 예를 들어, 우리 집에서는 함께 식사를 할 때 내가 수저를 들기 전까지 태훈이는 수저를 들지 않는다. 나나 내 아내가 그렇게 해야 한다고 말한 적은 한 번도 없다. 자기의 마음속에 그래야 마땅하다고 스스로 판단한 것이다. 자기가 설정한 아버지에 대한 예의인 것이다. 다만, 자기가 앉아서 기다리고 있는데 아버지가 뭔가 딴짓을 하느라고 여전히 안 오거나 하면, "아, 빨리 오라고~." 하고 재촉한다. 그러면 나는 "아버지한테 무슨 말버릇이야?" 하고 화내지 않는다. 그냥 "아, 미안~." 하고 웃으며 앉아서 수저를 든다. 밥상 차려 놓은 줄 다 알면서 딴짓하는 것은 아무리 가장이라도 잘못한 것이 명확하기 때문이다. 만약 정말 중요한 이유가 있어서 늦어진다면, "어, 먼저 먹어."라고 한다. 그럼 태훈이는 거리낌 없이 먼저 먹는다.

많이 놀자

앞서, 부자간에 친해지려면 우선 편안해야 하고 또한 서로를 있는 그대로 인정해야 한다고 했다. 여기에 서로 말까지 놓는 사이라면, 친해질 수 있는 만반의 준비가 끝난 것이다. 이제 정말 친해지려면 한발 더 나아가야 한다. 바로 함께 노는 것이다. 함께 농담도 하고 장난치고 웃는 것이다.

웃음에는 놀라운 힘이 있다. 사람에게서 긍정적인 힘을 끌어내고 행복하게 하고 건강하게 만들어 준다. 사람들이 이 험한 세상을 헤쳐 나갈 수 있도록 신께서 필수 기본옵션으로 장착해주신 것 같다. 웃으면 건강해진다. 일소일소 일노일로(一笑一少 一怒一老)라고, 한 번 웃으면 한 번 젊어지고 한 번 화내면 한 번 늙는다는 격언이 있다. 경험적으로 알고서 만든 말이다. 그러나 최근에는 이말이 과학적으로도 명확한 근거를 갖고 있음이 밝혀졌다. 웃는 사람의 몸에서 자연살해(NK; Natural Killer)세포와 같은 면역 세포가 증강되는 것이 관찰된 것이다.[*] 더욱이, 웃음은 한 개인의 건강에만 영향을 미치는 것이 아니다. 웃음은 강한 전염력이 있어서 주변에 있는 사람들도 웃고 싶게 만든다. 그래서 함께 웃다 보면 어느새 친근해진다. 웃으면 몸과 마음의 긴장이 풀리면서 단단히 잠갔던 경계의 문이 열리고, 마음 안쪽에는 이완된 만큼의 여유공간이 생긴다. 이제 상대방은 열린 마음의 문으로 들어와서 이 여유공간에 머물 수 있게 된다. 이처럼 웃음은 사람들 간의 관계를 더 친밀하고 건강하게 해준다.

그럼 많이 웃으려면 어떻게 해야 할까? '행복하니까 웃는 것이 아니라, 웃으니까 행복한 것이다.'라는 격언을 따라 의지를 갖고 반드시 웃으리라고 애쓰는 것도 좋겠지만, 아무 자극도 없이 무작정 웃으려는 것도 힘든 일이라서 오래는 못 간다. 답은 노는 것이다. 함께 농담하고 장난치며 놀다 보면 웃음을 터뜨리는 자극들이 쏟아진다. 힘들

[*] Bennett MP, Zeller JM, Rosenberg L, et al., "The effect of mirthful laughter on stress and natural killer cell activity.", Alternative Therapies in Health and Medicine, 38 (2003).

이지 않고 자연스럽게 웃으며 즐거워할 수 있다.

나와 태훈이가 여전히 밝고 친밀한 관계를 이어가고 있는 밑바탕에는 그동안 내가 태훈이와 놀면서 보낸 많은 시간과 기억들이 자리 잡고 있다. 태훈이는 아주 어릴 때부터 "심심해~."를 입에 달고 살았다. 자기가 심심하니 놀아 달라는 것이었다. 내가 놀아주기 시작하면 태훈이는 깔깔거리며 숨 넘어갈 듯 신나게 웃고 장난치며 놀다가, 내가 이제 다 놀았다며 좀 쉬려고 하면 바로 옆에 와서 또 "심심해~." 노래를 불렀다. 태훈이는 정말 '에너자이저 버니(Energizer Bunny)'처럼* 쉴 새 없이 놀다가 잠이 들고 나서야 조용해졌다. 그리고, 태훈이는 확실히 엄마랑 노는 것보다는 아빠랑 노는 것을 훨씬 더 좋아했다. 이유는 간단했다. 아빠가 더 재미있게 놀아주니까.

> * 배터리 브랜드인 에너자이저의 마스코트로 분홍색 토끼가 베이스드럼을 끝없이 쳐대는 모습에서 열정적인 사람, 에너지가 넘치는 사람을 흔히 이 버니(토끼)에 빗대어 부른다.

아빠 언제 와?

나는 몸은 어른이 됐지만 마음 한편에는 아직도 어린애 같은 구석이 많이 남아 있다. 장난치는 것도 좋아하고 아내 말마따나 개구쟁이 같은 데가 있다. 그러다 보니 아내라면 절대 하지 않을 장난도 많이 친다. 그런 것이 역시 남자아이인 태훈이에게는 더 재미있었을 것 같다.

태훈이가 유치원도 다니기 전, 우리가 서울대 가족생활동에 살았을 때에는 내가 퇴근하고 나서 저녁에도 태훈이와 논다고 집안에서 깍깍 소리를 지르며 축구를 하기도 했다. 그때 우리가 1층에 살았기에 가능한 일이긴 했지만 역시 너무 시끄러워지면 아내가 나서서 제재를 가했다. 미국에서 살 때는 함께 슈퍼마켓에 가서 아내가 장 보는 동안 나와 태훈이는 가끔 숨바꼭질을 하며 놀기도 했다. 미국 슈퍼마켓은 워낙 크고 사람도 그리 많지 않은 데다 진열대 사이가 널찍해서 마치 육상트랙 같았다. 다른 사람들은 다 천천히 걸어다니는데 나와 태훈이만 쫓고 쫓기면서 킥킥대며 뛰어다녔다. 물론 사람들에게 폐 끼치지 않도록 나름대로 주의는 했지만, 아내가 보기에도 철딱서니 없는 부자였다. 이렇게 나는 태훈이와 시도 때도 없이 장난을 쳤는데 그러다 장난이 심해져서 태훈이를 울리는 일도 종종 있었다. 그럴 때면 아내가 손바닥으로 내 등을 때리면서 말했다. "어유, 내가 애를 둘 키운다, 정말."

태훈이가 한국에서 유치원에 다닐 때는, 나와 함께 걸으면서 포켓몬*이름 대기 놀이를 했던 것도 기억난다. 피카츄, 라이츄, 꼬부기, 이상해씨, 홍수몬, 고라파덕 등 그때 이름을 대던 포켓몬들은 아직도 다 생각이 난다. 그때 나는 나 스스로 포켓몬에 관심이 있기도 했지만 태훈이와

* 포켓몬스터(Pocket Monster)의 줄임말. 영어로는 포키몬(Pokémon). 말 그대로는 주머니 속 괴물이지만 몬스터볼이란 주먹만한 공 속에 가뒀다가 던지면 튀어나오면서 커다란 원래 몸이 된다. 1995년부터 나온 1세대는 151마리였는데 지금은 7세대에 800여 마리까지 종류가 늘었다. 작년(2016년) 전 세계적으로 인기를 끈 포켓몬 고(Pokemon Go)는 스마트폰 카메라로 이들을 잡는 증강현실 게임이었다.

이 놀이를 하려고 일부러 이름을 외우기도 했다. 박사학위까지 받은 아빠가 유치원생 아들과 게임을 하면서 지지 않으려고 꽤 열심이었다. 태훈이는 포켓몬에 푹 빠져 있었기 때문에 그에 관한 한은 나보다 훨씬 많이 알아서 그 어린 아들이 아빠한테 힌트도 주고 답을 가르쳐

주기도 했다. "응~, 피카츄가 진화하면 라이츄가 되는데~, 얘는 전기 타입이라서 물에 닿으면 안 돼." 나는 그렇게 조잘조잘 얘기하는 아들이 너무 귀여워서 아는 것도 모르는 척 물어보곤 했다. 물론 진짜 몰라서 물어보는 것도 있었다. 그럴 때면 태훈이는 아빠니까 특별히 알려준다는 듯이 자랑스럽게 자기 지식을 뽐냈다.

미국에서의 3년

태훈이와 놀기에 가장 좋았던 때는 내가 미국에서 포닥으로 일하던 3년간이었던 것 같다. 나도 대학에 소속되어 있어 시간 쓰기가 비교적 자유로웠고 태훈이도 어려서 신나게 놀기만 하면 되는 때였기 때문이다. 그때 태훈이는 미국에서 프리스쿨(Pre-school)을 거쳐 유치원에 들어가 초등학교 2학년까지 다녔다. 우리는 UCLA의 가족 기숙사에 들어가 있었는데, 평일 저녁이나 주말에는 슬렁슬렁 근처 공원에 가서 태훈이와 축구도 하고 야구도 하며 뛰어놀았다. 축구라고 해봐야 그냥 골대 두 개 대충 만들어 놓고 공 차고 노는 것이었고, 야구는 내가 고무공을 던져 주면 태훈이가 장난감 배트를 휘둘러 쳐내거나, 아니면 글러브를 끼고 서로 공을 던지고 받는 놀이였다.

미국이 다 그런진 모르겠지만 우리가 살던 LA에서는 동네마다 크든 작든 어김없이 공원이 있어서 사람들이 애용하고 있었다. 대부분 잔디밭이 깔려 있었는데, 우리나라처럼 '들어가지 마시오'가 아니라 아무라도 들어가 마음껏 뛰어놀 수 있도록 해놓았다. 또, 한쪽에는 바비큐 장이 있어서 바비큐 해 먹는 사람들도 있었다. 멕시코 등 히스패닉계 사람들도 많이 왔는데 그들은 가톨릭 교리로 피임과 낙태가 금지라서 그런지 한 가족이 기본 한 다스였다. 그런 사람들이 공원에 와서 자리 깔고 누워 얘기도 하고 공도 차고 바비큐도 해 먹으며 놀았다. 단출한 우리 세 가족도 그렇게 공원에서 자연스럽게 어울렸다. 아내가 집에서 밥하거나 빨래할 때는 내가 태훈이랑 둘이 와서 놀다 가곤 했다.

동네의 실내 수영장에도 갔는데 거긴 스쿠버 훈련도 가능하도록 깊이가 5미터가량 되는 커다란 풀이 있었다. 태훈이도 한국에서 수영을 배웠기에 우린 그 발도 닿지 않는 풀에 들어가 수영하며 놀았다. 잠수해서 들어가 보면 저 밑바닥에는 스쿠버 다이버들이 훈련하고 있는 모습이 보였는데 그 모습을 구경하며 우린 거기서 온갖 장난을 치며 놀았다. 나와서는 배고프니까 수영장 옆의 퀴즈노 서브(Quiznos Sub)에 가서 각자 좋아하는 샌드위치를 골라 구워 달라고 해서는 맛나게 먹고 집에 돌아왔다.

더 자주 간 곳은 차 몰고 15분 정도 가면 나오는 산타모니카(Santa Monica) 해변이었다. 거기서는 탁 트인 태평양을 보며 산책도 하고 물장난, 모래장난도 할 수 있는 데다, 해변에는 스케이트보드나 롤러블레이드를 탈 수 있는 길도 잘되어 있었고, 또 음식점, 카페는 물론 서점, 기념품점, 장난감 가게도 많고 길거리 공연도 자주 열려서 그냥 시간 나고 할 거 없으면 자주 가서 시간을 보내곤 했다.

포닥 월급이 그리 넉넉지는 않았지만 때 되면 계획을 세워 자동차 여행도 가끔 갔다. 라스베이거스(Las Vegas), 요세미티(Yosemite), 그랜드 캐니언(Grand Canyon) 등 말로만 듣던 곳에 가서 함께 보고 경험하고 얘기하고 사진도 많이 찍었다. 지금 돌이켜 보면, 미국에서 공부하고 연구하고 논문도 쓰고 학회에 가서 발표도 하는 등 많은 활동을 했지만, 정말 행복하고 좋았다고 생각되는 시간들은 아내와 아들과 함께 지낸 시간들, 특히 여행한 시간들이었다. 그땐 돈도 없고 시간도 별로 여유가 없어서 그렇게 적극적으로 여행을 즐기진 못했는데, 지금 와서는 많이 아쉽고 더 많이 못한 것이 후회도 된다. 돈은 나중에 벌면 되고 시간은 더 적극적으로 만들면 되는 것이었다. 어른들이 "다 때가 있는 법이다."라고 하신 말씀이 정말 맞다. 물론 지금도, 또 나중에도 여행을 할 수는 있겠지만, 나도 아내도 젊었고 태훈이도 어렸던 그때, 감수성이 훨씬 풍부했던 그때의 여행들에서 받은 그 생생한 느낌들을 되살리기는 어려울 것 같다.

태훈이는 아직도 그 어릴 때 일들을 생생히 기억하며 그 추억을 가슴속에 소중히 간직하고 있다. "그때 겨울에 브라이스 캐니언(Bryce Canyon)에서 아빠랑 같이 눈사람 만들고 사진 찍었었지. 그때 정말 좋았는데." 태훈이는 미국에서 보낸 자기의 유년 시절이 인생에서 가장 빛나고 행복했던 때라고 기억하고 있다. 그때는 누가 공부하란 얘기도 안 했었고 학교에서 내준 숙제만 하고는 정말 신나게 놀았던 때다. 또, 놀 수 있는 환경도 잘 갖춰져 있었다. UCLA의 기혼자 기숙사에는 우리 말고도 한국 가족들이 여럿 있었고 거기에는 태훈이 또래들이 있어서 맨날 학교 갔다 오면 가방 던져 놓고 나가서 해질 때까지 친구들과 땀범벅, 흙 범벅이 되어 놀았던 것이다.

물론 한국에 돌아와서도 친구들과 잘 사귀고 잘 놀았지만 이제 서서히 공부에 대한 압박도 생기기 시작했고, 또 놀아도 미국에서처럼 놀 수는 없었던 것이다. 그래서 태훈이는 옛날이 그립다는 얘기를 자주 하곤 했다.

한국에 돌아와서

한국에 돌아와서는 나도 본격적으로 직장생활을 시작하면서 시간 여유가 싹 없어졌다. 삼성전자 반도체 연구소에서 뉴메모리(New Memory)를 연구, 개발하는 일을 맡았는데 정말 눈코 뜰 새 없이 바빴다. 공식적인 근무 시작은 오전 8시였지만 늦어도 그 30분 전까지는 자리에 와서 메일과 일정 체크도 하고 바로 시작될 회의 준비도 해야 했다. 서울시 강동구 고덕동의 집에서 경기도 용인시 기흥읍에 있는 반도체 연구소까지 늦지 않게 출근하려면 매일 새벽 5시 반에 일어나야 했다. 그래야 천호동에서 6시 20분에 출발하는 출근버스를 탈 수 있었기 때문이다. 공식적인 퇴근 시간은 오후 5시였지만 이때 땡퇴한다는 것은 있을 수 없는 일이었다. 회사에서 저녁을 먹고 야근을 해야 했다. 불량문제 해결을 위해 자료를 찾고 회의를 하고 실험을 하는 일이 밤 늦게까지 이어졌다.

거기다 회식은 왜 그렇게 자주 돌아오는지, 최소한 일주일에 한 번은 기본이고 승진 시즌 등 좀 특별한 때는 거의 매일 회식을 하기도 했다. 그때만 해도 회식을 하면 술을 엄청 많이 마시는 문화였다. 자기 잔을 나한테 주고는 술을 따라 주면서 쭉 마시고 빨리 돌려 달라는 것이었다. 어떤 때는 저녁 6시에 시작한 회식이 노래방 포함, 5차까지 가서 새벽 4시에 술자리가 끝나 수원 영통에서 택시를 타고 서울 집에 갔다가 1시간 쓰러져 자고 다시 일어나 씻고 회사에 출근한 적도 있었다. 그날은 물론 회사에 있어도 제대로 근무를 할 수가 없었다. 온몸에서 술냄새가 나고 앉아만 있어도 어지러운 가운데, 나는 계속 화장실에 들락거리며 위액이 나오도록 토했다.

그때는 회사가 술에 대하여 관대했다. 이런 상황인데도 나는 상사에게 칭찬을 받았다. 원활한 조직문화를 위해 술을 잘 마시지는 못해도 열심히 마시는 것과, 밤새 떡이 되도록 술을 마셨어도 다음 날 정시에 출근했다는 것은 정신 자세가 제대로 갖춰졌다는 것이다. "부장님, 죄송합니다. 어제 새벽 4시까지 마셨어요."라고 하면 부장님은 씩 웃으면서 "그래, 다 알아. 오늘은 좀 쉬어(회사에서)."라고 귀엽다는 듯이 어깨를 툭 치며 갔다. 이런 일이 자주 발생하자, 아내는 회사에서 술 먹다가 늦을 것 같으면 집에 오지 말고 아예 근처 모텔에서 자고 거기서 출근하라고까지 했다. 그 편이 조금이라도 더 자고 몸을 보전하는 데 더 낫다고 생각한 것이다.*

* 이제 그런 술 문화는 완전히 사라졌다. 회사 차원에서 과음을 적극 단속하고 있는 것이다. 그리고 자율출퇴근제를 도입하여 주 40시간 근무 총량을 맞추는 한은 출근과 퇴근시간을 자신이 조절해서 일과 여가의 균형을 맞출 수 있도록 하고 있다. 정말 세상 좋아졌다.

이렇게 나의 삶도 급격히 회사 중심으로 변하다 보니, 이전처럼 아들과 함께 놀 시간은 좀처럼 내기가 어려웠다. 나는 나대로 대부분의 시간을 회사에서 보내고, 아들은 아들대로 한국식 교육의 성적 우선 시스템에 점차 빠져들고 있었다. 나는 아들이 일어나기 전에 출근하고 아들이 잠든 후에야 집에 들어오니 평일에는 정말 서로 얼굴 볼일이 없었다. 그나마 같이 있을 수 있는 시간은 휴일밖에 없는데 휴일 중에도 하루는 출근해야 했다. 그리고 그 얼마 없는 시간 중에서도 교회 가서 예배 드리는 시간 빼 놓으면 나도 밀린 잠 자기에 바빴다.

지금 와서 생각해 보면, 정말 아빠가 아이와 친해지는 것을 원천적으로 봉쇄한 사회구조다. 회사 안의 사람들과 이야기해 보면 역시 나만 겪는 문제가 아니었다. 열이면 열, 다 똑같았다. 아빠는 그냥 돈 벌어 오는 사람인 것이다. 당시 내가 속한 팀에서 팀장 주관으로 간부회의를 할 때에 그 팀장님은 이렇게 얘기하셨다. "현실적으로 여기 모인 분들은 가정을 포기하시는 것이 가정을 위하는 길입니다." 매우 역설적인 이 이야기는, 즉, 한국 사회의 현실에서는 직장에 올인해서 직장에서 출세하고 경제적으로 성공하는 것이 가정을 안정되게 하고 결국 가정을 위하는 길이 된다는 뜻이다. 어설프게 가정적인 가장이 된답시고 일찍 퇴근하고 주말에도 가족들과 시간을 보내며 살다가는 회사에서 인정받을 수가 없고, 그래서 나중에 승진 라인에서 밀려나 조기에 퇴직하게 되면 결국 그 가정은 경제적으로 곤란한 지경에 처하게 된다는 것이다. 두 가지를 다 잘하려고 하면 이것도 저것도 다

놓치게 되니, 한 가지라도 확실하게 잘하는 것이 낫다는 것이다. 가장의 책임은 무엇보다도 우선 가정을 경제적으로 안정되게 하는 데 있는 것이니 좋은 아빠, 좋은 남편이 되는 것은 포기하고 차라리 유능한 가장이 되라는 것이었다. 솔직히, 현실적으로 설득력 있게 들렸다.

그런데 그 팀장님 본인은 집에서도 좋은 가장이었다. 분명히 우선순위를 회사에 두고 있었지만, 집중하고 효율적으로 일을 했기에 여가 시간을 모을 수가 있었고 그 시간은 가족들과 보내는 데에 할애했다. 그분은 회사에 새벽 4시 정도면 이미 출근해서 웬만한 일은 다른 사람들 출근 전에 이미 다 끝내 놓고 저녁에 회식 등의 특별한 일이 없으면 일하다 퇴근해서 꼭 부인과 손잡고 양재천을 산책한다고 했다. 그리고 주말 같은 때는 새벽 일찍 가족들 태우고 스키장에 갔다가 저녁 전에 돌아오는 분이었다. 그분이 나에게 이렇게 말씀하신 적이 있다. "내 몸 괴로운 것만 좀 참아 내면 가족들에게도 잘할 수 있어."

이 분은 평범한 사람이라기보단 좀 별난 사람에 속한다고 봐야겠지만, 그렇다고 보통 사람들이 절대로 할 수 없는 걸 해내는 사람은 아니다. 결국 어려운 상황에서는 어려운 상황대로 다 길이 있게 마련이고, 자기가 마음먹기 나름이란 것이다. 회의 때는 말을 강조하느라고 일종의 충격요법으로서 가정을 포기하란 표현까지 했지만, 회사에 우선순위를 두고 열심히 집중해서 일하다 보면 가족들을 위해 쓸 수 있는 시간도 생긴다는 것이었다.

틈틈이 놀기

나도 그분만큼은 안 돼도 회사 다니며 바쁜 와중에 틈틈이 태훈이와 노는 시간을 만들었다. 그러나, 그것이 내 스스로 좋은 아버지가 되어야만 한다는 강박적인 의무감에서 나온 것은 아니었다. 그냥 태훈이와 노는 시간이 정말 즐겁고 재미있었다. 억지로 하려면 참 못할 짓일 것이다. 태훈이는 그리 둔한 아이가 아니다. 내가 억지로 했으면 그 싫은 티가 나서 태훈이는 아마 금방 알아 차리고 "아빠, 난 괜찮아. 아빠 피곤해 보이는데 쉬어~."라고 했을 것이다. 그런데 내가 진심으로 즐거워하니까 태훈이도 함께 좋아라 하며 놀았던 것이다.

내가 특별히 좋은 아버지여서 그럴 수 있었을까? 그렇지 않다. 그 것은 모든 아버지와 아들 간에 기본으로 장착되어 있는 '서로 좋아함'과 '즐거워함'이 제대로 작동했기 때문이라고 생각한다. 앞서도 얘기했지만 사람의 행복은 좋은 관계에서 나온다. 그런데 하물며 생명을 나눈 아버지와 아들이 아닌가! 그러므로 어떤 특별한 다른 이유가 없는 한 기본적으로 아버지와 아들이 함께하는 것은 즐거운 일이다. 만약 이것이 즐겁지 않다거나, 괴롭다거나 하면 뭔가 잘못되어 있는 것이다. 그 잘못은 찾아서 고쳐야 한다.

미국 LA처럼 잔디 깔린 넓은 공원은 없지만, 그래도 서울에는 도처에 아담한 근린 공원들이 있다. 우리 동네에도 아파트 단지를 둘러 야트막한 산들이 이어지는데 거기에는 나무들도 꽤 울창하고 그 사이로 산책로도 나 있다. 또, 거기에는 네트(Net)가 쳐진 배트민턴장을 비롯하여 주민들을 위한 운동기구들도 있다. 토요일이나 일요일에 내가 태훈이에게 "아빠랑 배드민턴 치러 갈래?" 그러면 태훈이는 "그래!" 하고 따라 나섰다. 처음에는 "열 번 왕복이야~."로 시작해서 셔틀콕이 왔다 갔다 한다. 잘못 쳐서 열 번을 못 채우게 만든 사람이 지는 것이다. 그러다가 20번, 30번으로 늘릴수록 그 횟수를 다 채우기가 어렵다. 실수가 나오고 그러면서 웃음도 터진다. 그다음엔 네트를 사이에 두고 게임을 한다. 태훈이는 승부욕이 강해서 기어코 아빠를 이기려고 한다. 초등학교 때는 태훈이가 나에게 상대가 안 되었기 때문에 11점 먼저 내기 게임이라고 하면 태훈이가 먼저 7점이나 8점을 어드밴티지(Advantage)로 가지고 시작했다. 그러다가 중학교 때는 이 어드밴티지가 많이 내려갔고, 고등학교 때는 이미 그런 것 없이도 나와 막상막하로 겨뤘다.

(나) 어쭈, 태훈이 많이 컸는데?
(태훈) 이제 아빠 나한테 안 돼~. 크크.

배드민턴뿐이 아니었다. 태훈이가 다니던 동네 초등학교나 중학교 운동장에 가서 축구, 야구, 농구를 하며 놀았다. 특히 농구를 많이 했는데, 태훈이가 중학교 초까지 구립 체육관에 다니며 농구를 배우고 대회도 나갈 때라서 농구에 빠져 있었기 때문이다. 농구 역시도 태훈이와는 어떤 방식으로든 게임을 하며 놀았다. 정해진 거리에서 10개

던져서 더 많이 집어 넣기라든지, 아니면 1대1로 직접 경기를 하든지, 게임을 하면 자연스럽게 승부욕에 스위치가 켜지면서 시간 가는 줄 모르며 놀고는 했다.

컴퓨터게임 같이 하기

집 밖에 나가지 않을 때에는 집 안에서 컴퓨터게임을 함께 했다. 특히 기억에 남는 게임은 태훈이가 초등학교 때 함께 한 툼레이더(Tomb Raider)라는 게임이었다. 이것은 액션 어드벤처 게임(Action Adventure Game)이라는 장르로서 지금까지도 시리즈로 계속 나오며 두꺼운 팬층을 갖고 있는 명작 게임이다. 여주인공인 라라 크로프트(Lara Croft)가 전 세계의 고고학 유적지들을 다니면서 악당들과 싸우며 비밀을 풀어내고 보물을 찾는 게임이었다. 스토리를 따라가며 스테이지(Stage)마다 주어진 수수께끼들을 풀어야 다음 스테이지로 넘어갈 수 있었고 그걸 풀지 못하면 제자리에서 그냥 빙빙 돌 수밖에 없었다. 내가 태훈이랑 이걸 처음 할 때는 시리즈 초창기로서 2편 시안의 단검(The Dagger of Xian)이라는 제목이 붙어 있었다. 초창기인 만큼 지금에 비하면 그래픽도 조잡하고 움직임도 거친 등 컴퓨터 성능은 낮았지만 우린 이 게임을 너무나 재미나게 즐겼다. 이때 태훈이가 초등학교 3학년이었는데 우린 마치 무슨 공동의 프로젝트를 해 나가는 것처럼 어려운 수수께끼에 부딪히면 회의를 하며 진행했다. 나 스스로 태훈이를 나의 동료로 인정하고 게임을 해 나간 것이다.

나는 이 게임이 태훈이의 교육에도 굉장히 좋다고 생각해서 태훈이가 주체적으로 게임을 해 나갈 수 있도록 배려했다. 내가 태훈이를 초딩이라고, '어린 니가 뭘 알겠냐?'라면서 무시했다면 아마 태훈이는 금방 흥미를 잃었을 것이다. 그러나, 나는 "이 게임은 태훈이가 없으면 안 돼."라고 하면서 꼭 함께 있을 때만 게임을 했다. 실제로도 혼자 게임하는 것은 재미가 없었다. 왜냐하면 둘이 장면 하나하나를 보면서 농담하고 장난치고 낄낄대는 재미가 더 컸기 때문이다. 그래서, 내가 없으면 태훈이도 혼자서는 안 했고 나도 마찬가지였다. 우리가 함께 있을 때는 누가 먼저랄 것도 없이 "우리 툼 할까?" 하면서 컴퓨터가 있는 방 안에 들어갔고, 컴퓨터를 켜고부터는 함께 모니터에 얼굴을 들이밀고는 열을 올리기 시작했다.

게임은 수많은 시행착오를 거치며 진행된다. 예를 들면, 게임의 무대 중 하나인 이탈리아의 베니스에서는 라라가 모터 보트를 몰고 이 골목 저 골목을 다니는데, 그러다가 갑자기 보트가 터지면서 라라도 죽는다. 알고 보니 보트가 지나는 물길 밑으로 수중기뢰가 장치되어 있었던 것이다. 태훈이와 얘기하며 이리저리 해보다가 그럼 보트 타고 가다가 중간에 라라를 물속으로 뛰어내리게 하고 빈 보트만 폭파되게 하는 아이디어를 내 본다. 해 보니 된다! 이런 의외의 일들이 여기저기서 터지면서 놀라고 웃고 떠들며 즐기는 것이다. 실패를 두려워할 것 없다. 중간중간에 게임을 저장하고, 라라가 죽으면 마지막 저장한 데서부터 다시 하면 되니까.

그런데 라라가 더 이상 진도를 못 나가고 헤맬 때가 많다. 미로와 같은 길들을 헤매고 다녔는데 제자리로 돌아온다든지, 뭔가 길인 것 같아서 지나가려고 하는데 자꾸 함정에 빠지거나 숨겨진 자동무기에 의해 죽는다든지 하는 경우들이다. 이럴 때에는 나와 태훈이가 각자 아이디어를 내며 테스트해본다. 예를 들어, 커다란 저택에 들어가서 다른 통로로 빠져나와야 하는데 아무리 돌아다녀봐도 길이 없을 때 태훈이가 약간 색깔이 다른 벽을 밀어본다. 그런데 그 벽이 스르르 뒤로 밀려나면서 위쪽으로 통로가 생긴다.

이렇게 가끔은 내가 생각하지 못했던 것을 태훈이가 찾아내는 경우도 있다. 그럴 때면 태훈이는 의기양양하게 "와, 내가 맞았어. 음하하하." 하고 좋아라 한다. 우린 하이파이브를 하고 태훈이는 방 밖으로 나가서 엄마에게도 큰 소리로 자랑한다.

(태훈) 엄마, 아빠는 못 풀었는데 내가 풀었어.
(아내) 와~, 태훈이 멋지다~.

나는 정말 태훈이가 일반적인 학교 공부로는 얻기 힘든 것들을 이 게임을 통해 얻었다고 생각한다. 우선, 어떤 어려운 상황에서도 해결할 수 있는 길은 반드시 있을 거라고 생각하는 습관이다. 게임을 통한 간접 경험이긴 하지만, 처음엔 엄두도 안 나던 문제들을 스스로의 힘으로 반복해서 풀어 나가다 보니 무의식적으로 "문제란 건 다 풀 수 있는 거야."라고 믿게 된 것이다. 그리고는, 문제를 피하지 않고 오히려 즐겁게 받아들이게 되었다. 나는 이런 경험이 일종의 씨앗이 되어 인생의 다른 문제들까지도 적극적으로 받아들이고 해결해 나가는 성격으로 자랄 수 있을 거라고 생각했다.

두 번째는 실제로 문제들을 해결해 나가는 방법에 대한 사고(思考) 훈련이다. 언뜻 봐서는 도저히 빠져나올 수 없을 것 같은 상황들에 자주 처하게 되는데 이때마다 마구잡이로 덤벼 들어봐야 결코 해결되지 않는다는 것을 반복해서 배운다. 이럴 때, 가장 중요한 것은 주의 깊은 관찰로 상황을 정확히 파악하는 것과 논리적인 생각으로 가설을 세우는 것, 그리고 그걸 테스트해서 검증하는 것이다. 이런 문제들을 계속해서 풀다 보니, 여기에는 어떤 일정한 패턴 같은 것들이 있다는 것도 알게 된다. 게임이 거의 끝나갈 무렵에는 태훈이가 꽤 여러 가지 요소들을 짚어가면서 문제를 신속하게 풀고 있었다. 한마디로 감이 생긴 것이다. "음, 지금까지 경험상 이런 건 해 봐도 안 될 것 같고, 방법은 요거 아니면 조거일 거 같애. 그럼 요걸 먼저 해 보자."

세 번째는, 팀플레이를 하는 태도와 함께할 때의 즐거움이다. 역시 혼자 할 때보다 둘이서 할 때 훨씬 재미있는데, 결과 또한 훨씬 좋다는 것까지도 경험했다. 가령 혼자서 70%까지는 생각할 수 있었지만 도저히 문제를 완전히 해결할 수는 없었던 경우에도, 둘이서 의논을 하며 아이디어를 다듬어 가다 보니 100%에 도달할 수 있었던 것이다.

끝으로 장면이 바뀔 때마다 여러 나라와 도시들, 거기 펼쳐진 지형들과 건축물들, 그리고 각종 탈것들과 무기들이 등장하며 다양하게 호기심을 자극하는 것은 보너스다. 호기심이 생기면 지식을 채우는 건 저절로 따라온다. 예를 들어 라라가 모터보트를 타고 누비며 다녔던 베니스도 호기심을 자극했다. 나와 태훈이는 인터넷에서 베니스의 수많은 사진들을 보면서 "아~, 진짜 이런 식으로 운하가 있고 보트들이 다니는구나." 그러다가 산마르코(San Marco) 성당을 보고는 "야~, 여기도 진짜 멋진데, 이게 게임에 들어갔으면 더 좋았을것 같다." 이런 식으로 베니스에 대해서 알아본다. 나중에 우리 가족이 진짜 베니스에 여행 갔을 때 나와 태훈이는 툼레이더 게임하던 얘기를 하며 더 즐거워했다.

또, 라라가 악당을 물리치거나 해서 득템하는 것들 중에 우지 클립(Uzi Clip)이라는 게 나오면 "이건 또 뭐야?" 하고 찾아본다. 그러면, 우지는 이스라엘산의 유명한 기관단총이고 클립은 그 손잡이에 끼워 넣는 탄창이란 것도 금방 알게 된다. 그런 걸 보면 이제는 교육도 자꾸 뭔가를 머릿속에 주입해서 암기시키려고 하기보다는, 아이들에게 지적 호기심을 일깨우고 스스로 찾아보도록 하는 것이 맞는 방향인 것 같다.

그런데 이 게임이 그런 교육적인 효과를 낼 수 있었던 것은 무엇보다 재미가 있었기 때문이다. 스토리의 큰 줄기를 타고 앞으로 나아가려면 문제들을 찾아 풀어야 하긴 하지만, 또 그때그때 라라가 암벽

도 기어올라야 하고 물속을 헤엄치기도 하고 건물에서 건물로 점프도 해야 한다. 또, 모터보트나 스노우모빌 같은 걸 타고 가기도 하고 각종 무기를 갖고 악당이나 야수, 괴물들을 해치우기도 한다. 그러면서 나와 태훈이는 마치 이 게임 속 상황들이 진짜 현실 속에 벌어지고 있고 우리가 그걸 헤쳐나가야 하는 것처럼 몰입하여 놀았다. 모니터도 작고 게임그래픽도 거칠었지만 그런 건 별 문제가 되지 않았다. 마치 아이들이 보자기를 망토처럼 두르면 바로 슈퍼맨이 되듯이 말이다.

어떤 스테이지에서는 이틀, 사흘 동안 문제를 못 풀고 뱅뱅 돈 경우도 있었다. 그런 때에는 둘이 얘기해서 타협을 한다. 원칙은 우리 둘만의 힘으로 풀어나가는 것이었지만, 생각나는 모든 걸 다 해 봤는데도 더 나아갈 수 없다면, 분하지만 외부의 힘을 빌리자는 것이다. 그 외부의 힘은 인터넷에서 볼 수 있는 공략집이다. 이미 다른 사람들이 풀어 놓은 해답들이다. 그걸 찾아서 해답을 알아내고 나서는 우린 "아~, 그런 거였어?"라며 탄성을 터뜨린다. 그런 다음 우리 반응은 대개 두 가지로 나뉜다. 곰곰이 생각해 봐서, 우리가 미처 생각은 못했지만 조금만 더 주의를 기울였다면 찾을 수 있었을 텐데, 라고 판단되면, "아깝다! 풀 수 있었는데."라고 탄식하고는, "와~, 근데 기가 막힌데? 코어(CORE)* 정말 끝내 준다. 어떻게 이런 기발한 생각으로 게임을 만들었지?" 하고 게임 개발회사를 막 칭찬한다. 그런데 아무리 생각해도 이건 도저히 알아낼 수 있는 성격의 것이 아니었다라고 판단되면,

*코어는 게임을 개발한 회사 이름이고, 제작, 배급은 에이도스(EIDOS)사가 했다.

223

"에이, 이건 아니지~. 이 게임사 못 쓰겠네. 어떤 사람이 이걸 알아내서 플레이할 수 있겠냐?"라고 게임사를 성토하며 우리가 못 푼 것은 우리 능력 부족이 아니라고 결론 낸다.

몇 달 만이었는지 이 시안의 단검편의 만렙*을 찍었을 때, 우린 마치 모든 역경을 극복하고 아주 높은 산의 정상에까지 올라간 동료를 마주 보듯 만면에 웃음을 걸고 하이파이브를 했다. 나는 이 과정을 통해 태훈이가 한층 더 성장했다고 확신한다.

> * 찰 만(滿) + 레벨(Level)의 합성어. 게임이 제공하는 최고의 레벨까지도 달했다는 것으로, 영화로 말하자면 끝까지 다 봤다는 것과 마찬가지다.

이후에도 태훈이 방학이나 나의 휴가처럼 덩어리 시간이 날 때면 우린 새로운 편에 도전해서 툼레이더 여러 편을 깼다. 맨 마지막 했을 때는 태훈이가 고등학교 2학년 올라갈 때였던 걸로 기억된다. 툼레이더를 돌리는 컴퓨터 사양도 훨씬 고급화되고 그래픽도 더 현실감 있어진 만큼, 태훈이도 이제 고등학생이어서 예전과는 또 다른 차원의 재미로 게임을 할 수 있었다. 물론 게임 만렙까지 가는 시간도 많이 단축되었다. 요즘도 가끔은 며칠 휴가를 받아 태훈이와 새로운 툼레이더 게임을 함께 깨 보고 싶은 생각이 들지만, 그러기에는 이제 태훈이가 너무 바쁘다.

플스**로 싸우며 놀기

그런데, 우린 툼레이더처럼 서로 협력하여 한 방향으로 나아가는 게임만 한 것은 아니다. 사실 우리가 더 자주, 더 몰입해서 한 게임은,

224

서로 적이 되어 상대방을 타도하기 위해 싸우
는 게임들이었다. 대표적인 게임은 플스 게임인
테켄(Tekken; 鐵拳; 철권)과 위닝일레븐(Winning
Eleven)이다. 우리 집에는 플스2가 TV에 연결되

** 플레이스테이션(Playstation)의
약자. 일본 소니(Sony)사의 유명한
비디오 게임기로 주로 TV에 연결하
고 게임패드로 컨트롤하며 플레이
한다. 1993년 말 발매된 PS1을 필두
로 현재는 PS4까지 나와 있다.

어 있었는데, 당시 회사동료가 신형이었던 플스3를 산다고 구형이 된
플스2를 나한테 준 것이었다.

테켄은 플스의 대표적인 격투기 대전 게임이다. 여기에는 각자 사
연을 가진 다양한 캐릭터들이 나오는데, 게임패드로 이들의 팔다리를
움직여서 격투 동작들을 정교하게 컨트롤할 수 있고, 적절히 방어를
하면서 상대방을 타격하면 상대방은 에너지가 줄어들며 결국 쓰러지
게 되는 것이다. 나는 이 게임을 통해서 태훈이에게 엄청난 승부욕이
있다는 것을 알게 되었다. 그런데 아내는 나도 만만치 않다며 말했다.
"아니, 초등학생 아들이랑 게임하면서 대충 봐 주면서 하면 되지, 뭘
그렇게 이기려고 애를 써가며 해?" 게임이 과열되어 서로 말싸움이
나거나 태훈이가 화가 나서 울게 되면 아내가 소리를 빽 질렀다. "아
이고, 내가 애를 둘 키운다니까. 이제 게임하지 마."

처음 이 게임을 시작했을 때는 거의 항상 내가 이겼다. 번번이 아
버지에게 지던 태훈이는 기분이 좋지 않았던 것 같았다. 그런데, 어느
순간부터는 내가 태훈이에게 계속 지는 것이었다. 아무리 용을 써 봐
도 이길 수가 없었다. 알고 보니, 내가 회사에서 근무하는 동안 태훈
이는 집에서 플스를 켜 놓고 계속 연습을 한 것이었다. 단순한 기술들

은 물론이고 이것들이 연속으로 결합된 화려한 콤보(Combo) 기술까지 능숙하게 구사하다 보니, 나의 불쌍한 격투가들은 태훈이의 훈련된 격투가들에게 완전 떡이 되도록 얻어 터졌다. 그러다 보니 나도 평온한 마음으로 임할 수가 없었다. 몸은 못 따라가는데 마음만 앞서가다 보니 조정하는 손가락에 쓸데없는 힘이 들어가서 나중에는 내 엄지손가락이 벌겋게 되었다. 그런 아빠를 태훈이가 놀려댔고 나는 진짜 골이 나기도 했다. 그러면 아내의 책망이 날아 왔다. "어유~, 똑같애."

위닝일레븐(Winning Eleven)도 마찬가지였다. 이건 축구 게임인데 각자 축구팀을 골라서 축구선수들의 동작을 게임패드로 조작하여 상대방 팀을 공격해 들어가기도 하고 방어도 하며 진짜 축구 경기하듯이 겨루는 게임이었다. 이것도 게임 초기에는 내가 좀더 우세했었지만 시간이 지나자 내 골대는 태훈이가 고른 팀의 연습 골대처럼 마구 골이 터졌다. 그럴 수밖에 없는 것이, 나는 나이를 먹어서 그런지 머리 따로 손 따로 노는 데 비해, 어린 태훈이의 손은 빠르고 정확했으며, 거기에 더해 태훈이는 아빠를 이기려고 틈날 때마다 연습까지 했던 것이다. 나도 지지 않으려고 키 조작 조합들을 수첩에 적어 놓고 휴일에 집에 혼자 있게 되거나 하면 몰래 연습하기도 했었다.

그런데, 이놈의 축구게임은 테켄보다 몰입도가 더 강했다. 워낙에 한 골이 나는 것 자체가 어렵기 때문에 어떻게든 한 골을 넣고 나면 나도 모르게 소리를 지르며 벌떡 일어나 크게 웃어댔다. '아, 그 짜릿

함이란…' 그러나 골을 먹은 사람은 망연자실했다. 나중엔 나와 태훈이가 워낙 경쟁심이 치열해져서 서로 심리전까지 벌였다. 내가 태훈이에게 "아직 멀었네, 멀었어." 하고 놀리면, 태훈이는 나에게 "그렇게 느려서 어떻게 하나? 늙어서 힘들어?"라고 받아쳤다. 그렇게 몰입을 해서 게임을 하다 보면 한두 시간이 금방 갔다. 어떤 때 손가락이 아파서 보면 엄지손가락에 물집이 잡혀 있기도 했다. 마음만 급해서 방향키 조작하는 왼쪽 엄지손가락에 과도한 힘을 계속 주다 보니 손가락의 피부가 견디질 못한 것이다. 그래서 나는 다음 번 게임 할 때에는 왼손에 보호용 목장갑을 꼈는데 이걸 보고 아내와 태훈이는 정말 어이가 없다며 놀려대기도 했다.

이렇게 아버지와 아들이 스스럼 없이 열중하며 노는 문화가 정착되다 보니 태훈이가 대학생이고 내가 오십을 바라보는 나이가 된 지금도 기회만 되면 재미나게 논다. 설날이나 추석 때에는 다 함께 모여 고스톱도 치지만, 컴퓨터를 TV에 연결해 놓고 내 동생들까지 끌어들여 갤러그(Galaga)나 펭고(Pengo) 같은 옛날 오락실 게임들을 한다. 규칙은 참가자 모두 같은 게임을 한 판씩 해서 점수가 제일 낮은 사람이 팔굽혀펴기 몇 회 하는 식이다. 삼촌이 졌을 때는 태훈이가 봐주지만, 내가 져서 팔굽혀펴기를 하게 되면 태훈이는 자세가 불량하다며 무효라고, 다시 하라고 난리를 친다. 나는 실랑이하다 다시 한다. 물론 다 장난치며 노는 것이다. 그래서 모두 크게 웃게 된다.

어떤 사람들은 그렇게 함께 장난치며 놀다가 정말 아버지를 우습게 보면 어떻게 하냐고 걱정하기도 하는 것 같다. 아버지의 권위가 깎이니까 그런 식으로 노는 것은 안 된다는 것이다. 하긴 지금 대다수의 아버지들은 '남아일언중천금(男兒一言重千金)'과 같은 말을 들으며 성장했다. 남자의 한마디가 그만큼 뜻이 깊고 가치가 무거운데 어떻게 경망스럽게 아이와 말도 안 되는 농담과 장난스런 말을 일삼으며 킥킥댄단 말인가? 또, 감히 아버지의 그림자도 밟기를 꺼려했다.* 그와 같이 아버지는 권위와 위엄의 화신이었다. 그러나 이와 같은 전통적인 농경시대, 목축시대의 아버지상을 현 정보화 시대에도 문자 그대로 강요하는 것이 타당한지는 되짚어 봐야 한다.

> * 원래 '스승의 그림자도 밟지 않는다.'지만 또한 '군사부일체(君師父一體)'이므로

예전에 정보가 부족하던 시대에 살던 사람들에게는 연장자의 경험이 유일하게 기댈 수 있는 정보였다. 나이가 많은 만큼 들은 것도, 겪은 것도 많았기에 그들이 가진 연륜은 실제적인 힘을 발휘했다. 농경 사회의 어른이 일러 주신다. "얘들아, 요즘 날씨를 보니 장마가 일찍 시작될 것 같다. 저기 논에 물길 터 두고 뗄감하고 소꼴도 미리 많이 만들어 놔라." 목축 사회의 어른도 가르쳐 주신다. "야, 저기 오른쪽으로 한참 가면 개울이 흐르고 거기 좋은 풀밭이 있으니 양떼 몰고 그쪽으로 가서 풀을 뜯겨라. 왼쪽으로 가면 안 된다, 거긴 가시덤불만 많고 게다가 늑대도 많다." 연장자가 시키는 대로 따라 했더니, 정

말 그대로 된다. 그러니, 그의 말 한마디 한마디에 힘과 권위가 배어 있다. 그 말을 잘 들어야 배 안 곯고 춥지 않게 살아갈 수 있다. 더구나 이 힘 있는 연장자들은 서로 연합하여, 감히 자기들에게 도전하려는 건방진 젊은이들이 다시는 그런 생각을 할 엄두도 못 내도록 '혼구멍'을 내 준다. 그러니, 집안에서도 할아버지와 아버지의 권위에 도전할 사람은 없다.

그런데 현대 정보화 사회는 반드시 그렇지가 않다. 할아버지, 아버지가 아니더라도 곳곳에 정보는 넘쳐 난다. 굳이 연장자들에게 물어볼 필요도 없다. 그냥 손에 들린 스마트폰에 몇 글자 쳐보면 바로 나온다. 더욱이 연장자들의 말은 이제는 타이밍상 맞지 않는 경우가 너무 많다. 기술 진보와 그에 따른 사회 변화가 너무 빠르기 때문이다. 공부 많이 해 보신 아버지가, "얘야, 영어공부는 성문 종합영어가 최고야, 문법을 정확히 이해하고 문형별로 예문들을 달달 외워야 된다."라고 가르치려고 하시지만, 아들은 듣기와 말하기가 더 중요한 회화 중심의 영어를 익혀야 한다. 교재는 유튜브(Youtube)를 비롯하여 인터넷에 넘쳐난다.

그리고 손자 때는 구글 번역기, 더 나아가 인공지능 통역 덕분에 아마도 영어 공부할 필요가 아예 없어질지도 모른다. 괜히 연장자들과 말 섞으면, 이제 그게 아니라고 설명하기만 힘들고 짜증나니까 아예 피하는 게 낫다고 생각한다. 아직도 연장자들이 가진 경험이 가치 있는 영역, 특히 인간이 삶을 살아나가는 지혜와 같은 인문학적인 영역이 남아 있긴 하지만 아주 많이 좁아졌고 그나마 젊은 세대들은 그걸 필요하다고 느끼지 않는 경우도 많다.

부자 관계에서도 새 시대에는 새로운 패러다임(Paradigm)이 필요하다고 생각된다. 더 이상 통용되지 않는 옛날의 권위와 존경을 강요하다 보면 훨씬 더 소중한 것을 잃게 된다. 바로 커뮤니케이션(소통)이다. 아버지가 머릿속 가득히 남아일언중천금만 채우고 있으면 아들이 다가가 할 수 있는 말이 별로 없다. 아버지는 평소에 과묵하게 지내다가 중요한 순간에 아주 의미심장하고 가치 있으며 멋있는 말 딱 한마디만 해야 하기 때문이다. 아들은 그런 아버지를 존경하기보다는, 그저 평소에 자기와 얘기하는 것 자체를 싫어하시고, 어쩌다 뜬금없이 한마디 던지시는데 그게 무슨 뜻인지도 모르겠다고 생각하기 쉽다.

여기에 아버지의 그림자도 밟지 말아야 한다면, 그 아들은 아예 아버지 근처에도 안 갈 것이다. 만나도 하나도 재미없는데 잘못해서 아버지 그림자라도 밟게 되면 큰 죄까지 짓게 되니 말이다. 결국 서로 말도 오가지 않고 만나는 일도 없게 된다. 그런데 어떻게 소통을 할 수 있겠는가?

허그하자

애정을 표현하는 데는 스킨십만큼 좋은 것이 없는 것 같다. 사랑한다고 말해 주는 것뿐 아니라 가능한 한 자주 스킨십을 하는 것이 좋다. 비틀즈의 '러브(Love)'라는 명곡에도 나온다. "Love is feeling. Feeling love. (중략) Love is touch. Touch is love. Love is reaching. Reaching love." 사랑은 느끼는 것이고 사랑은 만지는 것이고 사랑은 다가가는 것이다. 가사의 순서를 거꾸로 돌리면 사랑은 다가가서 만지고 느끼는 것이다. 사랑은 추상적으로 생각하는 것이 아니다. 몸과 몸이 닿으면서 서로의 사랑을 아주 구체적으로, 살아 있는 것으로, 진짜로 느끼고 이 느낌을 머리가 아니라 몸으로 기억하는 것이다.

태훈이가 어렸을 때는 뽀뽀도 많이 했다. 초등학교 1, 2학년 때까지만 해도 태훈이에게 "태훈아, 아빠 뽀뽀" 하고 입술을 비쭉 내밀면 태훈이가 와서 입을 맞춰 줬다. 아, 좋은 느낌! 그러나 딱 요때까지다. 더 커서는 뽀뽀는 바이바이다. 더 큰 태훈이에게 "아빠 뽀뽀"라고 했다면 태훈이가 어이없어 하며 "그 농담 재미 없거든~."했을 것이다. 그 후로는 사실 딱히 스킨십이라고 할 만한 것이 없었다. 태훈이가 초등학교 고학년이 되면서는 오히려 나나 아내와 거리를 두려고 했다.

특히 세 가족이 함께 거리를 걷게 될 때에는 태훈이만 혼자 저만치 뒤에 떨어져서 오곤 했다. 왜 그러냐고 물어보면, "내가 아빠, 엄마랑 나란히 걷는 모습을 친구들이 보면 어린애 같다고 놀려~."라는 것이었다. 나와 아내는 "요즘 애들은 참 특이해~."라며 웃곤 했다. 세상의 다른 모든 아이들처럼 태훈이도 초등학교 고학년부터 중학교 때를 정점으로 하는 질풍노도의 시기를 지나가고 있었으므로 우리는 가능하면 태훈이가 하고 싶은 대로 하도록 놔 두었다. 그런데 과연, 고등학

제 아들이죠.^^

아빠~

아빠!

어릴 땐
제가 안아 줬는데,

커서는
저를 안아 줍니다.

교에 들어서자 조금씩 어른스러워지고 말도 더 잘 통하게 되었다. 그리고 이때부터 스킨십도 다시 하게 되었다. 뽀뽀가 아닌 허그(Hug)로!

태훈이가 고2 올라갈 무렵, 나는 회사에서 D램(DRAM) 신제품 개발 TF에 들어가면서 업무량이 많아져 피곤에 지쳐 있었다. 고민 끝에 하루 네 시간 가까운 출퇴근 시간을 줄이기 위해 회사 근처의 오피스텔을 얻어서 평일에는 거기서 출퇴근을 하고 주말에 서울의 집에 올라오는 생활을 시작했다. 그러다 보니 아내와는 주말부부가 되고 아들과는 주말부자가 되었다. 가장 소중한 두 사람과 매주 이별하고 재회하기를 반복했다. 금요일 저녁에 내가 서울의 집에 와서 아들과 만나면 서로 반갑게 인사한다. "태훈아 안녕?", "아빠, 잘 지냈어?" 하는 식이다. 그러나 이때도 허그까지는 잘 안 한다.

허그는 주로 이별할 때 하게 된다. 나는 보통 일요일에 다시 짐을 챙겨 회사 쪽으로 떠나는데, 내가 현관에서 신발을 신으면 아내와 아들이 따라 나와 현관 마루 끝에 선다. 나는 먼저 아내와 허그를 하고 나서, 아들과 허그를 하며 일주일간 못 보는 데 대한 작별인사를 한다. 만약 나든 태훈이든 누군가가 아침 일찍 나가야 해서 인사를 못 하게 된다면 그 전날 잘자라는 인사를 하면서 그때 허그와 함께 작별인사를 미리 한다. 서로 "일주일 동안 건강하게 잘 지내."라고 얘기하며 와락 껴안는다. 태훈이가 조그마할 때 안던 느낌도, 이제 나보다도 키가 훌쩍 커진 태훈이를 안는 느낌도 다 좋다. 그때나 지금이나 이렇게 아버지와 아들로서 허그를 하고 있으면 두 몸 사이의 거리가 없어진

만큼 그냥 두 마음도 아주 가까워진 느낌이 드는 것은 변함이 없다. 그런데 좋은 느낌이 좀 다르다. 어린 태훈이를 안는 것은 귀여운 느낌이어서 좋았다면, 큰 태훈이는 듬직해서 좋다. 또 하나 다른 것은, 어린 태훈이는 아빠에게 일방적으로 안겨 귀염을 받기만 했다면, 큰 태훈이는 이제 아빠를 함께 안고서 자기의 어떤 마음을 전하는 것이 느껴진다는 것이다. 지 아버지를 헤아려주고 편 들어주려는 마음 같은 것 말이다.

얼마 전 친한 회사 사람들과 회사 근처에서 파전에다 막걸리를 마시며 얘기를 나눈 적이 있었다. 그중에 나와 동갑내기인 동료 부장이 자기 고등학생 아들 이야기를 하면서 자기가 요즘 아들한테 다가가서 허그를 해 주기 시작했다고 하는 것이었다. "제 아들놈이 덩치가 산만한데요, 어느 날 애비가 가서 척 하고 허그를 해 주니까 얘가 처음에는 굉장히 어색해하더니, 자꾸 하니까 지금은 익숙해져서 함께 껴안아요." 그 얘길 듣고 내가 너무 반가워서 술 먹다 말고 엄지 척을 해주었더니 그 부장도 역시 웃으면서 엄지 척을 했다. 마치 '염화미소(拈華微笑)'*같았다. 나도 그 부장도 그 허그가 얼마나 좋은지 아는 것이다. 주변의 다른 사람들은 아이가 아직 네다섯 살 또는 막 초등학교 들어간 정도여서 우리는 그들에게 짐짓 미간을 찌푸리며 말했다. "여러분들은 아직 그 맛을 몰라~."

* 염화(拈華)란 꽃을 잡는다는 뜻으로 부처님이 설법을 하며 연꽃을 잡았을 때 제자 중에 오직 가섭만이 미소를 지었다는 고사에서 유래하여 이심전심(以心傳心)으로 통하는 것을 의미한다.

우리나라는 전통적으로 부자관계가 너무 딱딱하다. 아버지는 점잖은 척 권위를 내세우고 아들은 그 앞에서 공손하도록 되어 있다. 그렇게 해서는 서로 자꾸 멀어지기만 한다. 허그를 하자. 허그를 해서 그 거리를 없애자. 허그가 어려우면 어깨동무라도 하자. 그것도 어려우면 "힘들지?" 하면서 어깨라도 주물러주자. 뭐가 됐든 스킨십을 통해 자꾸 가까워지고 친해지자.

아버지 vs. 아빠

태훈이는 지금 병역하느라고 휴학 중이지만, 그러지 않았다면 대학교 4학년에 다니고 있을 것이다. 그런데 아직 나를 아빠라고 부른다. 나는 그 아빠 소리가 참 듣기 좋다. 훨씬 더 친근하고 태훈이가 나와 더 가까운 느낌이 들기 때문이다. 아빠와 아버지는 어감 차이가 상당히 크다. 태훈이도 언젠가 더 나이가 들면 그때는 나를 아버지라고 부를 것이다. 가령 태훈이가 결혼해서 자기 애도 있는데 그 앞에서 나보고 "아빠!"라고 부른다면 그건 좀 부적절하지 않겠는가? 그러나 결혼 전이고 학생이어서 아직은 나를 아빠라고 불러주고 있다.

그런데 좀 이상하다. 아무리 나이가 들어도 엄마라고 부르는 것은 별로 이상하게 들리지를 않는다. 아들이나 딸이나, 학생이든 직장에 다니든, 결혼을 하든 안 하든, 나이가 몇 살이든 엄마라고 부르는 것은 괜찮다. 그리고 또 딸이 아버지에게 아빠라고 부르는 것도 나이에 상관없이 괜찮다. 그러고 보니 장성한 아들이 아버지에게 아빠라고 부르는 것만 이상하다. 왜 그럴까? 친근한 호칭을 그대로 쓰면 어떤가 말이다. 영미권에서는 나이에 상관없이 아버지를 부를 때는 격식 있는 파더(father)보다는 친근한 '댇'(dad)을 주로 쓴다. 알게 모르게 우리나라의 남자들에게는 쓸데없는 사회적 굴레가 많이 씌워진 게 아닐까 하는 생각이 든다.

내가 나의 아버지에 대한 호칭을 바꾼 것은 고등학교 때였다. 대략 고2 때쯤 해서 아버지에게 아빠라고 부르지 않고 아버지라고 불렀던 것 같다. 그때 나는 '이제 나도 애가 아니니까 호칭을 바꿔야지.'라고 생각했지만 정작 어머니에게는 그대로 엄마라고 불렀다. 아버지라고 부르기 시작한 다음 얼마 지나 어머니께서 나에게 얘기해 주셨다. 아버지가 많이 서운해하신다고. 단지 호칭만 아빠에서 아버지로 바꿨을 뿐인데 서로에 대한 느낌이 아주 많이 달라진 것이다. 친근하고 격식이 없던 사이로부터, 뭔가 좀더 거리를 두고 격식을 차려야 하는 사이로 말이다. 그러나 나는 그때 이미 아버지에 대한 감정이 복잡했기 때문에, '아빠'라는 친근한 호칭이 입에 붙지 않았다.

내가 아버지란 어른스런 호칭을 쓴 것은, 이제 나도 많이 컸고 아버지가 마음대로 하게 두진 않겠다는 것과 적당히 거리를 두고 보겠다는 것을 암시하는 일종의 선언이기도 했다. 원래의 '아버지'란 단어가 그런 부정적인 의미를 담고 있는 것은 아니지만, 어쨌든 그때의 나는 어감상 '아빠'보다 덜 친근한 호칭으로서의 '아버지'를 선택한 것이었다. 나는 내 마음으로부터 아버지를 밀어내려고 했고 아버지는 호칭의 변화를 통해 그걸 느끼셨던 것 같다. 그러나 나는 그때 속으로

'나에게 너무 많은 걸 바라지 말아주세요.'라며 냉담했다. 지금 생각해 보면 그때 나도 생각이 많이 좁았고 아버지에게는 많이 죄송하다는 후회가 남는다.

호칭이란 그만큼 중요한 것이다. 그래서 김춘수 시인의 시, '꽃'이 그렇게 많이 인용되는 것 같다. '내가 그의 이름을 불러주기 전에는 그는 다만 하나의 몸짓에 지나지 않았다. 내가 그의 이름을 불러주었을 때 그는 나에게로 와서 꽃이 되었다.' 내가 그를 뭐라고 부르느냐는 결국 그가 나에게 어떤 의미를 갖고 있느냐다. 아내를 허니(honey)라고 부르는 사람은 그 아내에게서 정말 꿀과 같은 달콤함을 느끼는 것이다. 아버지들은 아직 아빠라고 불리고 있는 동안 그렇게 불리는 것을 즐거워하고 감사해야 한다.

틀린 것이 아니라 다른 것이다

부모와 자녀 간의 소통은 부부간의 소통보다 더 어렵다. 더 어려운 것이 정상이며 당연한 것이다. 부모와 자녀 간이 부부간보다 훨씬 더 많이 다르기 때문이다. 보통 세대차(Generation Gap)라고 부르는 그것이다. 서로 처한 상황과 입장이 다르고, 관심사가 다르고, 문화가 다르고, 사용하는 언어가 다르고, 감성체계와 사고방식이 다르다.

부부는 보통 네다섯 살 차 내외로 같은 세대 안에 살아오면서 공유하는 문화가 같고 유행어를 포함해서 쓰는 언어도 같다. 그리고 한 가정을 함께 운영해 가면서 아이를 잘 기르고자 하는 등의 많은 관심사를 공유한다. 거기다 같은 방에서 한 이불 덮고 잠을 자면서 싫으나 좋으나 함께 많은 말을 나눈다. 그러나, 아이는 세대가 다르다. 요즘 시대의 1년 동안에는 옛날의 수십 년보다, 때로는 수백 년보다도 훨씬 더 큰 변화가 생긴다. 하물며 지금 한 세대의 차이는 옛날 한 세대와는 비교할 수 없을 정도로 크다.* 5천년 전의 고대 메소포타미아 유적에서 출토된 수메르인들의 점토판에서 설형문자를 해독했더니 '요즘 젊은이들 버릇 없고 어른 말씀을 안 들어서 참 큰일이다.'라는 내용이었다고 한다. 그때도 세대 차이가 있었는데 요즘의 세대차는 대체 얼마나 심하겠는가?

*한 세대(世代)는 약 30년으로 친다.

그러므로, 아예 처음부터 부모와 자녀가 서로 같을 거란 곳에서 출발하지 말고, 서로 완전히 다를 거란 곳에서 출발하자. 같다고 생각했는데 자꾸 다른 점들만 보이는 것보다, 다르다고 생각했는데 같은 점들도 보이는 것이 훨씬 낫다. 마치 한국에 온 외국인과 대화를 할 때, 처음엔 아예 소통이 안 될 줄 알았다가 의외로 그 외국인이 한국말도 더듬더듬하고 한국음식도 좋아하는 데다 한국의 여기저기 돌아다닌 얘기까지 하면 굉장히 반가워지는 것과도 같다. 친해져서 자꾸 대화하다가 이제 외국인이 자기 고향 얘기를 하면서 한국에는 없는 것들을 말해주면 그건 또 감탄하면서 긍정적으로 들어주게 된다.

부모와 자녀가 물과 기름처럼 다를 수도 있다. 억지로 섞으려고 아무리 애써 봐도 조금만 지나면 물과 기름은 뚜렷한 경계를 갖고 두 개의 층으로 갈라져 버린다. 이때 물과 기름을 섞는 방법은 계면활성제를 넣는 것이다. 계면활성제 분자는 구조적으로 한쪽이 물과 친한 부분, 다른 쪽은 기름과 친한 부분으로 이루어져 있다. 그래서 계면활성제는 한쪽으로는 물을 잡고 다른 쪽으로는 기름을 잡아서 서로 잘 섞여 들어가게 해 준다. 계면활성제라는 말 그대로, 갈라진 채 고정되었던 경계면에 활성을 주어 변화를 일으키는 것이다. 계면활성제를 가장 잘 활용한 것이 빨래할 때 쓰는 세제다. 옷에 기름때가 묻었을 때 그냥 물로는 씻겨 나오질 않지만, 세제 속의 계면활성제가 기름때에 붙어서 물속으로 섞여 나오게 해 주는 것이다.

계면활성제의 핵심은 한 몸에 두 가지 반대되는 속성을 다 수용한다는 것이다. 부모와 자녀 간에도 계면활성제가 필요하다. 계면활성제를 통해 자신과는 아주 다른 상대방을 받아들이는 것이다. 계면활성제는 틀린 것이 아니라 다를 뿐이라고 인정해 주는 태도(Attitude), 더 나아가 다름에 대한 관심을 갖고 이해하려고 애쓰는 태도다. 틀렸다는 것은 나쁘다는 부정적인 뜻을 포함하고 있어 받아들일 수 없게 되지만, 다르다는 것은 있는 사실 그대로를 수긍하는 것이고 나와 다르기 때문에 오히려 더 매력적이라고 받아들일 수 있다는 것이다.

자기는 맞고 상대방은 틀리다고 말하는 것도 사실 쉬운 일이 아니다. 신이 아닌 인간은 언제나 자기 스스로 착각과 오류의 함정에 빠지기 쉽기 때문이다. 언제나 자기가 맞다고 생각한다면 헛된 교만일 뿐이다. 그리고, 상대가 정말 틀렸는지는 내가 판단할 일이 아니다. 상대와 얘기해 봐서 상대가 스스로 틀렸다는 것을 흔쾌히 인정할 때에 비로소 틀린 게 되는 것이다. 그 전에는 틀리다고 생각하지 말고 그냥 다르다고 인정해야 한다. 마치 형사소송상의 무죄 추정의 원칙과도 비슷하다. 그것을 위해서는 겸손히 소통해야 한다. 언제나 내가 틀렸을 수도 있다는 것을 새기고 말이다. 이렇게 말하는 나도, 실은 여러 번에 걸쳐 태훈이를 틀렸다고 생각하고 마음속에 못마땅해한 적이 있음을 고백한다. 다음은 그중에 한 가지 이야기다.

태훈이는 PC 게임을 좋아한다. 주로 온라인 게임으로 인터넷상에서 사람들과 대전하는 게임들이다. 지금까지 다양한 게임을 해 왔는데 굵직한 것들로는 스타크래프트와 롤(LOL; League of Legend) 그리고 최근에는 오버워치(Overwatch)가 있다. 그중에, 롤은 태훈이가 고등학교 다닐 때부터 이미 인기 높은 게임이었는데, 태훈이는 그때는 롤을 하지 않고 대학 들어와서 시작했다. 태훈이 말로는 고등학교 때 롤에 빠져 있던 자기 친구들이, "태훈아, 너는 대학 들어가야지!"라면서 말렸다고 한다. 그래서 고등학교 때는 주로 5~10분 만에 한 판 끝나는 간단한 게임들을 틈틈이 했다. 그런데, 대학교 입학하고 나자 한동안은 집에 있는 시간의 대부분을 롤을 하며 지내는 것이었다. 집에서만 게임하는 것도 아니었다. 친구들을 만나면 PC방에 가서도 했다. 그리고 가끔은 게임 방송까지 봤다.

나는 그것이 못마땅했다. 저 황금 같은 청춘의 시간들을, 책을 읽든, 뭔가 배우러 다니든, 어쨌든 좀더 생산적인 데 써야지, 허구한 날 게임이라니! 달갑지 않기는 아내도 마찬가지였다. 결국, 나와 아내가 티격태격한다.

> (아내) 오빠가 태훈이 어릴 때부터 게임하는 걸 너무 풀어줬잖아~. 다른 집은 못하게 하는데. 누굴 탓하겠어?"
>
> (나) 그렇긴 한데~, 게임도 교육적인 순기능이 있어~. 태훈이가 꽤 똑똑해진 건 게임 덕도 있다구. 그리고 자기는 여자라서 모르겠지만 남자들치고 게임에 안 빠지는 사람 거의 없어. 우리가 태훈이를 게임 못하게 막으면, 결국 태훈이는 우리한테는 얘기 안 하고 공기도 안 좋은 PC방에 가서 게임을 할 거야. 그냥 우리가 보는 데서 오픈해서 하는 게 나아~.

그래서, 어느 날 태훈이와 이야기를 나눠봤다.

> (나) 태훈아, 롤이 그렇게 재미있어? 너무 빠져 있는 거 아냐?
>
> (태훈) 롤이 재미있는 것도 있는데, …, 친구들 만나서 놀려고 하는 거야.

그랬다. 롤을 비롯한 요즘의 PC 게임들은 인터넷에 연결되어서 게임상에서 나의 캐릭터와 내 친구들의 캐릭터들이 모여 팀을 이루고, 그렇게 만든 우리 팀이 또 다른 팀과 싸우는 팀 플레이가 대부분이다. 그러다 보니 서로 이야기하며 작전도 짜고 게임상에서 내 친구가 죽게 생겼으면 거기로 가서 친구를 도와주기도 하고 그러다 다급하면 서로 비명도 지르고 한다. 이야기를 키보드로 문자 주고받듯이 할 수도 있지만 대부분 아예 마이크가 달린 헤드셋을 쓰고 마치 친구들이 바로 옆에 있는 것처럼 얘기를 주고받는다. 내가 어릴 때 놀이터나 골목에서 친구들과 소리 지르며 뛰어놀던 것을 내 아들은 집에 앉아서 가상의 전쟁터에 친구들과 모여 전쟁 놀이를 즐기고 있는 것이다. 결국 도구들과 겉모양만 달라졌지, 친구들과 놀고 싶어하는 핵심은 똑같았다.

태훈이는 친구들과 함께 어울리는 것을 좋아하는데 그 친구들은 다 롤 게임을 하며 가상의 전쟁터에 있다. 그러니 태훈이가 그 친구들과 놀려면 게임을 할 수밖에 없는 것이다. 그리고, 이렇게 같은 수의 팀 대 팀으로 싸우는데 만약 태훈이만 게임 기술이 부족해서 팀에 보탬이 되기는커녕 자꾸 태훈이 때문에 팀이 지면 태훈이도 친구들에게 면목이 없을 것 아닌가? 그러니, 평소에 자꾸 연습도 하고, 잘하는 사람들은 어떻게 하는지 벤치마킹하고 연구하기 위해 게임 방송도 봐야 하는 것이다.

나는 PC와 인터넷이 없던 시대에 청소년기를 보냈다. 가상의 공간에서 친구를 만나 놀아야 하는 상황 같은 건 없었다. 밖에서 친구들과 만나 놀기도 했지만 집에는 또 두 동생들이 있어서 별 외로움을 몰랐다. 그러나 태훈이는 초등학교 가기 전부터 PC와 인터넷을 사용하며 자랐다. 거기다 외아들이라서 그런지 친구들이 제일 소중하다. 나와 태훈이는 이런 것들이 다 다르다. 그러니 다르게 생각하고 다르게 행동하는 것이 당연한 것이다.

태훈이와 이야기하며 태훈이 말을 들어보니 이해가 갔다. 나도 온라인 게임은 아니지만 태훈이와 함께하는 게임을 즐겨 봤기에 공감을 할 수 있었다. 만약 내가 태훈이에게 다가가 이야기는 하지 않고, 계속 곁눈질로 보면서 마음속으로는 못마땅하게 여기기만 했다면 어떻게 됐을까? 태훈이는 자기를 보는 아버지의 표정이 좋지 않은 걸 보면서 '아빠가 나한테 뭐 화났나?'라고 생각하고 덩달아 표정이 굳어졌을 것이다. 그런 식으로는 가면 갈수록 오해와 분노가 커지고 관계는 악화될 수밖에 없다. '태훈이가 틀렸어.'라고 생각한 순간 나와 태훈이는 물과 기름처럼 갈라지기 시작한 것이었다. 그러나, 내가 잘 이해할 수는 없었지만, 나와는 단지 '다른' 거라고 생각하고, 다가가서 직접 물어보고 귀 기울여 들은 것은 위에서 말한 계면활성제를 사용한 셈이다. 그 덕에 물과 기름은 잘 섞이게 되었다.

내 마음을 알아주오

사람들 사이의 관계는 소통을 하느냐, 안 하느냐에 따라 많이 달라진다. 그런데 소통을 하더라도 어떻게 하느냐에 따라 더 좋아질 수도 있고, 오히려 더 안 좋아질 수도 있다. 소통을 하되, 제대로 하는 것이 중요하다.

고성능 게임을 위하여

작년 초에 함께 타이완 여행을 다녀오고 나서 며칠 지났을 때였다. 태훈이가 나에게 오더니 그래픽카드(Graphic Card)를 사달라고 했다. 무슨 얘기냐고 했더니, 자기가 오버워치(Overwatch)라는 게임을 하려고 하는데 우리 집 컴퓨터에서 실행은 안 되고 대신 화면에 더 높은 사양의 그래픽카드가 필요하다는 메시지가 떴다는 것이다. 즉, 이 게임은 상당히 고사양의 컴퓨터에서만 돌아가게 만들어졌는데 우리 집 컴퓨터 부품 중에서도 특히 그래픽카드가 그 사양에 못 미치니 그래픽카드를 바꿔야 한다는 것이었다. 나는 쓸 만한 그래픽카드 가격이 얼마나 하는지 물어봤다. 태훈이는 잘은 모르겠지만 아마 20만 원 정도 하지 않을까 한다고 했다.

나는 이렇게 말했다. "그래, 그럼 아빠가 가능한 한 좋은 걸로 사줄게. 카드 모델과 가격은 좀더 알아보자." 태훈이는 아빠가 너무 쉽게 승락하자 약간 얼떨떨하면서도 기뻐서 말했다. "어, 정말? 와~, 고마워, 아빠." "응, 근데 여기에 조건이 딱 하나 있어." "응? 뭔데?" 태훈이가 약간 긴장하며 말했다. "응~, 아빠는 요즘 태훈이가 너무 시간 제한 없이 게임을 하는 게 아닌가 생각이 들거든. 태훈이도 스스로 알아서 하고는 있겠지만 아빠가 보기에는 태훈이도 게임을 하다 보면 자기도 모르게 빠져들어서 통제하기가 어려운 것 같아. 그런데 태훈이도 휴학 시작할 때에는 책도 정말 많이 읽고, 뭔가 유용한 것도 배우러 다닌다고 했는데 그 부분은 잘 안 되고 있잖아. 시간이란 건 정말 소중한 거거든. 그런 경우에는 뭔가 정확한 지침이 있으면 스스로 통제하는 데 도움이 될 것 같아. 아빠 말은, 태훈이가 생각하기에 적절한 시간을 딱 설정하고 새 그래픽카드 단 순간부터는 그 시간을 철저히 지키라는 거야."

나의 이 말이 다분히 태훈이에 대한 간섭으로 비칠 수도 있고 잔소리처럼 느낄 수도 있어서, 나도 말하는 데에 매우 조심하며 최대한 부드럽게 얘기했다. 그러나 태훈이는 아빠가 진심으로 자기를 위해서 말하고 있다고 느꼈고 또한 스스로도 시간 통제는 필요한 부분이라고 받아들였다. 태훈이는 잠시 생각하더니, "좋아, 그럼 하루 두 시간으로 할게." 이렇게 나와 태훈이 간에 계약이 성립되었다.

사실 나는 태훈이로부터 그래픽카드 사 달라는 말을 듣는 순간, '잘됐다.'고 생각했다. 자연스럽게 태훈이의 게임 시간에 대한 이야기도 나누고 또 아예 시간 제한을 걸어 놓으면 태훈이도 시간을 절제할 수 있는 좋은 기회였기 때문이다.

일단 태훈이가 자기 입으로 아빠와 엄마 앞에서 약속을 하기만 하면 그 약속을 잘 지킬 것임을 믿었다. 어릴 때부터 나도 아내도 태훈이와 약속을 하면 그것을 반드시 지켜왔고, 태훈이 역시 자기가 한 말은 반드시 지켜왔기 때문이다. 만약 우리 중에 누군가가 약속을 어겼다고 얘기가 나오면, 그 사람은 자기가 약속을 어긴 게 아니란 걸 명백히 밝혀 보이든지 아니면 자기가 잘못했다는 걸 인정하고 끝까지 약속을 지키는 두 가지 길밖에는 없었다. 우리 가족은 그런 문화를 가꿔 왔다.

물론 사람인지라 100% 못 지키는 경우도 있고, 암묵적으로 눈 감아주고 넘어가는 경우도 있지만, 만약 한 사람이라도 문제 삼으면 그냥 넘어갈 수 없다. 아무리 아버지라고 해도 아들과 약속한 것을 어겼다면 아들에게 꼼짝 못하고 사과해야 한다. 그렇기에 약속을 할 때는 매우 신중하게 한다. 정말 지킬 수 있는 건지 잘 생각해본 다음에 약속을 한다. 그런데 태훈이가 스스로 두 시간이라고 시간을 정하기로 하고 아버지는 그 대가로 그래픽카드를 사 준다고 했으므로 앞으로 태훈이의 게임 시간은 확실히 줄어들 것이었다.

나는 비싼 카드에 돈을 써야 한다는 사실에도 불구하고 태훈이가 게임 시간을 자율적으로 관리한다는 것이 기특해서 태훈이를 좀더 도와주기로 했다. 하루에 게임 두 시간이 많다면 많을 수도 있지만 오버워치 한 게임하는 데 삼사십분 정도 하는 걸 감안하면 어떤 때는 적게 느껴질 수도 있다. 가끔, 평소에 뭉치기 힘든 친구들과 연락이 닿아서 모처럼 함께 게임에 열을 올리고 있는데 도중에, "어? 아빠랑 약속한 2시간이 됐네? 얘들아 나 아빠랑 약속 때문에 이제 나가야 돼." 이러기는 사실 쉽지 않다는 것이다. 그럼 남겨진 친구들은 또 그때 어디서 멤버를 구한단 말인가?* 태훈이는 아버지와의

* 오버워치는 6명이 한 팀이 되어 팀 대 팀으로 싸우는 1인칭 슈팅 게임이다. 각각의 플레이어는 다양한 능력치를 가진 캐릭터 중 하나를 골라, 팀 내의 공격, 수비, 지원 등 자기 역할을 갖고 참여하는데, 컴퓨터 화면을 볼 때는 마치 그 캐릭터의 눈으로 전장을 보는 듯한 느낌을 갖게 된다.

약속을 지키려는 것이지만, 친구들의 눈에는 그냥 '도저히 이해할 수 없는 이유'로 민폐를 끼치는 이상한 XX로만 비칠 것이다. 그다음부터 친구들은 태훈이하고 게임하자는 말을 아예 안 꺼낼 수도 있다.

그런데 친구들과 관계를 좋게 유지하자니 이번엔 아빠와의 약속을 깨야 한다. 나는 이런 상황까지도 감안했다. 태훈이가 갈등하지 않고도 약속을 지켜나갈 수 있게 해 주고 싶었다. 그래서 친구들과 게임하다가 두 시간을 넘기게 되면 그다음 날 그만큼 시간을 제하면 된다는 부가 규정을 두었다. 즉, 어쩌다 세 시간을 했으면 그다음 날은 한 시간만 하는 것이다. 만약 그다음 날도 그 규정을 못 지키게 되는 상황이면 또 그다음 날로 넘겨서 제한시간을 더 줄이면 된다. 이걸 듣고 태훈이는, "응, 그럼 훨씬 부담이 덜할 것 같아."라고 했다. 나는 "태훈이를 믿으니까 이렇게 하는 거야. 철저히 잘 지키는 거다~."라고 했다.

이렇게 딜(Deal)을 마치고 나서, 나는 즉시 인터넷을 뒤져 알아보기 시작했다. 오버워치라는 게임은 스타크래프트를 히트시킨 블리자드(Blizzard)사의 후속작으로 전 세계를 열풍으로 불어넣고 있는 게임이라고 했다. 현실감을 극대화하기 위해서 3D 입체 영상이 실제처럼 부드럽게 구현되어야 하는 데다 캐릭터들이 빠른 속도로 움직이기 때문에 매우 고사양의 그래픽카드가 필요하며 최소한 엔비디아(Nvidia)사의 GTX460, 아니면 AMD사의 HD4850 정도 이상 되어야 한다고 했다. 그런데 최소 사양의 카드만 넣어서 게임이 버벅댄다든지 기능에 제한이 있으면 내가 게임을 한다고 해도 짜증 날 것 같았다. 가성비를 따져 봐야겠지만 이왕이면 최고 사양으로 넉넉하게 즐기며 게임하는 것이 좋겠다고 생각했다.

나는 두세 시간 정도 더 인터넷 서핑을 하며 그래픽카드의 세계를 탐구해 봤다. 그때까지의 최고사양은 엔비디아사의 GTX1070 또는 GTX1080이었으나 이건 백만 원이 훌쩍 넘는 가격으로 CPU 칩도 함께 최고 사양으로 교체하지 않으면 의미가 없었다. 그 밑이 GTX970으로 이것 역시 백만 원 가까운 가격이었지만, 마침 한 달 정도 있으면 엔비디아사에서 GTX970과 같은 급으로 GTX1060이 출시되는데 가격은 40만 원대가 될 거라는 것이었다.

난 이 정도는 투자할 수 있다고 생각했다. 나는 태훈이에게 이 상황을 설명해주고, "지금 당장 싸고 저사양인 카드를 살래? 아니면 한 달 기다려서 비싸지만 고사양인 카드를 살래?" 했더니 기다리겠다고 했다. 물론 그 한 달이 태훈이에게는 매우 길게 느껴졌을 것이다. 태훈이는 나에게 "아빠, 아직도 안 나왔어?"라고 수시로 카톡을 보냈다. 그리고는 한국 시장에 나오자마자 인터넷 주문을 함으로써 태훈이와의 계약상 내 임무를 완수했다. 며칠 뒤에 태훈이가 나에게 말했다. "친구들한테, 아빠가 오버워치 하라고 GTX1060 사 줬다고 했더니, 너네 아빠 정말 멋진 분이라고 부럽대. 혹시 자기도 양자 삼아 주실 수 없는지 물어봐 달래."

하긴, 그런 농담이 나올 만도 하다. 대개의 집에서는 게임한다고 부모들이 구박하거나, 그놈의 컴퓨터 내다 버리겠다고 협박하지나 않으면 다행으로 여길 것이다. 그런데 오히려 아버지가 나서서 게임 하라고 그렇게 비싼 카드를 손수 사서 달아 주다니 말이다. 아내도 태훈이에게 부럽단 듯이 농담을 던졌다. "넌 좋겠다. 이렇게 말만 하면 다 해주는 아빠가 있어서." 그걸 듣고, 나도 얘기했다. "나도 니가 부럽다."

나는 아내에게도 그렇지만 태훈이에게도 좀 특별한 사람이고 싶은 마음이 있다. 40여만 원은 물론 작은 돈은 아니지만, 그렇다고 그렇게 어마어마하게 큰 돈도 아니다. 어떤 사람들은 술집에서 하룻밤 술값으로 날리는 돈이기도 하다. 그런데 그 정도 돈을 투자해서 아들이 아버지를 더욱 존경하고 좋아하도록 하고 아들과의 친밀함을 더 두텁게 하고 아들의 시간도 관리시키고, 더구나 태훈이가 공기 탁한 PC방에 안 가고 집에서 여유 있게 즐겨도 되니 그 값어치는 충분히 하고도 남는다. 그리고 아내도 그런 나를 내심 높이 평가해 준다. 단돈 40만 원에 좋은 남편, 멋진 아빠가 되고 사랑과 존경을 받는다면 투자할 만하지 않은가?

서프라이즈~, 너를 위해 들여왔어

그러나 어떤 경우에는 그보다 훨씬 더 많은 돈을 썼는데 별 티도 안 나거나, 심하면 오히려 욕을 먹기도 한다. 예를 들어, 어떤 아버지가 있는데 아들이 몸이 약해 빌빌하지만 운동은 죽어라고 안 한다고 치자. 그래서 이 아버지가 아들이 운동해서 건강해지길 바라는 마음으로, 약 2백만 원을 들여 러닝머신을 들여 놓고 이제부터 매일 러닝머신 위에서 운동하라고 했다 하자. 물론 아들뿐 아니라 아내와 자기 자신까지도 이걸로 건강해질 수 있다는 것까지 생각했다.

아버지 딴에 이것은 큰맘 먹고 가족에게 선물하는 서프라이즈다. 그런데 돌아오는 반응은 예상과는 전혀 다르다. 아들은 아버지의 말을 이해도 하고 한편 고맙기도 하지만 자기가 원했던 것이 아니기 때문에 시큰둥하다. 아내는 자기랑 상의 한마디 안 하고 남편이 지른 데 대해서 짜증이 폭주한다. 살림도 빠듯한데 저 비싼 걸 사서 가뜩이나 좁은 집이 더 좁아지게 생겼고 러닝머신에서 뛰면 아래층에서 시끄럽다고 항의가 들어올 텐데 벌써부터 걱정이다.

남편한테 자기 화나는 걸 꾹 참고 집의 공간 협소 문제와 층간 소음 문제를 얘기했더니, 남편은 기분이 상해 소리를 빽 지른다. "여편네가 뭘 안다고 그래? 에이, 산통 깨지게⋯." 이렇게 되면 아내는 상처받아서 아예 마음의 문을 닫아 버리게 된다. 꼴보기도 싫은 러닝머신 위에는 당연히 올라갈 생각조차 없다. 아들은 아들대로 자기 마음속에 운동에 대한 어떠한 열망도 없기에 거의 안 올라간다.

보다 못한 아버지가, "야, 저게 얼마짜린 줄 알아? 너 건강해지라고 사왔는데 도대체 왜 안 하는 거야?" 그러면 아들은 "아, 나한테 한마디 물어봤냐구요? 내가 사달라고 했어요?" 하고 반발한다. 남편은 자기 마음을 몰라 주는 가족들이 서운하기만 하고, '내가 우리 집에서 이것밖에 안 되나?'라는 자괴감이 든다. '에이, 나라도 해야겠다.' 하고 올라가 냅다 뛴다. 그런데 좀 있다가 거칠게 문 두드리는 소리가 난다. 밑에 층에서 시끄러워 못 살겠다고 항의하러 올라온 것이다. 그러고 보니 예전에 층간소음 문제로 살인사건까지 발생했다는 뉴스를 본 적이 있다.

어쩔 수 없이 러닝머신에서 내려오면서, "에이, 아파트를 어떻게 지은 거야? 공사비 줄이려고 층간을 얇게 만드니까 이따위잖아. 에이, 도둑놈들." 잘 살아온 아파트를 한순간에 불량으로 넘겨 버리고 이 세상 다른 사람들을 모두 도적떼로 돌린 다음에, 하릴없이 소파에 앉아 TV 채널만 돌린다. 그 후로 이 러닝머신 위에는 물건들이 쌓이고 가끔 빨래 건조대 역할을 하게 되었다.

대체, 가족을 사랑하는 마음에 가득 찬 이 아버지가 무슨 잘못을 했단 말인가? 소통의 기술이 미숙한 것이다. 아마도 평소에 제대로 된 소통을 거의 안 해 봤을 것이다. 러닝머신이라는 아이디어가 떠올랐을 때 먼저 아내와 상의했다면, 아내가 미리 예상되는 문제점들을 다 얘기해 줬을 것이다. 그 말에 진심으로 귀를 기울이고 아내와 문제점들에 대한 해결책을 함께 찾아봤어야 했다.

아내와 이제 문제 없다고 합의가 되면 그다음에는 아들과 또 상의를 해 봐야 한다. 그때 아들까지 오케이를 하면 그때 가서는 질러도 된다. 세상 일이라는 것이, 이렇게 모두와의 소통 과정을 거치고 일을 진행한다 하더라도 또 예상 밖의 문제가 생기는 것이 다반사다. 다만

이 경우에는 짐이 가볍다. 가족들 모두와 소통을 하고 합의를 했기에 안에서 서로 싸우지 않아도 된다. 그리고 그 가족들은 모른 척하지 않고 힘을 보태줄 테니 힘을 합쳐 문제 상황을 돌파해 나가면 된다.

서프라이즈는 도박인가?

여기에 또 하나, 타이밍이라는 중요한 요소가 있다. 즉, 목마른 사람에게 물을 줘야 고마운 것이다. 아들도, 아내도 아무 생각이 없는 상황에서 비싼 선물을 들이밀어 봤자 별로 고맙지가 않다. 욕이나 안 먹으면 다행이다. 그러므로 서프라이즈도 항상 좋은 것만은 아니다. 서프라이즈란 것도 평소에 소통이 아주 잘되는 사이에서 상대가 뭘 좋아하고 뭘 필요로 하는지, 또 지금 상대가 그것을 원하는 타이밍인지 잘 알아야만 성공할 수 있다.

나도 서프라이즈에 실패한 사례가 있다. 수년 전 결혼기념일이 다가와서 나는 아내에게 작은 선물이라도 해 주고 싶었다. 뭐가 좋을까 생각하다가 아내에게 액세서리가 별로 없는 것 같아서 인터넷에서 액세서리들을 찾아보다가 브로치를 해 주면 좋겠다고 생각했다. 그런데 사실 아내는 나보다도 더 기념일 같은 데 둔감한 사람이다. 자기 생일이라고 뭐라도 해 주려고 하면 그런 거 다 필요 없다고 해서 가끔 동네의 비싸지 않은 음식점에서 식사를 하거나 케이크 사다가 집에서 촛불 켜고 노래 부르는 게 고작이다. 가령 내가 "내일이 무슨 날인지 알아? 우리가 처음 만난 지 ○○년째 되는 날이야." 그러면 막 웃으면서, "자긴 남자가 무슨 그런 걸 다 기억하고 사냐?" 그런다. 액세서리도 평소에는 거의 안 하고 다니고, 좀 격식을 차려야 하는 모임 같은 게 있을 때에만 목걸이나 귀걸이 또는 팔찌 같은 걸 간소하게 한다. 그런데, 일단 하면 상당히 까다롭다.

훨씬 더 전에 내가 미국에 출장 갔다가 돌아오면서 비행기내 면세품 쇼핑으로 산 목걸이를 선물해 준 적이 있었다. 아내가 그 목걸이를 마음에 들어하고 또 모임이 있으면 자주 하고 나가길래 이번에도 그런 비슷한 필(Feel)로 브로치를 주문했다. 그 목걸이의 펜던트도 꽃 모양의 도금한 메탈 프레임에 여러 가지 연한 색깔의 투명 유리를 꽃잎처럼 세공하여 넣은 것이었는데, 이번에 주문한 브로치도 그와 비슷한 콘셉트였지만 브로치답게 더 크고 색깔도 더 또렷하고 화려했다. 또, 내가 비싼 것을 상의 없이 지르면 아내가 싫어할 것이므로 세일해서 가격이 오륙만 원 정도 하는 걸로 주문해서 아내 앞으로 배송시켰다. 물론 가격표는 없애고.

그런데, 나는 아내에게 혼났다. 왜 자기한테 말도 안 하고 그렇게 비싼 걸 사느냐는 것이었다. 더구나, 자기도 액세서리 취향이 있기 때문에 아무거나 안 하는데 이번 건 좀 촌스러워 보인다는 것이었다. 난 약간 화가 나려고 했다.

(나) 아무리 그래도 그렇지, 내가 자기 생각해서, 나름 적지 않은 시간을 들여서, 인터넷을 구석구석 뒤져서, 자기 기쁘게 해주려고 사 준 건데…,

253

좀 안 좋아도 좋은 척이라도 해 주면 안 되냐? 그리고 이거 얘기 안 하려고 했는데, 아 나~, 세일해서 싸게 샀어. ○○원이야.

그랬더니 아내는 자기가 지나쳤다고 생각했는지 나에게 사과했다.

(아내) 미안해. 자기 마음은 잘 아는데~. 난 기념일이라고 일부러 비싼 거 산 줄 알고 그랬지~.
(나) 이제 선물 같은 거 안 할게.
(아내) 그렇게 나오면 어떡하냐~? 앞으로는 미리 말하고 하라는 거지~.
(나) 몰라.

그런데, 아내는 그 브로치를 수시로 자주 하고 나갔다. 색이 또렷하고 화려해서 검은 색이나 진한 색깔 옷에다 하면 잘 어울리고 지인들도 예쁘다고 칭찬했다는 것이다. 나는 일부러 짓궂게 "싫다면서~?"라고 놀렸지만, 역시 다음부터는 서프라이즈도 좀더 조심해야겠다고 생각했다. 서프라이즈는 말 그대로 상대방을 놀라게 해 주는 것이다. 놀래킨다는 것은 상대방이 모르게 해야 한다는 것이므로 그것이 상대방을 기쁘게 할지, 또는 효과가 없을지, 아니면 오히려 화나게 할지 불확실하다는 점에서 도박과 비슷하다. 승률이 높은 도박사는 운이 좋은 것이 아니라 패를 읽을 수 있는 실력이 있는 것이다. 서프라이즈도 잘하려면 평소에 실력을 쌓아야 한다. 상대방의 패를 읽을 수 있는 소통 실력 말이다.

약속은 반드시 지키자 - 평상시 신뢰 쌓기

소통을 잘하려면, 평상시 서로 간에 신뢰를 잘 쌓아놔야 한다. 그러면 한마디 짧은 말로도 충분하다. 반면에 신뢰가 바닥이면 아무리 많은 말을 해도 소용없다. 대표적인 사례가 이솝 우화의 양치기 소년이다. 거짓말을 하는 것은 사람들에게 "내가 하는 말 따위는 믿을 필요 없어."라고 광고하는 것과 같다. 사람들이 너도 나도 거짓말을 하다 보면 그 사회의 커뮤니케이션은 기능을 못하고 사회는 마비된다. 그래서 특히 신용을 기반으로 움직이는 서구 사회에서 거짓말은 사회 기반을 흔드는 범죄로 취급된다. 미국에서 "라이어!(Liar; 거짓말쟁이)"라고 부르는 것은 아주 심한 모욕이다.

미국의 워터게이트(Watergate) 사건 때 닉슨 대통령이 사임을 할수밖에 없었던 것은 도청사건 그 자체보다도 그것을 부인하고 감추려 한 거짓말이 들통났기 때문이다. 클린턴 대통령을 곤경에 빠뜨린 것 역시 르윈스키와의 성추문 사건 자체보다도 역시 그것을 부인한 거짓말이었다. 이런 정직에 대한 요구는 지도자층뿐 아니라 사회를 구성하는 모든 사람들에게 적용된다. 그래서 미국에서 신용(Credit) 관리는 매우 중요하다. 미국 사회에 유학이나 이민을 가서 처음에는 신용카드를 만들거나 은행거래 같은 걸 하는 게 쉽지가 않다. 신용카드 대신 직불카드를 사용하고 은행거래도 작게 시작하지만, 대금을 연체하지 않고 제때 납부하는 등 꾸준히 신용을 쌓으면 어느덧 큰 돈도 쉽게 빌릴 수 있다. 믿어주는 것이다. 그러나 이를 쉽게 보고 한두 번 펑크를 내면 당장에 신용 점수가 깎이고 다시 거래하기가 어렵게 되는데 그 신용 회복이 매우 어렵다. 믿을 수 없는 사람으로 바로 낙인찍히는 것이다.

그런데, 안타깝게도 우리 사회는 거짓말에 너무너무 관대하다. 공인인 지도층부터 거짓말을 밥 먹듯이 해 댄다. 모든 국민들이 그것을 지난 국정 농단 사태와 연이은 청문회에서 여실히 지켜보았다. 뻔뻔하게 거짓말을 하고는, 끝까지 발뺌하다가 결국에 거짓이라는 게 드러나도 '아니면 말고' 식이다. 그들이 그럴 수 있는 것은 거짓말을 해도 손해 보는 게 거의 없기 때문이다. 처벌이 없거나, 있어도 솜방망이로 아주 미약하다. 거짓말을 해서 얻을 수 있는 이익이, 혹시라도 발각되어 잃는 손실보다도 훨씬 크기 때문에 끝까지 거짓말을 하는 것이다. 미국처럼 잘못 거짓말했다간 쪽박을 차고 사회에서 완전히 매장당하게 된다면 그렇게 거짓말을 할 수가 없을 텐데 말이다.

지도자란 사람들이 거리낌 없이 거짓말을 하니, 그 밑에서 일하는 사람들, 공공기관, 기업들은 물론이고 작은 가게들까지도 "위에서도 다 하는데 뭐."라면서 저항감 없이 거짓말을 하게 된다. 서로 거짓말을 하면서 아무도 믿지 않는 사회, 불신사회다. 소통은 꽉 막히고, 무질서 속에 탈법이 판을 치고, 힘 없으면 억울하게 당하는 이곳에서 무슨 긍정적인 미래를 기대할 수 있겠는가? 그런데 그 책임은 거짓말한 지도자들에게 있는 것이 아니라 바로 우리에게 있다. 선거 때 우리가 거짓말하는 그 사람들을 너그러이 또 뽑아주니 말이다.

가정에서도 똑같다. 아버지나 어머니가 편한 대로 거짓말을 해댄다면 아이가 어떻게 부모의 말을 진지하게 듣겠는가? 소통이 안 된다. 자동차가 탄탄한 고속도로를 믿고 속도를 낼 수 있듯이, 소통은 신뢰의 단단한 토대 위에서 거침없이 오고 가는 것이다. 약속을 깨는 것도 거짓말을 하는 것이다. 하겠다고 말한 것을 안 하면, 결국 했던 말은 거짓말이 되는 것이다. 역시 거짓말의 경우와 마찬가지로 우리나라에서는 부모가 아이와 약속을 했다가 깨는 것도 아주 너그럽게 받아들이는 것 같다.

예를 들어, 어린이날에 대공원에 놀러가기로 아이와 약속하면, 아이는 그 약속을 철석같이 믿으면서 그 날이 오기만을 기다린다. 그런데, 그 전날에 아버지는 술을 너무 많이 먹었고 피곤하다. 어린이날에 대공원에 사람이 얼마나 많은가? 덥기는 또 얼마나 덥고. 아이와 왜 그런 약속을 했나 모르겠다. 결국, 아이와 약속을 깨고 안 간다. 대신 용돈을 주거나 아이스크림을 사 주는 걸로 보상해 준다.

이것은 사실 그 아버지가 자기 아이를 인격적으로 깔보고 있다는 의미다. 만약 자기가 다니는 회사의 상사와 약속을 잡았다면 감히 그것을 어길 수 있겠는가? 아무리 술에서 안 깨어도 무조건 약속을 지

257

킬 것이다. 그럼에도 그 아버지는 계속 변명할 것이다. "에이~, 조그만 애가 뭘 알겠어? 아이와 한 약속 좀 어긴다고 해서 무슨 큰 일이 생기는 것도 아니잖아?" 거기다, 가장으로서 밀어붙이면 뭐라고 하는 사람도 없다. "가족이란 게 서로 편하게 봐 줄 수도 있는 거지. 뭘 그렇게 빡빡하게 굴어?"

그러나, 아이는 자기 아버지가 거짓말하는 사람이라는 걸 깨닫게 된다. 그리고 아버지에게 배운 대로 약속은 얼마든지 깰 수도 있는 것이라고 생각한다. 그 아이는 쉽게 약속하고 쉽게 깨는 사람이 된다. 이런 식으로 아이가 크면, 시험 전날 독서실에 간다고 해 놓고 PC방에서 죽치고 앉아 있어도 별로 가책이 없다. 그걸 알게 된 아버지가 야단을 치면, 그 아이는 냉소를 날리며 그럴 것이다. "참내, 왜 그러세요~? 아버지도 그랬잖아요~."

아이를 동등한 인격으로 존중한다면 결코 약속을 깰 생각은 들지 않는다. 만약에 어쩔 수 없이 깨는 일이 생긴다면, 정말 진심으로 미안하게 생각하고 사과를 해야 한다. 또 부모부터 반드시 약속을 지키는 모습을 보여 줘야 아이에게도 약속은 꼭 지키라는 요구를 할 수 있다. 앞서도 얘기했지만, 우리 집에서는 태훈이가 아주 어릴 때부터 무슨 일이든 약속을 하면 반드시 지켜왔다. 만에 하나 못 지키게 되면 왜 그랬는지 사과하고 납득이 가도록 설명을 했다. 아무리 어려워도 약속을 지키는 속에서 서로에 대한 신뢰와 존경이 쌓인다. 평상시에 이렇게 신뢰를 쌓아 놓으면 아빠의 한마디 말은 저절로 권위를 가진다. 무섭게 눈을 부라리고 말을 안 해도 저절로 중천금이 된다. 아이는 아빠를 믿고 따르며 존경하게 된다. 그 속에서 초고속 소통이 이루어진다.

내가 힘들 때 아빠는 어디 있었어? - 비상시 신뢰 쌓기

평온한 일상에서는 뭔가를 열심히, 잘하더라도 감동을 얻기가 쉽지 않다. 그런 환경에서는 누구나 웬만큼은 할 수 있다고 생각되기 때문이다. 그러나 상황이 아주 어려울 때 잘하는 사람은 많지 않다. 정말 강한 신뢰와 존경은 이런 비상시에 얻을 수 있다. 이때의 느낌은 그야말로 강렬하게 각인되어 잊히지를 않는다.

야구를 예로 들어보자. 시즌 중에 팀이 여유 있게 상위 랭킹을 달리고 있을 때에는 그중 한 경기에서 어떤 선수가 홈런을 쳐도 잘했다고는 하지만 그냥 거기까지다. 그러나 시즌의 우승팀을 가름하는 플레이오프(playoffs)에서 총 전적 3 대 3 끝에 결승전 마지막 경기가 펼쳐지고 있다면 상황은 완전히 달라진다. 더구나 팀이 지고 있는 절박한 상황의 9회 말 투아웃에서 누군가 나와서 역전 홈런을 때린다면 그때는 폭풍과 같은 감동이 휘몰아치고 그 누군가는 역사에 길이 남는 영웅이 된다. 그 선수가 평소에 잘 못했다고 하더라도 그런 것들은 이 한 방에 다 사라진다. 위기는 또 한편으로는 커다란 기회가 된다.

그것은 부자간의 관계에도 동일하게 적용된다. 평소에는 아버지와 아들 사이가 친할 수도 있지만, 밋밋할 수도 있고 때론 좀 멀게 느껴질 수도 있다. 모든 것이 순조롭고 평화로운 태평성대에는 아버지나 아들이나, 좀 잘하든 잘못하든 별 차이도 안 나고 문제도 없다. 정작 중요한 상황은 절박하고 어려운 비상시다.

아들은 자라면서 가끔씩 아버지와 충돌하기도 한다. 자의식이 발달하면서 어릴 때와 달리 아버지에게 불만도 품고 반항도 한다. 그것은 자연스러운 일이고 그러다 또 금방 회복이 된다. 그러나, 아들이 계속해서 아버지에 대해 냉소적이며 멀리 거리를 두고 있다면, 그 아들은 어떤 계기로 하여 아버지를 더 이상 인정하지 않게 된 것일 수도 있다. 그 아버지가 사회적으로 존경을 받든 안 받든, 능력이 있든 없든 그런 것과는 전혀 상관이 없다. 아들은 마음속으로 아버지에게 묻는다. '내가 가장 힘들 때 아빠는 어디에 있었어?' 아들은 죽도록 힘들어서 아버지가 도와주길 바랐는데, 정작 아버지는 돈 번다고 바빠서 얼굴 보기도 힘들었다면, 이미 아들의 마음속에서는 '무늬만 아버지'가 된 것일 수도 있다. 나중에 아버지가, 그 돈 버는 게 다 너희들 뒷바라지하느라고 그런 거라고 힘주어 얘기해 봐도 아들의 마음에는 와 닿지를 못한다. 아버지가 형식적이고 사무적인 아버지가 된 만큼 아들도 딱 그만큼의 형식적이고 사무적인 아들이 된다.

아버지가 평소에 돈 버느라고 바쁜 건 아들도 안다. 그렇지만 아들이 힘들 때 아버지가 그 모든 걸 다 제쳐두고 아들 곁에 있으면서 아들의 편이 되어 줄 때 아들은 진심으로 감동하고 역시 내 아버지라는 것을 가슴에 새기게 된다. 아버지들이 언제나 아들 곁에 있어 줄 필요는 없다. 평소에는 자기 할 일을 열심히 하면 되고 아들에게 좀 소홀해도 된다. 그러나 아들이 정말 힘들 때 몇번 만이라도 함께해 주면 아들의 마음에 아버지는 세찬 바람에도 흔들리지 않는 뿌리 깊은 나무가 된다. 아들은 아버지에게 서운하거나 화가 날 때도 그 일을 떠올리며 "그래도 아빠는 가장 힘들 때 내 곁에서 나에게 힘을 준 아빠야."라고 털고 나오게 된다. 또한 어느 누가 아버지를 비난하더라도 아버지 편이 된다. "누가 뭐래도 내 편이 돼 준 아빠야."라면서 말이다. 그것은 마치 물 밑의 단단한 바닥과도 같다. 물 밑으로 가라앉아도 그 바닥을 디뎌 반동으로 다시 솟아오를 수 있는 것이다. 그러나 그런 기억이 없는 아들은 그럴 바닥이 없이 계속 밑으로 가라앉기만 한다.

예전에 내가 중학교 때인가 수업 시간에 선생님께서 들려 주신 영화 이야기가 떠오른다. 제목은 잊어버렸고, 미국 영화인데 주인공이 경찰인가, 검찰인가 하여튼 법의 수호자로서 국가에 충성을 다하는 사람이었다. 그런데 그 사람의 아들이 억울한 누명을 쓰고 감옥에 들어가 사형 선고를 받았다. 이때 그 아버지는 주저함 없이 중화기로 무장을 한 다음 감옥으로 쳐들어가 아들을 빼내온다는 것이었다. 아들을 살리기 위해 스스로의 지위와 신념도 내팽개쳐 버리고 스스로 살인자, 범죄자가 된 것이었다. 다분히 미국 영화답지만 그때 나는 이

이야기를 들으며 '와, 멋있다'라며 무척 감동한 기억이 난다. 아버지란 그런 존재였다. 평소에는 아들에게 별 볼 일 없어 보이던 아버지도, 아들에게 무슨 일이 생기면 슈퍼맨이 되는 그런 존재였다.

나 역시도 평소에는 회사 일로 바빠서 태훈이에게 거의 신경 쓸 새가 없다. 매일 퇴근해서는 아내에게 태훈이는 별일 없냐고 물어볼 뿐이다. 나에게는 아내가 있으니까 아내를 믿고 맡기는 것이다. 그러나 가끔씩은 내가 나서야만 할 때가 있다.

태훈이가 중학교를 졸업하고서 얼마쯤 되었을 때 나에게 도움을 요청했다. 문제는 이랬다. 태훈이는 중학교 때 학교 밴드의 리더로 활동했는데, 졸업하게 되자 모든 악기들을 밴드연습실에서 음악실로 옮겨 놓고 학교를 떠났다. 그 후에 새로운 선생님이 밴드부를 맡게 되어 악기를 점검해보니 베이스기타가 없어졌다는 것이다. 그래서, 그 선생님이 베이스 주자였던 C군이 가져간 것이라고 단정하고는 C군에게 전화해 물어내라고 한 것이었다. C군은 태훈이의 절친으로 가정형편은 어려웠지만 밝고 착한 친구였다. C군은 태훈이에게 전화해 자기 고민을 털어놓았다. 물론 C군은 악기를 가져가지 않았다. 태훈이 말에 의하면 학생들은 그 음악실 열쇠 자체를 갖고 있지 않았다는 것이다. 그런데, 그 선생님은 당장 갖다 놓지 않으면 경찰에 신고하겠다며 굉장히 강경하게 나오고 있다고 했다. 이런 상황에 C군은 부모님께 손 벌릴 처지도 안 되고, 또 그 부모님도 선생님과 대항할 만한 힘이 없었던 것 같다. 이대로라면 C군은 억울하지만 자기가 가져가지도 않은 베이스기타를 사놓고 아르바이트를 해서 갚는 수밖에 없었다. 태훈이는 절친의 상황이 너무 안타까운 반면, 뭐 이런 경우가 있냐며 분통을 터뜨렸다.

이야기를 다 들은 나도 마찬가지였다. 아니, 선생님이 자기 제자를 보호는 못할 망정, 증거도 없이 학생을 의심하고, 무슨 이런 일에 경찰을 부른다고…. 기가 막혔다. 그깟 보급형 베이스 몇 만 원 하지도 않는데, 학교 예산을 쓰든지 아니면 선생님이 교육을 위해 자기 돈 좀 얼마 쓰든지 하면 될 텐데, 왜 죄 없는 아이, 그것도 가정 형편도 어려워서 안 그래도 세상 살기가 퍽퍽한 아이에게 쓸데없는 상처를 입히는 것인가? 나는 당장 그 선생님에게 전화해서 논리적으로 따졌다. 직접 보셨냐고, 증거가 있냐고, 학생들이 악기들 옮기고 나서 그때 담당선생님 확인받았다는데, 그다음엔 음악실 열쇠도 없이 그 학생이 거길 어떻게 들어갔겠냐고, 음악실에서 악기가 없어진 건 관리를 소홀히 한 학교와 선생님 책임이 아니냐고 따져 물었다. 그 선생님은 제대로 대꾸를 못했다. 사건은 그걸로 마무리가 되었다.

이 일을 겪으면서 태훈이는 나를, 무슨 일이든 어려울 때 얘기하면 만사 제쳐놓고 달려와 자기를 도와주는 아버지, 무슨 일이 있어도 자기를 믿어주는 아버지, 끝까지 자기편이 되어 싸워 주는 아버지로 다시금 가슴에 새기게 되었다. 물론 이 일만 그런 건 아니다. 크든 작든 태훈이가 어려울 때마다 나는 내 힘껏 슈퍼맨이 되려고 애쓴다. 태훈이에게 점수 따려고 그런 게 아니라, 내 인생의 우선순위 가장 높은 곳에 가족이 있기 때문이다.

　나뿐이겠는가? 요즘 아버지들은 다 슈퍼맨이 되고 싶어한다. 슈퍼맨, 배트맨, 아이언맨, 헐크 등 초능력을 가진 슈퍼히어로들이 영화가를 점령하는 시대 아닌가? KBS에서 인기리에 방영 중인 〈슈퍼맨이 돌아왔다〉만 봐도 우리 사회는 아버지들이 슈퍼맨이 되어 주기를 기대하고 있다. 그러나, 슈퍼맨이 되려고 애쓰는 것뿐이지 진짜 슈퍼맨일 수는 없다. 아이의 어려움을 영화 속의 슈퍼맨처럼 멋지게 해결해 주고 싶은 생각은 굴뚝같지만 사실 아버지가 해결해 줄 수 없는 일들이 더 많다. 아버지도 잘 몰라서 답답하고 어렵고 힘에 부친다.

　그래서, 어떤 아버지들은 슈퍼맨인 '척만' 한다. 평소에도 강한 체, 똑똑한 체하지만, 아이가 힘들 때도 도와주진 않고 야단만 친다. 왜 슈퍼맨인 자기처럼 못하냐고 말이다. 그래서 아이가 볼 때 아버지는 자기와 달리 공부도 잘했고, 친구관계도 좋았고, 능력이 많아 뭐든 문제없이 해결해 나가는 것처럼 보인다. 하지만, 그럴수록 아이는 아버지가 멀게만 느껴진다. 아버지는 능력 없는 자기와는 종류가 다른 사람이므로 자기 같은 아이는 어차피 이해하지도 못할 것이다. 아이는 그런 슈퍼맨이 부담스럽기만 하다.

　태훈이가 고등학교 때 나에게 이렇게 물어보고 답한 적이 있다.

（태훈） 아빠, 비 맞는 사람에게 제일 고마운 사람이 누군지 알아?

（나） 당연히 우산 씌워주는 사람이지.

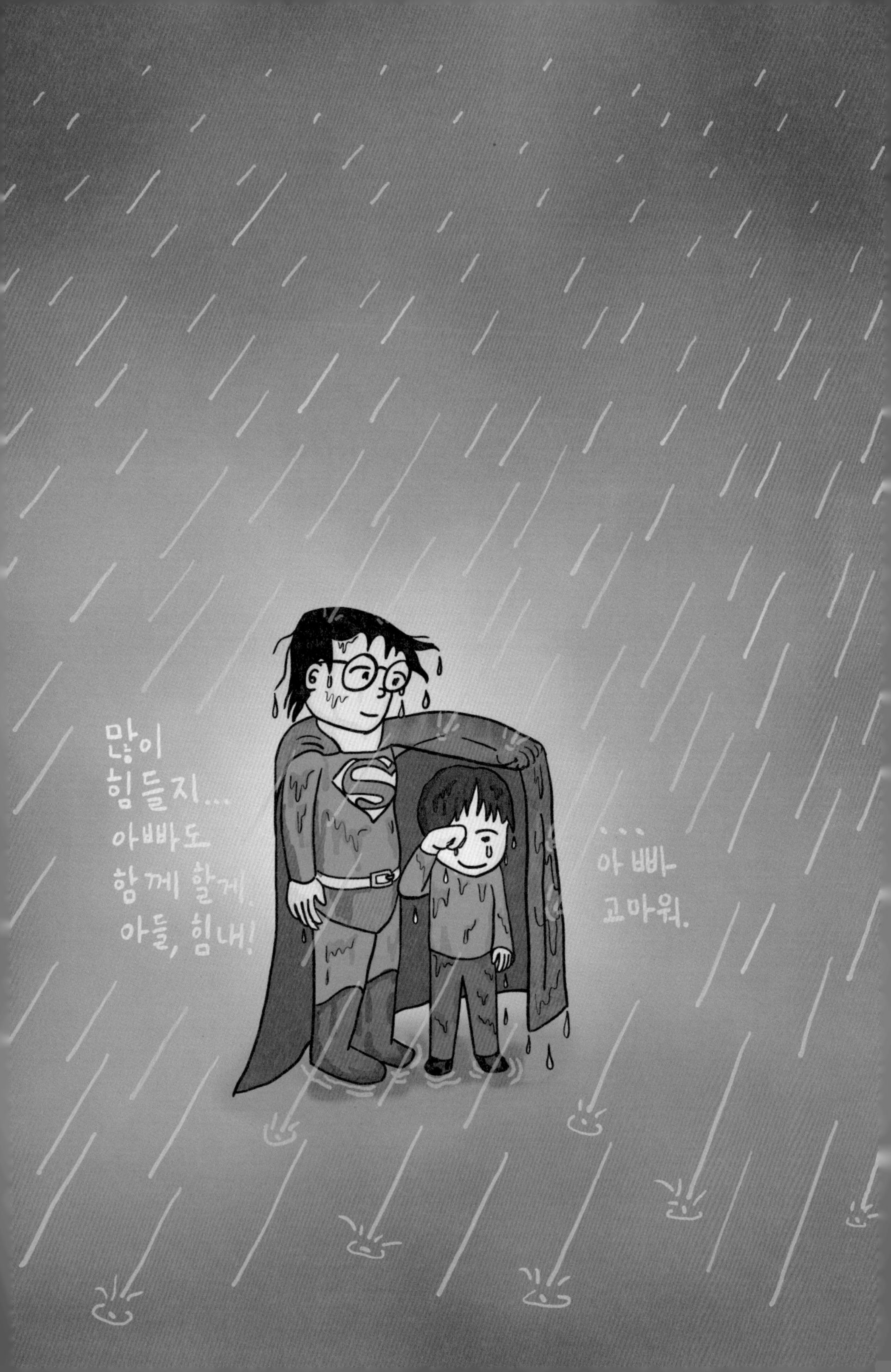
많이
힘들지...
아빠도
함께 할게.
아들, 힘내!
...
아빠
고마워.

(태훈) 아냐, 함께 비 맞아 주는 사람이야.

그렇다! 우산 씌워주는 사람도 고맙긴 하지만 그는 자기가 비 맞을 생각까진 안 한다. 자기가 피해를 보지 않는 선에서 호의를 베푸는 것이다. 그러나, 함께 비 맞아 주는 사람은 그 모든 불편과 피해를 기꺼이 감수하고 같은 어려움 속에 들어가 공감해 주는 사람이다.

아이가 어려움에 처했을 때 아버지가 슈퍼맨이 되려고 애쓰며 문제를 해결해 주는 것은 멋지고 신나는 일이다. 그러나, 때때로 쉽사리 풀 수 없는 문제들도 있고 그냥 아이 혼자 겪어내야 하는 어려움들도 자주 있다. 그럴 땐 굳이 슈퍼맨인 척하지 말고 그냥 비 맞는 아이 옆에 다가가 함께 비를 맞아 주자. 이때 아이에게 아버지는 진짜 슈퍼맨이 된다. 아니, 그 이상이다.

그러므로, 위기는 기회다. 상황이 어려워지고 아이가 나를 필요로할 때면 기회가 왔다고 기뻐하자. '자, 내가 어떤 아빠인지 잘 봐 봐~.'라는 기분으로 "아빠가 뭘 어떻게 도와줄까?"라고 말하자. 설사 깔끔하게 해결을 못해 줘도 상관없다. 그냥 아이의 편이 되어 아이와 함께 어려움을 나누고 해결하려고 애쓰는 모습만 보여줘도, 이미 너무나 고맙고 믿음직한 아버지다.

부자유친도 아내 없이는 안 된다

몇 년 전에 회사에서 조직력 강화 행사로 연극 단체 관람을 간다고 했다. 서울 대학로로 가는 회사버스에 탔는데 거기서 후배 직원과 앉아 가게 되었다. 친하게 지내는 사이지만 회사 안에서 나누는 얘기는 주로 업무에 관한 것들이라 사적인 대화를 나눌 기회가 별로 없었다. 회사를 뒤로 하고 나란히 앉아 가게 되니 자연스럽게 개인적인 얘기들도 하게 되었다. 나는 그에게 귀여운 아들이 하나 있는 걸 알고 있었기에 아들은 잘 자라고 있냐고 물어보았다.

(후배) 네, 잘 크고 있어요.

(나) 지금 몇 살이야?

(후배) 여섯 살이에요.

(나) 아들이라서, 아빠한테 한참 놀아달라고 할 나이네. 둘이 엄청 친하지?

(후배) (겸연쩍게 웃으며) 아빠를 별로 안 좋아하는 것 같아요.

그것은 의외의 대답이었다. 그 역시 아들바보여서, 사무실에 있는 그의 자리를 보면 항시 아들 사진들이 화면보호기로 컴퓨터 모니터를 채우고 있었고, 그의 휴대폰 잠금화면 역시 자기 아들 사진이었다. 그 사진들을 보면서 나는 그 아들이 지 아버지랑 쏙 빼닮았다는 것도, 그 아들을 아버지가 얼마나 사랑하고 있는지도 알 수 있었다. 나는 월요일이 되면 가끔씩 사람들에게 주말에 뭐 했냐고 물어보는데, 그는 주말에는 부인과 함께 아들 데리고 어디어디 놀러 갔다 왔다고 대답했다. 주말이면 아들이 꼭 집 밖으로 나가야 한다고 해서 무조건 나가고 본다고 웃으며 얘기했다. 그런데 그런 자상한 아버지를 아들이 좋아하지 않는 것 같다고 하니, 왜 그럴까 궁금했다.

> **(후배)** 집에서 와이프랑 소파에 앉아 있으면 아들이 그 사이로 들어와서 저리 가라고 저를 밀어내요. 혹시라도 와이프랑 스킨십이라도 하는 걸 보면 난리가 나요. 아빠 싫다고 저리 가라고요. 제가 자기 엄마를 뺏는다고 생각하나 봐요. (웃음).

그 얘기를 듣고 나는 정신분석학에서 말하는 오이디푸스 콤플렉스(Oedipus Complex)가 떠올랐다. 아들은 무의식적으로 이성인 어머니를 좋아하고 독차지하려 하며 자기보다 강대한 동성인 아버지를 경쟁자로서 싫어하고 배척하려 한다는 이론이다. 그리스 신화에서 영웅 오이디푸스는 신탁의 운명에 따라 자기 친아버지를 몰라보고 죽인 후, 친어머니를 취해 아내로 맞는데, 이를 알고 나서 어머니는 자살하고 오이디푸스 자신은 스스로 두 눈을 찔러 장님으로 떠돌다 죽는다. 정신분석학자 프로이트(Sigmund Freud)가 자신의 이론을 잘 요약한 듯한 이 유명한 비극에서 이름을 따온 것이다. 아들만 그런 것이 아니라 딸도 그렇다. 이 경우, 즉 딸이 어머니를 경쟁자로 삼고 아버지를 좋아하는 현상을 프로이트의 동료였던 칼 융(Carl Gustav Jung)이 역시 그리스 신화에서 따 와 엘렉트라 콤플렉스(Electra Complex)라고 이름 붙였다. 어느 경우든 대여섯 살 전까지만 잠깐 나타나고 이후에는 내 적으로 극복하며 정신적인 성장을 해 나간다고 한다.

그러나, 그 후배와 마찬가지로 아들을 키워 온 나는 내 아들에게서 그런 경향을 본 기억이 없다. 내가 대학 다닐 때 어떤 잡지에서 읽었던 대담 기사가 생각난다. 거기서 도올 김용옥 선생은 프로이트의 오이디푸스 콤플렉스를 무슨 우주의 법칙인 것처럼 무조건적으로 받아들이는 것은 지양해야 하며 그것은 삶의 양식과 문화에 따라 다르게 나타나거나 또는 다르게 해석될 수 있다고 썼다. 나는 내 후배 집의 경우도, 물론 프로이트가 일부 맞을 수도 있겠지만 모든 것을 다 설명하지는 못할 거라고 생각한다. 그 설명 못하는 부분은 친밀함의 관계와 소통이라는 측면에서 비춰 보면 보다 쉽게 이해할 수 있다.

그 후배의 아들이 대부분의 시간을 보내는 사람은 아빠가 아닌 엄마다. 엄마는 밥 먹여 주고 씻겨주고 놀아주고 잠재워 주고 언제나 바로 옆에서 사랑을 주는, 이 세상에서 제일 중요한 사람이다. 반면에 아빠는 아들이 눈뜨기 전에 나가고 잠든 후에 들어온다. 대부분의 시간, 얼굴 보기도 어려운, 멀고 낯선 쪽에 속하는 사람이다. 아들과 보내는 절대적인 시간의 양이라는 측면만 봐도 아빠는 엄마와 비교할 수가 없다. 친밀한 관계가 형성되려면 우선은 함께 보내는 시간의 양이 어느 정도 이상 필요하다. 더구나, 시간의 질적인 면에서도 엄마는 아들의 생존에 밀착된 가장 중요한 일들을 해 준다. 어린 아들은, 아빠가 힘들게 돈을 벌어온 덕분에 좋은 집에서 맛있는 음식을 먹고 편하게 지낼 수 있다는 걸 이해하지 못한다. 그런 걸 바라는 것 자체가 무리다.

즉, 아들이 볼 때 아빠는 남자라서가 아니라, 지금까지 함께 보낸 시간이 양적으로, 질적으로 엄마보다 훨씬 못하기에, 그냥 덜 친하고 덜 중요한 사람인 것이다. 그런데 주말이면 불쑥 나타나서, 아들이 이 세상에서 가장 친하고 중요하게 여기는 엄마랑 되게 친한 척을 한다. 아들은 아빠가 자기한테 친절하게 대해 주고 자기가 가고 싶어하는 놀이공원에도 데려다 줘서 좋긴 한데, 혹시나 엄마가 자기보다 아빠를 더 좋아할까봐, 그래서 자기가 엄마에게서 밀려날까봐 불안해할 수도 있을 것이다.

(나) 아들이 그러면, 부인께서는 어떻게 하시는데?
(후배) 그런데 와이프도 아들이 그러는 게 싫지 않은가 봐요.

부인은 웃으면서 그 아들을 받아주고 결국 그는 밀려나는 것이었다. 그도, 그 부인도 단지 아이가 어려서 응석을 부리는 거라고 받아들인다. 그럼, "어른이 그런 것 갖고 애하고 싸우냐?" 그럴 것이다.

나는 여기서 아이 엄마의 역할이 굉장히 중요하다고 생각한다. 그냥 그렇게, 어려서 그런 거라며 아이의 행동을 다 이해해 주고 받아들이기만 할 게 아니라, 아이가 아빠를 좋아하도록, 그리고 아빠와 더 친해지도록 지속적으로 배려해 줘야 한다는 것이다.

　내 회사 후배의 경우에는 평소에 아이와 노는 시간의 절대적인 양 자체가 부족하므로 주말에는 아이가 아빠랑 둘이서 놀 수 있도록 배려해 주는 것이 좋다. 엄마는 일부러 슥 빠져 주는 것이다. 아들은 남자애라서 아빠가 훨씬 더 재미있게 놀아줄 수 있는 영역이 있다. 공룡이나 로보트 같은 장난감을 갖고 노는 것도 아빠는 금방 아들과 주파수를 맞춰서 공진(共振; resonance)하며 놀 수 있다. 아빠도 어렸을 때 그렇게 놀아봤기 때문이다. 반면에 인형 옷 입히기 놀이 같은 걸 하면서 자란 엄마는 왠지 아들이 원하는 놀이 속으로 빠져들기가 어렵다. 그러다가 공놀이를 하거나 레슬링을 하는 등 좀더 몸을 많이 움직이고 스킨십이 많은 놀이로 옮겨 갈수록 아들은 아빠랑 노는 게 진짜 재미있다고 느낀다. 바로 엄마가 채워줄 수 없는 그 부분을 아빠는 채워주기 때문이다. 아빠는 몸집이 크고 마음씨 좋은 친구가 된다. 엄마는 엄마대로 좋지만 아빠는 아빠대로 좋아진다.

　나는 다른 사람보다 가방끈이 길다 보니 본격적인 직장생활을 하기 전, 아들이 어렸을 때 함께 놀 수 있는 시간이 많았고 그렇게 논 시간들이 결국 아직까지도 나와 아들이 친하게 지내는 정서적인 밑바탕을 이루고 있다고 생각한다. 내 경우에도 내가 집에 있으면 아들과 놀아주는 것은 온전히 내 몫이었다. 태훈이는 언제나 나에게 와서 놀아 달라고 졸랐다. 내가 "아빠가 좀 피곤하니까 좀 있다가 놀자~."라고 하면 알았다고 하면서도 근처에서 빙빙 돌면서 "심심해, 심심해."를 연발했다. 그러다가 내가 본격적으로 놀아주기 시작하면 나와의 놀이에 푹 빠져들었다. 웃고 재미있어 하며 좋아 죽으려고 했다. 그런데 그렇게 놀아주는 것을 나도 억지로 한 것이 아니라 즐기면서 했기 때문에 지금 생각해 봐도 그 시간들은 참으로 행복한 시간들이었다.

올해 초 SBS 다큐 〈아빠의 전쟁〉은, 육아휴직을 내고 아이들을 돌보는 스웨덴 아빠들과 한 인터뷰를 보여주었다. 그 아빠들은 이렇게 얘기했다. "이렇게 어리고 천사 같은 내 아이와 행복한 시간을 보내고 있습니다. 지나가면 다시 오지 않는 내 인생에서 가장 소중한 시간입니다. 커리어는 나중에라도 계속 쌓아갈 수 있지만 이 시간을 잃고 싶지는 않습니다." 인생에서 무엇을 가장 중요한 것으로 보는지에 대한 문제다. 이 부분에서 스웨덴은 개인과 사회의 컨센서스(consensus; 합의)를 이루었다. 아빠들도 무려 1년이 넘도록 법적으로 보장된 육아휴직을 돈까지 받아가며 당당하게 쓸 수 있는 것이다.

우리나라 아빠들도 육아휴직을 낼 수는 있다. 물론 돈은 못 받는다. 그리고 때론 따가운 눈총과 함께, 복직 시 자리가 없어질 수 있다는 것도 각오해야 한다. 결국, 우리 사회는 아빠들에게 그 소중한 시간을 포기하고 돈을 벌라고 강요해 왔다. 아이는 아빠, 엄마에게 가장 큰 행복을 주는 천사가 아니라 부담스런 짐처럼 되어 버렸다. 이 시대의 청년들이 결혼과 출산에 대해 움츠러들 수밖에 없다.

우리나라에서도 '무엇이 중한 것인가'에 대한 컨센서스가 확장되며 제도적인 개혁 드라이브에 힘이 실리고 있으므로 분명 더 좋은 방향으로 개선은 이루어질 것이다. 다만 시간이 걸릴 것이다. 아직 상황이 썩 좋지는 않지만 그렇다고 포기할 필요는 없다. 제도 미비 때문이란 핑계를 대어서도 안 된다. 언제나 뜻이 있는 곳에 길은 있으니까 말이다. 아빠는 시간의 양으로 볼 때 모자란 부분을 시간의 특별한 질로 채워줄 수 있다. 위에서 얘기한 아빠의 특장점을 살려서 말이다. 그리고 그것을 엄마가 도와주면 된다. 엄마가 할 일은 그저 빠져 주는 것이 아니다. 아이가 아빠에 대해서 긍정적인 이미지를 갖도록 해 주는 것이다. 그리고 이 부분이 훨씬 더 중요하다.

  내가 초등학교 4학년때쯤이었던 것 같다. 그때 나는 같은 초등학교에 다니는 동급생 여자친구네 집에 놀러 갔었다. 같은 동네에서 오래 살아 부모님들끼리도 친하게 지내는 사이였다. 그 친구한테는 남동생이 하나 있었는데 얘도 내 바로 밑 동생과 같은 나이였다. 그런데 무슨 일이었는지 지금 기억은 안 나지만, 그때 그 여자친구가 자기 동생한테 화를 내면서 "지애비 닮아서 아무짝에도 쓸모없는 놈."이라고 욕을 하는 것이었다. 그런 오래된 일을 아직까지 기억하는 것을 보면 난 그때 꽤나 충격을 받았던 것 같다. 내가 알기로 그 친구는 자기 어머니가 입버릇처럼 하던 말을 그대로 배워서 따라 한 것이었다. 자녀들에게 어머니는 가장 가깝고 친한 사람인 동시에 가장 큰 영향력을 지닌 사람이다. 어머니가 아버지를 욕하면 자녀도 따라서 아버지를 욕하게 된다. 동시에 아버지는 그 자녀에게 가장 소중한 어머니를 괴롭히는 나쁜 인간이 되어 버린다. 아마도 그 친구는 평소에 아버지 때문에 속 썩는 어머니를 보고, 자기도 어머니와 같은 여자이므로 동병상련으로 심적인 연합군이 된 상태였던 것 같다. 아버지에 대한 어머니의 분노가 그 친구에게도 그대로 옮겨 심어져, 아버지를 닮은 그 남동생까지도 툭하면 싸잡아 욕을 했던 것 같다. 나는 어린 마음에도 그 모습이 좋아 보이지 않았다.

이것과 대비되는 일은 내가 초등학교 6학년 때 있었다. 나는 그때 아주 친한 친구가 있어서 그 집에 놀러가서 가끔씩 자고 오기도 했었다. 역시 부모님들끼리 같은 동네에서 잘 알고 지내는 사이였다. 그때도 그 친구 집에 놀러 갔었는데 집에 걔네 아버지가 계셨다. 그런데 걔 아버지는 나의 아버지와는 사뭇 달랐다. 자기 아들과 재미있는 농담도 주고받으며 장난도 많이 치셨다. 아들의 친구인 나에게도 친절히 대해 주셨다. 항상 아버지가 어려웠던 나에게는 그런 장면이 신기하기도 하고 부럽기도 했다. 그래서 집에 돌아와서는 부엌에서 일하고 계신 어머니에게 얘기했다. "엄마, ○○ 알지? 걔네 집에 놀러 갔는데 걔네 아버지가 계셨어. 되게 웃기고 재미있으시더라~. 우리 아빠랑은 딴판인 것 같애." 그런 식으로 부러움과 함께 우리 아빠는 도대체 왜 그런지 모르겠다는 식으로 푸념을 했다. 그런데 어머니는 내 얘기를 듣고 언짢으신 표정이 역력했다. 정색을 하시면서 "너네 아빠도 좋은 분이야. 사람 겉만 보고 그렇게 얘기하면 안 된다. 그리고 자기 아빠 흉 보면 못 써."라고 말씀하셨다. 그때 내 맘속에는 '아빠가 엄마

274

속을 그렇게 썩이니까 내가 그렇게 얘기하면 그러게 말이다 하면서 함께 맞장구쳐 줄 거야'라고 생각했는데 의외였다. 더구나 평소에 무슨 말을 해도 그렇게 정답게 받아주시던 어머니였는데 그렇게 화를 내시다니….

어머니는 당신이 아버지 때문에 속상하시더라도 그건 두 분 사이에서 풀어야 할 문제인 것이고 자식들은 아버지와 좋은 관계이기를 바라셨다. 어머니는 본인이 죽기까지 힘들어도 자식들 앞에서 아버지를 욕하거나 원망하신 적이 없었다. 아마도 어머니와 평생 친하게 지내신, 의형제 맺은 이모님께나, 뒤늦게 믿고 의지하신 하나님 앞에 속마음을 털어놓고 우셨을지는 모르겠다.

남자는 자기도 모르게 자기 어머니와 닮은 여자를 찾는다고 했던가? 나는 지금 내 아내도 나의 어머니와 많이 닮았다고 느낀다. 내가 내 아들과 좋은 관계를 쌓아 온 데에는 보이지 않게 내 아내의 공이 크다. 내 아내는 자기를 내세우지 않는다. 태훈이에게 뭔가 좋은 걸 해 주게 될 때, 자기는 빠지고 나를 치켜 세워준다. 예를 들어 맛있는 음식을 해서 먹일 때 태훈이가 고맙다고 하면 아내는 "내가 이거 하느라고 얼마나 힘들었는 줄 알아?"라고 할 만도 한데, "아빠가 힘들게 돈 벌어와서 우리가 좋은 거 먹는 거야. 아빠한테 고맙다고 해. 엄마는 한 거 없어."라고 해 준다. 셋이서 함께 얘기할 때에는 항상 나의 의견을 가장 우선으로 존중하고 경청해 준다. 그리고 내가 없을 때에도 아내는 그 태도에 변함이 없다.

태훈이가 뭔가 고민이 있고 힘들어하는 것 같으면 태훈이에게는 아빠와 상의해 보라고 권하고, 또 나에게는 태훈이가 이러이러한 문제가 있는 것 같은데 오빠가 얘기해 보면 좋을 것 같다고 얘기해 준다. 물론 아내가 생각할 때 자기가 얘기해도 되겠다고 하는 건들은 태훈이와 둘이 얘기해서 해결하지만, 뭔가 더 어렵고 힘든 문제는 아빠한테 가면 해결할 수 있다고 믿는 것이다.

이번 타이완 여행에서 자기는 빠지고 나와 아들이 해외 여행을 가도록 주선한 것도 아내였다. 그러나 이번 경우뿐 아니라 틈나는 대로, 아내는 부자간에 마음껏 친해질 수 있도록 마음을 써 왔다. 그러므로 내가 오늘날 태훈이와 누리는 부자유친은 아내의 도움 없이는 얻을 수 없는 것이었다. 우리 주변의 대부분의 중요한 물질을 만드는 화학 공정치고 '촉매'가 빠지는 경우는 없다. 촉매는 자기 자신은 소모되지 않으면서 두 분자 간에 반응을 일으켜 새로운 화합물을 만들도록 도와주는 물질이다. 촉매가 없으면 천년, 만년쯤 걸릴 변화가 촉매를 매개로 하여 순식간에 일어나버린다. 아내는 아버지와 아들의 친밀 반응을 일으키는 가장 강력한 촉매다.

아내를 괴롭히는 것은 자해 행위일 뿐

앞서 얘기한 '아비는 자식을 쏘아올리는 활이다'란 문장이 내 어릴 적에 눈으로 확 들어오며 가슴에 새겨졌다고 한다면, 어른이 되어 그런 임팩트로 내게 들어온 문장은 이것이었다. '아내를 괴롭히는 자는 자기 자신에게 상처를 내는 자다.' 어느 날 밤 퇴근하여 아파트 계단을 올라가려고 하다가 문득 벽에 붙어 있던 종이에서 발견한 문장이다. 어떤 전단지 종류의 종이였다고 기억되는데 거기에 왜 그런 문장이 적혀 있었는지, 문장의 출처가 어디였는지는 기억이 안 난다. 어쨌든 그 문장 역시 내 눈동자를 뚫고 들어와서 가슴에 깊숙이 박혔다.

그렇다! 자기 아내를 괴롭히는 남편만큼 미련한 자는 없는 것이다. 자기 몸에서 피가 철철 흐르는 줄도 모르는 채 계속 제 몸을 할퀴고 찌르고 베며 마구 상처를 내고 있는 것이기 때문이다. 아내는 남이 아니다. 바로 나 자신이다. 성경 말씀에도 있다. "이러므로 남자가 부모를 떠나 그의 아내와 합하여 둘이 한 몸을 이룰지로다(구약 창세기 2:24)", "그러므로 사람이 부모를 떠나 그의 아내와 합하여 그 둘이 한 육체가 될지니(신약 에베소서 5:31)". 아내와 나는 따로 떼어 내어 생각할 수 없다. 그냥 하나인 것이다. 아내가 행복하면 나도 행복한 것이고 아내가 불행하면 나도 불행한 것이다. 내가 아내를 괴롭히면 그것은 내가 나를 괴롭히는 것이다.

아마 어느 누구도 아내 괴롭히는 것을 진짜 좋아서 하는 사람은 없으리라. (있다면 정신의학적으로 심각한 문제가 있는 사람이다.) 대개 자기 자신의 내면이 많이 무너진 사람들이 마음속에 가득한 불안과 분노, 고통을 억누르다 못 참고 밖으로 뿜어내면서 아내를 괴롭히는 것일 게

다. 그러면 아내는 불행해진다. 정상적인 남편이라면 아내의 불행한 모습을 보면서 더 괴로워지고 더 어두워진다. 무신경한 남편이라 해도 그런 분위기에서 마음이 밝을 리는 없다. 이런 사람들이 진실한 행복을 누리기는 불가능하다.

그럼에도 세상에는 아내를 힘들게 하는 사람들이 의외로 많은 것 같다. 아내를 무시하거나 조롱하는 말도 별 생각 없이 내뱉는다. 남편에게 조언이라도 할라치면, "야, 니가 뭘 안다고 그래? 모르면 좀 가만히나 있어."라고 면박을 주기도 한다. 아내가 자기만큼 사회 경험이 없다고 무시하는 것이다. 아니, 자기가 아내를 집에서 살림하라고 들어앉힌 것 아닌가? 그래서 자기 애 낳아주고 지금까지 힘들여 잘 먹이고 입히고 해 놓았더니 이제 와서 바깥세상 모른다고 무시하다니…. 아내는 기가 막히고 억울하다.

그 남편이 몰라서 하는 소리다. 무식하면 자기나 입 다물지…. 요즘은 사업이든 뭐든 잘하려고 하면 정말 여자들 말에 귀를 기울여야 한다. 세상의 소비경제를 좌우하는 것은 실질적으로 아줌마들인 것이다. 아저씨들은 시간이 없어서 돈을 못 쓰지만, 아줌마들은 나가서 그 돈을 쓴다. 아줌마들의 기호를 잡아야 살아남는다. 아무것도 모르는 남자나 여자를 무시한다.

더구나 그 남편은, 쯧쯧, 누가 자기편인지도 모른다. 이 세상 모든 사람들 가운데 진심으로 그가 잘되기를 바라는 사람이 몇이나 있을 것 같은가? 그가 나가서 뭔가 자랑하면 듣던 친구들이 겉으로는 축하하는 척하지만 속으로는 질투하면서 심하게 배 아파할 수도 있다. 심지어 형제자매들까지도 그럴 수 있다. 언제나 진심으로 그의 잘됨을 자기 일같이 기뻐하는 사람은 부모를 제외하면 그의 아내가 유일하다. 왜냐하면 아내는 바로 남편과 한 몸이기 때문이다.

사람은 참 어리석고도 못돼먹은 데가 있다. 자기에게 잘해주고 친절하게 해주면 그 사람을 쉽게 보고 무시한다. 자기에게 잘해주는 만큼 더 고마워하고 자기도 더 잘해주려고 해야 하는데 말이다. 이런 실수가 가장 흔하게 벌어지는 곳이 가정이다. 편하다고 가족 간에 서로에게 막 대한다. 주로 버릇 없는 아들이나 딸이 엄마에게 지가 내키는 대로 막 해댄다. 지가 잘못해 놓고도 화나면 엄마에게 화풀이를 한다. 밖에 나가서 다른 사람들에게는 꼼짝도 못하면서 집에 들어오면 엄마에게 행패다. 엄마가 지를 사랑해서 다 받아주니까 만만하게 보는 것이다. 남편도 마찬가지다. 밖에 나가서 직장에서는 조심조심 기도 못 펴고 움츠리고 다니면서 집에 들어오면 편하고 만만한 아내한테 자기 스트레스를 퍼부어 버리는 것이다. 그런 사람에게는 이런 소리가 절로 나온다. '아이고~, 못났다.'

아내가 편안하다고 해서 아무 말이나 내뱉을 것이 아니라 오히려 말을 가려서 해야 한다. 아내는 가장 소중한 존재이기 때문이다. 혹시나 이 말을 하면 아내가 기분 나쁘지 않을까? 이 말은 하지 말자. 또는 요렇게 돌려서 말하자. 이런 식으로 머릿속에서부터, 하려는 말 중에 유리조각, 바늘 이런 것들을 걸러내고 말하는 습관을 들여야 한다.

어떤 사람은, "아니, 부부끼리 그렇게 불편하게 어떻게 사냐?"고 할 수도 있다. 그러나 결코 어렵지 않다. 아직 습관이 안 되어 그런 것뿐이다. 습관이 되어 뇌 속에 필터 회로가 형성만 되면 그다음부턴 힘들이지 않아도 자동으로 걸러내 준다.

내가 어릴 적부터 마음속에 깊이 깨달은 것들 중의 하나는, 어떤 집이 행복하려면 가장 먼저 그 집의 안주인이 건강하고 즐거워야 한다는 것이다. 특히 어머니의 존재가 절대적인 아이들에게는 이것만큼 중요한 것이 없다. 나도 어릴 때를 돌이켜 보면, 우리 집이 가난했어도 그런 건 별로 문제가 되지 않았다. 저녁 때면 우리 삼형제가 어머니와 함께 TV도 보고 윷놀이도 하면서 함께 웃고 떠들며 즐겁게 지냈기 때문이다. 그러나 우리가 커가며 어머니가 병들고 또 아버지로 인해 힘들어하시는 걸 지켜보게 되면서 우리 마음에는 어두운 그림자가 드리워지게 되었다. 내가 직접 겪어보고 깨달은 것이다. 어머니의 웃음 없이는 행복한 가정이 없다는 것을.

그래서 나는 더욱더 내 아내가 건강하고 행복하기를 바랐다. 내 아내가 건강하고 행복한 것이 내가 건강하고 행복한 것이고 태훈이가 건강하고 행복한 것이다. 가족 하나하나가 다 웃고 즐거워해야겠지만 그 중심은 역시 아내다. 남자들은 아무래도 무디다. 특히 아버지는 아파트 외벽이라고 앞서 얘기하지 않았는가? 그러나 아내는 정말 별것도 아닌 걸 갖고 까르르 하며 웃는다. 그러면 그 웃음 소리가 집안에 퍼져 나가고 온 가족들의 마음에 스며들면서 행복한 기운을 좌악 퍼

뜨린다.

이런 현상은 최근 과학적으로도 규명되었다. 인간의 뇌 속에는 미러 뉴런(Mirror Neuron; 거울신경)이란 것이 있어서 다른 사람을 보고 그대로 따라 하려는 경향이 있다는 것이다. 갓난아기가 엄마를 보고 자꾸 따라 하면서 말이나 행동 능력을 습득할 수 있는 것도 다 미러 뉴런 덕분이다. 마찬가지로 행복한 사람을 보면 뇌 속의 미러뉴런에 의해 자기도 그 사람처럼 행복한 것처럼 느낀다. 그래서 사람들은, 웃고 있는 사람을 보면 자기도 모르게 같이 웃으면서 "뭔데 그래? 말해봐. 나도 같이 좀 웃자."라고 다가가는 것이다. 반면 우울한 사람은 피한다. 그와 함께 있으면 괜히 나도 우울해지기 때문이다. 그래서 불행한 아내를 둔 남편은 행복해질 수가 없다.

그러므로 정말 행복해지고자 하는 남자들은 자기 아내를 행복하게 해 주자. 행복한 아내는 남편도 자녀도 행복하게 해 주는 것은 물론이고, 그 둘 사이의 관계도 행복하게 해 준다.

제 5 장

소통의 기술

앞의 4장이 부자유친의 소통을 위해 갖춰야 할 기초 체력적인 측면의 얘기들이었다면 이번 5장은 그 바탕 위에서 구사할 좀더 기술적인 측면의 얘기들이다. 축구선수로 예를 들자면, 지치지 않고 누구보다 빠르게 경기장을 뛰어다닐 수 있는 체력을 갖추었으니, 이제 골문으로 파고 들어가 틀림없는 골인을 터뜨릴 수 있도록 정교한 기술들을 습득해야 한다는 것이다. 여기서의 골은 당연히 부자유친이다.

좋은 소통을 위한 사전점검 3가지

부자간에 자주 얘기할 수 있다면 제일 좋겠지만 요즘은 나도, 아들도 얘기 나눌 시간이 잘 나지를 않는다. 각자 사회생활로 바쁘기도 하지만 함께 있는 시간 자체가 많이 부족하다. 내가 주말부부로 생활하는 것이 가장 큰 원인이다. 주중에는 경기도 화성시의 회사 근처 오피스텔에서 지내다가 금요일에 퇴근하면서 서울 집에 올라와서 주말을 지내고 일요일 오후에는 다시 내려가는 것이다. 그러다 보니 금요일 밤에 잠깐 얼굴 마주치고, 토요일에는 태훈이가 친구들 만나러 외출 하니까 또 아침과 밤에만 잠깐 보고, 일요일 오전에는 가족이 다 교회 에 예배하러 갈 준비하느라고 바쁘고 그런 식이다. 그래서 좀 한가하 게 마주 앉아 얘기 나누는 시간이 그리 쉽게 나지를 않는다.

그런데 주위 사람들과 얘기해 보면 주말 부부가 아니라고 하더라 도 자기 아들이나 딸이 고등학생 이상인 경우, 아버지와 지속적으로 식사를 함께하고 또 얘기를 나누며 지내는 집은 거의 찾아보기가 어 렵다. 여전히 아버지는 회사 일로 바쁘고 아이들은 입시 공부와 그 밖 의 일로 바쁘다. 간혹 아버지가 얘기 좀 하자고 하면 아이들은 "오늘 아빠가 또 무슨 잔소리를 하려고 그러지?" 하고 오히려 걱정이 앞선 다. 아버지는 항상 아이들에게 관심은 갖고 있지만, 가끔씩 보고 가끔 씩 말을 섞으니까 아이들이 어떻게 지내는지도 잘 모르고 무슨 고민 을 하며 지내는지도 잘 모른다. 아이들도 아버지의 삶에 대해 모르기 는 마찬가지다. 다만, 내리사랑이라는 말마따나 아이들은, 아버지가 아이들에게 가지는 관심만큼이나 아버지에게 관심을 갖지는 않는다. 그저, '아빠는 어른이니까 어련히 알아서 잘 하시겠지.'라고 치부하고 만다.

아이들에게 엄마는 집안에 항상 함께 있으니까 자주 보고 얘기하 고 그러다 보니 익숙하고 편하지만 아버지는 아무래도 좀 낯설다. 아버지가 관심을 갖고 다가오면 편하지 않고 어딘가 어색하다. 그렇다고 적극적으로 거부할 명분도 없다. 내심, '관심 안 가져주셔도 되는데….'라고 생각하며 가능한 한 피하려고 한다. 그런데, 오랜만에 본 아버지 입에서 나온 소리가 "요즘 공부 열심히 하지?"다. '역시나 그렇지~.'라고 생각하면서 "네~."라고 마지못해 대답하고 얼른 자리에서 일어나려고 한다. 그런 아이를 붙잡으려는 듯 아버지는, "너, 요즘 성적이 떨어졌다면서?"라고 한다. 아이의 마음속에서 싫은 마음이 확 올라온다. '아니, 평소에 나한테 관심도 없으면서 왜 짜증나게 성적 얘기를….' 아이가 꾹 참고 얘기를 흘려 버리려고 하는데, 아버지가 일격을 날린다. "야, 옆집에 OO는 이번에 모의고사 전부 1등급 나왔대더라." 아이도 더는 참지 못하고 폭발한다. "아빠는 모르면 가만히나 있지, 왜 사람 비교하면서 열 받게 해? 내가 요즘 얼마나 힘든지도 모르면서…."

이 아버지도 참, 문제는 문제다. 아이는 전혀 마음을 열 준비가 안 되어 있는데 거기다 대고 다짜고짜 공부 얘기, 성적 얘기를 꺼내질 않나, 더구나 절대 금기사항인 '다른 아이와 비교'까지 서슴없이 저지르다니…. 어떻게 소통하는지를 몰라도 너무 모르는 것이다. 이건 마치 험난한 비포장도로에 네 바퀴 모두 펑크 난 차에 타고 억지로 가려는 것과도 같다. 나를 포함하여 우리 세대도 윗세대와 그리 소통을 잘하며 성장하질 못했기에 대다수가 소통에 서툰 편이다. "아니, 그까이 꺼 그냥 자기 생각을 얘기하면 되는 거지, 뭐가 그렇게 복잡해?"라고 말하는 사람도 있겠지만, 그런 생각 자체가 벌써 문제다. 소통은 그냥 아무 때, 아무에게, 아무 생각이나 내뱉는 것이 아니다.

좋은 소통을 위해서는 꼭 먼저 짚어 봐야 할 세 가지 요소가 있다. 그것은 '너'와 '나'와 '환경'이다. 당연하다. 너와 내가 어떤 환경 속에서 소통하는 거니까. 첫 번째, '너'는 내가 소통할 상대다. 소통을 시작하기 전에 상대를 세심하게 살펴야 한다. 상대가 나와 얘기할 만한 상황인지, 기분은 괜찮은지부터 본다. 그에 따라 소통의 결과는 극과 극으로 달라지기 때문이다. 직장에서 상사가 여유 있고 기분 좋을 때를 노려 어려운 말씀을 드리고 결재를 받아내는 것과 같다. 눈치 없이 덤벼들면 야단만 맞고 찍히기 십상이다. 또, 상대는 어떤 얘기를 좋아하고 어떤 얘기를 싫어하는지도 알고 시작하는 것이 좋다. 모른다면, 막 던지지 말고 조심해서 접근해야 한다. 마찬가지로 상대가 뭘 원하고 있는지도 파악해야 한다. 목이 말라 물을 찾는 상대에게 새우깡을 갖다놓고 먹으라면 먹겠는가? 시원한 물을 줄 수 있다면, 상대는 문을 활짝 열 것이다. 그리고, 이번 소통을 하면서 상대가 어떻게 나올지, 대답이나 반응을 대충 예상하고 그 반대의 경우까지 생각해 놓으면 끝까지 당황하지 않고 소통을 할 수 있다.

두 번째, '나'에서는 우선 내가 핵심적으로 원하는 것이 뭔가, 그래서 전하려는 메시지는 뭔가부터 체크해 봐야 한다. 나의 메시지는 뭔가, 내가 원하는 것을 잘 담고 있는가, 헷갈리지 않고 명확한가, 복잡하지 않고 간결하게 요점이 정리되는가, 이전에 상대에게 같은 얘기를 했던가, 같은 것들이다. 입부터 여는 사람들이 있다. 머릿속이 뒤죽박죽인 상태로 스스로도 뭐라고 얘기할지 정해놓지도 않은 채 말이다. 그런 사람들의 얘기는 한참을 들어봐도 뭔 얘긴지 알 수가 없다. 술 취해서 횡설수설하는 것으로 느껴질 뿐이다. 또 어떤 사람들은 너무 흥분해서, 감정이 격해서 또는 우울해서 평소에는 그렇게 생각하지도 않는 말을 성급히 내뱉어 놓고 나중에 후회하기도 한다. 잘 알다시피 쏟아진 물과 내뱉은 말은 돌이킬 수가 없다. 나의 메시지를 체크했다면, '나'의 상태도 살펴야 한다. 나는 부드럽고 긍정적으로 말할 수 있는가? 나는 상대가 하는 말을 경청할 준비가 되었는가? 그리고, 상대가 내 생각과 다른 주장을 할 때도 흥분하지 않고 수용하거나, 또는 시간을 두고 더 소통해 보자고 할 수 있겠는가? 어떤 사람들은 자기가 대화를 시작해 놓고는, 얘기가 자기 뜻대로 되지 않으면 자기가 흥분해서 자리를 뒤집어 엎고 나가는 경우도 있다. 상대는 이런 사람을 다음번엔 만나주지도 않을 것이다.

끝으로, 소통할 환경도 체크해 봐야 한다. 적절한 때와 장소와 상황인지를 살펴봐야 한다. 사람은 환경의 영향을 강하게 받기 때문이다. 왜, 좋아하는 여자에게 데이트 신청하려는 남자가 그렇게 먼저 분위기 좋은 카페나 레스토랑 등을 찾아 헤매겠는가? 왜 중요한 사업 얘기들이 회의실에서는 꽉 막히다가 골프장이나 술자리에서는 술술 풀리겠는가? 부자간의 소통도 마찬가지다. 맨날 똑같은 집안에서만 얘기할 것이 아니라, 좀더 특별한 얘기를 나누고 싶다면 환경을 바꿔

보는 것도 좋다. 화창한 휴일 낮이면 함께 산책하면서 얘기를 나눌 수도 있고, 비오는 밤이면 편안한 음악을 틀어 놓고 차 한잔 하면서 소통의 시간을 가질 수도 있다. 그러면 훨씬 더 윤기 나고 부드러운 대화를 나눌 수 있을 것이다.

좀 번거로울 수도 있겠지만, 아직 소통이 어려운 상대라면 이 세 가지를 꼭 짚어보기를 권한다. 다만, 모든 것이 완전하고 명확해져야만 소통을 시작할 수 있다는 뜻은 아니다. 일단 소통을 시작하면 상대와의 상호작용에 따라 얼마든지 처음에 예상하지 못했던 방향으로 진행될 수 있는 것이고, 또 그것이 소통의 묘미이기도 하다. 그러나 그런 경우에라도 사전에 세 가지를 잘 짚고 시작한 소통은 그렇지 않았던 소통보다 훨씬 결과가 좋다. 그러니 할 수 있는 만큼의 점검을 하고 시작하면 된다. 만약 평소에 자주 소통을 하는 친한 사이라면 이 과정은 습관이 되어 아주 신속하게 이루어진다. 처음 가는 길은 지도를 보고 이정표를 확인하며 더듬더듬 가지만, 매일 가는 길은 그런 걸 볼 필요도 없는 것과 같다. 그러나 매일 가는 길이라도 중간에 갑자기 공사를 한다거나 변화가 있으면 그 부분은 조심해야 하는 것처럼, 항상 소통이 잘되던 상대가 기분이 매우 안 좋다든지 하면 또 역시 그 세 가지를 되새기며 조심스럽게 진행해야 할 것이다.

이제, 아까 그 소통 '꽝' 아버지의 경우로 돌아가서 사전점검 순서대로 살펴보자. 먼저, '너'다. 그 아버지는 소통 상대인 아들을 전혀 살피지 않았다. 현재의 아들은 호적상 아들일 뿐 정서적으로는 타인이나 별반 다름이 없는 상태로까지 멀어져 있다. 함께 있는 게 어색하고 불편해서 아버지를 피해 다닌 지 오래다. 그리고, 아들은 회사에 있는 부하직원이 아니다. 아들에게도 마치 부하직원에게 하듯 단도직입적으로 용건을 얘기하고서 똑같이 공손한 답변이 돌아올 것을 기대해서는 안 된다. 정말 사랑하는 아들에게 얘기하고 싶다면 아들을 세심하게 살펴봐야 한다. 아들이 진심으로 바라는 것은 무엇인가?

둘째로, '나'다. 그 아버지의 '나'는 오랜만에 보는 아들과 정말 마음으로부터 하고 싶었던 얘기가 성적이었던 건가? '내'가 정말로 소중하게 생각하는 것은 무엇인가? 가족들이 건강하고 서로 사랑하며 사는 것 아닌가? 그렇다면 아들에게 요즘 힘들지 않냐고 따뜻한 위로의 말을 건네면 더 좋지 않았을까? 그리고, '나'의 상황은 오랜만에 아들을 본 그 짧은 순간에 꼭 그렇게 성적부터 체크할 정도로 긴급한 상황이었던가? '나'는 회사에서 생산량 실적 체크하듯이 집을 무슨 회사 근무의 연장이라고 생각하고 있는 것 아닌가?

'내'가 '나'를 살피는 것도 중요하지만 '내' 아들은 '나'를 어떻게 보고 있을까 하고 아들의 눈으로 '나'를 바라보는 것이 더 중요하다. "내가 뭐 어때서? 나처럼 가정과 직장에 충실한 사람 있으면 나와 보라고 해. 내가 어디가서 바람을 피워, 술 먹고 행패를 부려? 그리고 내가 한마디라도 틀린 말 하는 사람이야?"라고 하면 더 이상 할 말이 없다. 아무도 선뜻 그 아버지에게 다가서려 하지 않을 것이다. 그는 너무 딱딱한 데다 군데군데 가시까지 돋쳐서 그에게 가까이 가면 금방 상처받게 되기 때문이다. 대신, "아, 요즘 내가 너무 아들에게 무심해 보이지 않나? 지난번에도 내가 너무 심하게 말한 것 같은데 아들이 아직도 그 일로 화가 나 있으려나?" 이렇게 상대방의 눈으로 자기를 볼 수 있다면 사실 소통의 반 이상은 이미 성공한 셈이다.

끝으로, 소통의 환경, 상황이다. 언제나 그렇듯이, 그중에 가장 중요한 것은 시간, 즉 타이밍이다. 이 아빠는 아들과 오랫동안 얼굴도 못 보고 지내다가 지금 막 마주친 상황이다. 그렇다고 평소에 친밀함을 쌓아 놓은 것도 아니다. 그런데 이 상황에서 다짜고짜 성적을 체크하고 다른 아이와 비교하는 문책성 발언을 하면 어떻게 될까? 이 세상 누구라도 기분 나빠하고 반발할 것이 자명하다. 그런데도 많은 아버지들이 밀어붙인다. 모르고 그런다면 소통에 너무 무심한 것이고, 알고서도 그런다면 자기 힘의 우위를 앞세워 눌러 버리려는 폭력이다.

원래 아버지가 얻고자 한 것은 무엇이었나? 아들과 친밀한 관계 속에서 아들을 격려하여 그 아들이 열심히 노력하도록 하고 결국 사회에서 행복하게 살도록 하는 것 아니었나? 그러나 이 소통할 줄 모르는 아버지는 어떤 경우에도 얻고자 하는 것은 하나도 얻지 못한다. 소중한 사람들에게 상처를 줘 다 떠나게 하고 스스로 왕따가 되어 자기만의 고립된 세계에 갇혀 살게 된다.

대화의 기술

이제 많이 커서 반발력과 전투력이 만만치 않은 중고생 아들이라 하더라도, 분위기 좋을 때 아버지가 아들과 농담하고 장난치는 것이야, 둘이 친한 상태에서는 얼마든지 편안하게 할 수 있다. 그러나, 뭔가 진지한 얘기, 심각한 얘기를 할라치면 친한 상태에서도 그리 쉽지가 않다. 특히 아들이 듣고 불편할 만한 얘기, 싫어할 게 뻔한 얘기는 더더욱 그렇다. 예를 들어, "성적이 떨어졌는데 어떻게 된 거냐?", "게임 하는 시간이 너무 많지 않냐?", "너무 늦게 자고 늦게 일어나는 것 아니야?" 같은 얘기들은 어쩔 수 없이 긴장과 갈등을 일으킨다. 바로 분위기가 싸해지고 서로 불편해진다. 그래서 많은 부모들, 특히 어쩌다 한번씩 보는 아버지들은 웬만하면 이런 얘기 꺼내는 것 자체를 피한다.

그렇다고 부모로서 자녀가 엇나가고 있는 것을 가만 두고만 볼 수는 없지 않은가? 올바른 길로 인도할 신성한 의무를 저버릴 수는 없다. 여기까지 생각이 미친 아버지가 불편한 얘기를 밀어붙이다 보면 아들은 반발해서 튀어 오르고, 그럼 부자간에 반목이 생기면서 어렵게 유지하고 있던 친밀함은 다시 깨져 버린다. 이 과정에서 전투가 격해지다 보면 서로에게 상처를 주는 경우도 생긴다. 아직 아버지가 힘이 세서 자녀를 찍어 누르는 경우에는 주로 자녀 쪽에서 상처를 입는다. 때로는 이것이 아물지 않는 상처가 되어 관계 회복이 거의 불가능한 지경까지 가기도 한다.

이래저래 부자간에는 대화가 쉽지 않다. 그렇다면 어떻게 하는 게 좋을까? '무작정, 되는 대로' 식이 안 먹힐 거란 것은 자명하다. 여기에도 아버지가 기술적으로 알아두면 좋을 만한 것들이 있다. 우선은, 앞장에서 얘기한, 소통 전의 세 가지 점검을 하자. 그리고 나서는, 아들과의 대화가 다음 중 어느 경우에 해당할 것인지에 따라, 각각의 내용을 참고해 보자.

1. 아들이 아버지에게 할 말이 있어 다가오는 경우

2. 아버지가 아들에게 할 말이 있어 다가가는 경우

3. 그 외의 경우

먼저, 첫 번째는 비교적 쉬운 경우다. 아들이 뭔가 아쉬워서 아버지에게 부탁하러 오는 경우가 대부분이기 때문이다. 예를 들면 용돈이 필요하다거나, 최신 휴대폰을 사 달라거나 하는 경우들이다. 이때의 핵심은 경청하는 것이다. 정성스럽게 들어주는 것이다. 아들이 말을 다 마칠 때까지 끝까지 들어주는 것이다. 절대 지레짐작으로 화부터 내거나, 말허리를 자르고서는 다 안 들어도 뻔하다는 식으로 말하면 안 된다. 그렇게 되면 아들은, "왜 아빠는 내 말을 제대로 들어보지도 않고 화부터 내? 에이, 관둬!"라며 뒤돌아갈 것이고 다시 아버지에게 오지 않을 것이다. 그러므로 아들과 다시는 소통 같은 거 하고 싶

지 않다면 이 방법을 강추*한다. 또한 막연히 추측하지 말고 확 *강력추천
인을 하는 것이 좋다. 아들이 말하는 동안, 뭔가 불확실하거나
이해가 잘 가지 않는 것들은 질문을 하는 게 좋다. 아들이 말을 다 끝
마칠 때까지 기다렸다가 해도 좋고, 그때 가서 까먹을 것 같다면 중간
에 해도 좋다. 이때는 "말 끊어서 미안한데, 잘 모르겠는 게 있어서 질
문 좀 해도 될까?"라고 하면 아들은 흔쾌히 받아들여 준다. 질문한다
는 것은 아버지가 자기 말을 진지하게 듣고 있다는 것이기 때문이다.

아들은 아버지에게 이야기를 하는 동안 아버지의 얼굴을 살필 것
이다. 그러므로 아버지는 듣는 동안 무표정, 무서운 표정, 비웃는 표
정, 이런 것들 짓지 말자. 아들 입장에서는, 안 그래도 자기가 아쉬운
쪽이고 아버지를 설득해야 한다는 부담감도 있어서, 이렇게 이야기하
는 자체가 긴장되고 부담이 되지만 애써 용기를 내서 다가온 참이다.
그런데 아버지가 그런 부정적인 얼굴을 하고 있으면 아들은 주눅 들
고 움츠러들며 말도 버벅거리게 된다. '에이, 괜히 왔나?'라는 후회와
함께 다 그만두고 나가버리고 싶어진다. 아들은 당연히 아버지보다
사회적인 경험도 얕고 협상이나 설득 같은 것을 해본 적도 별로 없으
니 논리도 앞뒤가 안 맞고 말도 버벅거릴 수 있다. 그런 것도 지적질
하지 말자. 아버지는 자기가 어렸을 때를 돌이켜 봐야 한다. 지금은
아버지가 논술 지도하는 시간이 아니다. 아들이 개떡같이 얘기해도
찰떡같이 알아들을 수 있는 아버지의 내공을 과시해 주자. 그럼 아들
은 속으로 감탄할 것이다. '내가 말을 잘 못한 것 같은데 아빠가 다 알

고 계시네~. 역시…'

　대신, 친근한 표정을 하고 가벼운 미소를 지어주자. 아들이 아버지에게 다가왔다는 것만으로도 고맙고 반가운 일이다. 아버지는 그에 대한 즐거움과 환영의 표시를 해야 한다. '뭐든 말해봐, 내 아들이 하는 얘기는 다 환영이야.'라는 듯이. 그러면 아들은 '아빠가 귀 기울여 들어주네~'라고 느끼며 용기를 얻게 되고 이제는 자신감 있게 또박또박 얘기를 해 나갈 것이다. 그리고 적절한 리액션(Reaction)을 해주면 더욱 좋다. "응, 그렇지", "그렇구나", "오~ 그래?" 이런 추임새들을 넣어주면 그 경청의 깊이는 더 깊어지고 아들은 아버지를 신뢰하며 안정감 있게 얘기할 수 있다.

　아들이 다 얘기했는데, 만약 그 자리에서 바로 결정할 수 없는 것이라면 이렇게 얘기해 줘도 된다. "음~, 그렇구나. 아들 얘기 잘 들었어. 이거 언제까지 결정해야 하는 거지? 아빠가 좀더 생각해 보고 얘기해 줘도 될까?" 그걸 듣고 아들이 늦어도 언제까지는 결정됐으면 좋겠다고 하면 그때까지는 꼭 얘기해 주겠다고 해도 되고, 아니면 아버지가 직접 회신의 때를 말해줘도 된다. 어쨌든 아들이 무작정 기다리게 하지는 말라는 것이다.

　아들이 아버지에게 얘기할 게 있다고 찾아오는 경우는, 외교적으로 매우 좋은 기회임을 놓치지 말아야 한다. 아들의 요청을 들어줌으로써 아들의 마음을 살 수도 있고, 거기에 덧붙여 아버지도 전부터 바라던 뭔가의 조건을 걸어 딜(deal)을 할 수도 있기 때문이다. 예를 들어 아들 얘기를 들어봤더니 최신 휴대폰으로 바꿔 달라는 것이었다고 하자. 아버지는 "그거 바꾼 지 얼마 됐다고 벌써 바꿔?"라고 할 게 아니라, "왜 바꾸려고 하는데?"라고 부드럽게 물어보는 거다. 처음부터 아버지 자신의 생각을 강요하지 말고 꼭 먼저 아들의 생각을 들어보라는 것이다. 물론 어떤 아들은 별 생각도 없이 "그냥~"이라고 할 수도 있다. 듣는 아버지 입장에서는 황당하고 화가 날 수도 있겠지만, 그래도 미소 띤 얼굴로 이렇게 얘기해 보자. "그냥이라고 하면 아빠가 납득이 잘 안 가는데? 좀더 잘 생각해 봐~. 지금 가진 폰의 어디가 고장 났다든지, 너무 오래 써서 솔직히 싫증 났다든지, 새 폰의 어떤 기능이 꼭 필요하다든지, 그런 걸 아빠에게 납득이 가도록 설명해주면 아빠가 사 줄게."

물론 아버지는 아들의 요청을 거절할 수 있다. 다만, 이번에는 아들에게 납득이 되도록 아버지가 차근히 설명을 해 줘야 한다. "응~, 아들 얘기는 충분히 알겠고 아빠도 정말 사주고는 싶은데, 미안하지만 당장은 어려울 것 같아. 사실은 이러저러한 일이 있어서 아빠 경제 사정이 좀 안 좋거든~. 하지만 한두 달 정도 있으면 좋아질 것 같으니까, 그때 바꿔 주면 어떨까?" 아버지가 이렇게 진심을 밝히고 양해를 구하며 약속까지 하면 아들은 오히려 철없는 자기가 미안하고 그런 자기에게 이렇게 자상하게 얘기해주는 아버지가 고맙다. 아니면, 이런 아버지도 있을 수 있다. 아버지가 더 큰 관심을 보이며, "그래? 안 그래도 아빠도 아들이 폰 바꿀 때가 되지 않았나 했어. 어떤 폰이 갖고 싶어? 요금제는 뭘로 할 건데? 알아본 거 있어? 아빠도 좀더 싸게 살 수 있는 방법을 알아볼게."와 같이 얘기해 줄 수도 있다. 어떤 경우든, 아들은 아버지와 대화를 하는 것이 언제나 따뜻하고 즐거운 경험이라고 느끼며 다음번에도 무슨 일이 생기면 주저 없이 아버지를 찾게 된다.

다음, 두 번째 경우는 아버지가 아들에게 할 말이 있어 다가가는 경우로, 아버지가 아쉬운 경우다. 대개 아들들에게 아버지의 아쉬움 같은 것은, 적어도 평소에는 아예 관심의 대상이 아니다. 전혀 생각도 안 하고 있거나 눈치도 못 챘을 확률이 크다. 그러므로, 아버지가 뭔가 할 말이 있다고 하는 것은 아들에게는 거의 언제나 좀 갑작스런 일이다. 내 경험으로도, 내가 태훈이에게 뭔가 할 말이 있다고 얘기하면 태훈이가 좀 긴장을 하는 것 같다. 별일 아니면 바로 얘기하면 되는 거지, "태훈아, 아빠가 할 얘기가 있어"라고 얘기 안 한다. 그렇게 운을 떼는 것 자체가 뭔가 부자연스럽고, 가벼운 일은 아닐 것 같기 때문이다.

그러므로 긴장을 풀도록 하고, 되도록 분위기를 가볍게 할 필요가 있다. 무작정 "태훈아, 이리 와 봐. 아빠랑 얘기 좀 하자."라고 해서는 안 된다. 그건, "내가 이제부터 얘기할 거니까 넌 들어."라고 일방적으로 명령하고 강요하는 것이라서 아들의 마음속에 반발심을 일으킬 수 있기 때문이다. 소통은 어디까지나 관계를 상호 수평적으로 존중하는 것이 기본이 되어야 한다. 아버지가 아쉬워서 얘기하는 것이니 아들에게 양해와 호의를 구해야 하는 것이다.

아버지가 얘기하자고 한 그 시간이 아들에게는 적절한 타이밍이 아닐 수도 있다. 시험이나 과제 때문에 정신 없이 바쁘고 마음에 여유가 없을 수도 있고, 친구와의 약속 때문에 지금 바로 나가 봐야 할 수도 있다. 또는 배가 아파서 화장실에 가려던 참일 수도 있고, 마침 매우 피곤하거나 기분이 영 안 좋을 수도 있다. 그래서 물어봐야 한다. "아빠가 뭐 좀 얘기할 게 있는데~, 태훈이 지금 시간 되니?" 그러면, 아들은 지금 된다거나 아니면 안 된다고 할 것이다. 안 된다면 다음에 언제가 좋은지 약속을 한다. 하지만 아들도 궁금해서, "근데, 무슨 일이야?"라고 물어본다. 그러면, 아들이 불안할 수도 있으니, "응~, 별거 아니니까 그때 가서 얘기해 줄게."라고 하든지 아니면 아주 간략하게라도 설명해 주든지 해서 안심시켜 준다.

시간이 맞아서, 이제 얘기하게 되었다면, 역시 부드러운 얼굴과 음성으로 차근차근 얘기한다. 여기서 핵심은, 절대 일방적으로, 단도직입적으로 얘기하지 말라는 것이다. 아버지가 제대로 알지도 못하면서 불만을 마구 쏟아 놓고 자기 마음대로 아들에 대한 단죄까지 다 한 다음에, 아들의 얼굴에서 죄송함과 반성과 참회의 기색 대신 황당함과 냉소와 분노가 뒤섞인 표정을 보고 당황하는 경우가 아주 많다. 아버지가 상황을 오해하고 있는 경우가 의외로 매우 많으므로, 잘 모르는 상황들에 대해서는 조심스럽게 물어보고 확인하는 과정이 반드시 필요하다.

그리고, '내가 이러이러한 얘기를 해야지.'라고 마음먹고 대화를 시작했어도 얘기하는 도중에 얼마든지 자기 생각이 틀릴 수도 있다는 가능성을 열어놔야 한다. 대화는 물처럼 부드럽고 유연하게 흘러가는 것이 좋은 것이다. 물은 가다가 바위에 가로막히면 방향을 틀어, 돌아서 흘러간다. 아버지가 물러나면 체면 상할까봐 고집을 부려서는 안 된다. 그러면 이번에는 억지로 아버지가 이기는 듯 보여도 다음부터는 아들이 아예 대화를 시작도 하지 않으려 할 것이다. 그야말로 소탐대실하는 어리석은 짓이다.

아버지가 용건이 있어 대화를 시작하는 경우에도 대화하는 방법은, 첫 번째 경우의 아들이 다가와서 시작할 때와 같다. 아들을 수평적으로 존중하고 아들의 말을 경청하며, 말할 때에도 온화하게 얘기하는 것이다. 아예 아들이 아버지 직장의 타 부서에 근무하는, 아버지와 급이 같은 동료라고 생각하고 얘기하는 게 속 편하다. 예컨대, 아버지가 영업팀의 부장이라고 가정할 때, 업무상 협조를 요청하려고 인사팀의 부장에게 가 얘기하면서 막 하지는 못할 것 아닌가. 다 큰 아들에게 할 때도 골격은 이와 같이 하는 것이 안전하다. 여기에 친밀함의 살을 입히는 것은 그 아버지가 평소에 아들과 어떤 관계를 쌓아왔는가에 따라 다르다. 영업팀 부장이 인사팀 부장과 평소 친하게 지내며 운동도 하고 맥주 마시며 얘기도 하며 농담 따먹기를 즐겨왔다면, 업무 협조하러 갔을 때에도 그리 딱딱하지 않을 것처럼 말이다.

그리고, 뭔가 아들에게 원하는 것이 있더라도 그걸 조급하게 얻어 내려고 해서는 안 된다. 아까 첫번째 경우와 마찬가지로 아들에게도 생각할 시간을 줘야 한다. "아빠는 이게 필요한 것 같아서 지금 아들에게 얘기를 한 건데, 아들도 한번 생각해보고 판단이 섰을 때 아빠한테 얘기해 주면 좋을 것 같아. 그리고 강요하는 건 아니니까 너무 부담 갖지는 마~." 이런 식으로 얘기해 주면 아들도 부담이 줄어서, 오히려 여유를 갖고 가능하면 아빠의 뜻을 들어주는 방향으로 더 생각을 해 보려 한다. 마음의 문은 억지로 세차게 밀 때는 더 굳게 닫히지만, 오히려 부드럽게 노크할 때 살포시 열리기 쉬운 법이다.

또 하나, 평소에 제발 별거 아닌 가벼운 것 갖고도 얘기하자고 해서 대화 좀 나누자. 용건이 있을때만, 또는 정말 심각한 문제가 있을 때만 얘기하자고 해 버릇하면, 할 얘기 있다고 할 때마다 아이가 초긴장하고 경기를 일으킨다. 권하는 것은, 평소에도 아버지가 아들과 대화하는 것 자체를 즐기는 것이다. 아무 의미 없는 가벼운 대화도 좋다. 이렇게 자꾸 하다 보면 대화의 벽이 낮아지고, 관계는 편안해진다. 그렇다고 그냥 아무 말이나 막 던지기는 맹숭맹숭하니까, 함께 영화를 보고 나서 음료수 한잔 하며 영화에 대해 수다 떠는 것도 좋고, 함께 탁구나 농구 같은 운동을 하고 나서 게임 내용에 대해 떠드는 것도 좋다. 아니면, 뭘 사러 가자고 하며 함께 산책을 나서서 걸으며 얘기하는 것도 아주 좋다. 걷는 행위 자체가 마음을 가라앉히고 즐거움을 주기 때문이다. 하다 못해 집에서 TV 뉴스나 드라마를 보면서,

아니면 맛있는 걸 나눠 먹으면서 하는 것도 좋다.

더 나아가, 적극적인 아버지라면 함께 여행하는 시간을 기획해 보기 바란다. 이 책의 1장에서 내가 아들과 타이완 여행 가서 수많은 이야기들을 나눴듯이, 여행은 풍성한 대화의 장(場)이다. 보고 듣는 새로운 것들이 말을 안 할래야 안 할 수 없게 만든다. 더구나 단둘의 여행이라면 남의 눈치 볼 필요 없이, 서로의 마음 문을 열고 깊은 대화를 즐길 수 있다. 우리 부자는 타이베이 최고의 샤브샤브 뷔페 마라훠궈에서 산해진미를 맛있게 먹으면서 에너지가 충만해서는 지치지도 않고 얘기했다. 우리는 그날 밤이 새도록 얘기꽃을 피웠다. 신베이터우 지열곡의 유황냄새 향그러운 따뜻한 온천에 가린 것 없이 벗고 들어가 둘이 나란히 앉아 있을 때는, 평소라면 꽁꽁 얼려놓고 하지 않았을 얘기도 다 녹아서 나왔다. 더구나 쑨원 선생이 계신 국부기념관이나, 세계 4대 박물관이라는 고궁박물원, 의외의 명소 타이베이 시립미술관 같은 곳들은 뇌세포의 다양한 곳들을 건드려 재미있는 상상과 기발한 아이디어가 담긴 열띤 토론도 자아낸다. 꼭 해외여행이 아니어도 좋고, 꼭 단둘만의 여행이 아니어도 좋다. 가족들과 함께 1박 2일로 기차를 타고 가면서도 얼마든지 대화할 시간을 만들 수 있다. 평소에 대화의 길을 잘 닦아 놓으면, 아버지가 아들에게 다가가 얘기하는 것이 뭐 그리 어렵겠는가?

끝으로 그 이외의 경우, 예를 들어 함께 TV를 보다가 뭔가 생각나서 시작한 말에 또 말을 섞는다든지, 그럴 때에는 그냥 즐겁게 대화

자체를 즐기면 된다. 다만 여기서 중요한 것은 아들의 의견을 되도록 이면 수긍해주고 존중해주는 것이다. 맞고 틀림을 따지는 것이 아니라 서로 다를 수 있음을 인정하고 오히려 그 다름을 즐기는 것이다. "오~, 아들이 말하는 것도 일리가 있네~. 좋은 생각이네~." 이렇게 긍정적으로 맞장구를 쳐 주면서, "근데 아빠는 좀 생각이 달라. 아빠 생각은 이래."라고 하면 아들도 "그것도 맞네."라고 화답해 줄 것이다.

그러나 때로는 정말 아들의 생각이 틀리다고 판단될 때도 있다. 그럴 땐, "그게 아니고 이거야."라고 단정적으로, 강압적으로 얘기할 게 아니라, "어, 그래? 아빠는 그게 아니고 이걸로 알고 있었는데?"라고 의견을 내놓는다. 진위는 나중에 어떤 식으로든 확인해 보면 된다. 가정은 진위를 따지는 법정도 아니고 진리를 추구하는 대학도 아니다. 사랑하는 가족이 함께 화목하고 즐거워하는 곳이다.

말대꾸하는 아이를 칭찬하라

초등학교 저학년 정도까지, 아이는 대체로 단순해서 부모의 말을 잘 따른다. 그러나 초등학교 고학년부터는 아이도 자의식이 뚜렷해지고 자기를 둘러싼 사회를 진지하게 받아들이면서 나름 고민도 한두 개씩 품으며 스스로 생각에 몰두하기도 한다. 다만, 아직 세상과 인생에 대해 지식도, 경험도 얕고 생각도 서투르다. 한편 신체적으로는 사춘기로 접어들면서 몸에 큰 변화가 생기고 감정도 더 다양하게 깊어진다. 아이는 급격히 성장하고 있는 것이다. 그러니 이 불안정과 불완전은 당연한 것이고 또 어른으로 성장하기 위해 꼭 필요한 과정이다.

아이는 이제 자기가 코흘리개 땅꼬마라고 생각하지 않는다. 이제 자기도 옳고 그름을 판단할 수 있고 좋고 싫음을 주장할 수 있다는 것이다. 그런데 이것이 어른에 의해 무시당하고 억압받으면, 이제 옛날 꼬맹이적 같지 않다. 기분 나쁘다. 머릿속에서는 부당하다고 외치면서 여기에 사춘기의 감정적인 폭발력이 더해져서 눈에 띄게 반항하게 된다. 이런 반항 행위의 가장 대표적인 것이 바로 말대꾸다. 말대꾸는 자기 존재의 표현이다. 자기도 존중받고 싶다는 표현을 하는 것이다.

그런데 많은 어른들이 말대꾸를 그렇게 보지 않고, 자기 권위에 대한 도전, 심하면 반란쯤으로 받아들인다. 극악한 '버르장머리 없음 죄'로서 체제 안정을 위해 당장 뿌리 뽑아야 할 응징의 대상으로 보는 것이다. 그래서, '아이를 위한 교육'의 차원에서라는 대의명분을 걸고 바로 강제 진압해 버린다. 꼭 주먹이나 몽둥이를 쓰지 않더라도, 자기보다 약한 자의 뜻을 묵살하고 힘으로 눌러버리는 것은 사실 폭력적인 것이다. 이런 제압의 정도와 빈도에 따라, 아이는 내면에 심각한 상처를 입고 어른에 대한 분노를 키우거나 아니면 공포로 인한 도피를 할 수도 있다. 그것은 한참 성장하고 있는 아이의 정신에 심각한 손상을 입히는 것이다. 아이가 그 손상을 스스로 잘 치유하고 극복할 수 있다면 다행이지만 그렇지 못하면 성격적 결함을 가진 어른으로 자랄 수도 있다.

나는 아들이 어릴 때부터 말대꾸를 다 받아주었다. 아니, 더 정확히 말하자면, 아들이 말대꾸하는 것을 기뻐했다. 그것은 아직도 아들이 아빠를 소통의 상대로서 포기하지 않고 붙잡고 있다는 것을 뜻하는 것이었다. 또한 어른인 아빠를 상대로 또박또박 말대꾸를 한다는 것은 자기보다 큰 상대에 대해서 주눅 들지 않고 자기의 의견을 피력할 만큼 뚜렷한 자의식과 기백이 있다는 것을 뜻하기도 했다.

사실, 이것은 내 어린 시절의 기억에 대한 반영이기도 했다. 내가 초등학교 4학년 때 무슨 일인가로 아버지께 혼나고 있었는데, 나는 내 생각이 맞다고 생각하고는 아버지의 말은 이러저러해서 틀리다고 말대꾸를 했다. 그때 아버지는 "이 자식이 어디서 한마디도 지지 않고 꼬박꼬박 말대꾸야?"라고 버럭 소리지르며 무섭게 화를 내셨다. 내 말이 어디가 어떻게 잘못되었는지는 설명 한마디도 해주지 않으신 채 말이다. 난 아버지가 무서워 더 이상은 대꾸를 못하고 입을 닫았지만, 속으로는 '내 말이 뭐가 틀린데? 자기가 대답 못하니까 괜히 화만 내고…'라고 생각했다. 어린 마음에도 나는 억울했고, 아버지의 처사는 옳지 않다고 생각했다. 다만, 그날의 학습효과로 그 이후로는 아버지에게 일절 말대꾸하지 않았다. 내 마음속에 '말대꾸=호되게 혼남'이라는 등식이 새겨진 것이다. 아버지와 다른 어떤 생각이 있더라도 그냥 넘어가는 것이 현명한 것이었다.

아마 그 후로 나의 아버지는 그 일을 까맣게 잊어버리셨겠지만, 나에게는 그 기억이 아직도 생생히 남아 있다. 그때 내 마음에 작지 않은 파문이 생겼던 탓도 있겠지만, 그 후로도 아버지를 대하여 비슷한 상황이 될 때면 마음속에 자동적으로 '말대꾸 금지'가 일종의 빨간색 경고문구처럼 나타나서 지난날을 상기시켜줬기 때문이리라. 그 사건은 내가 아버지가 되고 나서는 내게 일종의 반면교사 역할을 해 주었다. 그때 일을 떠올릴 때마다 '나는 내 아이의 입을 막지 말아야지, 마음껏 말대꾸하게 해 줘야지.'라고 다짐했던 것이다.

　그래서 나 스스로는 태훈이의 말대꾸를 오히려 격려해 줬다. 태훈이가 뭔가 잘못해서 내가 바로잡으려고 훈계하는 상황이라고 해도, "혹시 태훈이는 다른 생각을 갖고 있으면 얘기해 줄래?"라고 얘기했다. 거기에 대해 태훈이는 "난 좀 억울해. 이러저러하니까 이건 내가 잘못한 게 아니잖아. 이건 오히려 아빠가 잘못한 것 같아."라고 '말대꾸'할 수도 있다. 나 스스로 생각해 봐서 진짜 그게 맞다면 "아, 맞네! 그건 태훈이 말이 맞다. 아빠가 잘못했어. 미안~."이라고 한다. 그러면 태훈이도 내 사과를 받아들이고 금방 아무 일도 없는 것처럼 풀어진다.

　혹은 태훈이가 말대꾸를 해서 나와 태훈이의 주장이 충돌했을 때, 누가 맞는지 나 자신도 잘 모를 때가 있다. 그럴 때는, "아, 그런가? 아빠는 이러이러해서 그렇게 됐다고 생각했거든…, 그런데 태훈이 말을 들어보니 확실히 그것도 일리가 있는 것 같아. 그런데 태훈이가 말

..., 어?, ...

한 이 부분은 어떤 근거로 그렇게 말한 거야?"라고 물어본다. 그러면 태훈이도 자기 주장을 다시 한번 살펴본다. 어느덧 논쟁은 토의가 되고 둘 다 한 발짝씩 물러나 차분한 분위기에서, 마치 옛날에 툼레이더 게임에서 함께 해결책을 찾을 때처럼 얘기를 주고받게 된다. 그러다가 "이건 아마 아빠도 태훈이도 반반씩 잘잘못이 있는 것 같아. 앞으로는 서로 주의하자" 뭐 이런 식으로 수습이 될 수도 있다. 중요한 건 소통을 통해 서로가 수긍하는 합의를 이끌어내는 것이다.

'윗사람은 무조건 옳다.'라며 사자가 포효하듯 강하게 밀어붙이는 이면에는 오히려 '틀린 걸 인정하면 윗사람으로서의 권위가 깨지고 무시당하게 될 거야. 밀리면 안 돼.'라는 토끼 같은 두려움이 숨어 있다. 정말 자기 실력에 자신 있는 사람만이 자기가 틀렸다는 것을 흔쾌히 인정한다. 거꾸로 말하면, 자기가 틀렸다고 지적받으면 난리 치는 사람일수록, 실은 자기 실력에 자신이 없는 사람이란 것이다. 이것 역시 대학원 지도교수님으로부터 배웠다.

교수님은 미국 일리노이 주립대에서 '고압하에서의 수소결합에 대한 연구'로 박사학위를 받으셨는데 그 무렵 참석한 학회에서 노벨상 수상자와 그 논문에 대해서 토론하게 되었다고 한다. 그 노벨상 수상자는 자기가 실험 결과에 대해 해석해 보겠다고 하면서 자기의 견해를 말했는데 그때 학계의 까마득한 막내에 불과했던 우리 교수님이 그게 아니라 이러이러한 것이라고 설명했다. 그에 대해 그 노벨상 수상자는 환하게 웃으면서 아주 재미있는 결과이고 자기가 많이 배웠다고 감사하다고 인사했다는 것이다. 교수님은 그 일로 크게 감명받았다고 하시면서 진리에 대한 그런 오픈 마인드를 갖고 있었기에 그분이 노벨상을 받을 수 있었을 것이라고 하셨다.

그 이후로 나도 모르는 건 모른다고 하고 틀린 건 틀렸다고 인정하는 자세를 견지하게 되었다. 전지전능하신 신이 아닌 이상 인간은 불완전하고, 모르고, 틀리는 게 당연하다. 또, 그걸 인정해야만 계속 발전하고 향상될 수 있다. 자기가 틀렸다는 것을 쉽게 인정할 수 있다는 것은 또 다른 자신감의 표현이다. 틀린 것을 인정하는 즉시 그것들을 수정, 보완하니 얼마나 견고하겠는가? 그런 사람은 시간이 가면 갈수록 더 커지고 더 단단해진다. 반면에 자기가 틀린 걸 인정하기 싫어하는 사람은 지금 드러난 그 문제 말고 다른 데도 역시 얼기설기 대충 땜빵하고 가리기에만 급급한 부실덩어리일 것이다. 겉치장에 불어난 자기 무게를 버거워하다가 결국 작은 공격에도 견디지 못하고 힘 없이 부서지며 주저앉게 된다.

지금 나는 아들의 말대꾸도 얼마든지 수용해주는 열린 마음의, 합리적인 아빠인 것처럼 이 글을 쓰고 있지만, 나 역시도 알게 모르게 태훈이의 마음속에 여러 상처들을 남기지 않았을까 하는 생각이 든다. 그리고 그중에는 나 스스로 뚜렷하게 후회하는 한 가지 에피소드가 있다.

내가 미국에서 돌아와서 삼성전자에 근무하기 시작한 지 얼마 안 되었을 때였다. 내 방을 다 뒤집어 정리하겠다고, 책상이나 책장 등

가구 배치도 바꾸고, 꽂혀 있던 책과 CD들도 다 꺼내서 쌓아놓고, 먼지를 뒤집어쓰며 청소하고 정리정돈하고 있었다. 그런데 그때 아홉 살이던 태훈이가 내 방에 들어와 놀다가 잘못 건드려서 높이 쌓여 있던 CD들이 와르르 무너지고 CD 케이스에서 CD들이 튀어나와 바닥에 나뒹굴었다. 그런데 정작 나를 폭발시킨 것은 그다음에 태훈이가 한 말이었다. 영어로 "Not my fault~(내 잘못이 아냐~)"라며 책임 회피를 하는 것이었다.

순간 내 머리에는 한 가지 생각이 스쳐 지나갔다. "이건 바로잡아야겠구나. 분명히 자기가 무너뜨려 놓고 비겁하게 책임 회피를 하다니." 그러면서, 'Spare the rod, spoil the child(매를 아끼면 아이를 망친다)'는 말과 '혼을 낼 때는 짧고 따끔하게 해야 한다'고 배운 것이 떠올랐다. 나는 화난 얼굴과 목소리로, "그럼 누구 잘못이야? 잘못했어? 안 했어?"라고 소리쳤다. 아마 태훈이가 태어나서 그때까지, 아빠가 그렇게 무섭게 자기를 야단친 것은 처음이었을 것이다. 태훈이는 말을 하지 않았다. 아니, 말을 하지 못했다. 돌이켜 생각해 보면 아마 그때 태훈이는 정신이 반쯤 나가지 않았을까 싶다. 그때까지 자기랑 친구처럼 놀아주고 한없이 친절했던 아빠가 자기한테 이렇게 무섭게 소리를 지르다니…. 태훈이는 얼어붙었을 텐데, 나는 태훈이 입에서 잘못했다는 말이 안 나온다고, 정리하던 그 어질러진 방에 어린 태훈이를 남겨둔 채 "누가 잘못했는지 여기서 잘 생각해 봐."라고 말하고는 나와서 방문을 닫아 버렸다. 당황하기는 아내도 마찬가지였을 것이다. 평생 내가 태훈이에게 그렇게 무섭게 하는 것을 본 적이 없던 아내는, 그러나 옆에서 조용히 지켜보았다. 남편이 아들을 바로잡겠다고 나섰는데 자기가 끼어들면 아들 앞에서 아버지의 체면과 권위를 망가뜨리는 것이 될 것이기 때문이었으리라.

나는 겉으로는 그렇게 단호하게 밀고 나가면서도 속으로는 "태훈아, 빨리 그 문을 열고 나와서 아빠한테 잘못했다고 딱 한마디만 해. 그럼 아빠가 태훈이를 안아주고 위로해 줄게."라고 간절히 바랐다. 그러나, 아무리 기다려도 태훈이는 나오지를 않았다. 태연한 척 거실에 있던 나도, 딴 일 하는 척하던 아내도 속을 태우고 있었는데, 드디어 방문이 열리면서 태훈이가 나왔다. 그런데 나도 한번도 본 적이 없는 모습을 하고 있었다. 태훈이가 얼굴이 눈물 범벅이 된 채 작은 두 손을 올려 빌면서 떨리는 목소리로 "죄송합니다, 잘못했습니다."라고 하는 것이 아닌가! 그 장면을 지금도 잊을 수가 없다. 그 장면을 떠올리면 지금도 눈물이 왈칵 쏟아지려고 한다. 내 사랑하는 아들의 겁에 질린 얼굴, 떨리는 목소리, 내가 한 번도 가르쳐 본 적이 없는 존댓말 사과…. 대체 태훈이는 그 짧은 동안 그 방 안에서 얼마나 혼란스럽고 무서웠을까?

아, 내가 무슨 짓을 한 건가? 이 천사 같은 어린애한테. 자기의 가장 친한 좋은 아빠라고 믿었던 사람이, 갑자기 자기가 납득 못할 이유로 무섭게 소리 지르는 낯선 남자로 돌변한 공포스러운 경험을 한 것이었다. 난, 그 어린 태훈이에게서 그런 자백을 받아내길 원했던 것이었나?

　나는 정신이 번쩍 들어 태훈이에게 달려가 꼭 안아주며, 부드러운 목소리로 달래주었다. "태훈아, 아빠는 태훈이를 미워해서 그런 게 절대 아니야. 태훈이한테 잘못을 알려주지 않으면 나쁜 애가 될까봐 그런 거야. 아빠는 태훈이를 제일 사랑해."라고 얘기해 주었다. 태훈이 역시 나를 꼭 끌어 안고 서럽게 통곡하듯 울었다. 억울한 심정이었을 것이다. 내 품에서 한동안 울고 나서 엄마 품으로 옮겨 갔다. 아내 역시 태훈이를 안고서 "아빠가 태훈이를 사랑해서 그런 거야~."라고 달래 주었다. 나는 밖에 나가 하늘을 올려다보며 스스로를 책망했다.

　그건 사랑이란 이름 아래 행한 폭력이었다. 나만 스스로 옳고 정의로워서 어린 태훈이의 생각과 감정은 틀린 것으로 정죄해 버리고 나의 압도적인 힘으로 태훈이에 대한 처벌을 일방적으로 집행해 버린 것이었다. 예수님께서 사랑은 온유하고 오래 참는 것이라고 하셨는데…. 나는 왜 그때 그렇게까지 해야 했을까. 태훈이에게 부드럽게 웃으면서, "하하, 우리 태훈이가 사고 쳤네~."라고 했으면 태훈이도 웃으면서 "미안~."이라고 했을지도 모른다. 아마 자기로 인해 CD가 와르르 무너지는 사고가 나고, 옆에 있던 아빠 표정이 굳어지는 걸 보면서 무서우니까 태훈이도 얼떨결에 자기 잘못이 아니라고 했을 것이다. 나중에 아내와 얘기하는데 아내가, 미국에서는 함께 놀다가도 뭔가 잘못되면 다들 습관적으로 "Not my fault~."라고 우선 책임을 회피하고 본다고 했다. 우선은 다 무죄로 놓고 그다음부터 천천히 하나

하나 따져가며 진짜 잘못한 책임이 누구에게 있는지를 가리면 된다
는 문화인 것이다. 아마, 태훈이도 얼마 전까지 미국에서 그런 문화
속에서 살다 와서 습관적으로 말이 그렇게 나왔을 거라고 했다.

따지고 보면 잘못은 먼저 나에게 있었다. 그렇게 불안정하게 책이
며 CD며 높이 쌓아 놓고는 거기서 아들이 놀고 있으면 그렇게 무너
지는 것쯤은 감수하든지, 그게 안 되면 태훈이를 다른 데 가서 놀라고
했어야 하지 않았나 말이다. 아마, 나도 그때 좀 피곤이 쌓이고 마음
에 여유가 없었나 보다. 그러나 무엇보다도 나 자신도 그냥 덜 성숙한
초보 아빠에 불과했던 것이다. 이와 같이 아버지라고 해도 별 수 없
다. 마찬가지로 불완전한 인간이고, 수시로 잘못을 저지른다. 중요한
건 자기 잘못을 깨닫고 고쳐서 다시는 같은 잘못을 하지 않는 것이다.

그 이후로 그런 비슷한 일은 없었다. 적어도 내가 기억하기로는 말
이다. 그때 나름대로 철저히 반성을 했기 때문이다. 그러나, 태훈이 마
음속 어딘가에는 그때 상처의 흔적이 아직도 남아 있을지 모르겠다.

균형 잡기 - 아무리 친해도 부자간은 친구가 아니다

태훈이와 나는 친하게 지낸다. 친구 같은 부자 사이다. 그렇지만
진짜 친구는 아니다. 여기에 어려움이 있다. 친하다고 해서 마냥 동갑
내기 친구처럼 지내서는 안 된다. 자칫하면 아들이 버릇 없는 아이가

될 수도 있다. 그렇지만 전통적인 부자처럼 수직적인 상하 관계가 되어서도 안 된다. 이런 관계에서 질서와 예의는 갖춰지겠지만 서로 친해지기는 어렵다.

부자유친을 하는 데 있어 가장 어려운 것 중의 하나는 밸런스(Balance; 균형)를 잡는 것이다. 그 밸런스란 친해지는 것과 예의를 지키는 것 사이의 균형이다. 아버지는 아들과 친밀해질 수는 있어도 아들과 친구가 될 수는 없다. 친구 같은 아버지인 것이지 친구는 아닌 것이다. 진짜 친구가 아니라고 슬퍼할 필요는 없다. 굳이 부자간에 친구가 되지 않아도 아버지는 아버지대로, 아들은 아들대로 각자 또래 친구들은 많이 있으니까 말이다. 아버지와 아들의 관계는 그런 일반적인 친구 사이와는 다른, 생명의 신비로 맺어진 아주 특별한 관계다. 아버지는 아들을 자기가 맺은 열매인 아들로서 너무나 좋아하고 아들은 아버지를 자기 존재의 뿌리인 아버지로서 너무나 좋아해서 친밀한 관계인 것이다. 그래서 '마치 친구처럼' 보이는 것이지 그 관계가 꼭 또래 친구와 같을 필요도 없고, 그래서도 안 되고, 그럴 수도 없다.

친구도 아닌데 친구 같다고 해서 무슨 '친구 짝퉁'같이 볼 필요도 없다. 애초에 친구 같다고 표현을 해서 살짝 헷갈린 것일 뿐, 아버지와 아들이 친한 것은 또래 친구들 사이의 친함과는 아예 종류가 다른 친함이다. 아들은 아버지의 사랑을 느끼면서, 아버지가 너그럽게 포용해주는 것을 편안해하고, 그 안에서 때론 장난도 치고 때론 진지하게 상의도 하면서 친하게 지낸다. 아버지는 아들의 은근한 존경을 느끼면서, 그렇기에 아들이 일부러 아버지를 무시하는 농담을 해도 즐겁게 받아들이면서, 또한 아들이 손내밀 땐 언제든지 받아주는 그런 친함이다.

어떤 집에서 부자간에 이런 '균형 잡힌 친밀함'을 유지해 갈 수 있느냐 없느냐는 그 집의 아버지가 키를 쥐고 있다. 아버지는 그 집의 가장이며 리더로서 그걸 해 나갈 만한 힘과 권위를 갖고 있기 때문이다. 그렇다고 그 '균형 잡힌 친밀함'이란 것을 찍어 누르듯 강요할 수 있다는 건 아니다. 좋은 리더로서 스스로 균형 감각을 갖추고, 직접 소통을 하면서 균형을 잡는 것이다. 가령, 요즘 들어 아들이 아버지를 좀 어려워하는 것 같으면 아버지가 장난치면서 다가가기도 하다가, 이젠 아들이 너무 버릇 없이 구는 것 같으면 좀 엄숙한 모습으로 진지한 이야기도 나누는 식으로 한쪽으로 치우치지 않는 것이다. 이 과정에서 아버지는 아들을 존중하며 소통을 통해 자발적으로 따라오도록 해야 한다. 아들이 당장 아버지 뜻을 따르지 않는다면 시간을 두고 기다리기도 하고 때에 따라서는 아버지가 자기 뜻을 꺾어야 할 때도 있다. 어떤 때는, 아들이 틀린 주장을 하는 것이 자명함에도 잠자코 따라가 주기도 해야 한다. 그렇다. 쉽지 않다. 그러므로 아들은 못한다. 한 세대를 더 산 노련한 리더인 아버지가 해야 하는 것이다.

어떤 아버지가 아들과 친해지고 싶어서 아들에게 농담도 걸고 장난도 치면서 노력 끝에 정말 많이 친해졌고, "난 아들에게 친구 같은 아빠야."라고 스스로 뿌듯해한다고 하자. 그런 식으로 부자간에 친밀하게 지내고 있는데 어느 순간 아들이 아버지를 무시하는 듯한 말을 툭 던진다. 아버지는 버럭 화를 내면서 소리 지른다. "너, 아빠한테 버릇 없게 그게 무슨 말버릇이야?" 아들은 몹시 당황하면서 대꾸한다. "아빠가 친구처럼 지내자고 했잖아. 친구들끼리는 이런 식으로 얘기한단 말이야." 듣고 보니 아버지도 혼란스럽다.

아들 입장에서는 억울하다. '도대체 어느 장단에 춤을 추란 말이야? 친하게 지내자고 해서, 아빠가 먼저 농담을 걸기에 나도 농담으로 받아 준 건데, 그걸 또 버릇 없다고 야단치고…. 무슨 친구 같은 아빠야? 자기 내키는 대로 이랬다 저랬다 하면서. 이럴 바에야 다 없던 걸로 해. 나도 힘들어.' 아빠도 난감하다. 이게 생각보다 쉬운 게 아니구나라는 생각이 든다. '어린 손자 귀엽다 귀엽다 했더니 할아버지 수염을 뽑는다.'는 옛 속담이 생각난다. 그렇다고 아들에게 무슨 말은 해도 되고, 무슨 말은 하면 안 되고, 하는 식으로 조목조목 알려주고 외우라고 할 수도 없는 것 아닌가? 역시 아들과는 좀 거리를 둘 수밖엔 없는 것인가?

사실 내 스스로도 올해 초에 위의 부자의 사례와 비슷한 일을 경험한 적이 있다. 어느 날 내 페이스북에 시리아에서 근무하고 있다는 미국 여군이 친구 요청을 해 온 일이 있었다. 나는 호기심에 친구 수락을 하고는 메시지를 주고받고 있었다. 그런데 아내 역시 내 페친*으로 등록되어 있어서 내 페이스북 활동들을 볼 수 있었고 내가 그 여군과 페친으로 연락하고 있다는 것도

* 페이스북(Facebook) 친구.

알게 되었다. 더구나 주말 저녁에 내 휴대폰에 페이스북 메신저의 알림이 뜬 걸 열어보면서, 아내는 그 여군이 보낸 장문의 메시지들도 읽어보게 되었다. 당장에 아내는 심각한 얼굴이 되어 걱정스럽게 말했다. "오빠, 이 사람 좀 이상한 거 같아. 혹시 사기꾼 같은 거 아냐?"

그때 나는 호기심과 재미로 하는 거니까 걱정 말라고 하며, 조심하겠다고, 하지만 내가 알아서 하겠다고 대답했다. 아내는 내가 곧장 친구 삭제를 하겠다고 안 하니까 계속해서 그 여자 페이스북의 이러저러한 것들이 다 이상하지 않냐며 따지고 들었다. 나는 '내가 남자가 아닌, 여자 페친과 연락하고 있다는 것 때문에 아내가 질투하는 건가?'란 생각이 들면서, 아내가 내 페이스북과 핸드폰을 사찰한 것에 대해서도, 내가 알아서 하겠다고 하는데도 계속해서 남편을 어린애 취급하듯 하는 것에 대해서도, 기분이 점점 나빠지고 있었다.

그때 마침 태훈이가 집에 들어오면서 나와 아내의 분위기가 심상치 않으니까 "왜 그래?"라고 물어봤다. 아내는 태훈이와 연합작전을 펼치기로 한 듯, "니 아빠가~"라면서 태훈이에게 상황을 설명해줬다. 그 말을 들은 태훈이는 대뜸, "아빠, 그러다 한 방에 훅 간다."라고 한마디 툭 던지고는 제 방에 들어갔다. 그런데 상황이 상황인지라 난 그 말을 듣고 기분이 확 나빠졌다. 마치 내가 아들에게 세상 물정 모르고 나대는 어린애 취급당하는 것처럼 느껴진 것이다. '아니, 이제는 저 녀석까지 나를 애 취급하네?' 그날 나는 아내에게 "알았으니까 오늘은 여기까지만 하자."고 얘기했고 아내는 내 기분을 살피며 알았다고 했다. 분위기가 싸해졌다.

어쩐 일인지 아내보다 태훈이로부터 더 기분이 상했다. '때리는 시어머니보다 말리는 시누이가 더 밉다.'는 상황처럼 아내에게 절벽까지 몰려 간신히 버티고 있었는데 태훈이의 가벼운 한 방에 결국 절벽 밑으로 떨어졌다고나 할까? 그런 것도 있겠지만, 아내가 예의와 경우에 맞게 나를 본 데 비해, 태훈이는 무례하다고 느낀 게 더 컸던 것 같다. 위에, 친구 같은 아빠 되기 힘들다고 예를 든 그 아빠처럼 나도 혼란스러웠다. '너무 친하게 지냈나? 그렇다고 나를 어려워하길 원하는 건 아닌데…'

태훈이가 방에서 나와 거실에 나왔을 때 편치 않은 내 표정을 읽었나 보다. 내게 다가와서 물어봤다.

(태훈) 아빠, 괜찮아? 엄마랑 페북 얘기 때문에 그래?

(나) 응, 아빠는 다 컨트롤할 수 있으니 걱정 말래도 자꾸 그러네~.

(태훈) 엄마는 아빠를 위해서 그런 거지~.

(나) 응, 그런데 사실 태훈이에게도 좀 그런 게 있어. 아까 태훈이가 집에 들어오면서 아빠한테 "그러다 한 방에 훅 간다"라고 했잖아. 물론 태훈이는 그럴 의도가 전혀 아니었겠지만 그 말 듣고 아빠는 좀 무시당하는 느낌이었어. 아마 아빠가 그때 핀치에 몰려서 더 그렇게 받아들였나봐.

(태훈) 어, 그랬어? 정말 미안해. 어쩐지 나도 말해 놓고 느낌이 별로 안 좋

더라고.

(나) 응, 괜찮아. 혹시 나중에 이런 비슷한 일이 또 생길까 봐 얘기해두는 거야. 앞으론 태훈이가 그냥 "아빠, 그거 조심해야 할 거 같아." 정도로 얘기하면 좋을 것 같아.

(태훈) 알았어. 그런데, 난 정말 페북을 하면서 모르는 사람한테는 친구 신청을 하지도 않고 받지도 않거든. 요즘 아빠가 페북에 너무 빠지는 것 같아서 그랬어. 아빠도 진짜 조심해~.

나도 안다. 태훈이가 결코 아버지를 무시해서 그런 말을 할 아이가 아니란 것을. 그리고 나를 아버지로서 얼마나 사랑하고 존경하는지도. 태훈이가 아버지에게 대뜸 그렇게 말을 던진 것도, 평소에 그 정도는 아무 문제 없을 정도로 아버지와 친하게 지냈고, 또 아버지는 언제든 자기 말을 오해 없이 받아들여 줄 사람이라고 믿었기 때문이다. 다만 나는 아무리 아버지일지라도 그런 상황, 그런 경우에는 상처받을 수도 있으니 앞으로는 주의해 달라고 미리 알려준 것이다. 그러면 태훈이도 아버지의 요청 사항을 명확히 접수했으니, 다음부터는 그런 비슷한 일이 일어날 확률이 확 낮아지고 우리의 친밀한 부자 관계는 더욱 견고해질 것이다.

내가 만약, '에이, 아들한테 그런 말을 어떻게 꺼내? 쪼잔하다고 할 거 아냐?'라면서 태훈이에게 말도 안 하고, 안 좋았던 감정을 그대로 마음속에 담아둔 채 지낸다면 관계는 갈수록 삐걱대다가 나중에 크게 폭발하여 서로에게 깊은 상처를 남길 것이다. 여기서도 역시 솔직한 소통이 최고다. 그러므로, 부자간의 체면과 예의, 격식에 너무 연연할 필요가 없다. 부자간의 진짜 예의는 어떤 보여주기나 격식에 있는 것이 아니라 그냥 서로의 있는 그대로를 마음속으로 존중하면 자연스럽게 나오는 것이기 때문이다.

아버지가 겉으로 보이는 권위에 계속 매달린다면, 아들과의 친밀한 관계는 아예 포기하는 것이 서로 속 편하다. 윗사람의 권위에 대한 아랫사람의 복종이 강요받는 상황에서, 윗사람이 친한 척해봤자 '일방적인 베풂'에 '소극적인 따라옴'밖에 되지 않는다. 부자간의 관계는 수평적인 관계이자 인격적인 관계가 되어야 한다. 수평적이란 얘기는 아버지와 아들이 친구처럼 동등하다는 얘기가 아니라 오히려 서로 다름을 인정하고 존중해주는 사이란 것이다.

아들이 볼 때 아버지는 이미 그 자체만으로도 존중할 만한 자격들을 갖고 있다. '나에게 생명을 주고 키워준 분, 집안의 리더인 가장, 나보다 한 세대를 더 산 인생의 선배, 그리고 나를 누구보다 사랑하는 분'이다. 아버지가 볼 때 아들 또한 그렇다. '내 유전자와 함께 나를 이어받을 아들, 신께서 내게 독립적인 사람으로 키워내라고 미션을 부여하신 그 사람, 내가 잘 이해 못하는 신세대를 설명해주고 미래에는 오히려 날 가이드해 줄 수 있는 사람, 그리고 내가 누구보다 사랑하는 사람'이다. 나이는 이러한 서로의 고유한 가치와는 별 상관이 없다. 아버지가 아들을 자기보다 어리다고 무시하거나 아들이 아버지를 늙었다고 무시하는 것은 모두 본질은 못 보고 겉만 더듬거리는 것이다. 존중받지 못하고 무시당한다고 느낄 때 아버지든 아들이든 기분 나쁘고 상처받게 되어 있다.

그리고, 모든 말은 상황과 맥락에 따라 그 의미가 180도 달라진다는 것을 명심해야 한다. 가족 간에 웃고 떠들며 고스톱을 치고 있는 상황에서 "그러다 한 방에 훅 간다"란 말을 한다면 어떨까? 전혀 문제가 안 된다. 그보다 더한 말을 해도 웃어 넘길 것이다. 그러므로 상황과 맥락을 읽을 줄 아는 센스가 필요하다. 이른바 SQ*를 발달시켜야 한다. '이런 상황에서 요런 말을 하면 상대는 어떻게 받아들일까?'를 예측하고 이해하는 능력이다. 요즘 IQ보다 더 주목받는 것이 SQ다. IQ 높은 사람이 지나치게 자기만의 생각에 빠지고 남의 생각을 읽지 못해서 외톨이가 되는 데 비해서 SQ가 높은 사람은 주위 사람들에게 인기가 높고 친구들이 많아 사회적인 성공을 거두는 경우가 많다는 것이다.

> * Social Quotient(사회성 지수). 사회적 지능.

그러므로 아버지든 아들이든 상황의 흐름을 보고 상대의 상태를 살피면서 짓궂은 농담을 던질 수도 있고, 조심하면서 위로의 말을 건넬 수도 있어야 한다. 말을 한 다음에 상대의 반응을 보면서 기분이 나쁜 듯하면 "하하하, 농담이야~."라고 하면서 바로 기분을 풀어줄 수 있는 순발력과 유연함도 길러야 한다. 그리고 이러한 모든 스킬을 구사하는 밑바탕에 상대에 대한 존중과 배려가 깔려 있어야 하는 것은 물론이다.

이 과정이 언뜻 복잡하고 어려워 보일 수도 있다. 그래서 '으이그, 싫느니 차라리 죽지.'라는 심정으로, 서로 부딪히지 않으려고 그냥 피하며 지내는 사람들도 많다. 그러나 이 세상에 쉽게 얻을 수 있는 것은 흔치 않다. 하물며 정말 가치 있는 것들은 더욱 그렇다. 하지만 또 막상 맘먹고 해보면 그렇게까지 어려운 것도 아니다. 기본적으로 아버지와 아들은 서로 좋아하고 친하도록 지어졌기 때문이다. 남은 건 몸에 밸 때까지 계속해 나가는 것뿐이다.

* Islamic State(이슬람 국가). 시리아를 거점으로 한 급진 수니파 무장단체. 전 세계 테러 사건들의 배후로 자주 등장한다.

아! 그리고, 위에서 얘기하던 페북 사기 건의 마무리를 하자면, 아내와 태훈이 말이 맞았다.

인터넷, 특히 SNS에 성행하는 신종 사기수법 중의 하나였던 것이다. 시리아의 미국 주둔군을 사칭하면서 페이스북에서 친구를 맺고 나서 돈을 요구하기도 하고, 어떤 경우에는 IS*군에 지원하라는 요구를 하기도 하는데 우리나라 사람들 중에도 이 사기에 빠져 피해를 당한 경우가 이미 꽤 있다는 것이었다. 사실 나도 내심 경계는 하고 있었고 몇 가지 이상한 점들도 느끼고는 있었다. 예를 들면, 미국군 치고는 영어가 좀 엉성하다는 것, 자기 아버지가 무려 주둔군 사령관인데 중상을 당해 걱정이라며 극적인 설정을 하는 것, 그리고 하필 나에게 매력을 느끼고 만나고 싶다며 너무 적극적으로 대시한다는 것 등이었다. 하지만 나도 처음부터 호기심과 함께 경계심도 갖고 시작한 것이었기에, 지켜보다가 아니다 싶으면 그때 얼마든지 끊을 수 있다고 생각하고 있었다.

　나와 아내는 성격적으로 거의 반대라고 할 정도로 다르다. 나는 원하는 게 있으면 위험을 무릅쓰고도 감행하는 편인 데 비해, 아내는 위험이 있으면 원하던 것도 포기하는 안전제일주의자다. 이 두 성격이 서로 보완하여 조화를 이루며 살고 있는 것이다. 이번에도 매사에 조심하는 아내가 혹시라도 내가 잘못된 판단을 내릴까 하여 충고를 한 것이었다. 또한 태훈이는 태훈이대로 적어도 SNS에서만큼은 나보다 훨씬 경험 많은 선배인 것이 맞았다. 난 그때 페이스북에 막 입문하여 빠르게 친구 수를 늘리고 있었는데, 그간 자기가 듣고 본 바에 비추어 혹시 아빠가 실수할까 하여 그렇게 말한 것이었다.

　그 자칭 미국 여군을 페친 목록에서 삭제하고 나서, 다음 주말에 집에 오자마자 아내에게 항복 선언을 했다. "자기가 맞았어. 그거 사기야. 역시 난 자기 없으면 안 돼."라고 얘기했고 아내는 웃으며 받아들여 줬다. "그래~, 마누라 말을 잘 들으면 자다가도 떡이 생긴다니깐."

판단할 때 - 편견과 속단은 금물

　원활한 소통을 통해 부자유친을 유지해나갈 수 있지만, 언제나 소통을 할 수 있는 것은 아니다. 각자 바쁘게 지내는 부자는 함께 있는 시간보다 떨어져 지내는 시간이 훨씬 많다. 서로 떨어져 있다 보면 혼자 생각으로 상대를 짐작하고 판단하게 된다. 대개 아들은 평소에 아버지에게 별 관심을 두지 않기에 그런 문제가 없지만, 아들에게 관심을 끊을 수 없는 아버지는 몇 가지 단서만으로 지레짐작을 하고 섣부른 판단을 하여 종종 문제를 일으킨다. 예를 들어, 이런 식이다. '저 녀석은 내가 볼 때마다 게임을 하고 있었어. 그러니 저놈은 하라는 공부는 안 하고 모든 시간을 게임에만 쓰는 게 분명해.' 아버지가 게임하는 걸 본 건 최근 주말에 딱 두 번뿐이었어도 이런 결론에 도달한다. 그러고는 억울한 아들을 잡는다. 아들은 화가 치밀어 오르며 반감이 생긴다. '아빠는 제대로 알지도 못하면서….' 그러고는 마음속에 방어기전과 함께 반작용으로 인한 공격성이 자리 잡게 된다. 아빠가 술에 취해 집에 들어온 날에는, '흥, 자기나 잘하지. 맨날 술에 취해가지고 볼썽 사납게….' 아들이 아버지 취한 걸 본 것은 몇 달 만에 처음인데도 이런 결론을 내린다.

편견과 속단은 위험한 것이다. 편견(偏見)이란 말 그대로 전체적으로 다 보지 않고 한쪽 편(偏)만 보는(見) 것이다. 그리고 속단(速斷)은 너무 빨리(速) 판단을 내리는 것이다. 편견이 위험한 것은, 상황을 뒤집는 반전의 진실이 얼마든지 내가 못 본 편에 숨어 있을 수도 있다는 데 있다. 위의 예에서 아들은, 주중에는 나름 공부를 열심히 했었고 주말에서야 모처럼 친구들과 게임을 한 것일 수도 있다. 아버지 본인도 돌아봤어야 한다. 자기도 계속 일만 하는 것은 아니지 않나? 업무 시간 중간중간 담배나 커피를 즐기기도 하고 퇴근 후에는 동료들과 스크린 골프나 당구 또는 술자리를 즐기기도 하지 않나? 만약 그런 것에 대해 아내가 잔소리를 하면, 사람이 어떻게 일만 하고 사냐고 화를 낼 것이다. 그러므로, 아들과 소통하여 진실한 얘기를 듣기까지는 판단을 보류해야 한다. 빠른 판단이 언제나 좋은 것은 아니다. 빠른 판단보다는 정확한 판단이 중요하고, 그러자면 시간이 필요하다. 특히 가족 관계에서는 더욱더 그러하다.

직접 얘기를 해 보면 아들은 아버지가 언뜻 판단했던 것보다 훨씬 속깊은 생각을 하고 있는 경우가 많다. 또, 아들이 처한 상황이 아버지가 생각했던 것보다 훨씬 어려운 경우도 많다. 그런 상황을 이해하면 아들의 행동도 자연스럽게 이해가 된다. 문제는 아버지들이 아들의 속마음도, 그 처한 상황도 제대로 알고 있는 경우가 별로 없다는 것이다. 다만 몇 번 슬쩍 본 아들의 겉모습을 증거 삼아 자기 마음속의 숨은 욕심들과 부정적인 생각들이 떠미는 대로 섣부른 판단을 하고 마는 것이다. 돌이켜 보면 나도 여러 번 그런 적이 있었다. 그런 경험들 중 몇몇은 앞서 다른 주제들의 사례로 이미 사용했기에, 이번에는 편견과 속단에 초점을 맞추어 다른 사례를 들겠다.

태훈이가 고등학교 다닐 때, 나는 태훈이에게 책을 좀 읽으라고 여러 차례 권했다. 물론 교과서나 참고서가 아닌 교양도서를 말하는 것이었다. 내가 볼 때 태훈이는 바쁜 고등학교 생활을 나름 충실하게 해나가고 있었지만, 책 읽는 모습은 거의 못 본 것 같았다. 책을 붙잡고 있는 것은 시험 공부나 숙제를 하기 위해 교과서나 참고서를 볼 때뿐이었다. 간혹 집에서 쉴 때도 음악을 듣거나 게임을 하거나 영화를 보지, 독서를 하지는 않았다. 중학교 때까지는 더러 내가 권한 책들을 포함해서 자기가 읽고 싶었던 책들도 사서 읽었었는데 고등학교 들어와서는 독서가 실종된 것이었다. 그러나, 고등학생이라면 더욱더 문학작품을 비롯해 유명한 좋은 책들을 읽는 습관을 길들여야 한다는 것이 내 생각이었다. 그래서 또, 앞서 얘기했던 '아들을 쏘아올리는 활'로서의 사명감이 타올랐던 것이다. 나는 좋은 분위기에서 대화하면서 태훈이가 즐거워 보일 때 틈을 타 독서할 것을 부드럽게 권하곤 했다.

(나) 태훈아, 책을 읽어야 사고가 깊어지고 시야가 넓어져. 정보를 얻는 데는 동영상도 좋지만, 정말 창의적인 사람이 되려면 텍스트로 된 책을 읽어야 돼. 뇌에서 그 문자들을 해독하고 시각화하는 과정을 통해 뇌가 발달하거든. 그리고 너가 나중에 대입에 논술시험을 잘 보려면 미리 책 읽는 습관을 들여놓는 게 좋아. 아빠도 고등학교 때 책을 많이 읽으려고 노력했었어. 태훈이가 지금 많이 바쁜 건 알지만 그래도 틈틈이 읽어 버릇하면 좋을 것 같아.

(태훈) (동감한다는 듯이) 알았어, 읽어볼게.

(나) (흔쾌한 대답에 감격하여) 아빠가 돈 줄 테니까 읽고 싶은 책 사서 읽고 나머지는 맛있는 거 사먹어.

(태훈) 오케이, 고마워. 오늘 오후에 교보문고 갈 거야.

태훈이는 실제로 그날 교보문고에 가서 책을 몇 권 사왔고 나는 기대에 차서 어떤 책인지 구경하기도 했다. 그런데 그 책들은 한번 책장에 자리를 잡더니 다시 나오지를 않았다. 나는 관심이 있어서 생각날 때마다 태훈이 방에서 그 책들을 체크해 봤는데 영 주인의 손길이 닿질 않는 것 같았다. 나는 마음속에 좀 실망해서는 태훈이한테 "책 잘 읽고 있니?"라고 여러 번 물어봤는데 그때마다 돌아오는 답은 "응, 지금 좀 바빠서….."였다. 그러면서 내 마음속에서는 편견과 지레짐작과 속단들이 들고 일어나 아우성을 쳤다.

> **(편견)** 그것 봐~. 태훈이 저 녀석 책에는 관심이 없어. 완~전히 노는 데 푹 빠졌다니깐.
>
> **(지레짐작)** 아빠가 그렇게 간곡하게 부탁했는데, 너무 버릇 없는 거 아냐? 속으론 아빠를 우습게 보는 거야. 버릇을 고쳐야 해.
>
> **(속단)** 아빠랑 분명히 읽겠다고 약속했잖아. 아빠가 귀찮게 하니깐 그때만 모면한 거 아냐? 이건 명백한 약속 위반이야. 긴급히 체포해서 재판에 넘기고 콩밥 좀 먹여야 돼.

일단, 마음속에 있는 이놈들에게, "야, 시끄러워. 조용히들 좀 해봐."라고 소리를 빽 지르고 판단을 보류한 채 일단 그냥 지켜보기로 했다. 그리고 나서 몇 달인가 시간이 지나 인터넷을 보다가, 요즘 중고생들 사이에서는 독서가 실종되었다는 신문기사를 읽게 되었다. 학교 수업에, 학원들 수강과 숙제에, 수행 평가에, 하루 24시간이 모자라서 책 읽을 엄두를 못 낸다는 것이었다. 논술고사를 대비하는 것도 어차피 학원에서 유명한 고전들을 요약본, 다이제스트판으로 정리해서 나눠 준다. 그것도 제대로 못 보는 판에, 시간도 많이 들고 효과도 확실하지 않은 교양서 독서를 누가 하고 있겠냐는 말이다. 더구나, 이제 문화가 완전히 바뀌었다고 한다. 학교에서 쉬는 시간에 책이라도 읽으려면 친구들 사이에서 왕따 되기가 십상이란다. 혼자 '진지 빼는' 별종이 된다는 것이다.

태훈이와 함께 있을 때 그런 기사가 있더라는 얘기를 했더니 정말 그렇다고 했다. 그래도 자긴 아빠 말을 따라 책을 읽어 보려고 마음은 쓰고 있는데 정말 시간이 안 나더라고 했다. 그래서 함께 태훈이의 하루 시간을 따져봤다. 그런데 정말 없었다. 태훈이는 그때 수학학원 하나만 다녔는데도 학교와 학원의 공부를 하며 과제들을 제대로 해 가려면 밤에 자야 할 최소한의 수면 시간을 확보하기도 빠듯했던 것이다. 학교에서 정규 수업 외에도 방과후 학습, 동아리, 학생회 등 여러 가지 활동들이 있어 더 바빴다. 물론 태훈이가 틈틈이 친구들과 노는 시간들은 있었지만, 그걸 놀지 말고 대신 책을 읽으라고 했다간 대반란(大叛亂)을 각오해야 할 것이었다. '이 정도일 줄이야. 이거야 원…, 오히려 내가 세상 물정 모르고 떼 쓰는 애처럼 됐잖아?' 내 마음속을 들여다보니, 이전에 난리치던 편견과 지레짐작과 속단 녀석들은 다 딴청을 피우며 나와 눈 마주치는 것을 피했다.

　　결국 나는 태훈이에게 사과했다. "아빠가 태훈이 상황을 제대로 몰랐네~. 미안해. 그럼 일단 지금 제일 긴급한 건 입시니까 거기에 집중하도록 하자. 책은 나중에 대학 가서 열심히 읽어~." 아무리 아버지의 의도가 좋아도 그것이 아들의 상황에 받아들여질 수 없으면 안 되는 것이었다. 나는 나 스스로에 대해서도 생각해봤다. 내가 고등학교 다닐 때에는 입시가 지금처럼 복잡하지 않았다. 대학별, 학과별로 수많은 전형들을 알아보고 따로따로 준비해야 하는 것도 아니었고 평소에도 수행평가나 봉사점수까지 신경 쓸 필요는 없었다. 그냥 일년 중 하루 학력고사를 치고 그 점수로 내가 가려는 학교 학과에 지원하면 그만이었다. 그리고 나처럼 돈 없는 집 애들에게는 불행 중 다행으로, 그때는 공식적으로 전국에 과외가 금지였다. 과외하다 발각되면 형사처벌을 받아야 했다. 현재와 같이 사교육 열풍에 의해 모두가 무한경쟁을 해야 하는 상황과는 거리가 있어서, 그냥 학교수업 성실히 듣고 평소에 열심히 하는 애들이 좋은 성적을 받을 수 있었다. 그때도 공부할 과목은 많았지만* 주로 시험 때 바짝 공부하면 되었고 영어, 수학 같은 과목들만 평소에 꾸준히 해나가면 되었다. 그러니 틈틈이 책을 읽을 수 있는 여유 정도는 찾을 수 있었다.

* 이과였던 나는 수학 2과목, 과학 4과목에 제2외국어(독일어)는 물론이고, 내신을 위해서는 교련 과목까지 필기시험을 봐서 총 16개 과목을 공부해야 했던 걸로 기억한다.

　　내가 고등학교 때, 김동리의 〈사반의 십자가〉, 조지 오웰의 〈동물농장〉, 톨스토이의 〈부활〉 같은 고전 장편들을 포함해 꽤 많은 책을 읽었다고는 하지만, 솔직히 고백하건대 가장 많이 읽은 책은 무협소설이었다. 아마 수백 권은 족히 읽었을 것이다. 그 무협소설이 나에게는 간간이 스트레스도 풀면서 재미를 느낄 수 있는 휴식처였다. 그때는 인터넷도 없었고 TV 채널도 몇 개 없었으니 말이다. 그 무협소설이 지금의 중고생들에게는 게임이고 인터넷이다. 그러니, 지금 중고생들도 재미있는 게임과 동영상에 먼저 손이 가는 것은 당연한 것이다.

태훈이가 나와 다른 시대 상황 속에서 살고 있는 것은 못 보고 책을 안 읽는 것만 본 것은 편견이다. 내가 무협소설을 즐겼음은 못 보고 태훈이가 게임하는 것만 본 것도 편견이다. 거기서부터 지레짐작과 속단이 비롯되어 태훈이와의 사이에 부자유벽을 만들 뻔했다. 판단을 보류하기를 잘했다. 때로는 쓸데없이 부지런한 것도 해가 될 수 있다. 그런 혼란스런 상황을 결정적으로 호전시킨 것은 역시나 소통이었다.

판단받을 때 - 난 그런 뜻이 아니었는데

앞서와 같이 내가 아버지로서 아들을 판단할 때가 있지만, 거꾸로 내가 아들에게 판단받을 때도 있다. 그리고 그 판단이 내가 생각했던 것과 영 딴판인 것을 알게 되면 많이 당황한다. 이 대목에서 얘기하려고 하는 에피소드는 내가 전혀 인지하지 못하고 있다가 뒤늦게 태훈이의 입을 통해 깨닫게 된 사례다.

작년 어느 날, 함께 무슨 얘기인가를 하면서 태훈이가 아빠한테 실망한 적이 있었다고 나에게 직접 얘기해 줘서 알게 된 것이었다. 아빠는 자기가 중학교 다닐 때부터 그렇게 공부에 매달릴 필요 없고 일류대에 목맬 필요도 없다고 평소에 얘기해 놓고는, 정작 고등학교 때 성적이 떨어지니까 바로 정색을 하고 질책했다는 것이다. 그때 자기는 아빠도 겉 다르고 속 다른 데가 있다고 생각했었고 그게 위선이 아닌가라고 생각했다는 것이다. 난 나름대로 좋은 아버지로 살아온 쪽이라고 생각하고 있었는데, 태훈이로부터 의외의 공격을 받고 보니 적잖이 당황스러웠다. 태훈이 말을 듣고 곰곰이 기억을 더듬어 보니 과연 그런 일로 우리가 부딪힌 적이 있었다.

태훈이가 고등학교 1학년 때였는데 중간에 태훈이 성적이 떨어진 적이 있었고 그때 나와 아내가 태훈이를 붙잡고 정신 차려야 되지 않겠냐고 주의를 준 적이 있었다. 그때 우린 단순히 아들에게 필요한 조언을 한 것으로 생각하고 잊어버리고 있었는데, 태훈이에게는 그것이 그리 단순한 일이 아니었나 보다. 아버지에 대한 실망감이 마음 한구석에 자리 잡게 되었던 것이다. 그 작은 사건에 대해서도 나나 아내가 생각한 것과 태훈이가 생각한 것은 결과적으로 많이 다른 것이었다. 소통이란 것이 얼마나 복잡미묘한 것인지를 보여주는 사례라고 할 수 있겠다.

태훈이는 서울 강동구에 있는, 집 근처의 강동고등학교에 입학했다. 강동고등학교는 일반 인문계 고등학교였고 남녀공학이었다. 여기에 태훈이는 수석으로 입학했다. 태훈이가 중학교 때 나름 열심히 학교 생활을 한 건 맞지만 나나 아내에게도, 그리고 태훈이 본인에게도 수석 입학 소식은 상당히 의외였다. 우린, "대체 뭘 갖고 서열을 매긴 거지? 중학교 때 내신 성적인가? 이 동네 애들 정말 공부 안 하나 보네~." 뭐 그렇게 넘어갔다. 그런데 문제는 그것이 태훈이에게는 상당한 부담이 되어 버렸다는 것이다. 강동고의 선생님들은 물론이고 학생들에게도 주목과 기대를 한몸에 받게 된 것이다. 이런 기대에 최대한 부응하고자 태훈이는 더욱 열심히 하려고 애썼다. 그러나, 모든 결과가 만족스러울 수는 없는 것이고 더구나 일상생활 하나하나까지 다 조이는 느낌을 받았다. 시험 성적이 떨어지는 경우는 물론이고 학교 과제를 제대로 안 해 갔다거나, 수업시간에 졸았다거나 하면, 선생님들은 "그런 식으로 하면 금방 성적 떨어진다. 너 서울대 가야지." 하는 식이었다.

사실 태훈이는 서울대 가고 싶은 생각이 별로 없는 아이였다. 남들이 다 좋다고 하니 가면 좋을 듯도 하지만 스스로 거길 꼭 가고 싶다는 마음은 없었다. 그냥 인생을 행복하게 살고 싶은 평범한 아이였다. 그런데 의도치 않게 학교에서 기대주가 되는 바람에 스트레스가 많이 쌓여 있었다. 나는 태훈이가 많이 힘들어할 때마다 시간을 내서 태훈이에게 힘이 될 만한 얘기들을 해줬다. "태훈아, 누가 뭐라고 하건 간에 다 무시하고 태훈이가 원하는 삶을 살아. 태훈이 인생의 주인은 태훈이야. 태훈이가 남들을 만족시키기 위해서 살 필요는 없어. 거기에 대해선 누구도 뭐라고 할 수 없는 거야." 태훈이는 자기도 그러려고 하지만 잘 안 된다고 하면서 눈물까지 비쳤다. 태훈이는 아직 마음이 여리고 감수성이 예민한 어린아이였다. 거기서 나는 이런 이야기를 해줬다.

"태훈아, 아빠가 대학교 다닐 때 아빠도 주변 환경이 어려워서 많은 방황을 했어. 그때 뭔가 길을 찾으려고 책도 닥치는 대로 읽고 그랬지. 그중의 하나, 서머셋 모옴(Somerset Maugham)의 〈달과 육펜스(The Moon and Sixpence)〉라는 소설을 읽었는데 거기서 아빠가 인상 깊게 읽고 가슴에 새긴 대목이 있어. 이건 액자 구성으로 쓰인, 소설 속의 또 하나의 별도의 이야기야.

대영제국 최고의 국립병원에는 자타가 공인하는 천재 의과대학생이 있었어. 상이란 상은 다 쓸어 담으며 과정을 마쳤고 그 병원의 요직에 오를 예정이었지. 모든 사람들은 그 천재가 영국의 모든 의료계를 지휘하는 총재가 될 것이라는 것을 믿어 의심치 않았어. 당연히 그에 상응하는 부와 권력과 명예를 누리며 살 것이라는 것도 말이야.

그런데, 그가 졸업 휴가차 이집트의 알렉산드리아에 여행 갔다가 거기 주저앉기로 하고 병원에다 사표를 낸 거야. 그러고서 그가 얻은 직업은 돈도 거의 못 버는 정부 검역관이었어. 사람들은 너무너무 황당했지. '아니, 도대체 왜?' 누구나 꿈에 그리는 보장된 미래를 포기하다니, 다들 미쳤다고 생각했을 거야.

그의 빈 자리는 '야심가' 동창생이 금방 차지했어. 그 야심가는 천재 친구한테 백전백패해서 모든 기회를 다 잃고 개업의나 할 처지였는데, 그 천재가 없어지는 바람에 큰 행운을 얻은 거지. 세월이 흘러, 야심가는 이제 엄청 잘나가. 여러 유명한 병원의 요직들을 차지해서 큰 돈을 벌어들이고, 화려한 고급 주택에 미인 아내까지 있어. 최근에 받은 기사 작위도 이제 시작일 뿐이야. 야심가는 그 천재 친구를 비웃어. 세상의 변두리에서 의사 같지도 않은 형편 없는 일을 하면서, 늙고 못생긴 마누라에다 병치레하는 애들 대여섯이나 딸려서 밑바닥을 기고 있다고 보는 거지.

그런데, 알렉산드리아의 그 천재는 '전혀', '저언혀' 그렇지가 않았어. 우선 그는 남들이 뭐라고 하든 상관하지 않는 사람이었어. 그의 말에 의하면, 배를 타고 알렉산드리아 항에 들어서는 순간 엄청난 희열과 해방감을 느끼면서 자기 내면의 계시 같은 걸 따랐다는 거야. 그 결정은 틀리지 않았어. 그 이후로 살면서 그는 한 번도 후회한 적이 없었거든. 충만한 행복을 느끼며 즐겁게 살고 있는 거야. 수입은 먹고 살기에 부족하지 않고, 아무 걱정도, 더 바랄 것도 없어. 그냥 죽을 때까지 이렇게만 살면 좋겠다고 생각해.

여기서 누가 옳은 걸까? 아빠는 정답이 없다고 생각해. 야심가는 야심가대로, 천재는 천재대로 각자 최선을 다해 자기 자신의 삶을 살고 있는 거야. 서로 비교할 수도 없고 그럴 필요도 없어. 그런 점에서 천재를 잘 모르면서 비웃은 야심가는 역시 한 수 밑인 것 같아. 세상에는 인생을 살아가는 수많은 다양한 방법들이 있어. 각자 진심으로 만족하고 행복한 삶을 산다면 모두 정답이야.

아빠가 이 이야기를 해 준 이유는, 오늘날 너무나 많은 청소년들이 자기의 꿈, 자기의 인생을 찾지 않고 아무 생각 없이 그저 부모님이, 선생님이, 사회가 가라는 대로 떠밀려 가고 있기 때문이야. 어찌 보면 아빠도 그런 사람 중의 하나였어. 소위 일류대를 나와서 일류회사라는 데를 다니고 있지만 지금 돌이켜 보면 그것이 정말 아빠가 원했던 삶이었을까 라는 아쉬움이 굉장히 크거든. 물론 남들은 배부른 소리 한다고 할 수도 있겠지만, 누가 뭐라 해도 그건 본인만이 알 수 있는 부분이야.

아빠는 태훈이가 정말로 좋아하는 것, 그리고 잘할 수 있는 것을 찾아서 그것으로 꿈을 이루길 바래. 그리고 거기에 열중하기를 바래. 그것이 반드시 대학을 가야 하는 것이 아니라면, 대학을 가지 않아도 좋아. 다만, 그렇다면 대입 공부를 하는 대신 그 꿈을 이루기 위한 노력을 그만큼 열심히 해야 돼. 지금 인문계 고등학교를 들어와 놓고 내 길은 대학이 아니라면서 입시공부도 안 하고 그렇다고 다른 노력도 안 한다면, 이 귀중한 시간을 그냥 내다버리는 거잖아.”

태훈이는 이 천재와 야심가 이야기를 좋아하며 마음에 새기는 것 같았다. 물론 이 이야기 한 번으로 태훈이가 용기백배하여 다 털어내고 씩씩하게 살게 된 것은 아니다. 태훈이가 힘들어할 때마다 나는 도움이 될 것 같은 얘기들을 해 줬고 태훈이는 들으며 다시 한번 마음을 다잡곤 했다. 태훈이의 감수성이 너무 예민한 것 같기도 해서 도

서관에서 〈둔감력〉이라는 책을 빌려서 읽으라고 주기도 했다. 때로는 여러 가지 자극에 둔감하게 살아가는 것도 현 시대를 살아가는 데 필요한 능력이란 생각에서다.

이런 모든 것들이 다 성숙해지는 과정이었던 것 같다. 시간이 지나며 태훈이도 점차 마음에 안정을 되찾고 학교 생활에 적응을 하게 되었다. 높아 보였던 내면의 장애물을 기어올라 극복하는 한편, 다양한 친구들과 사귀며 시야를 넓히고 또 함께 어울려 다니며 스트레스를 날려 버렸다. 이제야 외란(外亂)에 흔들리지 않는 자기 스타일을 구축하면서 좀더 여유가 생기고 대범해지고 있었다.

그러던 중, 태훈이가 고1의 2학기에 들어가면서 여자친구를 사귀기 시작했다. 처음부터 나나 아내에게 알리고 시작한 건 물론 아니었다. 어느 날 길에서 여친과 손 잡고 가던 것이 지 엄마에게 딱 걸린 것이었다. 남녀공학에서 남녀가 교제하는 것이 뭐 그리 이상한 일이겠는가? 우린 태훈이에게, "야, 뭐 그런 걸 숨기고 그러냐?"며 건전하게만 사귀면 된다고 했다. 아내는 고등학교라도 남녀공학을 다녀봤지만, 나는 남중, 남고만 다녀봐서 태훈이가 부럽기까지 했다. 사실 태훈이는 중학교 때도 남녀공학이었지만 이렇다 할 이성교제가 없어서 나는 내심 태훈이가 혹시 이성에 관심이 없는 것 아닌가 괜한 걱정을 하기도 했었다. 그런데, 고등학교 와서 여자친구를 사귄다는 말을 들으니 반갑기까지 하던 참이었다. 아들의 이성교제는 또한 우리 부부에게 심심치 않은 대화의 소재가 되었고, 우린 수다를 떨며 재미있어 했다.

(아내) 걔네들 만난 지 100일 기념일이래. 우린 연애 때 그런 거 안 했는데.

(나) 우리 연애는 대학 때 했잖아. 대신 서로의 생일, 크리스마스, 발렌타인 데이 같은 건 꼬박꼬박 챙겼지.

(아내) 청소하다가 태훈이 여친이 준 손카드를 봤는데 어찌나 정성스럽게 만들었던지~, 완전히 미술 작품이야.

(나) 그래? 재미있네, 하하하. 난 고등학교 때 이성교제 했으면 정신 못 차리고 빠져 들어서 아마 대학 못 갔을 거야. 남고 간 게 정말 다행이야.

이렇게 우리 부부는 태훈이의 이성교제를 인정해줬고, 학교 선생님들께도 비밀을 유지해주기로 했다. 입시 지도하는 선생님들 시각에서 연애는 입시공부의 최대 방해물일 것이니 당장 그만두라고 엄포를 놓을 것이 분명했다. 그러나, 우리는 태훈이가 여친을 사귀면서도 제 할 일을 잘해 나갈 수 있을 거라고 믿었다. 우리도 계속 지켜보고 있으니 문제가 생기면 그때 개입하면 되는 것이었다.

그런데, 고등학교 들어와서 처음에는 성적에 과도한 부담을 가질 정도로 집착하던 태훈이가 이제는 너무 대범해진 것처럼 보였다. 물론 여전히 시험 때는 밤을 새다시피 하며 공부를 했지만 평소에 너무 공사다망(公私多忙)했다. 학생회 일, 학교 밴드 일, 동아리 활동 등 공적인 일부터 친구들과 영화 보고 놀이공원 가는 일까지 스케줄이 꽉 차 있었다. 나는 태훈이에게 공부는 평소에 미리미리 해 놓고 시험 때는 오히려 잘 자야 한다고 얘기했지만, 태훈이는 벼락치기가 자기 스타일에 맞으니 어쩔 수 없다고 했다. 시험 때는 물론이고 평소에도 밤에 잠자는 시간을 줄여서 자기 하고 싶은 걸 다 하고 돌아다니는 것 같았다. 여자친구 사귀는 것도 포함해서 말이다.

아내와 나는 약간 걱정스럽게 얘기하곤 했다. 태훈이가 제일 중요한 시기에 시간 관리를 잘 못하는 것 아닐까 하는 우려였다. 아직 펑크가 난 건 아니지만 지켜보기에 좀 위태위태했다. 아내도 몇 번인가 태훈이에게 여친 사귀느라고 시간이 부족해서 정작 해야 할 걸 못하면 안 된다고 말했다. 그때마다 태훈이는 그럴 일 절대 없으니 걱정하지 말라고 했다는 것이다.

그러던 중, 중간고사에서 태훈이 성적이 좀 내려가는 일이 생겼다. 물론 난 모르고 있다가 아내가 걱정스럽게 얘기를 꺼내서 알게 된 것이었다. 그래서, 난 걱정만 하고 있지 말고 태훈이에게 말해보자고 했다. 다 함께 있을 때 내가 물어봤다. "태훈아, 너 요즘 시간 관리를 잘 못하는 것 아니니? 성적이 좀 내려갔더라. 혹시 여자친구 사귀느라고 그런 것 아니니?" 그랬더니, 태훈이는 좀 격하게 반발했다. "아니야~. 여친 때문에 그런 것 아니라고. 사귀면서도 나는 나름대로 철저하게 시간 관리를 했어. 성적은 오를 수도 있고 떨어질 수도 있는 건데, 한 번 떨어진 것 갖고 아빠, 엄마가 너무 민감하게 구는 거 아냐? 아빠는 내가 일류대 들어갈 필요 없고 그렇게 공부에 매달릴 필요 없다고 하더니, 말만 그랬던 거야? 완전히 겉 다르고 속 다른 거잖아. 아빠도 결국은 내가 일류대에 들어가야만 한다고 생각하는 거잖아."

공격하려다 공격받는 입장이 되어 버렸다. 나는 아빠의 뜻은 그런 게 아니었다는 걸 해명하려 애썼다. "아빠가 지금 문제 삼는 건 태훈이가 일류대를 가느냐 마느냐가 아니야. 태훈이가 지금의 이 귀중한 시간을 얼마나 값있게 쓰고 있느냐는 거지. 태훈이가 이류, 삼류대에 가도 좋고, 아예 대학에 못 가도 좋아. 태훈이가 진심으로 이루고자 하는 꿈과 목표가 있어서 열심히 그걸 좇느라고 그랬다면 말이지. 만약, 아직 꿈이 없어서 그걸 찾느라고 그랬다고 해도 괜찮아. 그것도 의미가 있으니까. 그런데 아빠, 엄마는 태훈이가 그런 것 없이 다만 재미나게 노는 데 빠져서 소중한 시간을 낭비하고 있는 게 아닌가 걱정이 되는 거야. 물론 꿈이나 인생의 목표라는 게 그리 쉽게 찾아지는 건 아니야. 오히려 매우 어렵고 굉장히 오래 걸릴 수도 있어. 그렇다면, 우리 사회는 일단 좋은 대학을 가는 게 앞으로의 꿈을 찾는 데도 여러 모로 유리하잖아. 태훈이가 나름 최선을 다해서 좀더 좋은 데로 가면 더 좋은 거고, 별로 안 좋은 대학이라고 해도 괜찮아. 거기서 또 꿈을 찾아나갈 거니까. 어쨌든 열심히 했으니까 후회는 안 남잖아. 고등학교 3년이란 시간은 정말 금방 지나가고 그간의 모든 것은 내신이란 성적으로 남아서 나중에 후회해도 소용이 없어."

난 이렇게 얘기하고는 태훈이가 이해하고 받아들였을 거라 생각했다. 어쨌든 그 이후에 태훈이 성적은 다시 올라갔다. 사귀던 여자친구랑은 얼마간 더 사귀다가 성격 차이로 헤어졌다. 그리고 고3의 힘든 시간을 거쳐 드디어 원하던 대학에도 입학했다. 나는 그 대화 이후로 대부분 순조롭게 지나왔기에 그냥 그런 줄로만 알고 까맣게 잊어버리고 있었다. 그러나 한참이 지난 다음 다시 얘기해보니, 나의 해명은 태훈이에게 잘 받아들여지지 않았던 것 같다. 아마 해명이라기보다는 변명으로 생각했을 것도 같다. 태훈이에게 나는 전반적으로 꽤 좋은 아버지이긴 하지만, 일부분에서는 좀 위선적인 면도 있는 아버지였을 수도 있었겠다 싶다.

태훈이가 아주 어릴 때부터 줄곧 친하게 지내며 또 태훈이가 신뢰할 만한 아빠라고 나름 자부했던 나조차도 태훈이와 완전한 소통을 이루는 것은 어려웠다. 그러나, 그게 꼭 나쁜 것만은 아니라고 생각한다. 오히려 자연스러운 것이다. 서로 다른 생각과 감정을 갖고 살아가는 사람들 사이에서 그런 완전한 일치를 기대하는 것 자체가 무리이고 부자연스러운 것이라고 생각된다. 그 긴 세월 동안 묵었던 오해도 결국은 또다시 소통을 통해 풀린 것처럼, 한 번에 소통을 완전히 하려는 생각을 버리고 조금씩 자주 소통하는 것이 옳은 길이다.

매 아끼다 아이 망가뜨린다는데

지금까지 이 책을 써 오는 내내 나는 줄곧 부모와 자녀 간의 존중과 소통을 강조해 왔다. 서로를 배려하고 부드러운 언어를 사용하며 편안하고 친밀한 관계를 소중히 가꿔가야 한다고 얘기했다. 그러나,

절대 혼동해서는 안 될 것이 있다. 그렇다고 해서, 부모가 언제까지나 sweet daddy and mommy(달콤한 아빠, 엄마)로서 자녀를 대해야 한다는 게 결코 아니란 것이다.

우리가 살고 있는 이 세상의 현실은 그리 녹록지 않다. 우리를 둘러싼 환경은 척박하고, 비바람이 몰아치고, 뙤약볕이 내리쪼이며, 병충해가 덮친다. 아이를 그냥 놔 두면, 저절로 잘되는 게 아니라 저절로 안 되기가 훨씬 쉽다. 지금 아이들을 유혹하고 힘들게 하는 것들이 얼마나 많은가? 소중한 아이를 아름답게 키우기 위해 끊임없는 관리와 훈계는 필수불가결하다. 부모와 자녀의 평상시가 달콤하기 위해서, 부모는 비상시에 쓰디쓴 약을 쓸 수밖에 없다.

그러므로 인류 역사 이래 모든 문화권에서 부모가 자녀를 훈계하는 것은 매우 중요한 의무이자 덕목으로 간주되어 왔다. 우리는 또 얼마나 많은 격언들을 들어 왔는가? 우리 속담에 바늘 도둑을 내버려두면 소도둑이 된다고 하지 않았는가? 영어 문법책에도 단골로 나온다. 'Spare the rod and spoil the child(매를 아껴라, 그러면 아이를 망칠 것이다).' 지혜의 책이라 불리는 성경 잠언서는 온통 훈계 얘기다. "내 아들아, 네 아비의 훈계를 들으며 네 어미의 법을 떠나지 말라. 이는 네 머리의 아름다운 관이요 네 목의 금사슬이니라(잠언 1:8-9)."

훈계가 필요하다는 것은 알겠는데, 그럼 어떻게 해야 하는가? 첫째, 꼭 필요할 때만 제한적으로 해야 한다. '약 좋다고 남용 말고, 약 모르고 오용 말자.'란 표어가 있지 않나? 훈계를 남용하면 안 된다. 밥 먹듯이 맨날 하는 훈계는 훈계가 아니라 잔소리일 뿐이다. 병균도 항생제에 내성이 생기면 나중에는 약도 안 듣듯이, 자녀도 잔소리에 익숙해지면 그땐 한 귀로 듣고 한 귀로 흘려 버린다. 정말 중요한 훈계를 하려고 해도 더 이상 약발이 먹히질 않는다. 반대로, 평소에 양과 같이 순하며 항상 웃던 아버지는 정색한 표정만 지어도 아이가 긴장하며 진지해진다. 이럴 땐, 아버지가 조용히 한마디만 해도 아이는 천둥 치는 것처럼 받아들인다.

둘째, 그 필요하다는 이유와 명분이 명확하지 않을 때에는 훈계를 해서는 안 된다. 명확하다는 것은 훈계를 하는 부모나, 받는 아들이나 쌍방 모두 상황을 잘 이해하고 있다는 것을 말한다. 부모 혼자 감정적으로 격앙되어, 아이는 명분도 모르고 속절없이 당하는 일이 있어서는 안 된다. 그런 경우, 훈계의 교육적이며 긍정적인 효과는 아예 없어지고 부모에 대한 아이의 반감과 적개심, 그리고 냉소만 남게 된다. 아이 스스로 왜 그 훈계를 당하는지 이해하고, 약이 쓰지만 먹는 게 맞다고 납득하도록 해야 한다. 아이에게도 대화를 통해 설명해 주고 또 아이의 입장도 경청해 줘야 한다. 그러기 위해서는 조급하게 훈계에 나설 게 아니라, 여러 방면에서 확인 작업을 거쳐야 한다. 부모가 잘못 알고 난리 치는 상황은 정말 최악이 될 것이다. 이때는 의사가 오진을 하고 약을 잘못 처방하여 오용하는 경우다. 오용한 약은 오히려 치명적인 독이 될 수도 있다. 그러므로 차분히, 자녀가 잘못한 게 정말 맞는지 부부끼리 상의도 해 보고 아이에게도 직접 물어봐야 한다.

셋째, 훈계를 받는 아이의 입장을 살펴보고 배려해야 한다. 아이가 감당할 수 있을 정도로만 훈계해야 한다. 약이 아무리 좋아도, 먹는 사람이 너무 어리다든지 체력이 약하다든지 하면, 용량을 줄이거나 아니면 아예 쓰지 말아야 할 수도 있다. 아이를 살리고 건강하게 만들자고 훈계를 하는 것이지, 자기 분풀이를 하자는 것도 아니고 아이를 망가뜨리자고 하는 건 더더욱 아니므로 주의해야 한다.

나의 어머니가 들려준 얘기가 있다. 어머니가 십대 소녀일 때, 시골 집에서 저녁한다고 아궁이 앞에 앉아 불을 붙이다가 왜 그런 호기심이 일었는지, 장난 삼아 바로 뒤편에 쌓인 장작더미에 불막대기를 갖다댔다고 한다. 그러자 막대기 끝의 불씨가 마른 나뭇잎에 옮겨붙고, 눈 깜짝할 사이에 불길이 일어나 부엌을 포함해 집이 반 가까이 홀라당 타 버렸다. 집안은 물론 마을 사람들이 전부 몰려와 껐으니 그 정도에서 그친 것이었다. 그런데 그때 어른들은 아무도 어머니를 야단치지 않았다고 한다. 원래 불 낸 아이는 야단치는 게 아니라면서. 가뜩이나 스스로도 죄의식 속에 팽팽히 긴장하고 있는데 거기다 혼내키면 그만 정신줄이 끊어질 수도 있다는 것이다. 외할아버지를 비롯해서 왜 화가 나지 않았겠는가? 그러나, 우리 시골 어른들은 얼마나 인자하고 지혜로우셨는가!

넷째, 훈계는 질질 끌지 말고 짧게, 그리고 단호하게 한 번에 마쳐야 한다. 훈계는 하는 사람이나 받는 사람이나 모두 힘들고 어려운 과정이다. 안 하는 게 가장 좋지만, 해야 한다면 짧은 것이 좋다. 최고의 명강의는 휴강이고, 그다음은 짧은 강의라고 한다. 어차피, 위의 두 번째에 얘기한 확인 과정을 거쳤다면 아이도 자기가 뭘 잘못했는지 다 알고 있다. 아이는 바보가 아니며, 때로는 부모보다 더 많은 걸 깊이 생각한다. 괜히 노파심에 길게 질질 끌며 설교를 늘어 놓아봤자, 집중력과 효과만 떨어진다. 훈계를 하자는 것이지, 고문을 하자는 것이 아니다. 단호하고 명확하게 잘못을 인정받고 앞으로 안 하겠다는 다짐을 받으면 족하다. 그리고서 아이를 믿겠다고 하는 걸로 끝내면 된다. 이렇게 따끔하지만 짧게 끝내면 아이도 그 배려와 고마움을 느끼며 그 믿음을 지키려 애쓰게 된다.

다섯째, 내 개인적인 스타일이란 것을 전제하며, 나는 훈계도 가능하면 매는 쓰지 말고 대화로 하자는 주의다. 나는 살아오면서 태훈이에게 단 한 번도 손찌검을 하거나 매를 쓴 적이 없다. 물론 태훈이가 스스로 알아서 잘한 덕이 제일 크겠고, 거기에 나도 굉장히 감사하고 있다. 그러나, 또한 나와 아내, 태훈이가 함께 만들어 온 대화와 소통의 문화 역시 큰 몫을 했다고 생각한다. 서로에 대한 존중과 신뢰가 있을 때, 훈계 역시 대화와 소통의 연장선상에 있을 뿐이라고 믿는다. 그러나, 각 가정마다 지내온 역사와 사연과 상황이 다르니, '사랑의 매'의 불가피성을 완전히 배제할 수는 없음도 인정한다.

내가 잘 아는 선생님 한 분도 당신의 자녀 교육에 대한 얘기를 하시면서, 훈계를 위해 매를 드신 적이 있다고 말씀하셨다. 그분의 중학생 아들에게 처음 몇 번은 말로 하셨지만 도무지 말을 듣지 않자, 아들을 엎드려 뻗쳐 시켜 놓고 플라스틱의 속 빈 야구방망이로 엉덩이를 세게 수차례나 때렸다고 한다. 그러고는 당신 방에 들어가 방문을 잠가 놓고 속상해서 우셨다는 것이다. 그 속 빈 장난감 야구방망이야 소리만 컸지 맞는 아들은 그렇게 아프지 않았을 수도 있다. 오히려 아들을 때렸다는 것 때문에 선생님 마음이 더 아팠을 것 같다. 바로 사랑의 매다.

나는 그것과는 비교도 안 될 정도로 세게 내 어머니에게 맞아 봤다. 내 평생 처음이자 마지막이었다. 아마 내가 초등학교 1학년 전후였던 것 같다. 나는 그때 철딱지*에 미쳐 있었는데 옷장 서랍 속 어머니 지갑에서 돈을 훔쳐 동네 문방구에서 그걸 사가지고는 좋다고 놀았던 것이다. 어머니가 그걸 아시고는 나를 빤스만 남기고

> * 얇은 양철판에 요철(凹凸)로 모양을 새긴 장난감. 주로 군대 계급장 모양이 많아 철계급장이라고도 불렸는데 양옆으로 뾰족하게 튀어나온 작은 조각을 옷에 찔러 넣고 접으면 진짜 계급장처럼 옷에 부착이 되었다. 계급장 외에도 태극기를 비롯해 다양한 만화 캐릭터들 모양도 있었다. 어릴 땐 왜 그것들이 그렇게 멋있어 보이고 갖고 싶었는지…, 달리 애겠는가?

다 벗긴 다음 집 대문 밖으로 데리고 나와 빗자루였는지, 널빤지였는지 아무튼 그런 나무 작대기 같은 걸로 마구 때리셨다. 40년이 넘은 일인데도 아직도 기억에 생생하다. 동네 사람들이 빙 둘러 구경하고 있는 가운데 어머니는 무서운 얼굴을 하고 나 보고 "잘못했어? 안 했어?"라고 때리셨다. 사람들은 맞는 나를 보고 "빨리 잘못했다고 말씀드려."라고 했다. 나는 매에 맞아 울면서도 잘못했단 얘기를 안 했던 것 같다. 어머니가 나를 씻겨 다시 방에 넣어 놓고는 나가셨다. 나중에 어머니와 의형제 맺은 이모님께 들은 얘기였다. "너 그때 잘못했

다고 싹싹 빌었으면 금방 끝났을 텐데, 미련한 거냐, 독한 거냐? 너네 엄마 우리 집에 와서 속상하다고 얼마나 울었는지 알아?" 지금까지도 뇌리에 박힌 그 기억은 강한 약이 되어 지금까지도 내가 나쁜 짓을 못하도록 막아왔다. 지금도 그 사랑의 매를 때려주신 어머니가 눈물나게 그립다.

그 이후로도 나는 매를 많이 맞아 봤다. 99%는 초중고를 거치며 학교에서 맞은 것이다. 뭐, 숙제 안 해 가서, 장난치다 걸려서, 학급 반장할 때는 대표로, 등등 이유가 있는 매도 있었지만, 납득 못하게, 억울하게 맞은 매들도 많았다. 다양하게 맞았지만, 그런 매들 중에 내가 정말로 감동하거나 또는 나를 변화시킬 만한 매는 없었다. 그냥, 좀 싫지만 견뎌내야 할 체벌일 따름이었다. 중학교 동급생 중에는 선생님들에게 정말 많이 맞는 애도 있었는데, 걔도 맞을 때 좀 괴로워할 따름이지 맞고 나면 씩 웃으면서 때린 선생님을 조롱하기도 했다. 그런데 걔 자체도 다른 아이들에게 폭력적이었다. 반복적으로 가해지는 폭력적 체벌에 내성이 생기면 교육적 효과는 없어지고 오히려 폭력을 대단치 않게 여기면서 타인에게도 폭력을 휘두르게 되는 것이 아닐까 생각했다. 실제로 폭력은 쓸수록 중독된다고 한다. 그래서 나는 내 아들을 키울 때도 폭력은 쓰지 않으리라 다짐했다. 사랑의 매도 쓸 필요가 없도록, 평소에 잘하면 될 것이라고 생각했다.

딱 한 번, 내가 태훈이를 무섭게 훈계한 적이 있다. 태훈이가 중학교 2학년이던 어느 날 밤이었다. 잠자다가 뭔가 이상해서 일어나 보니 옆에 아내가 일어나 앉아 흐느끼며 울고 있는 것이었다. 깜짝 일어나 앉아 무슨 일이냐고 다급하게 물어봤더니, 말을 안 하다가 결국 털어 놓았다.

(아내) 태훈이 때문에 속상해서 그래~.

(나) 아니, 태훈이가 왜?

(아내) 지금 새벽 2시인데 아직도 잠을 안 자길래, 방문 열고 들어가 봤더니 컴퓨터 앞에 앉아 있는 거야. 그래서 이제 그만 하고 자라고 했더니. 알아서 한다고 막 짜증 내면서 화를 내고…. (흑흑) 요즘 감기 걸려서 기침하고 몸도 안 좋으니까 저렇게 늦게까지 안 자면 안 되는데. 요즘은 계속 그래. 무슨 말을 못 걸겠어. 계속 화난 사람 같고. 모르겠어. 어릴 땐 그렇게 잘 웃고 말도 잘 듣고 천사 같던 애가, 이제 완전히 딴 사람 같애.

(나) 남자 애들 원래 다 그래~. 나도 저땐 그랬어. 그러니까, 너무 걱정하지 마. 근데 혹시라도 무슨 일이 있어서 그런 건지, 내가 한번 얘기해 볼게.

나는 다음 날도, 그다음 날도 바로 태훈이에게 얘기하지는 않았다. 일단 머릿속에 넣어 놓고 좋은 타이밍을 기다렸다. 그러다, 주말이 되었는데 날씨도 화창했고 나도, 태훈이도 특별히 바쁜 일 없이 집에 있게 되어 '이때가 좋겠다.'고 생각했다. 태훈이에게 함께 산책 나가지 않겠냐고 했는데, 태훈이는 썩 내키진 않는 표정이었지만 거절하진 않았다. 아빠가 무슨 할 말이 있다는 걸 눈치 챈 걸 수도 있고, 또 아무래도 아빠한테는, 엄마에게 하는 것처럼 자기 마음대로 하기가 어려웠으리라.

우린 동네 근처 야트막한 산에 나무들이 많은 산책로를 천천히 걸었다. 화창한 데다 나무 그늘 사이로 바람도 솔솔 불어 걷는 것만으로도 좋은 기분이 들게 했다. 걷는 동안 나는 일부러 관련 없는 여러 이야기들을 꺼냈고 우리 대화는 단편적으로 이어졌지만, 아무래도 분위기가 평소 같지는 않았다. 태훈이도 둔한 애는 아니니까, 여러 가지 상황들을 종합해서 아빠가 무슨 말을 하려고 자기를 데리고 나왔는지 짐작하고 있었을 것 같다. 산책로가 끝나갈 무렵, 길 옆 나무 아래에 빈 탁자와 의자가 있어서 태훈이에게 앉았다 가자고 했다. 나는 조금 뜸 들이다가 얘기를 꺼냈다.

(나) 태훈아, 며칠 전에 아빠가 자다가 일어나 보니까 엄마가 울고 있더라. 알고 있었니?

(태훈) (놀란 표정으로) 아니, 왜?

(나) 엄마가 태훈이 때문에 많이 속상해하던데?

(태훈) …, 엄마가 울기까지 하는지는…, 몰랐어.

이렇게 대화를 시작했다. 결코, 밝고 가벼울 수는 없는 대화였지만, 그렇다고 소리를 지르거나 화를 내지는 않았다. 오히려 말소리는 더 나지막하고 조용했다. 그런데, 한참이 지나 최근에 태훈이와 얘기해 보니, 태훈이는 자기가 살아오면서 이때의 아빠가 제일 무서웠다고 한다. 아빠가 조목 조목, 조용하지만 단호하게 "이번 일 이후로, 다시 한 번 엄마가 비슷한 이유로 우는 일이 생기면 그때는 결코 용서하지 않는다."고 얘기한 걸 기억하고 있었다.

그렇게 나는 '훈계'를 했고, 태훈이는 눈물을 흘렸다. 태훈이도 스스로 잘못을 인정했기에 나의 훈계에 대한 반항은 하지 않았다. 우리는 산책을 끝내고 별일 없었다는 듯이 집에 들어갔다. 물론, 그 훈계로 태훈이가 '우리 애가 달라졌어요.'가 된 건 아니다. 다만, 조금은 나아졌다. 물론 아내도 그런 일로 다시 눈물을 흘리는 일은 생기지 않았다. 그걸로 충분했다. 태훈이가 완전히 나아질 수는 없었던 게, 태훈이가 다름 아닌 불치의 병, '중2병'을 앓고 있었기 때문이다. 인생 중 질풍노도라고 불리는 최절정 사춘기를 뚫고 지나가고 있던 중이었다. 나중에 얘기해 보니 태훈이 스스로도 그때는 모든 게 짜증나고 말도 막 나갔는데 자기 스스로도 왜 그런지도 모르겠고 어찌할 바도 몰랐다는 것이다. 아내가 밤중에 일어나 울던 때는, 태훈이가 '싸이월드'에 꽂혀 있을 때였는데 새로 사귄 친구들하고 '싸이질'을 하느라고 밤에 잠을 안 잤던 것이고* 아내는 수차례 태훈이에게 일찍 좀 자라고 했는데, 그날, 한밤중에 잠이 깨어 나가보니 태훈이는 아직도 싸이질에 정신이 없던 것이었다.

* 싸이월드(CyWorld)는 미니 홈페이지, 일촌 맺기, 도토리로 유명한 우리나라의 SNS(Social Network Service). 싸이질은 자기나 다른 이의 미니 홈페이지에 사진이나 글을 올리는 등 싸이월드를 이용하는 각종 활동을 총칭하는 말.

특히 중학교 때, 아이들의 몸속에서는 여기저기서 각종 호르몬들이 분수처럼 뿜어져 나와 아이들 몸을 급격하게 변화시키는데, 그뿐만이 아니라 기분과 감정, 심리에도 커다란 영향을 미친다. 그리고 이로 인한 감정의 기복은 자주 이성적인 통제선을 벗어난다. 달리 질풍노도의 어려운 시기라고 하는 것이 아니다. 그 아이들이 못돼먹어서 그런 것이 아니다. 부모 세대인 우리들도, 우리 부모님들도, 또 그 위로도 항상 그래 왔다. 애벌레가 나비가 되기 위해 탈바꿈 과정을 거치듯이, 인간의 아이도 어른이 되기 위해 거쳐가는 자연스런 과정이다. 이 시기에 부모들은 제멋대로인 아이들과 자주 부딪힌다. 부모들은 화가 나서 씩씩대기도 하고 아이들 사람 만들겠다고 혼내거나 두들겨 패기도 한다. 물론, 그 또한 필요한 과정일 수 있다. 가장 훈계가 많이 필요할 때이므로. 그러나, 훈계를 할 때 사랑을 듬뿍 담는 걸 잊으면 안 된다. 그리고, 위에 필자가 전해드린 훈계의 가이드라인을 살펴보면 좋겠다.

그러나, 더 중요한 것은, 부모들 스스로 자기의 지나간 그 시기를 돌아보며 참고 기다리는 것이다. 사랑은 오래 참는다고 하지 않았나!(고린도후서 13장 4절). 부모는 그 힘든 성장의 과정을 좀 떨어져 옆에서 지켜보며, 바른 길에서 살짝 벗어나는 정도는 때로 못 본 척해주기도 하고, 좀더 벗어난다 싶으면 잘 훈계해서 다시 바른 길로 돌려 보내면서, 속으로 응원하고 기다려 줘야 한다. 주어진 시간이 지나면 그 꼬물꼬물한 애벌레에서 시체 같은 번데기를 거친 다음, 화려한 나비가 되어 훨훨 날아다니는 광경을 감격 속에 목격할 수 있다.

부자유친은 개뿔~?

앞서 수차례 얘기했듯이 부모와 자녀가 함께 살아가다 보면 종종 의도치 않게 서로에 대해 섣부른 판단을 하게 된다. 이럴 때 마음속에는 작은 오해가 생겨나며 부모가 자녀를, 또는 자녀가 부모를 살짝 의심하기도 하고 좀 실망하기도 한다. 그러나 평소에 웬만큼 소통과 신뢰가 쌓인 집이라면, 이 정도는 '에이, 아냐~. 내가 뭔가 잘못 생각한 거지.'라며 대수롭지 않게 넘긴다. 시간이 지나 보면 역시 오해였음이 밝혀지고, 마음속에는 잠시나마 그런 오해를 한 데 대해 미안한 마음이 들며 괜히 뭐라도 더 잘해 주고 싶어진다.

가끔은 혼자서 해결이 되지 않는 경우도 있다. 이때는 오해가 더 커지기 전에 상대에게 찾아가 소통을 시도하여 바로잡는 것이 좋다. 부드러운 말로 직접 물어보고 확인해 오해를 푸는 것이다. 앞서 얘기했던 사례들, 즉, 페이스북 사기 관련해서 태훈이가 던진 말로 내가 열 받았지만 곧 태훈이가 다가와 얘기하고 풀었던 것이나, 태훈이가 책을 너무 안 읽는다는 나의 오해가 역시 태훈이와 얘기하고는 풀어진 것, 또 태훈이 성적 떨어진 걸로 주의 줬다가 내가 위선자로 비난받았지만 오랜 시간 지나 얘기하고 풀었던 것들이 모두 이런 경우에

해당한다. 이 사례들은 모두 평화롭게 마무리되었는데 여기에는 두 가지 공통점이 있다. 첫째는 한쪽이 오해로 달아올랐지만 다른 쪽은 평온하고 여유가 있었다는 것이고, 둘째는 그나마 오해 있던 쪽도 시간이 가며 평정을 되찾아 결국 부드러운 분위기에서 소통하며 해결이 되었다는 것이다.

그런데, 그렇지 않고 양자가 함께 달아올라 바로 스파크가 튀고 폭발하는 경우도 생긴다. 여기에는 '하필이면 그때'라는 우연도 한몫을 한다. 가령, 평소에는 소통도 잘되고 신뢰도 두터운 부자간인데, '하필이면 그때' 아버지와 아들 둘 다 컨디션이 바닥인 경우다. 심한 몸살로 몸이 영 안 좋다든지 나쁜 일이 생겨 마음이 무척 힘들다든지, 각자 원인은 다를지 몰라도 둘 다 상태가 좋지 않다. 그러므로 둘 다 뭔가에 화난 사람처럼 표정이 굳어 있는데, 서로가 마주 대할 때는 '왜 나한테 저런 표정을 짓지? 나한테 뭐 기분 나쁜 게 있나?'처럼 각자 상대방을 부정적으로 인식하기 쉽다. '하필이면 그때' 아버지가 전부터 아들에게 하려고 하다가 계속 잊고서 못한 얘기가 생각난다.

그냥 아버지 딴에는 아들을 위해서 상식적이고 합리적인 얘기를 한마디 했을 뿐인데 '하필이면 그때' 그게 아들에게는 굉장히 기분 나쁘게 들린다. 왜 그런지는 잘 모른다. 상태가 안 좋은 아버지가 말하는 투가 의도치 않게 불친절했을 수도 있고 그렇지 않았다 해도 역시 상태가 안 좋은 아들이 그걸 부정적으로 받아들였을 수도 있다. 이제 아들은 아버지에 대해 기분이 상했기 때문에 아버지에 대해 무례하게 행동한다. 아버지는 아버지대로 힘들어 민감하기에 아들의 그런 행동이 영 거슬린다. 둘 사이에 긴장은 갈수록 고조된다.

그렇게 불편한 시간이 지나는 동안, 아버지는 아들의 행동이 아무래도 이상하다는 생각이 들어, 아들에게 가 물어본다. "혹시 아빠한테 화난 거 있니?" 아들은 그제야, 아버지가 자기에게 했던 말이 기분 나빴다고 항의하듯 말한다. 아버지는 그 말을 듣고 보니 기가 막히다. 아버지는 결코 그런 뜻에서 한 말이 아닌데…. 그런데 아버지도 아들의 오해를 풀어주려고 하기보다는, '지 아버지를 겨우 그 정도로밖에 보지 않는단 말인가?'라는 서운함과 실망감에 휩싸인다. 그래서 말이 곱게 나가지 않는다. 결국 서로 감정이 폭발한다. 서로 기분 나빴던 것들, 서운했던 것들을 거칠게 쏟아낸다. 그리고는 말이 없다. 말을 하기도 싫다. 냉전으로 들어가는 것이다.

아버지는 자괴감이 든다. '내가 이러려고 저놈을 그렇게 애지중지 키웠나?' 그리고 그동안 믿어왔던 부자유친이 와르르 허물어지는 것처럼 느껴진다. 서글프고 섭섭하다. 그리고 괘씸하다. '자식 키워 봐야 다 헛거다.', '무자식이 상팔자다.', '가지 많은 나무에 바람 잘 날 없다.', '머리 검은 짐승은 거두는 게 아니다.', '99개를 잘해주고도 1개를 못해준다고 욕먹는 게 인간관계다.' 등등, 부정적인 격언들이 머릿속에서 회오리친다. 결국, "부자유친은 무슨, 개뿔."이라고 혼잣말로 자조한다.

이렇게 마음속에 폭풍우가 몰아칠 때는 산책만한 것이 없다는 것을 아버지는 경험으로부터 알고 있다. 일부러 한적한 길을 잡아 천천히 걷는다. 세상은 그대로다. 길가의 가로수들은 푸르른 잎사귀들로 시원한 그늘을 만들어 주고 있다. 아무 생각 없이 가로수들을 지나치며 한참을 걷다보니 조금씩 마음이 진정되는 것이 느껴진다. 문득 아까 아들과 싸우던 장면이 떠오르며, '그 녀석은 지금 마음이 어떨까? 녀석도 지금 무척 마음을 쓰고 있겠지?'라고 생각하니 애증이 교차하며 마음이 아리다. 사랑과 미움은 백지 한 장 차이다. 사랑하니까 미워하는 마음도 생기는 것이다. 사랑의 반대말은 미움이 아니라 무관심이라고 하지 않는가? 사랑하지 않으면 상대가 뭘 하든 관심도 없다. 이렇게 아버지는 자기가 아들을 사랑하고 있다는 사실을 재확인한다.

그리고 또 얼마간 더 걷다가 이번에는 자기 자신을 돌아본다. '나는 내 아버지에게 어떤 아들이었을까?' 기억을 더듬다 보니 오랫동안 잊고 있던 몇 가지 일들이 떠오른다. 그가 그의 아들만할 때 철없고 못되게 굴어 그의 아버지를 속상하게 했던 일들이다. '생각해보니 나는 내 아들 녀석보다도 훨씬 더 못되고 한심한 놈이었었군. 내 아버지는 나 때문에 얼마나 마음이 상하셨을까?' 그러면서 이런 생각도 든다. '내 아버지가 살아계시다면 "넌 더했어, 이놈아" 하면서 웃으시겠군.' 그러고 보니 아들에게 뭐라고 할 것도 아니다. 세상의 모든 자식들이 다 부모에게는 철없어 보이는 것 아닌가? 그렇지 않으면 그게 어른이지, 아이겠는가?

어쩌면, 자신이 이렇게 섭섭하고 서운한 것은 아들에게 내심 지나친 기대를 했기 때문이란 생각이 든다. 기대가 크면 실망도 큰데 말이다. 또한, 자식을 키우는 것이 뭔가 보상을 얻고자 한 것도 아닌데 말이다. 사랑은 자기의 이익을 구하는 게 아니라고 했다(고린도전서 13장 5절). 그냥 아들이 건강하게 잘 크고 행복하게 잘 사는 것을 보며 그걸로 기쁨을 삼으면 그만인데, 그걸 잊어 버렸다.

곧이어, 아들이 괘씸하게 느껴진 것은 아버지 자신에게 '나'가 너무 많기 때문이라는 깨달음도 온다. '감히 나한테 이렇게 해?'라고 화내는 것은 '나'라는 에고(Ego)의 이기적인 마음이 상처받은 것이다. '결국 아들보다 나 자신을 더욱 사랑하는 것이었나? 난 아직 아버지로서 멀었구나.'란 생각을 하며 하덕규의 '가시나무' 노래를 흥얼거린다. "내 속엔 내가 너무도 많아. 당신의 쉴 곳 없네. …."

'벌써 이만큼이나 걸어왔나?'란 생각이 들면서 안을 들여다보니 마음은 어느새 많이 가라앉았다. '아들 녀석은 괜찮을까?' 좀 염려가 된다. 집에 돌아왔는데 아들은 아직 돌아오지 않았다. '돌아오면 얘기해서 풀어야지.'라고 마음먹는다. 저녁 늦게 아들이 돌아왔다. 아버지와 아들은 어색한 인사를 나눈다. "밥 먹었니?" "응, 아빠도 밥 먹었어?" 아들은 욕실에 들어가 씻는다. 아들이 다 씻고 나왔는데도 아버지는 왠지 선뜻 다가가기가 어렵다. 그렇게 잠시 망설이며 거실 소파에 앉아 TV를 보고 있는데 아들이 먼저 다가와서 사과한다. "아빠, 내가 잘못했어. 내가 아빠 힘든 줄도 모르고 오해해서 더 힘들게 했어.

나 하루 종일 반성했어. 용서해줘." 아버지는 속으로 '아이고, 내가 한 발 늦었구나.'라고 아쉬워하며, "아냐, 오히려 아빠가 더 미안해. 별것도 아닌 걸 갖고, 금방 오해를 풀면 됐었는데…." 그렇게 풀어진다.

이와는 달리 아버지가 먼저 손 내밀고 풀 수도 있고, 푸는 데 더 오래 걸릴 수도 있다. 어찌 되었든 맺힌 것은 그냥 지나치지 말고 그때그때 풀어줘야 한다. 겸연쩍다고, 어색하다고 풀지 않고 그냥 지나치면 응어리가 져서 단단해지고 그 위에 또 다른 응어리가 자라면서 점차 벽을 만들어간다. 나중에는 그것이 단단한 부자유벽이 되어 부자 사이를 가로막지만 그때는 허물려고 해도 잘 허물어지지 않는다. 나쁜 것은 싹이 날 때 뽑아버리는 게 좋다.

그렇게 아픔을 겪고 나면 부자유친은 더욱 견고해진다. 바이러스나 세균 감염으로 질병을 앓고 나면 내 몸이 그 바이러스와 세균을 기억하면서 면역력이 강해지는 것과 같다. 나중에 비슷한 오해나 분쟁의 소지가 생겨도 웬만해서는 그런 것 갖고 꿈쩍도 하지 않을 만큼 강해진다.

서로 오해가 쌓여 가고 긴장이 높아져 간다면 좀더 시간을 두고 지켜보며 접근하는 것도 좋다. 마음속에 뜨거운 김이 모락모락 올라오는 가운데 바로 부딪히면 짙은 휘발성 가스에 쉽게 불이 붙으면서 폭발력도 커지고 서로 더 큰 상처를 입게 될 수도 있기 때문이다. 시간을 두고 기다리다 보면 그 휘발성 가스들이 새어 나가서, 한마디로 김이 새서 별거 아닌 걸로 지나갈 수도 있고 부딪혀도 별 싸움거리가 안 될 수도 있다. 그러나, 서로 마음속에 자욱한 휘발성 가스로 괴로 워하고, 시간이 가도 진정될 기미가 보이지 않는다면 폭발을 하든 상 처가 나든 각오하고 소통을 해야 한다. 어쨌든 진짜 해결사는 소통이 다. 소통으로 가스를 빼서 진정시킬 수도 있고, 작은 폭발을 유도해서 압력을 낮추고 난 후 계속되는 소통으로 상처를 회복시킬 수도 있다.

위에 든 부자의 사례에서도, 불편은 했지만, 그리고 싸움은 붙었지 만, 아버지가 "혹시 아빠한테 화난 거 있니?"라고 말을 건네며 소통 을 시작했기에, 동시에 해결도 시작된 것이었다. 소통의 과정 중에 다 툼과 상처도 좀 있었지만, 평소에 부자유친이 두터웠다면 사실 그 정 도는 별 위협이 안 된다. 위에 말한 것처럼 면역력을 높여주고 지나간 다. 그리고 두 사람 사이에는 "부자유친은 개뿔"이라고 한 건 까맣게 잊혀지고, "부자유친은 역시!"가 더욱 단단히 자리 잡는다.

여행, 부자유친에 특효약

이제 부자간에 서로 친해지기 위한, 아주 적극적인 방법을 얘기해 보자. 바로 여행이다. 맨 앞 1장에서 얘기했듯이, 이 책을 시작한 계 기가 된 것들 중 하나도 나와 태훈이가 단둘이 떠난 타이완 여행이었 다. 나와 태훈이는 원래 친했던 사이였지만 다녀오고 나서 신뢰가 더 두터워지고 관계가 더 깊어진 느낌이다. 평소 부자관계가 서먹서먹한 사이라면 함께하는 여행이 둘 사이를 훨씬 더 친밀하게 만들어 줄 수 있다.

나와 아들이 타이완 여행을 다녀와서 얻은 가장 큰 소득은 뭐니뭐니 해도 둘이서만 공유하는 추억들일 것이다. 이 세상 아무도 모르고 단둘만 공유하는 기억들이 있다는 것은 그만큼 그 두 사람의 관계가 특별하다는 뜻이다. "그래, 그때 그랬었지. 그거 정말 좋았었어." 식으로 그 기억들을 떠올리며 서로 미소 지을 때는 이 세상에 두 사람만 연결되는 순간이다. 공유한다는 것은 결합한다는 것이고 그것은 또 단단해진다는 것이다. 세상에서 가장 단단한 물질이라는 다이아몬드도, 이웃한 탄소 원자들이 사이에 전자를 공유해서 생긴 공유결합의 힘에서 비롯된 것이다. 여행 다녀와서 나는 나대로 태훈이는 태훈이 대로 각자의 삶을 살고 있지만, 우린 또다시 호시탐탐 단둘이 여행을 떠날 기회를 엿보고 있다.

이 여행을 다녀오고 나서, 역시 여행이란 것은 부자유친에 특히 좋은 약이 될 수 있다는 확신이 들었다. 우선 여행이란 것 자체가 '행복한 활동' 중에서도 거의 으뜸이다. 일전에 서울대 심리학과 최인철 교수님이 행복에 대해 강의한 걸 들었을 때 에리히 프롬(Erich Fromm)의 '소유냐 존재냐'를 인용하면서 '존재'를 위해 사는 삶이 더 행복하며 여행이야말로 그쪽으론 최고의 활동이라고 했다. 즉, 가방이나 옷 같은 걸 사서 '소유'를 늘리는 행위는 잠깐은 기분 좋을지 몰라도 오래가지는 않는다. 그러나, 뭔가를 경험하고 배우는 등, 자기의 '존재'

를 느끼고, 그 존재가 확장되고 향상되는 보람을 느끼는 행위는 오래 가는 진짜 행복으로 이어진다는 것이다. 그런데 여행은 먹고, 마시고, 걷고, 새로운 걸 보고 배우고 시행착오를 온몸으로 겪는 '존재' 체험의 종합판이다. 부자간에 함께 행복함을 체험하게 되는 것이니 관계가 좋아질 확률이 아주 높은 것이다.

그러므로 아버지와 아들이 친해지고 싶다면 함께 여행 떠나는 것을 강추한다. 그것도, 가능하면 단둘이서 말이다. 멀고 낯선 곳일수록 더욱 좋다. 아, 물론 아버지와 아들에 국한된 것은 아니다. 어머니와 딸은 추천을 하지 않아도 워낙 스스로 잘 알아서 여행도 즐기는 조합이니 따로 말할 필요는 없겠지만 아버지와 딸의 조합이나, 어머니와 아들의 조합도 다 마찬가지로 여행을 권한다. (이후는 편의상, 대표적으로 아버지와 아들의 예를 들어 얘기한다.)

이렇게 둘이서 멀고 낯선 곳에 여행을 가면 정말 친해질 수밖에 없는 환경이 저절로 만들어진다. 처음 가보는 낯선 타지에서, 수많은 타지인들의 틈새에서, 아버지와 아들은 더욱 '함께'임을 느끼게 되는 것이다. 많이들 경험해 봤을 것이다. 가령, 중학교에서 고등학교로 진학했는데 같은 중학교 출신이 자기 포함해 달랑 두 명뿐이라면 어떻게 될까? 중학교 때는 그 다른 한 명과 별로 친하게 지내지 않았더라도 이제부터는 그 친구가 괜히 정답고 더 친근하게 느껴져 더 많은 얘기를 나누고 더 많이 함께 다니게 된다. 마치 물이 가득한 통 속에 기름방울들을 떨어뜨려 넣으면 기름방울들끼리 뭉치는 것과 같다.*

그렇게 밖이 낯설수록 아버지와 아들은 서로 더 친하게, 더 소중하게 느끼게 된다. 평소에는 아버지든 아들이든 내가 친한 수많은 사람들 중의 한 사람일 뿐이었지만 여행지에서는 어떤 일에도 내 편이 될 '오직 한 사람'이 된다. 평소에는 1/100이었다면, 여행 가서는 온전히 1이 된다. 그런 만큼 더욱더 아버지는 아들에게, 또 아들은 아버지에게 집중하게 된다.

> * 물분자들끼리 작용하는 극성 결합의 외압 때문에 결국 비극성결합을 하는 기름방울들끼리 한 군데 몰려 붙게 되는 것이다.

또한, 두 사람에게는 이 낯선 곳을 함께 헤치고 다니며 여행을 무사히 잘 마쳐야 한다는 공동의 미션이 있다. 이 미션은 팀 과제다. 두 사람은 팀원으로서 서로 잘 협력해야만 이 미션을 성공적으로 완수할 수 있다. 한마디로 같은 배를 탄 것이다.

미션의 목표를 함께 바라보고 그걸 달성하기 위해서 매사에 서로 의논하고 합의해야 한다. 그런데, 여행 가면 그 매사란 것이 끊임없이 생긴다. 점심은 뭘 먹을 거냐? 어디서 먹을 거냐? 그다음은 어디 갈 거냐? 뭘 타고 갈 거냐? 좀 쉴 거냐? 뭘 마실 거냐? 기념품 살 거냐? 화장실 갈 건데 너도 갈 거냐? 여기서 사진 같이 찍자 등등. 평소에 소통을 안 하던 부자 사이라도 소통을 안 할래야 안 할 수가 없도록, 여행은 그렇게 만들어 준다.

또 한 가지, 여행이 부자유친에 좋은 것은, 낯선 세상에 온 만큼, 일상의 규칙과 구속에서 벗어나 함께 일탈을 해가며 일종의 공범 의식 속에 유대를 두텁게 할 수 있다는 것이다. 그렇다고 나가서 범죄를 저

지르라는 것은 물론 아니다. 이를테면, 평소에 엄마가 사먹지 말라고 했던 길거리 음식을 함께 먹으면서, "우리, 엄마한테는 비밀이다~."라고 눈을 찡긋하며 작은 해방감과 승리감에 서로 킥킥대는 것 같은 데서 작은 재미를 느끼는 것이다. 자우림의 노래 '일탈'에서처럼 아파트 옥상에서 번지점프는 못하더라도 진짜 번지점프를 해 본다든지, 엄마가 기겁하는 진짜 오토바이는 아니더라도 4륜 오토바이를 타 본다든지 정도는 얼마든지 해볼 수 있다. 둘만의 유쾌한 비밀을 만드는 것은 위에서 말한 바와 같이 관계를 더욱 단단하게 만들어 준다.

아버지 입장에서는 이런 기회에 아들에게 아버지로서의 격 높은 면모를 과시할 수도 있다. 아들이 아직 학생인 경우 대개 아버지는 경제적으로 더 우위에 있다. 여행지에서 한두 번 정도, 고급 레스토랑에서 식사를 한다든지, 멋진 공연장 같은 곳에 입장하면서, 좀 과장과 유머를 섞어 과시하는 것은 유쾌한 일이다. 그런 경우 나와 태훈이는 이런 식으로 대화를 주고받을 것이다. "오~, 아빠, 좀 하는데?" "뭐, 이 정도야 껌이지. 하핫." 학생인 아들이 할 수 없는 것을 아버지는 할 수 있다는 것을 아들에게 보여주는 것이다. 자기가 할 수 없는 걸 하는 사람은 매력적으로 다가온다. 매력은 연인 사이에만 필요한 것이 아니다. 부자 사이에도 이런 식의 과시는 아들에게 매력적인 아버지로 각인될 기회를 준다.

물론 꼭 과시할 것이 경제력에 한정된 것은 아니다. 아들이 갖지 못한 아버지의 능력을 보여주면 된다. 지혜, 상황판단, 지금까지 살아

오면서 쌓아온 경험 등. 나는 그중에 으뜸이 너그러움이라고 생각한
다. 여행을 하다 보면 재미있는 것들뿐 아니라 의외의 어려움도 수시
로 닥쳐온다. 피곤하고 힘들며 짜증 날 때도 있고 그 때문에 서로 싸
우게 될 수도 있다. 이럴 때는 아버지가 너그러움을 과시하며 아들을
품어줘야 한다. 그럴 때에 아들은 아버지의 큰 마음을 다시 한번 느끼
게 될 것이다. 역시 아버지는 다르구나!

부자유친의 필요성을 절감하는 많은 가정들에서는 여행을 특효약
으로 써볼 것을 강력히 추천드린다. 다만 모든 약이 그렇듯 여행도 사
용법을 잘 숙지하고 오용, 남용하지 않도록 주의할 것을 당부드리며
이 책이 부족하나마 그러한 가이드라인으로서의 역할을 할 수 있다
면 필자의 큰 기쁨이 될 것이다.

유튜브게임, 풍요한 소통의 장

지금까지 줄곧 부자유친에 초점을 두고 얘기를 해 왔는데, 이제 마
무리에 이르러서는 범위를 넓혀 이 질문을 드린다. 온 가족이 친하게
지내는 데는 어떤 방법들이 있을까?

앞서 말한 여행이 특효약이긴 하지만, 비용과 시간을 생각하면 상
시 복용하긴 어렵다. 대신 평상시 부담 없이 먹을 수 있는 영양제가
필요하다. 바로, 아빠와 엄마, 아들과 딸이 평소에 함께 재미나게 노

는 것이다. 그런데 의외로 온 가족이 함께 즐길 수 있는 놀이가 그리 많지 않다. 함께 TV를 시청하거나 영화를 보는 것이 고작이다. 여기에 더해, 이제는 국민게임이 된 고스톱 정도가 있을 것이다.

우리 집에서는 태훈이가 어렸을 때 모노폴리(Monopoly)라는 보드게임을 함께 즐겼다. 한국에서는 부루마블(Blue Marble)로 더 잘 알려진 게임이다. 주사위 두 개를 던져서 보드 위에서 각자의 말을 움직이며 땅도 사고 호텔도 짓는 식으로 사업을 벌여 누가 돈을 제일 많이 버나 겨루는 게임이다. 태훈이가 이 게임을 워낙 좋아해서, 하자고 조르면 나와 아내가 함께 앉아서 놀곤 했는데 일단 시작하면 두 시간이 기본이었다. 시간도 너무 오래 걸리고 계속하다 보면 좀 지겨워졌다. 어느 날부턴가 아내가 먼저 거부하기 시작해서 모노폴리 게임세트는 방구석에 처박히게 되었다.

태훈이가 고등학생이 된 이후로는 고스톱도 가끔씩 친다. 이건 확실히 재미있긴 하다. 그래도 역시 돈 따먹기가 주가 되다 보니, 오가는 대화의 내용이나 깊이는 제한적이다.

그래서 우리 집에서는 종종 유튜브 게임(Youtube Game)이란 걸 한다. 규칙은 아주 간단하다. 모인 사람들이 차례로 돌아가면서 디제이(DJ)가 되어 유튜브에서 자기가 좋아하는 음악과 영상을 틀어주면 다함께 그것을 시청하는 것이다. 유튜브에는 정말 어마어마한 양의 음악과 영상들이 있다. 특히 듣고 싶은 음악이 있다고 하면 간단히 검색창에 단어 몇 개를 넣는 것만으로 고품질의 음악을 듣고 재미있는 뮤직비디오를 감상할 수 있다. 이것이 PC는 물론이고 스마트폰에서 다 된다. 요즘은 크롬캐스트나 미라캐스트 같은 걸 TV에 꽂으면 스마트폰의 화면을 간단히 무선으로 TV의 큰 화면에서 재생할 수 있다. 하지만 꼭 TV가 없어도, 그냥 좀더 가까이 모여 앉으면 스마트폰만 있어도 상관없다.

규칙이 하나 더 있는데, 시청이 끝나면 그 곡을 틀어준 디제이가 관련된 이야기를 들려주는 것이다. 그 이야기는 어떤 이야기라도 상관없다. 전부터 이 곡을 꼭 가족들에게 들려주고 싶었다는 것도 좋고 그냥 지금 막 이 곡이 생각났다는 것도 괜찮다. 군이 할 말이 없으면 하지 않아도 된다. 하지만 대개는 이 곡을 언제 어떻게 알게 되었다든지, 디제이와는 어떤 사연이 있는 곡이라든지, 처음 들었을 때 어떤 느낌이었다든지, 이 곡이 왜 좋다든지, 그런 식으로 간단하게나마 얘기를 한다.

유튜브에 있는 곡들은 대개 뮤직비디오나 공연, 방송의 형태로 나오므로 귀뿐 아니라 눈으로 보면서 음악을 감상하게 된다. 다 듣고 나면, "와~, 이 노래 되게 좋다."라든지 "이 가수 누구냐?" 또는 "이 사람이 이런 노래도 불렀어?" 등등 여러 가지 리액션이 나온다. 그럼 디제이는 "그렇지? 진짜 좋지?"와 같이 자기 청중들과 공감을 하고, 또 질문에 대해서는 자기가 아는 한에서 답을 해 준다.

우리 가족들은 각자 음악 듣는 취향이 비슷한 부분도 있지만 다른 부분들도 있다. 나는 중2 때부터 클래식 음악을 들어왔지만 팝송, 가요는 물론이고 국악까지도 듣는 잡식성이다. 아내는 주로 가요를 즐겨 듣고 때로는 복음성가도 듣는다. 태훈이도 상당히 광범위하게 듣는 편인데 가요, 팝송을 기본으로 하고 록이나 힙합, 댄스 음악까지 듣는다. 그래서 서로가 틀어주는 음악을 듣다 보면 이전에 몰랐던 음악으로까지 지평을 넓혀갈 수 있다. 내가 클래식 음악을 틀어줄 때 태훈이가 "어, 이거 들어본 거다. 이거 좋네~."라고 할 수도 있고, 나도 태훈이가 틀어주는 음악을 듣고 "야~, 힙합도 굉장히 매력 있구나."라고 할 수도 있다. 또한 디제이가 전해주는 얘기를 통해 그 음악에 관한 '지식'도 쌓을 수 있다.

그러나 이 게임의 꽃은 음악 자체보다는, 그 음악을 소재 삼아 무한한 이야깃거리가 나온다는 것이다. 사실 보통의 가족들은 일상을 함께하기 때문에 서로에게 너무나 익숙하고, 따라서 특별히 어떤 일이 생기지 않는 한 얘기할 거리가 없는 경우가 많다. 그래서 평상시에는 서로 말 한마디 하지 않고 지내는 가정도 꽤 많다. 그런데, 이 게임을 하면 얘기를 많이 하게 된다. 예를 들어 다음과 같다.

내가 디제이가 되어 이선희의 '그중에 그대를 만나'라는 뮤직비디오를 보여준다. 아내도 태훈이도 아직 본 적이 없는 듯 눈을 반짝이며 본다. 다 보고 나서….

(태훈) 아~, 보는 중간에 눈물 날 뻔했어.

(아내) 감동적이네~. 특히 그 암환자의 여자친구가 자기도 삭발하고 와서

모자 벗을 때….

(나) 그래, 맞아. 난 그 할아버지 있잖아~. 이래저래 할머니한테 계속 야단 맞다가 나중엔 밥 지을 때 물 맞추는 법 배우잖아. 그냥 공처가신가 보다 그랬거든. 그다음에 할머니 영정사진 나오고 할아버지 혼자 쓸쓸히 앉아 있는 걸 보니 알겠더라. 자갸~, 자긴 건강하게 오래 살아야 돼~.

(아내) 그러니까 있을 때 잘해~.

(나) 이거 원래 뮤직비디오하고 콘서트 장면을 합쳐서 편집한 거야. 콘서트장의 아줌마들은 이선희가 어릴 때부터 팬이었던 사람들 같아. 옛날 이선희 데뷔 때하고 여고생 팬들 사진도 나오네.

(아내) 맞아 맞아. 이선희가 노래 부르는 걸 보는 아줌마들이 너무 흐뭇해 하면서 눈에서 하트가 막 쏟아져. (웃음) 이선희는 나이가 들어갈수록 더 멋있어지는 것 같아.

(태훈) 와, 근데 이선희 노래 진짜 잘한다.

이런 식으로 대화가 계속 이어진다. 그다음엔 아내가 김광진의 '편지'를 틀어준다. 그리고선 이 노래에 얽힌 사연을 얘기해 준다.

(아내) 이거 TV 프로 <서프라이즈>의 '진실 혹은 거짓'에 나와서 '진실'로 밝혀진 이야기야. 김광진이 아내랑 연애할 때 그 아내의 부모님이 결혼을 반대했대. 그때는 김광진이 무명의 작곡가였으니까 미래가 불투명하다고 본 거지. 그래서 다른 남자랑 선을 보게 했는데 그 남자는 인품

도 훌륭하고 집안도 좋은, 진짜 괜찮은 남자였어. 그 남자도 이 여자를 많이 좋아해서 자기랑 결혼해서 함께 유학 가자고까지 했대. 하지만 그 여자는 결국 김광진을 선택했대.

(나) 근데 그 여자는 왜 그렇게 좋은 조건의 남자를 뿌리치고 김광진한테 간 거야?

(아내) 그 남자는 자기가 없어도 될 것 같지만, 김광진은 자기 없으면 안 될 것 같다고 생각했대.

(나) 오~.

(아내) 그래서 그 남자가 떠나가면서 그 여자에게 절절한 편지를 썼는데, 그 내용이 너무 감동적이어서 김광진이 그걸 노래로 만들었고, 결국 김광진의 대표곡이 된 거래.

(나) 아니, 그럼 이 가사는 김광진이 하는 말이 아니고 자기 연적이었던 남자가 했던 말인 거잖아? 오~, 왠지 대단하다. 뭔가 굉장히 고상하고 품격 있다.

(태훈) 확실히 요즘 노래들보다 아빠, 엄마 때 노래 가사들이 훨씬 깊이가 있고 멋있는 것 같아.

또, 이렇게 꼬리를 물고 대화가 오고 간다. 이야기가 잦아들 때쯤 이제 새로운 디제이가 나선다. 태훈이가 마룬파이브(Maroon 5)의 '슈가(Sugar)'를 틀어준다. 신나는 음악과 뮤직비디오가 나온다. 결혼식 피로연장 한쪽에 커다란 하얀 커튼들이 드리워져 있어서 신랑, 신부는 물론이고 하객들도 저건 뭐지 하며 수군댄다. 그런데 갑자기 커튼들이 밑으로 떨어지면서 드러난 것은 그 유명한 록밴드 마룬파이브다. 모두 정장을 차려입은 마룬파이브가 신나는 음악을 연주하는데 사람들의 놀란 표정들이 웃음을 자아낸다. 신랑신부와 하객들이 환호하고 춤추며 열광의 도가니가 된다. 다양한 인종의 다양한 결혼식에서 이 서프라이즈 이벤트가 등장할 때마다 모두들 기뻐하며 춤춘다. 아내도 뮤비 내용에 너무 좋아하며 웃고 난리다. 나도 그랬다.

(나) 와~, 이 노래 귀에 익었는데 이게 마룬파이브 노래였어?

(아내) 야, 너무 재미있다. 저 노래하는 사람 혹시 전에 본 그 음악영화에 나온 사람 아냐? 그 제목이 뭐더라?

(태훈) 맞아, 하하. <비긴 어게인(Begin Again)> 콘서트 장면에서 나왔지.

(나) 야~, 근데 진짜 뮤직비디오 되게 재미있게 만든다. 엄청 창의적이야.

(태훈) 그렇지? 근데 저 결혼식에 모인 사람들, 진짜 찍는 줄 몰랐었대.

(나) 와, 그럼 진짜 서프라이즈였겠다~.

이런 식으로 노는 거다. 음악도 감상하고, 끊임없는 이야깃거리로 대화도 하고, 또 내가 사랑하는 사람들이 요즘 어떤 노래를 듣고 있는지도 알 수 있다.

게임은 융통성 있게, 유연하게 하면 된다. 한 사람이 한 곡씩 순서대로 돌아가며 진행하는 게 원칙이지만, 자기 차례에서 생각나는 곡이 없으면 그냥 패스해도 된다. 반대로, 더 들려주고 싶은 게 있으면 멤버들의 동의를 구하고 한 곡 더 디제이를 해도 된다. 더 좋은 방법은 언제 유튜브게임을 할 거라고 공지하고 그 전에 각자 디제이 할 곡들을 선정해두는 것이다. 그러면 좀더 여유 있게 게임에 집중할 수 있다. 또, 곡이 너무 길거나 하면 중간에 끊고 다음 차례로 넘길 수도 있다. 최소한의 질서만 유지하면 된다. 이 게임은 편안함과 재미, 그리고 대화와 소통이 주목적이므로. 가족들이 소통하는 즐거움을 통해 서로 더 친해지고 싶은 집들에 감히 추천드린다.

올해 초 아내에게서 써 보란 권유를 받았을 때는 다 머릿속에 있는 내용들이니 두세 달이면 뚝딱 쓸 줄 같았는데, 막상 글로 옮겨 보니 결코 쉬운 일이 아니었습니다. 전업 작가처럼 진득이 책상머리에 앉아 쓸 수 있는 것도 아니고, 회사에 다니는 틈틈이 짬을 내어 쓰다 보니 생각보다 꽤 오래 걸렸습니다. 때로는 출퇴근 길에 글감이 떠오르면 급히 스마트폰을 꺼내 노트를 해 뒀다가 집에 가서 다시 꺼내 보고는 이걸 왜 써놨더라 갸우뚱거리기도 했습니다. 어떨 땐, 글 쓰다 막히면 그 부분을 머릿속에 넣어두고 있다가 회사식당 줄에 서 있을 때 꺼내어 다시 궁리해 보기도 했습니다. 지나간 일들에 대한 기억이 희미해진 것들은 사진 앨범이나 지나간 옛날 메일들을 뒤져 보기도 하고, 아내나 아들을 붙잡고 물어보다가 어떻게 그걸 잊어버릴 수 있냐며 핀잔도 자주 들었습니다. 그래도 이렇게 끝을 보게 된 것은, 일단 시작했다는 것이 반, 멈추지 않았다는 것이 반인 듯합니다.

이렇게 서툰 걸음으로 다다른 책이지만, 앞으로 제 인생에는 중요한 의미로 남을 것 같습니다. 제 첫 번째 책이기 때문입니다. 출판이 처음인 것은 아닙니다. 이전에도 보고서나 특허, 논문의 형태로 출판은 꽤 많이 했었습니다. 그것들은 모두 제 전공인 공학과 기술 영역에

서 쓰인 것들이었죠. 자타 공인 반도체 공정 전문가인 제가 내는 첫 책에 매우 비기술적이며 인문학적인 '슈퍼맨인 척 말고 함께 비 맞는 아빠가 돼라'라는 제목을 단 것은 일견 엉뚱해 보일지 모르지만 사실 제게는 매우 의미심장한 것입니다. 제가 공인된 좁은 전문 영역에서만 노닐다가 울타리에 난 작은 문을 통해 광대한 바깥세상과 소통하는 첫 시도이기 때문입니다.

제가 교육 전문가나 커뮤니케이션 학위를 갖고 있는 것도 아니면서 감히 부자유친을 논하고 소통을 강조하며 이 책을 쓴 것은 '일반적인 보통 아버지'로서 사람들 마음에 더 직접적으로 와 닿는 말씀을 드릴 수 있으리라 생각했기 때문입니다. 백두산 정상까지 울창한 숲을 뚫고 올라가 천지를 보고 감동을 받은 여정과 길에 대한 가이드를 꼭 백두산 지질 전문가나 숲 생태 전문가가 전문용어로 얘기할 필요가 없는 것처럼 말이죠. 때론 그런 어려운 전문용어들이 대부분의 사람들에게는 오히려 재미와 감동을 반감시키고 심지어 의욕을 떨어뜨리는 경우도 있습니다. 부모와 자녀가 친밀해지는 길 또한 생생한 경험과 느낌의 언어가 더 좋은 가이드가 될 수 있다고 생각했습니다. 그래서 이론이나, 가설과 통계를 통한 분석 같은 체계적이며 과학적인 접근방식을 취하기보다는 제가 살아오면서 실제로 겪고 느끼고 고민하며 깨달은 것들을 위주로 썼습니다.

그러다 보니 제 자신은 물론이고 가족들의 사적인 부분들까지 많이 드러나게 되어 미안하게 생각합니다. 그중에서도 우선 제 아들 태훈이에게 미안하고 고맙습니다. '부자유친'이라는 타이틀로 아버지와 함께 묶여, 내키지 않았을 수도 있는 여러 가지 에피소드에 등장해 자신의 프라이버시를 공개해 주었습니다. 그리고 특히, 돌아가신 저의 아버지께 깊이 죄송스럽습니다. 가혹한 운명을 짊어지고 질곡의 삶을 살아오셨는데, 못난 아들이 그것을 적당히 감추며 멋있게 포장은 못 해드릴 망정 공연히 드러내어 욕보인 것 같아 심히 송구스럽습니다. 제 아내에게도 적지 않은 부담이 되었을 텐데 저를 응원하고 격려해 준 것에는 역시 미안하지만 감사와 사랑의 마음을 전합니다. 끝으로, 제 스스로에게도 꽤 무거운 짐을 지운 셈입니다. 저 자신 전혀 완벽한 아버지가 아니기 때문입니다. 본문에도 여러 차례 나오지만 지금까지도 좌충우돌 시행착오를 거치며 반성하고 배우는 중입니다. 저보다 훌륭한 아버지들이 얼마나 많은데, 그분들이 보시고 어떻게 생각하실지 심히 부끄럽습니다.

그럼에도 불구하고 이 책을 끝까지 써내려 간 것은, 백두산 정상에 올라가 두 손을 입에 모으고 목청껏 "야호!"를 외치듯, 좋은 것을 얻은 기쁨을 감추지 못하고 주위에 알리고 싶은 마음이 컸기 때문입니다. 세상에서 가장 소중하지만, 가장 피폐해진 부모와 자녀 간의 관계가 회복되는 데 이 책이 조금이라도 보탬이 되었으면 하고 간절히 바랐습니다. 저 스스로 어릴 때 차가운 부자유벽 아래서 슬퍼했지만, 그걸 기어오르고 넘음으로써 얻게 된 부자유친이 저와 가족을 얼마나 행복하게 하는지 알게 되었기에, 아직도 벽에 막혀 한숨 짓는 수많은 부모와 자녀들에게 결코 포기하지 마시라고, 분명 벽은 넘을 수 있다고 전하고 싶었습니다. 분명히 다시 말씀드리지만 부자유친은 당신과 가족들을 행복하게 할 수 있는, 이 세상에서 가장 가치 있는 보물들 중의 하나이며, 진심으로 원하고 방법을 알아 행하면 반드시 얻고 누릴 수 있는 것입니다.

이 책을 읽으시면서 저의 이야기를 거울 삼아 독자 여러분의 부모님이나 자녀들을 떠올리고 그 소중한 관계를 돌아볼 수 있으셨다면, 그 관계를 더 좋게 만들고 싶은 마음으로 가슴 한구석이 점차 따뜻해지는 것을 느끼셨다면, 그리고 머리 한 귀퉁이에서는 뭔가 아이디어

비스무리한 것들이 희미한 빛을 내기 시작했다면, 이미 부자유벽은 올라갈 수 없는 벽이 아닙니다. 혹시라도 이 책에서 그 벽을 올라가는 데 필요한 로프나 망치, 못, 신발, 혹은 하찮은 무엇일지라도 드릴 수 있었다면 그것은 저의 가장 큰 기쁨이며 보람이 될 것입니다.